한국 현대문학의 탐색

류양선 저

도서출판 역락

책 머리에

　책의 이름을 『한국현대문학의 탐색』이라 하였다. 이름 그대로 이 책은 1910년대로부터 1970년대에 이르기까지 한국현대문학의 이곳저곳을 탐색하면서 써온 논문들을 모은 것이다. 나름대로는 한 편 한 편 고민하면서 쓴 글들이지만, 막상 이렇게 책으로 묶어내게 되니 부끄러운 마음이 앞선다.

　이 책은 3부로 구성되어 있다. 제1부에서는 1910년대 후반기의 계몽소설(신채호, 이광수, 김동인)과 1930년대의 농민소설(이광수, 이기영, 심훈) 그리고 심훈의 <상록수> 모델과 이상의 수필 <권태>에 대해 논의하였다. 제2부에서는 김소월, 이육사, 그리고 윤동주의 시들을 가능한 한 상세히 분석하였고, 제3부에서는 최인훈, 김승옥, 이청준, 조세희의 소설들을 다루었다.

　이렇게 한국현대문학의 작가와 작품들을 탐색하면서 늘 중요하게 여긴 것은 어떤 사상이나 세계관보다도 그 속에 숨어들어 있는 열정과 진정성이었다. 문학연구란 궁극적으로 그 보물과도 같은 열정과 진정성을 찾아내는 일일 것이다. 그것만이 한 인간에게 질적인 비약을 약속할 수 있기 때문이다.

　책을 내면서 많은 사람들에게 빚을 지고 있음을 새삼 느낀다. 스쳐오고 스쳐간 많은 사람들, 돌연히 또는 은근히 내 안에 들어오고 또 내가 그 안에 들어간 그런 사람들, 그래서 나의 친구가 되고 연인이 되고 동행이 되어준 그런 사람들, 또 앞으로 그렇게 되어줄 사람들에게 감사의 마음을 전하고 싶다. 그리고 책을 출판해 주신 이대현 사장님과 역락의 직원 여러분에게도 고맙다는 말을 전한다.

2005년 1월　류 양 선

차 례

제**1**부

1910년대 후반기 소설의 계몽적 목소리

1. 머리말

이 글의 목적은 한국근대소설의 형성과정에[1] 관한 연구의 일환으로,
1910년대 후반기에 산출된 3편의 소설들(신채호의 <꿈하늘>, 이광수
의 <無情>, 김동인의 <약한 자의 슬픔>)에 나타난 계몽적 목소리를

---

1) 이 문제와 관련된 연구들은 다음과 같다. 이 글은 이들 선행연구에 힘입은 바 크다.
   고재석, 『한국근대문학지성사』, 깊은샘, 1991.
   권보드래, 『한국 근대소설의 기원』, 수녕출판, 2000.
   권영민, 『한국현대문학사 1』, 민음사, 2002.
   김복순, 『1910년대 한국문학과 근대성』, 소명출판, 1999.
   김영민, 『한국근대소설사』, 솔, 1997.
   김윤식 · 정호웅, 『한국소설사』, 문학동네, 2000.
   김윤식, 『한 · 일 근대문학의 관련양상 신론』, 서울대학교 출판부, 2001.
   문학사와 비평연구회, 『한국문학과 계몽담론』, 새미, 1999.
   민족문학사연구소, 『민족문학과 근대성』, 문학과 지성사, 1995.
   박상준, 『1920년대 문학과 염상섭』, 역락, 2000.
   양문규, 『한국근대소설사연구』, 국학자료원, 1994.
   이재선, 『한국소설사－근 · 현대편 1』, 민음사, 2000.
   정선태, 『개화기 신문논설의 서사수용양상』, 소명출판, 1999.
   주종연, 『한국근대단편소설연구』, 형설출판사, 1982.
   한기형, 『한국 근대소설사의 시각』, 소명출판, 1999.

검토해 보려는 것이다. 한국근대문학, 특히 한국근대소설의 형성과정과 관련되는 맥락에서의 '근대'는 무엇보다 '계몽의 시대'라 부를 수 있다. 이 경우, '계몽'이라는 말은 서로 다른 두 가지 함의를 갖게 된다. 그 하나는 '開化自强' 또는 '新民의 民力'으로 표현되는 바와 같이 무지한 민중을 깨우쳐 민족의 앞날을 개척하려는 지식인의 사명과 관련되는 것이고, 다른 하나는 '自我의 覺性' 또는 '個性의 發見'으로 표현되는 바와 같이 인간의 이성에 기반한 인간 자신의 자연적 본성에 대한 자각과 관련되는 것이다.

여기서 앞의 것을 '외적 계몽' 뒤의 것을 '내적 계몽'이라 한다면,[2] 외적 계몽은 문학(소설)이 궁극적으로 근대민족국가의 수립에 어떻게 기여할 수 있는가 하는 문제를, 내적 계몽은 문학(소설)이 어떻게 근대인으로서의 자각을 담아내는 양식이 될 수 있는가 하는 문제를 각각 다루는 것이라고 할 수 있다. 따라서 외적 계몽이 '민족'이라는 절대명제를 내세우며 문학의 효용성을 강조하는 경향을 보인다면, 내적 계몽은 '예술'이라는 절대명제를 내세우며 문학의 자율성을 강조하는 경향을 보이게 된다.

그러나 진정한 근대민족국가의 성립은 민족 구성원 개개인이 근대인으로 탄생해야만 비로소 가능하다고 할 수 있으며, 성숙한 근대인의 탄생 역시 근대민족국가의 성립을 통해서만 가능하다고 할 수 있다. 기실 근대문학에서 자아가 발견되는 과정은 민족국가가 성립되는 과정에 대응되는 것이다. 즉 "<국가> 쪽에 선 사람과 <내면> 쪽에 선 사람은 서로 보완하는 관계에 지나지 않는다."[3] 이런 의미에서 내적 계몽과 외적 계몽은 상호 모순적인 것처럼 보이지만 실은 서로 의지하고 있는, 똑같이 중요한 과제였다고 해도 과히 틀린 말은 아니다. 바로 이런 관점에 설 때, 애국계몽운동의 시대로부터 1920년대 전반기에 이르

---

2) 장수익, 『한국 근대소설사의 탐색』, 월인, 1999, 128면.
3) 가라타니 고진, 박유하 옮김, 『일본근대문학의 기원』, 민음사, 1997, 127면.

는 약 20년 동안에 걸친 한국근대소설의 형성과 그 발전과정을 통일적으로 이해할 수 있는 길이 열리게 된다.

애국계몽기라 불리는 1900년대 후반기(1905~1910), 특히 1906년부터 1908년에 이르는 기간은 무엇보다 정론성을 지니는 문학, 다시 말해 전적으로 외적 계몽에만 치중하던 문학이 산출된 시기였다고 할 수 있다. 당시의 신소설, 역사전기물, 단형서사, 우화 등은 한결같이 시대사상의 소설화라는 특징을 보인다. 문명개화 사상이든 애국독립 사상이든 시대사상이 먼저 있고, 그것을 널리 전파하는 수단으로서 소설이라 불리는 서사형식이 선택되었던 것이다. 그러던 것이 1910년의 국권상실 이후, 문학은 정론성을 급격히 상실하고 상업적으로 통속화됨으로써, 근대문학으로서의 진전이 왜곡·굴절되는 모습을 보이게 된다.[4]

그러나 1910년대 전반기의 암중모색을 거쳐 1910년대 후반기에 이르면, 애국계몽기의 정론성을 이어받으면서 새로운 모습을 보이는 외적 계몽의 소설들이 나타나고, 동시에 내적 계몽의 단초를 여는 소설들이 씌어지게 된다. 그리하여 1920년대에 들어와서야 비로소 개인적 주체가 식민지의 객관적 현실 위에 놓이는 본격적인 의미의 근대소설, 즉 리얼리즘 소설의 산출이 가능하게 된 것으로 보인다. 1920년을 전후로 해서 소설의 표현방법과 인식방법의 변화가 이루어지고, "작가의 교훈적인 수행과 개입이 현저하게 통제되게 된 것이다."[5] 이를 고쳐 말하면 내적 계몽 속에 외적 계몽이 용해된 것, 즉 내면(개인적 주체)의 성립과 함께 민족현실(집단적 주체)이 발견된 것이라 할 수 있다.[6]

---

4) 이에 대해서는 이현식, 「한국 근대문학 형성의 사회사적 조건」, 민족문학사연구소, 앞 책, 93면 이하 참고.

5) 이재선, 앞 책, 49면.

6) 앞에서 내적 계몽이 '자아의 각성' 또는 '개성의 발견'으로 표현되었다고 했거니와, 이를 소설 공간으로 옮겨 말하면 '내면의 발견' 즉 '개인적 주체의 발견'인 것이며, 여기에 도달한 소설이라야 근대소설이라 할 수 있다. 그러기에 이 개인적 주체는 작가의 관념(또는 시대적 이념) 속에서 고안된 개인이기 이전에, 적어도 그 출발선상에 있어서 객관적 현실 속에 놓인 개인이어야 한다. 그러니까 내면의

한국근대소설의 형성과정에 대한 이러한 전체적인 구도를 염두에 두고, 이 글에서는 1910년대 후반기에 산출된 소설 중 신채호의 <꿈하늘>(1916), 이광수의 <無情>(1917), 김동인의 <약한 자의 슬픔>(1919)을 대상으로, 이들 작품에 나타난 계몽적 목소리와 그 목소리의 근원을 탐색해 보기로 한다. 그리하여 한편으로는 1900년대 애국계몽기의 외적 계몽이 지속되면서 변화되는 모습을, 다른 한편으로는 새로운 외적 계몽이 나타나는 모습을 살펴보게 될 것이다. 1910년대 후반기 소설의 이러한 모습은 또한 그 이면에서 외적 계몽이 서서히 내적 계몽으로 이행해 가는 모습이기도 하다는 점에서 흥미롭다. 이를 위해 먼저, 1910년대 후반기 소설에서 담화의 한 측면인 목소리가 갖는 의미를 짚어 보기로 한다.

소설(서사)이 스토리와 담화로 이루어져 있다고 할 때, 근대소설로 넘어올수록 담화가 지니는 의미와 그 중요성이 강조되어 왔다. 목소리란 서사학에서 말하는 담화의 한 측면으로 시점과 구별된다. 시점이 '누가 보는가'의 문제라면, 목소리는 '누가 말하는가'의 문제이다. 그러니까 시점이 대상에 대한 지각과 인식의 위치라고 한다면, 목소리는 그 지각과 인식의 표현이라 할 수 있다. 즉 "목소리는 그것을 통해 사건과 존재들이 청중들에게 전달되는 드러난 수단이나 화법"이며,[7] 따라서 "시점은 이야기 안에 있는 것이지만, 목소리는 항상 외부 즉 담화에 있는 것이다."[8] 다시 말해 목소리는 서술행위와 텍스트와의 관계를 지배하는 것으로 이야기의 심급을 결정하며,[9] 궁극적으로는 소설이 기반하고 있는 소설세계 밖의 이념과 세계관에까지 이어진다.

발견과 민족현실의 발견은 사실상 동시적으로 이루어지는 것이다. 달리 말해 근대소설의 형성과정이란 개인적 자아이면서 동시에 사회적 자아인 근대적 주체의 성립과정과 동궤의 것이다.

7) 시모어 채트먼, 김경수 옮김, 『영화와 소설의 서사구조』, 민음사, 1999, 185면.
8) 위 책, 187면.
9) 제럴드 프린스, 이기우 · 김용재 옮김, 『서사론 사전』, 민지사, 1992, 280면.

　물론 서사적 진술은 항상 서술상황과 관련해서 그 의미가 구축되기 때문에, 스토리와 담화는 명확히 구분되지 않는다. 스토리 자체에 담화의 성격이 포함되어 있다고도 할 수 있다. 그러나 스토리와 담화의 관계는 "근본적으로 가변적이며, 이 가변성은 적어도 유효한 가치를 지니는 구별과 대조를 하게 만들거나 이들을 정당화시킬 수 있다."[10] 특히 이 글에서 논의하고자 하는 1910년대 후반기 소설들의 경우, 이 구별은 중요한 의의를 지닌다. 각기 정도의 차이는 있으나, 앞서 언급한 3편의 소설은 스토리에 대한 담화의 우위성을 명백히 보여준다. 바꿔 말해 이 작품들은 어떤 시대적 이념에 입각한 서술자의 권위를 표나게 보여주고 있는 것이다. 이러한 특징은 물론 이들 소설들이 외적 계몽을 위해 씌어졌다는 사실과 무관하지 않다.

　그러면 이제, 신채호의 <꿈하늘>, 이광수의 <無情>, 김동인의 <약한 자의 슬픔>에 대한 논의에 들어가기로 하자. 이 3편의 작품들 또는 그 작가들에 대해서는 지금까지 많은 연구들이 집적되어 왔고, 그리하여 이들 작품들 또는 작가들간의 차이에 대해서는 여러 가지 설명이 있어 왔다. 그러나 이 글은 이 3편의 소설들에서 찾아볼 수 있는 서로 간의 차이를 더욱 부각시키려는 의도에서만 씌어진 것이 아니다. 이미 암시되었듯, 이 글은 오히려 그런 차이들을 확인하면서도 이들 작품들이 은밀하게 공유하고 있는 어떤 동질성을 드러내기 위한 목적에서 씌어진 것이다. 그리고 그 동질성은 암암리에 이들 작품들에 나타난 계몽적 목소리에, 그리고 그것이 기반하고 있는 시대적인 이념들에 연결되어 있다. 그 이념들이란 각각 민족주의(<꿈하늘>), 인도주의(<무정>), 자아주의(<약한 자의 슬픔>)이다.

---

10) 제라르 즈네뜨, 권택영 옮김, 『서사담론』, 교보문고, 1992, 201면.

2. 무구한 민족주의 : 신채호의 〈꿈하늘〉

신채호의 <꿈하늘(夢天)>은 환상적 구조 속에 투철한 독립운동의 정신을 제시한 소설이다. 작가는 서문에서 "멀건 대낮에 앉아 두 눈을 멀뚱멀뚱히 뜨고도 꿈같은 지경이 많아"[11] 이 소설을 쓰게 되었다고 말하고 있다. 작가는 또 이 소설의 주인공인 '한놈'이 바로 작가 자신임을 드러내면서,[12] "한놈은 벌써부터 꿈나라의 백성"이라고(174면) 적고 있다. 이러한 진술들은 이 소설에서의 꿈이란 희망의 다른 이름이며, 이 소설의 환상적 구조는 식민지 시대의 현실에서 민족의 독립을 선취하기 위한 하나의 소설적 장치로 선택된 것임을 암시해 준다. '꿈나라'는 곧 님나라인 것이다. 그렇다면 '님나라'는 대체 어디에 있는 나라인가?

> 님나라(天國)는 하늘 위에 있고 地獄은 땅밑에 있어 그 相距가 千里나 萬里인 줄 알은 것은 人間의 생각이라, 실제는 그렇지 않아서 땅도 한땅이요, 때도 한때인데 재치면 님나라고 엎치면 地獄이요, 세로 뛰면 님나라고 가로 뛰면 地獄이요, 날면 님나라며 기면 地獄이요, 잡으면 님나라며 놓치면 地獄이니, 님나라와 地獄의 相距가 요것뿐이더라.(213면)

여기 인용된 부분은 이 소설을 이해하는 데 열쇠가 될 만한 내용을 지니고 있다. 여기서 볼 수 있는 천국과 지옥에 대한 설명은 벌써 님나라에 들어갔다는 말의 의미가 무엇인지 알려준다. 이것은 하나의 깨달음이다. "땅도 한땅이요, 때도 한때"라는 말이 바로 그 깨달음의 표현이다. 천국은 지금 여기에 있다. 천국의 도래(민족의 독립)를 위해 자신

---

11) 신채호, <꿈하늘> 서문, 『단재 신채호 전집 下』, 형설출판사, 1979, 174면. 앞으로 이 작품에서의 인용은 본문 중에 면수만 표기한다.
12) 이 서문을 쓰고 나서, 신채호는 '한놈 씀'이라고 적었다.

의 모든 것을 던져 넣는다면, 그때 이미 천국에 들어가 있는 것과 같다. 또는 민족의 독립이 이미 실현된 것과 같다. 천국과 지옥의 거리는 그 깨달음의 유무('요것뿐')에 불과하다. 그러나 사람들은 그 이치를 모른다. "天國과 地獄의 相距가 千里나 萬里인 줄"로만 알고 있는 것이 '인간의 생각'이다.

그러면 이 부분에서 이런 깨달음의 내용을 전하고 있는 서술자는 누구인가? 그는 인간을 뛰어 넘는 어떤 초월적인 존재이다. 하지만 그것은 또한 깨달음을 얻은 인간의 목소리이기도 하다. 여기 인용된 부분은 지옥에 떨어졌던 한놈이 巡獄使者 姜邯贊의 말을 듣고 '大徹大悟'하여 몸을 떨쳐 자신을 묶고 있던 쇠사슬을 푼 뒤에 나온 진술이다. 그렇다면 이것은 깨달음을 얻은(지옥의 쇠사슬을 푼) 한놈 자신의 진술이기도 하다. 그러니까 이 소설의 서술자는 초월자인 동시에 인간이며, 작가 자신인 동시에 주인공이기도 하다. 달리 말해 이 소설은 민족사의 탐색을 통해 님나라를 찾아가는 작가 자신의 자전적 기록인 동시에, 민족 독립을 위한 투쟁만이 자기 구원에 이르는 길임을 가르치는 계몽소설이기도 한 것이다. 바로 이 지점에서 이 소설은 시대적 의미를 획득한다.

> 꽃송이가 어여쁜 소리로 대답하되
> "싸우거든 내가 남하고 싸워야 싸움이지, 내가 나하고 싸우면 이는 自殺이요 싸움이 아니니라."
> 한놈이 바싹 달려들며 묻되
> "내란 말은 무엇을 가리키는 말입니까? 눈을 크게 뜨면 宇宙가 모두 내 몸이요, 적게 뜨면 오른팔이 왼팔더러 남이라 말하지 않습니까?"
> 꽃송이가 날카롭게 깨우쳐 가로되
> "내란 범위는 時代를 따라 줄고 느나니, 家族主義의 時代에는 家族이 '내'요 國家主義의 時代에는 國家가 '내'라. 만일 時代를 앞서 가다가는 발이 찢어지고 時代를 뒤져 오다가는 머리가 부러지나니, 네가 오늘 무슨 時代인지 아느냐?"(185～186면)

　여기서 볼 수 있는 한놈과 무궁화 꽃송이의 문답은 작가 자신의 我와 非我의 鬪爭史觀 또는 小我와 大我의 관계에[13] 대한 생각을 드러낸 것으로 읽을 수 있거니와, 이 대목이 더욱 중요한 것은 왜 하필 민족 독립을 위해 투쟁해야만 천국에 들어갈 수 있는지 그 이유를 제시하고 있기 때문이다. 그것은 다름이 아니라, 국가주의 시대를 맞아서는 독립 투쟁을 하는 것만이 시대적 사명을 다하는 것인 까닭이다. 그러므로 이 소설을 단순히 당시 유행하던 사회진화론을 받아들인 것으로만 이해해서는 안 된다. 왜냐하면 여기에는 역사적 존재로서의 인간에 대한 통찰이 숨어 있기 때문이다.[14] 한놈은 꽃송이의 말에 크게 느끼어 감사의 눈물을 뿌리는데, 이 또한 이 소설이 품고 있는 깨달음 중의 하나인 것이다. 이렇게 해서 한놈은 자신을 타자화시킨 제국주의 담론에 저항하는 민족주의 담론을 통해 제국주의를 타자화하는 새로운 주체로 서게 된다.

　그런데 이 소설에서 한놈에게 이런 가르침을 베푸는 것은 무궁화뿐만이 아니다. 한놈은 을지문덕이나 강감찬과 같은 민족사적 위인들을 만나 역시 많은 것들을 배운다. 한놈이 이들과 나누는 문답식 대화, 이것은 곧 작가가 독자에게 던지는 메시지와도 같다. 그러니까 이 소설의 서술구조는 작가 → (위인 → 한놈) → 독자로 되어 있는 것이다. 이처럼 작가가 독자에게 직접 말하는 것이 아니라, 위인이 한놈에게 던지는 초월적 목소리를 거침으로써, 작가의 메시지는 누구도 거역할 수

---

13) 「朝鮮上古史」 총론(『단재 신채호 전집』 上) 및 「大我와 小我」(『단재 신채호 전집』 下) 참고.

14) 그렇기 때문에 신채호의 민족주의 담론을 제국주의(식민주의) 담론의 반복으로 보아 과소평가해서는 안 된다. 신채호의 민족주의 역시 제국주의에 의해 타자화되면서 민족 주체개념의 형성에 의해 발생한 근대적 산물(역사적 구성물)이기는 하지만, 바로 그 제국주의에 저항함으로써 단선적인 근대인식을 거부한 시대적 의미를 획득하기 때문이다. 더욱이 「꿈하늘」 서문을 보면, '꿈나라'는 "노랑이·거먹이·흰동이·붉은동이를 한집에 모아놓고 노래도 하여 보"는(174면) 그런 나라라고 하여, 식민주의 논리를 일정 정도 뛰어 넘는 모습을 보이고 있다.

없는 지엄한 명령이 된다. '—이니라' 하는 종결어미는 위인들의 초월
적 목소리와 호응한다.

> "愛國者의 일도 宗敎家와 같으오리까?"
> "하나는 出世者의 일이요 하나는 入世者의 일이니, 일은 다르지만 宗
> 敎家가 信仰 밖에 다른 사랑이 있으면 宗敎家가 아니며, 愛國者가 나
> 라 밖에 다른 사랑이 있어도 愛國者가 아니다. 그러므로 사람마다 몸은
> 안 아끼는 이 없지만 忠臣이 일에 當하면 열 두 번 죽어도 辭讓치 않
> 으며 누가 妻子를 안 어여뻐하리오만 烈士가 나라를 爲함에는 家族까
> 지 犧牲하나니, 이와 같이 나라 밖에는 딴 사랑이 없어야 愛國이어늘,
> 이제 나라도 사랑하며 술도 사랑하면 술로 나라를 잊을 적이 있을지며,
> 나라도 사랑하며 美人도 사랑하면 美人으로 나라 잊을 때가 있을지니
> 라."(212면)

여기서 보듯, 이 소설의 초월적 목소리는 국가와 민족에 대한 사랑
외의 어떤 대상에 대한 사랑도 부정한다. 다시 말해 독립 투쟁의 길에
는 그 어떤 인간적 욕망도 허락되지 않는다. 애국자의 투쟁은 종교가
의 수행과도 같고, 애국자에게 내려진 윤리적 강령은 수도자가 지켜야
할 종교적 계율과도 같은 것이다. 이처럼 지엄한 초월적 목소리는 말
할 것도 없이 민족 자주정신에 근원을 두고 있으며, 그것은 이 소설에
서 때묻지 않은 푸른 하늘로 표상된다.[15] 이 소설이 기반하고 있는 최
종 심급은 다름 아닌 무구한 민족주의인[16] 것이다.

---

15) 한놈은 님나라에 들어가 먼지가 덮인 하늘을 보게 되는데, 이에 대해 '누런 옷
   입고 붉은 띠 띤 어른'이 다음과 같이 설명한다. "님 나신 지 三五○○年 頃부
   터 하늘이 날마다 푸른 빛은 날고 보얀 빛이 시작하더니, 한 해 지나 두 해 지
   나 四二四○餘年 오늘에 와서는 푸른 빛은 거의 없어지고 소경의 눈같이 보얗
   게 되었다. 그런즉 대개 七百年 동안에 난 變이요, 이 앞서는 이런 變이 없었나
   니라."(217면) 이 설명은 '대개 高麗 末世'부디(218면) 민족 자주정신을 잃어 왔
   음을 뜻하는 것으로, 작가는 이를 푸른 하늘이 보얀 하늘로 바뀌어 간 것으로
   표현하였다.
16) <꿈하늘>(1916)의 민족주의는 1920년대 이후 신채호가 무정부주의 사상을 받
   아들이기 이전의 것으로서, 기본적으로 1900년대 애국계몽기 사상의 연장선 위

　　그러나 이 점은 다른 한편 이 소설이 구체적인 삶의 공간에서 우러
나온 것이 아님을 시사한다. 이 소설의 계몽적 목소리는 제국주의를
타자화시키는 동시에, 당시의 민족 구성원들 또한 가르침을 받아야만
할 수동적 대상으로 만들었다. 또 이 소설의 초월적 목소리는 작가 한
놈이 주인공 한놈에게 윤리적 강령을 내리는 자족적 정신주의를 드러
낸다. 또 이 소설에서 단군이 계신 님나라에 대한 서술은 민족을 신비
화하고 있다는 비판에서 자유롭지 못하다. 무엇보다 주인공 한놈은 그
출발점에서부터 당시의 객관적 현실에 놓여 있지 않은 것이다. 즉 한
놈의 내면은 민족독립의 길에 나선 구도자의 내면이기는 해도, 그 인
식틀 자체가 근대인의 내면이라 할 수는 없는 것이다. 그런 만큼 이 소
설의 환상적 구조는 현실세계로부터 닫혀 있는 바, 이 점 또한 이 소설
이 근대소설의 요건을 충족시키지 못하고 있음을 말해준다.

3. 동정적 인도주의 : 이광수의 〈무정〉

　　이광수의 <무정>에 대해서는 지금까지 많은 연구가 집적되어 왔다.
그러나 한국근대소설의 형성과정의 문제와 관련시켜 볼 때, 이 작품이
한국근대소설의 효시인가 아니면 진정한 의미의 근대소설은 이 작품
이후 1920년대에 들어서 다른 작가들에 의해 씌어지기 시작했는가 하
는 문제는 여전히 논란거리로 남아 있다. 이처럼 그간의 연구에서 <무
정>이 논의의 중심에 놓이게 된 데에는, 이 소설이 '장편'이라는 점이
적잖이 작용한 듯하다. 하지만 '장편'소설이라는 사실만으로 곧 근대소
설로서의 요건을 갖추는 것이 아님은 물론이다. <무정>이 장편으로

에 놓인다. 즉 「朝鮮革命宣言」(1923)이나 <龍과 龍의 大激戰>(1928)의 사상과
는 일정한 낙차를 보인다.

씌어진 것은 신소설류의 스토리를 지니고 있다는 점에 기인한다. 사실 이 소설의 전반부는 영채의 기구한 이야기로 신소설과 거의 다를 바 없다.

이 소설에 나타난 목소리는 단일한 차원을 지니지 않는다. 그런 만큼 이 소설은 어떤 혼란의 와중에 놓여 있는 바, 종결어미 '−이라'와 '−이다'가 혼재되어 쓰이고 있음이 이 점을 말해준다. 이 소설의 서술자는 때로는 해석적 논평자로, 때로는 작중인물에 밀착된 반영자로, 때로는 작가 자신의 맨얼굴로 드러난다. 그러나 그런 가운데서도 서술자는 늘 소설세계 밖의 어딘가 높은 위치에서, 작중인물들이나 독자들에게 어떤 권위를 알게 모르게 행사하려 한다.

> 그래서 그는 붕배간에도 독서가라는 칭찬을 듣고 학생들이 그를 존경하는 또한 이유는 그의 책장에 자기네가 알지 못하는 영문, 덕문의 금자 박힌 책이 있음이었다. 그는 항상 말하기를, 우리 조선 사람의 살아날 유일의 길은 우리 조선 사람으로 하여금 세계에 가장 문명한 모든 민족, 즉 우리 내지(일본) 민족만한 문명 정도에 달함에 있다 하고, 이리함에는 우리나라에 크게 공부하는 사람이 많이 생겨야 한다 하였다.17)

> 선교사들은 김장로가 서양 문명의 내용이 무엇인지 모르는 줄을 안다. 김장로는 과학(科學)을 모르고, 철학(哲學)과 예술(藝術)과 경제(經濟)와 산업(産業)을 모르는 줄을 안다. 그가 종교를 아노라 하건마는 그는 조선식 예수교의 신앙을 알 따름이요, 예수교의 진수(眞髓)가 무엇이며, 예수교와 인류와의 관계 또는 예수와 조선 사람과의 관계는 무론 생각도 하여 본 적이 없다.(244면)

> 실로 현대의 문명은 소리의 문명이라. 서울도 아직 소리가 부족하다. 종로나 남대문통에 서서 시로 말소리가 아니 들리리만큼 문명의 소리

---

17) 이광수, 『무정』−서영채 정리, 신문연재본−두산동아, 1995, 81면.
　　앞으로 이 작품에서의 인용은 본문 중에 면수만 표기한다.

> 가 요란하여야 할 것이다. 그러나 불쌍하다. 서울 장안에 사는 삼십여
> 만 흰옷 입은 사람들은 이 소리의 뜻을 모른다. (……) 왜 저 전등이 저
> 렇게 많이 켜지며, 왜 저 전보 기계와 전화 기계가 저렇게 불분주야하
> 고 때각거리며, 왜 저 흉물스러운 기차와 전차가 주야로 달아나는
> 지……(313~314면)

여기서 볼 수 있듯, 이 소설의 서술자는 권위적 목소리를 지니고 있는 바, 그 권위는 문명한 외국(일본과 서양)에 관한 지식에서 온다. 학생들이 이형식을 존경하는 이유는 그가 영어와 독일어로 된 책을 소유하고 있기 때문이요, 김장로가 제아무리 조선에서 가장 진보한 문명 인사로 자임한다 해도 선교사들이 보기에는 아무것도 아니다. 그렇다면 이렇게 말하고 있는 서술자는 누구인가? 그는 일본인들만큼 또는 서양인들만큼 신문명에 대해 잘 알고 있는 조선인이다. 그래서 그는 조선식 신앙을 벗어나 '예수와 조선 사람과의 관계'에 대해 생각할 줄도 안다. 이렇게 해서 서술자는 외국인이 조선인에 대해 갖는 권위를 물려받아 갖게 된다. 그 물려받은 권위로 그는 '조선 사람의 살아날 유일의 길'을 제시할 수 있으니, 그것은 "우리 내지(일본) 민족만한 문명 정도에 달함에 있다."

기실 이 소설에 나타난 계몽적 목소리는 이처럼 외국인에게서 빌어온 권위로 조선인에게 말하는 그런 목소리이다. 그것은 외국인, 특히 일본인의 목소리와 유사한 것이니, '우리 내지'라는 표현이 이 점을 웅변적으로 말해준다. 이렇게 철저히 일본에 동화된 서술자가 "서울 장안에 사는 삼십여만 흰옷 입은 사람들"을 타자화하는 것은 당연한 귀결이다. 그들은 서울에 퍼져가고 있는 문명의 소리가 무슨 뜻인지 모르는 사람들, 다시 말해 서술자와는 동렬에 놓일 수 없는 사람들인 것이다.

그러나 "왜 저 흉물스러운 기차와 전차가 주야로 달아나는지" 그 이유를 모르는 사람은 오히려 서술자이다. 기찻길과 전찻길이 다름 아닌

식민지 수탈의 길이라는 것, 이것을 서술자는 전혀 모르고 있다. 그리하여 이 소설에는 일본 제국주의의 조선지배, 그 정치권력의 억압에 대한 고민이 전무하다. 그러니까 이 소설의 서술자는 일본 제국주의에 의해 타자화된 스스로의 위치를 전혀 깨닫지 못한 채, 도리어 자신이 일본인의 지위에 있는 것과 같은 상상 속에서 조선인들을 타자화하는 것이다. 위의 인용에서 서술자가 문명의 소리를 이해하지 못하는 서울 사람들을 다만 '불쌍하다'고 동정하고 있는 것이 이런 사정을 잘 보여준다. 여기서 이 소설의 계몽적 목소리가 동정적 태도와 함께 작가→(서술자→서울 사람들)→독자의 구조로 전달됨을 알 수 있다. 이 전달구조는 작가→(서술자→작중인물)→독자의 구조이기도 하다.

> 형식의 생각에 선형은 자기의 아내라기보다 같이 손을 끌고 길을 찾아가는 부모 잃은 누이라는 생각이 난다.
> 옳다, 그러므로 우리들은 배우러 간다. 네나 내나 다 어린애들이므로 멀리멀리 문명한 나라로 배우러 간다. 형식은 저편 차에 있는 영채와 병욱을 생각한다. "불쌍한 처녀들!" 한다.(347~348면)

> "조선 사람에게 무엇보다 먼저 과학을 주어야겠어요. 지식을 주어야겠어요" 하고 주먹을 불끈 쥐며 자리에서 일어나 방 안으로 거닌다. "여러분은 오늘 그 광경을 보고 어떻게 생각하십니까?"
> 이 말에 세 사람은 어떻게 대답할 줄을 몰랐다. 한참 있다가 병욱이가,
> "불쌍하게 생각했지요" 하고 웃으며, "그렇지 않아요?" 한다.
> (……)
> 병욱은 자신 있는 듯이,
> "힘을 주어야지요? 문명을 주어야지요?"
> "그리하려면?"
> "가르쳐야지요? 인도해야지요!"(370면)

> "나는 교육가가 될랍니다. 그리고 전문으로는 생물학(生物學)을 연구할랍니다."
> 그러나 듣는 사람 중에는 생물학의 참뜻을 아는 자가 없었다. 이렇게

> 말하는 형식도 무론 생물학이란 참뜻을 알지 못하였다. 다만 자연과학
> (自然科學)을 중히 여기는 사상과 생물학이 가장 자기의 성미에 맞을
> 듯하여 그렇게 작정한 것이다. 생물학이 무엇인지도 모르면서 새문명을
> 건설하겠다고 자담하는 그네의 신세도 불쌍하고 그네를 믿는 시대도
> 불쌍하다.(374면)

여기서 보듯, 처녀들은 수재민들을 '불쌍하다'고 생각하고, 형식은
처녀들을 '불쌍하다'고 생각한다. 그런데 형식 역시 생물학의 참뜻을
알지 못하면서 생물학을 전공하겠다고 하니 불쌍하기는 마찬가지이다.
즉 서술자는 형식마저 불쌍하다고 생각하는 것이다. 그리고 이처럼 불
쌍한 사람들을 그나마 개명한 사람들이라고 믿는 시대, 다시 말해 당
시의 조선 천지가 다 불쌍한 것이다. 그러기에 그 중 가장 개명한 형식
도 서술자가 보기에는 '부모 잃은' 아이에 불과하다. 형식은 이제야 스
스로 어린애임을 깨닫고 선형을 부모 잃은 누이처럼 생각하게 된 것이
다. 그러니 "멀리멀리 문명한 나라로 배우러" 가는 것은 마치 잃어버린
부모를 찾아가는 것과도 같다. 이제 문명한 외국은 부모와 같은 동정
심을 가지고 이들을 가르치고 인도할 것이며, 이들은 조선에 돌아와
역시 그런 동정심으로 조선 사람들을 가르치고 인도할 것이다.

지금까지 살폈듯, 이 소설에 나타난 계몽적 목소리의 근원은 조선을
불쌍히 여기는 마음, 곧 동정심에 있다. 그런데 작가에 따르면, 이 동
정심에서 인류의 이상인 인도주의가 나온다.[18] 이로 미루어 이 소설이
기반하고 있는 최종 심급은 동정적 인도주의라 부를 수 있을 것이다.
그렇다면 당시의 식민통치 아래서 동정적 인도주의란 무엇을 뜻하는
가? 그것은 외국인이 조선을 바라보며 가질 수 있는 태도일 뿐, 조선인

---

18) 이광수는 「同情」(『靑春』 3호, 1914. 12)이라는 글에서, "人道의 基礎는 同情이
    니 同情업는 人道는 想像키 不能할 바-라 人道의 發達이 人類의 理想이라 할진
    댄 人類의 全心力를 다하야 할 일은 同情의 涵養이라 할지로다"(64면)라고 하
    여, 同情과 人道의 관계를 역설하고 있다.

이 조선을 바라보는 태도가 될 수 없다. 따라서 이 소설의 계몽적 목소리는 조선인의 목소리가 아니다. 다시 말해 이 소설의 서술자는 결코 제국주의의 타자가 아니다. 이 소설에서 "정치적 힘의 관계가 사상"되고,[19] 문화적 힘의 관계가 강조된 것은 바로 이에서 말미암는다.

요컨대 문명(일본, 서양) 쪽에서 야만(조선)을 보니 동정심이 일어나는 것이다. 여기서 중요한 것은 이 소설에 나타난 동정심이야말로 어떤 적대감보다도 더 철저히 그 대상을 타자화시킨다는 점이다. 즉 이 소설의 동정심은 조선과 외국을 문명과 야만이라는 이분법적 구도 속에 위계화시키면서 조선을 열등한 쪽에 가두어 버린다.[20] 이렇게 되면 조선이 나아갈 길은 그저 일본에 복종하면서 부지런히 그 문명을 배우는 것 외엔 달리 없는 것이다. 그리고 그렇게만 하면 "우리는 마침내 남과 같이 번적하게 될 것이로다."(379면) 바로 이것이 이 소설에 나타난 계몽적 목소리이다.

그리하여 이 소설의 서술자는 결말 부분에서 그야말로 순진하다고 할 정도의 낙관주의를 표명하면서, 일본의 조선 침략의 결과로 인한 '상공업의 발달'을(379면) 예찬하고 있다. 그러나 이것은 그야말로 단선적인 근대인식에 불과하다. '상공업의 발달'이 있었다면 그것은 조선을 수탈하기 위한 기형적인 모습에 지나지 않는다. 왜냐하면 "서양의 근대는 식민지에 이식되면서 화학적 변용을 통해 결코 서양의 근대도 발

---

19) 나병철, 『근대서사와 탈식민주의』, 문예출판사, 2001, 275면.
20) 영채가 신세를 망친 것은 三從之道로 대표되는 "낡은 사상의 속박" 때문이요,(274면) 선형이도 만일 문명한 나라에 났으면 "십칠팔세가 된 금일에는 벌써 참말 인생인 한 여자가 되었을" 터인데,(90면) 조선에 태어났기 때문에 아직 사람이 못되고 "다만 장차 '사람'이 되려 하는 재료"(90면)에 불과한 것이다. 패성학교장 함상모가 진정한 선각자인 까닭은 "새로운 문명을 실어 들여야 할 일"을(107면) 주상하며 청년들을 잘 교육하기 때문이요, 형식의 친구인 우선이가 "형식과 같이 열렬하게 세상을 위하여 일생을 버리려는 열성이 없음"은(146면) 형식처럼 영문이나 독문의 교육을 받지 못하고 한문의 교육을 받았기 때문이다. 뭉뚱그리건대 '조선사람의 인생관(人生觀)'은 "모든 일의 책임이 전혀 사람에게 있지 아니하니 다만 되는 대로 살아갈 따름"이라(188면) 하는 것이다.

현되지 않"기[21) 때문이다. 이 점을 몰각한 또는 무시한 동정적 인도주
의란 그 이면에 식민주의의 재생산을 감추고 있는 기만적인 것이며,
이런 의미에서 이 소설은 고도의 정치성을 지니는 것이다.

그러므로 이 소설의 작중인물들은 결코 당시의 현실공간에 놓여 있
지 않다. 이 소설은 "개인적 자아가 근거할 현실적 상황에 대한 객관적
인 인식도 제대로 구현하지 못하고 있는"[22) 것이다. 달리 말하자면, 이
소설의 작중인물들이 경험하는 세계는 식민주의에 맞도록 재구성된 허
위의 세계이다. 서술자의 낙관적인 목소리가 기대고 있는 이상향은 공
간적으로는 멀리 떨어져 있는 문명한 외국에, 시간적으로는 언제인지
모르는 먼 미래에 있을 뿐이다. 그리하여 이 소설은 지금, 여기의 객관
현실을 무화시킨다. 이런 점에서 주인공 이형식은 근대적 의미의 개인
적 주체라고 할 수 없으며, 따라서 이 소설 역시 진정한 의미의 근대소
설이라 할 수 없다. 그렇기는커녕, 이 소설은 동정적 인도주의를 하나
의 수단으로 하여 민족주의의 외피를 쓴 식민주의 담론인 것이다. 이
소설의 결말 부분에서 수재민들을 구제하기 위해 자선음악회가 열리는
것은, 또 이 자선음악회에 경찰서장이 동정심을 가지고 동참하는 것은
바로 이 기만적인 동정적 인도주의를 상징적으로 보여주는 사건이다.

4. 조종된 자아주의 : 김동인의 〈약한 자의 슬픔〉

김동인의 <약한 자의 슬픔>은 앞서 논의된 두 소설(신채호의 <꿈
하늘>, 이광수의 <무정>)과는 매우 이질적인 작품으로 보인다. 우선

---

21) 정태헌, 「한국의 식민지적 근대화모순과 그 실체」, 역사문제연구소, 『한국의 '근
   대'와 '근대성' 비판』, 역사비평사, 1996, 249면.
22) 권영민, 앞 책, 204면.

이 소설은 '민족'이라는 절대 명제에서 훨씬 벗어나, 강 엘리자벳트라는 한 개인의 문제를 다루고 있다. 즉 마음이 약한 엘리자벳트가 사랑의 문제로 극도의 고통을 겪은 뒤에 크게 각성하여 강한 엘리자벳트로 다시 태어난다는 이야기이다. 즉 이 소설은 앞서 언급한 바, '자아의 각성' 또는 '개성의 발견'을 주제로 한 내적 계몽의 겉모습을 취하고 있는 것이다. 그러니까 이 소설은 한 개인이 성숙한 근대적 자아로 발돋움하는 모습을 담아내는 하나의 양식 실험의 성격을 지니며, 그러기에 일단 '예술'이라는 절대명제와 관련된다고 할 수 있다.

아닌게 아니라 김동인은 그가 쓴 수필에서, 예술이란 "사람 自己가 지어노흔, 사랑의 世界"이고, 예술의 요소는 "아모 사람의게도 가득차 잇는 에고이즘—卽, 自我主義"이며, 이 "自我主義가 업스면 하느님이 지은 世界에 滿足하여슬 것"이므로 "藝術이 생겨날 수가 없다."고[23] 하였다. 이러한 주장은 근대소설의 전제조건인 개인의 내면 발견이라는 문제와 호응하는 것으로, 소설(예술)이 개인의 자기실현의 욕망으로부터 생겨났다고 보는 것이어서 주목된다. 그러기에 작가는 소설(예술)에 대해 지배권을 가질 수 있고 또 가져야 한다. 도스토예프스키보다는 톨스토이가 진짜 예술가인 이유도 자기가 창조한 인생을 "自由自在로, 人形 놀리는 사람이 人形 놀리듯 自己 손바닥 우에 올려 놓고 놀렸"기[24] 때문이라는 것이다. 이른 바 인형조종술로 불리는 이러한 창작방법을, 김동인은 그의 처녀작인 <약한 자의 슬픔>에 적용하려 했던 것으로 보인다.

다른 한편, <약한 자의 슬픔>은 작가 자신의 또 다른 창작기술인 일원묘사론이[25] 적용된 예이기도 하다. 이 작품은 3인칭 소설로서 인

---

23) 김동인, 「사긔의 創造한 世界」, 『창조』 7호, 1920. 7, 49면.
24) 위 글, 52면.
25) 김동인, 「小說作法」, 『동인전집』 10, 홍자출판사, 1968 참고. 이 글에서 김동인은 일원묘사에 대해, "一元描寫라는 것은 景致든 情緒든 心理든, 作中 주요인물의 눈에 비친 것에 한하여 작자가 쓸 권리가 있지—주요인물의 눈에 벗어난 일

물시점 서술방식을 취하고 있기 때문에, 서술자의 자유는 극히 제한된
다. 그러나 이 서술방식은 오히려 개인의 내면을 드러내는 데는 더없
이 좋은 방법이라 할 수 있다. 서술자는 강 엘리자벳트가 지각하고 생
각하는 것만을 말할 수 있기 때문이다. 달리 말해 이 소설의 서술자는
주인공 강 엘리자벳트의 감각과 의식을 비추는 반영자로서의 서술자이
다. 반영자화된 서술자는 "독자에게 비중개성의 감을 주는 감춰진 또
는 은밀한 중개성"을26) 수행함으로써 스스로를 은폐한다. 이러한 서술
자의 은폐성은 또한 이 소설이 철저하게 종결어미 '-었다'를 사용하
고 있다는 점과도 관련된다. 종결어미 '-었다'는 단순히 과거시제를
나타내는 것이 아니라 서술자가 존재하지 않는 것처럼 느끼게 하여
"이야기에 현실성을 부여한다."27)

　　김동인이 <약한 자의 슬픔>에서 인물시점 서술방식을 취하고 있는
동시에 종결어미 '-었다'를 철저히 사용하고 있다는 점은 근대소설의
기본형식에 상당히 밝은 그의 면모를 보여준다. 그러나 이러한 형식적
창작기술은 앞서 언급한 그의 예술관과 상호모순을 일으키게 된다. 그
스스로 주장한 인형조종술과 서로 어긋날 수밖에 없게 되는 것이다.
즉 일원묘사법을 철저히 지켜나갈 경우, 작가는 작중인물 및 인물이 놓
인 상황의 논리를 따라갈 수밖에 없는데, 그렇게 되면 작중인물을 인형
놀리듯 조종하면서 소설을 쓰는 것이 불가능하게 되는 것이다. <약한
자의 슬픔>은 이처럼 인형조종술과 일원묘사법이 충돌을 빚은 작품으
로 볼 수 있다.

　　남작은 대답 없이 엘리자벳트를 뚫어지게 들여다보고 있었다.
　　"왜 그리 보세요?"

　　은 아무런 것이라도 쓸 권리가 없는-그런 형식의 묘사"라고(115면) 설명하고
　있는데, 이는 곧 인물시점 서술방식을 의미한다.
26) F. K. 슈탄젤, 김정신 옮김, 『소설의 이론』, 문학과 비평사, 1992, 212면.
27) 가라타니 고진, 박유하 옮김, 앞 책, 99면.

그는 남작의 시선을 피하면서 별한 웃음－애걸하는 웃음－거러지의
웃음을 웃으면서 돌아누웠다.28)

"이십세기 사람이 다 그렇다!"
그는 힘있게 중얼거렸다.
'어떻든…… 응! 그렇다! 문제는 「이십세기 사람」이라고 치고, 첫줄을
「약한 자의 슬픔」으로 시작하여 마지막 줄을 「현대 사람 다의 약함」으
로 끝내자.'
그는 자기 짓던 글을 생각하고 중얼거렸다.
'표본 생활 이십 년이란 구는 꼭 넣어야겠다.'
고 그는 생각하였다. 그리고 글을 속으로 생각하기 시작하였다.
이리 짓고 저리 지어서, 이만하면 완전하다 생각할 때 그는 마지막
구를 소리를 내어서 읽었다.
'현대 사람 다의 약함!'(53면)

첫 번째 인용에서, '별한 웃음－애걸하는 웃음－거러지의 웃음'은 엘
리자벳트의 생각이 아니라 분명히 서술자의 생각이다. 엘리자벳트가
남작에게 몸을 허락하는 과정에 설득력을 부여하기 위해 부지불식간에
서술자의 생각을 삽입시킨 것이다. 즉 일원묘사법을 제치고 인형조종
술이 끼어든 것이다. 하지만 이 경우는 아직 이야기의 심급을 결정짓
는 서술자의 목소리라고 할 수 없다.

두 번째 인용에서, 엘리자벳트가 중얼거리는 독백의 내용 역시 그
정황으로 보아 그녀 자신의 생각으로 보기 어렵다. 표면적으로는 엘리
자벳트의 독백으로 처리되어 있으나, 실은 서술자(작가)의 생각이 그녀
의 독백을 빌어 표현되고 있는 것이다. 즉 이 독백은 이 소설의 주제와
관련되는 바, 앞서 살핀 '자아주의'를 이 소설에 실현하기 위한 방편에
불과하다. 이런 의미에서, 작중인물 엘리자벳트가 머리 속에 짓고 있는
글은 작가가 쓰고 있는 이 소설과 같다. 그리고 그 주제는 현대 사람이

---

28) 김동인, <약한 자의 슬픔>, 『동인전집 7』, 홍자출판사, 1968, 14~15면. 앞으
로 이 작품에서의 인용은 본문 중에 면수만 표기한다.

다 약하지만 스스로의 자각에 의해 강한 자아로 다시 태어날 수 있다
는 것이다. 이러한 사정은 이 소설의 결말에 해당되는 다음 대목에 비
추어 볼 때 더욱 분명해진다.

> 그는 생각하여 보았다.
> '내가 너희에게 새 계명을 주노니 사랑하라'(그는 기쁨으로 눈에 빛
> 을 내었다) 그렇다! 강함을 배는 태(胎)는 사랑! 강함을 낳는 자는 사랑!
> 사랑은 강함을 낳고, 강함은 모든 아름다움을 낳는다. 여기 강하여지고
> 싶은 자는─아름다움을 보고 싶은 자는─삶의 진리를 알고 싶은 자는
> 다 참사랑을 알아야 한다.
> 만약 참 강한 자가 되려며는? 사랑 안에서 살아야 한다. 우주에 널려
> 있는 사랑, 자연에 퍼져 있는 사랑, 천진난만한 어린아이의 사랑!
> "그렇다! 내 앞길의 기초는 이 사랑!"
> 그는 이불을 차고 벌떡 일어나 앉았다. 그의 앞에는 끝없는 넓은 세
> 계가 벌려 있었다. 누리에 눌리워 살던 그는 지금은 그 위에 올라섰다.
> 그의 입에는 온 우주를 쳐누른 기쁨의 웃음이 떠올랐다.(56면)

이 결말 부분에 와서 서술자는 전면에 드러난다. 작중인물 엘리자벳
트의 독백에조차 온통 서술자의 목소리가 침투해 있는 것이다. "그는
생각하여 보았다."고 썼지만, 그것은 기실 서술자의 생각이며, 또한 작
가 자신의 생각이기도 한 것이다. 그리고 그 내용은 앞서 살핀 수필에
서 작가가 "이 사랑이, 藝術의 어머니라면 어머니랄 수도 있고, 胎라면
胎랄 수도 있다. 自己를 對象으로 한 참사랑이 업스면, 自己를 爲하여
의 自己의 世界인 藝術을 創造할 수 없다."고[29] 말한 것과 일치한다.
요컨대 사랑은 강한 자아를 낳고 강한 자아는 예술을 낳는다는 것이다.
그렇다면 이 대목은 작가가 자아주의를 내세우는 동시에 예술관을 피
력한 계몽적 목소리가 드러난 부분이기도 하다.
그렇다면 이 소설이 인물시점 서술방식을 취하고 있다는 것은 그야

---

29) 김동인, 「자긔의 創造한 世界」, 49면.

말로 형식에 불과하다. 작가가 주장한 일원묘사법도 종결어미 '-었다'의 사용도 그저 허울에 지나지 않는다. 이 소설은 작중인물의 의식을 비추는 반영자로서 출발한 서술자(작가)가 도리어 자신의 생각을 작중인물에 투사하는 것으로 결말지어졌다. 가히 인형조종술에 의한 자아주의의 승리라 할 만하다.[30] 따라서 이 자아주의야말로 이 소설이 기반하고 있는 최종 심급이라 할 수 있다. 그러나 이 자아주의는 조종된 자아주의며, 그런 의미에서 패배한 자아주의이다. 작가는 비록 소설세계 속에서이긴 하지만, 감히 하나의 인생을 자기 뜻에 맞게 조종하여 독자에게 제시했던 것이다.

그러니 이 소설이 당시의 객관적 현실을 드러내지 못한 것은 필연적인 것이라 할 수 있다. 강 엘리자벳트는 세계와 분리된 극히 개별적인 운명적 상황 속에 놓여 있는 바, 그것은 죽음(자살)에 이를 수밖에 없는 그런 상황이었던 것이다. 그럼에도 작가는 '사랑'을 내세우며 주인공을 갑자기 강한 자아로 탈바꿈시켰다. 강 엘리자벳트는 작가의 관념 속에서 고안되고 소설의 진행과정 속에서 조종된 자아였던 바, 그 내면은 아직 근대적 인간의 내면이라 할 수 없는 것이다.

내적 계몽의 입장(자아의 각성이나 개성의 발견)에서 씌어진 소설이라고 해서 스토리와 담화의 구별이 무의미해지는 것은 아니다. 논설이 아니고 소설인 한, 계몽의 내용이 제아무리 내적인 것이라 하더라도,

---

30) 나중에 김동인은 스스로 <약한 자의 슬픔>에 대해 논하면서, "주인공을 자살케 하려던 것도 내 의사다. 그러나 또한 자살시키지 못한 것도 내 의사다. 두 의사의 갈등－二元的 性格, 이를 의식하였다. 惡魔的 暴虐과 神과 같은 사랑의 갈등이었다."라고 서술하였다.(김동인, 「한국근대소설고」, 『동인전집 8』, 홍자출판사, 1969, 602면) 그러니까 작가의 내부에서 갈등하던 '신과 같은 사랑'이 '악마적 포학'을 이기고 주인공을 살려냈다는 것인데, 이는 앞서 살핀 수필 「자긔의 창조한 세계」에서 내세운 자아주의가 '사랑'을 기반으로 하고 있다는 점에 비추어 인형조종술의 승리를 말한 것으로 볼 수 있다. 그러나 작가의 이러한 언급은 근대소설에 대한 그의 인식이 철저하지 못함을 드러낸다. 왜냐하면 이것은 작가가 객관적 현실과는 무관하게 자신의 의도에 따라 이렇게도 저렇게도 쓸 수 있다는 주장이 되기 때문이다.

그것이 밖으로부터 선험적으로 주어진 것일 때 그 의미는 내적 계몽의 테두리를 벗어나게 된다. 스토리가 담화에 압도되고 서술자의 목소리가 전면화되어, 외적 계몽의 입장에서 씌어진 소설과 일정한 유사성을 지니게 되는 것이다. <약한 자의 슬픔>에서 서술자는 '자아주의'를 주인공에게 주입시키려 했고, 그랬기 때문에 그 '자아주의'가 외부로부터 주어진 근대적(시대적) 이념으로 기능한 것이다. 이것을 소설 밖의 현실세계와 연결시키면, 그것이 독자의 삶을 간섭하는 일종의 명령으로 작용하게 된다는 점에서, 결국 이 소설은 서술자의 권위를 내세우는 외적 계몽의 범주에 들어가게 된다.

5. 맺음말

이 글은 한국근대소설의 형성과정에 관한 연구의 일환으로, 1910년대 후반기에 산출된 소설들 중 계몽적 목소리가 이야기를 지배하고 있는 3편의 소설들(신채호의 <꿈하늘>, 이광수의 <무정>, 김동인의 <약한 자의 슬픔>)을 검토한 것이다. 그리하여 각 작품들에 나타난 계몽적 목소리의 근원을 탐색함으로써, 이 소설들 상호간의 차이를 확인함과 동시에 이 소설들이 공유하고 있는 동질성을 드러내고자 하였다. 여기서 상호간의 차이를 확인한 것은 1910년대 후반기 당시 각 소설들이 지니는 시대적 의미를 묻는 일과 관련되며, 그러면서도 이 소설들이 공유하고 있는 동질성을 드러낸 것은 이제 좀더 넓은 시각에서 당시의 문학을 해석할 필요가 있다는 점과 관련된다.

한국근대소설의 형성과정에서 '계몽'이란 말의 함의는 민중을 깨우친다는 뜻의 '외적 계몽'과 인간의 본성을 자각한다는 뜻의 '내적 계몽'으로 구분될 수 있는 바, 어느 쪽이든 일차적으로는 당시의 사회가 요구하는 시대사상으로서의 의미를 지니고 있다. 그러나 그런 의의에도 불구하고, 내적 계몽에서 요구되는 근대인으로서의 자각이 없는 상태에서 시대사상을 소설에 수용할 경우 근대소설로서의 요건을 갖추기 어렵게 된다. 그 내용이 외적 계몽에 속하든 내적 계몽에 속하든, 어떤 단일한 이념에 근원을 둔 계몽적 목소리가 작품을 지배하면서, 당시의 현실이 그 이념에 따라 소설 속에 재구성되는 현상이 나타나는 것이다.

신채호의 <꿈하늘>은 민족사의 탐색을 통해 '님나라'를 찾아가는 작가 자신의 자전적 기록인 동시에, 민족 독립을 위한 투쟁만이 자기구원에 이르는 길임을 가르치는 계몽소설이기도 하다. 이 소설에 나타난 계몽적 목소리는 푸른 하늘로 표상되는 무구한 민족주의에 근원을 두고 있다. 그리하여 이 소설은 당시로서는 유일하게 제국주의 담론에 저항하는 민족주의 담론으로서 소중한 시대적 의미를 획득한다. 그러나 이 소설의 환상적 구조는 현실세계로부터 닫혀 있는 자족적 정신주의를 말해주는 바, 이 점은 이 소설이 근대소설로서의 요건을 충족시키지 못하고 있음을 시사한다. 주인공 한놈의 내면은 민족독립투쟁에 나선 구도자의 내면이기는 해도, 객관적 현실에 놓인 근대인의 내면이라 할 수는 없는 것이다.

이광수의 <무정>에 나타난 계몽적 목소리는 분명한 외국에서 빌어온 권위를 조선인에게 행사하는 목소리이다. 이 소설의 서술자는 일본 제국주의에 의해 타자화된 스스로의 위치를 전혀 깨닫지 못한 채, 도리어 자신이 일본인의 지위에 있는 듯한 상상 속에서 조선인들을 타자화하는 것이다. 동정적 인도주의에 근원을 두고 있는 이 소설의 목소리는 문명과 야만이라는 이분법 속에 조선과 외국을 위계화시켜, 조선을 열등한 쪽에 가두어 버린다. 이 소설에서 억압하고 억압받는 정치적 힘의 관계가 철저히 사상되고, 대신 문화적 힘의 관계가 유난히 강조된 것은 이에서 말미암는다. 즉 이 소설에서 작중인물들이 경험하는 세계는 식민주의의 논리에 따라 재구성된 허위의 세계이다. 결국 이 소설은 기만적 인도주의에 기대어 민족주의의 외피를 쓴 식민주의 담론이라 할 수 있다.

　김동인의 <약한 자의 슬픔>은 위의 두 작품과는 달리 '자아의 각성'을 주제로 하여 인물시점서술 방식을 채택한 내적 계몽의 겉모습을 취하고 있다. 그러나 이 소설은 작중인물의 의식을 비추는 반영자로서 출발한 서술자가 도리어 자신의 생각을 작중인물에 투사하는 것으로 끝났다. 이른 바 인형조종술에 의한 자아주의의 승리라 하겠는데, 그러나 바로 그 이유로 이 자아주의는 조종된 자아주의에 불과한 것이 되고 말았다. 그리하여 이 소설 역시 자아주의에 근원을 둔 계몽적 목소리가 드러나면서, 서술자의 권위를 내세우는 외적 계몽의 범주에 속하게 된다. 말하자면 자아주의라는 개념이 밖으로부터 주어진 시대적 이념으로 기능한 것이니, '예술'이라는 절대명제가 '민족'이라는 절대명제와 그리 멀리 떨어져 있는 것이 아니라는 점을 알게 한다.

　이상의 논의로 미루어 1910년대 후반기의 소설에는 아직 외적 계몽이 우세하며, 따라서 근대소설의 전제조건이라 할 수 있는 내면의 성립에 이르지 못했음을 지적할 수 있다. 그것이 민족주의이든 인도주의이든 자아주의이든, 하나의 시대적 이념이 절대화되어 객관적 현실과 함께 개인의 내면을 덮어버린 것이다. 아니, 정확히 말하면 아직 개인의 내면이 형성되지 못한 것이다. 그러나 그럼에도 1910년대 후반기의 소설을 통해 한국근대소설이 외적 계몽에서 내적 계몽으로 서서히 옮겨가는 모습을 볼 수 있다. <꿈하늘>의 경우, 작가 또는 주인공 한놈의 내면여행의 성격을 지니고 있는 바, 이것은 애국계몽기의 전기물에서 진일보한 측면이다. <무정>의 경우에도 주인공 이형식의 갈등하는 내면은 신소설에 비해 한 걸음 더 근대성에 다가선 것이다. 또 <약한 자의 슬픔>에서 인물시점서술 방식으로 주인공 강 엘리자벳트의 마음의 흔들림을 드러낸 것 역시 마찬가지 진전으로 볼 수 있는 것이다. 그러나 본격적인 의미의 근대소설은 1920년대에 들어서면서 나타나기 시

작한 것으로 보인다. 그리고 그것은 '자아의 각성' 또는 '개성의 발견'
이라는 내적 계몽을 출발점으로 하고, 그렇게 설정된 개인으로서의 작
중인물이 식민지 시대의 구체적인 삶을 경험하는 과정, 다시 말해 식
민지 시대의 물질적 환경 속에서 타자와 섞이면서 현실의 모순을 발견
하는 과정을 통해 이루어진 것으로 판단된다. 또는 당시의 식민지 현
실을 철저히 경험하면서 비로소 근대인의 내면이 성립된 것이라고 거
꾸로 말할 수도 있다. 요컨대 1920년대에 이르러서야 개인적 자아인
동시에 사회적 자아인 근대인의 내면이 정립된 것이니, 염상섭과 현진
건의 소설이 그러하며, 그 앞 단계에 1910년대 후반기의 현상윤과 양
건식의 소설이 놓이는 것으로 생각된다.

(『한국문화』 32, 서울대학교 한국문화연구소, 2003. 12)

1930년대 농민소설에 나타난 이상적 인간형

1. 머리말

‘이상적 인간형’이란 현대소설에서보다는 전대소설에서 논의될 법한
개념으로 보인다. 이상적 인간을 사회적으로나 도덕적으로 완전한 인
간을 뜻하는 것으로 볼 때, 그것은 당대 이념의 구현자 또는 당대 질서
의 수호자로 나타난다고 할 수 있기 때문이다. 전대소설의 영웅적 주
인공들은 봉건적 이상(유교적 이념과 질서)과 일치하는 인물들로서, 그
봉건적 이상의 일시적 훼손 상태와 투쟁하여 본래적 질서를 회복시키
는 역할을 맡고 있는 것이다. 전대의 영웅소설이 질서→혼돈→질서
의 서사구조를 지니고 있음은[1] 이로 말미암는다. 즉 전대소설의 영웅
적 주인공들은 근원적으로 당대 이념을 긍정하고 그것을 실현하고자
한다.

이에 비해, 현대소설에서는 그와 같은 ‘이상적 인간형’이 좀처럼 발
견되지 않는다. 현대소설의 주인공들은 당대 이념이나 질서(근대 자본
주의의 이념과 질서)를 옹호하기는커녕, 오히려 그것을 근원적으로 부

---

1) 이재선, 『한국현대소설사』, 홍성사, 1981, 17면.

정하는 인물들이기 때문이다. 현대소설의 주인공들은 현실세계를 비판하거나(리얼리즘), 현실세계 너머의 별세계를 꿈꾸거나(낭만주의), 현실세계에 휩쓸려 파괴되거나(자연주의), 현실세계에 의해 왜곡되는(모더니즘) 인물들이다. 하지만 이 모든 현대소설의 주인공들은 어떤 식으로든 현실세계와의 치열한 싸움을 벌이고 있다는 사실에 주목할 필요가 있다. 더구나 이들의 싸움은 전대소설의 주인공들과는 달리 자기시대에 대한 부정을 전제로 하고 있다는 점에서, 보다 근원적인 싸움이며 따라서 그만큼 힘겨운 싸움이기도 하다. 그렇기 때문에 현실세계에 패배하여 왜곡되기도 하고 파괴되기도 하는 것이다. 여기서 놓쳐서는 안 될 부분은, 바로 이와 같은 현실세계에 대한 근원적 부정과 그에 따른 힘겨운 투쟁의 이면에, 미래에의 대안(다른 모습의 근대사회)을 지니고 있는 경우이든 그렇지 않은 경우이든, 어떤 이상사회에 대한 지극한 열망이 숨겨져 있다는 점이다.

아닌 게 아니라 근대문학은 중세에서 근대로의 이행기에, 인간의 외부에 존대하던 초월적 심급을 해체하고 대신에 모든 사물의 판단 기준을 인간의 내부에서 찾으려는 이성중심주의와 더불어, 그리하여 자율적 주체가 된 인간 개개인의 자아를 실현할 수 있는 새로운 이상사회에 대한 기획(근대기획)과 함께 출발했던 것이다. 그리고 근대로 접어든 이후에도, 문학은 근대 속에 남아 있는 전근대적 요소들(봉건적 인습, 권위주의 등) 및 근대 속에 새로 발생한 반근대적 요소들(파시즘, 사물화, 인간소외 등)과의[2] 싸움으로 시종하면서 진정한 근대를 꿈꾸어 왔다고 해도 과언이 아니다. 그렇다면 현대소설에서의 '이상적 인간형'은 이와 같은 근대기획을 담고 있는 서사적 담론들 속에서 발견될 수

---

2) 이와 같은 근대 속의 반근대적 요소는 이성중심주의로 인한 주체와 객체의 분리로부터 발생한다. 특권화된 이성에 의한 근대기획은 그 계몽의 꿈과는 반대로 야만화된 문명을 낳게 되는 것이다. 나병철, 『한국문학의 근대성과 탈근대성』, 문예출판사, 1996, 28면.

있지 않겠는가? 특히 근대기획이 그것을 실현하기 위한 방법으로 계몽기획을 앞세울 경우, 그리고 그 계몽기획이 서사의 적극적 계기로 작용할 경우, 그런 소설의 주인공을 가리켜 '이상적 인간형'이라 부를 수 있을 것이다. 요컨대 현대소설에 나타난 이상적 인간이란, 전대소설의 경우처럼 자기시대의 질서를 더욱 공고히 하려는 인간이 아니라, 자기시대의 질서와는 다른 어떤 새로운 질서가 실현되는 이상사회를 상정하고 그 이상사회의 실현을 위해 현실세계 한가운데서 분투하는 인간인 것이다.

그러기에 현대소설에 나타난 '이상적 인간형' 즉 '계몽적 인간형'은 미래지향적 인간형인 동시에 실천적 인간형이며, 그가 지닌 이와 같은 미래지향성과 실천성은 현실세계에 대한 강렬한 부정의 정신을 전제로 하는 것이다. 계몽적 인간형이 지닌 이와 같은 성향들은 또한 자기시대에 대한 인식 못지 않게 자기 자신에 대한 인식의 강화를 수반하는 바, 이러한 자기인식의 강화는 그가 다른 사람들에 대해 느끼는 부채감, 의무감, 우월감, 사명감 등으로 나타나기도 한다. 정론성과 도덕성으로 요약될 수 있는 계몽적 인간형의 이와 같은 특성들은 물론 계몽소설이 지닌 감동력의 원천으로 작용하지만, 때로는 그것이 이성중심주의에 매몰되고 목석의 합리성에 폐쇄됨으로써 현실 자체를 관념화시키는 오류의 원인이 되기도 한다. 이 글에서는 이상의 논의를 염두에 두고, 1930년대 농민소설―이광수의 <흙>, 이기영의 <고향>, 심훈의 <상록수>―에 나타난 계몽적 인간형을 살펴보기로 하겠다.

2. 계몽적 이성의 귀향

(1) 농민운동과 농민소설

한국의 근대화는 봉건사회 내부의 여러 가지 모순을 지양해 나아가는 자율적인 측면보다는 외부의 정치적 힘에 의해 강제된 타율적인 측면이 더 많았다고 할 수 있다. 때문에 근대로의 이행기에 있어서, 한국은 봉건체제를 극복하여 근대화된 사회에 도달해야 하는 과제와 외세에 대항하여 자주적 민족국가를 건설해야 하는 과제를 동시에 지니고 있었다. 그런데 이 두 과제는 서로 의존적인 관계에 있으면서도 또한 상호모순을 일으키는 것이었다. 근대화된 사회에 도달하기 위해서는 외래문물과 제도를 받아들이지 않을 수 없는데, 그것을 받아들인다는 것은 곧 제국주의 침략의 길을 열어주는 결과를 초래하는 것이었기 때문이다.

개화기, 애국계몽기, 계몽주의 시대 등으로 불리는 신문학 초창기의 근대기획은 위에 언급한 이율배반성을 극복하지 못한 채, 이인직·이광수 등의 이식적 근대화론과 박은식·신채호 등의 자주적 근대화론이 서로 경쟁하는 양상을 보이게 된다. 그러나 이들에 의해 씌어진 서사적 담론들은 그것이 기대고 있는 근대기획이 어떤 것이든, 그리고 그것이 계몽소설이라 불리든 그렇지 않든, 계몽의 당위성만을 역설했을 뿐 구체적인 민족현실과 적극적으로 교섭하는 계몽기획을 포함하고 있지 못했다. 이 시기의 서사적 담론들은 그것이 과학적 신지식을 표방하든 영웅적 민족정신을 표방하든, 인식주체의 주관적 관념에 민족의 객관적 현실을 종속시키는 결과를 초래하였다. 작가가 지니고 있는 근대기획을 독자들에게 주입시키는 방식, 말하자면 인식적 담론의 변형으로서의 서사적 담론(논설적 서사)이었던 것이다.[3]

1919년의 3·1운동을 계기로, 또 1920년대로 접어들면서 사회주의가 유입됨에 따라, 한국의 근대기획은 순응적 개량주의, 비타협적 민족주의, 그리고 마르크스 레닌주의의 3가지 흐름으로 재편된다. 이 3가지 근대기획은 여러 민족운동과 사회운동을 통해 협력과 경쟁, 그리고 통합과 분열을 되풀이하는 우여곡절을 겪으면서,[4] 점차 농민과 농촌의 중요성을 깨닫고 농민운동에 관심을 보이게 된다. 그러다가 1920년대 중반 이후 농민운동을 시작하게 되고, 1930년대로 접어들면서부터는 본격적이고 경쟁적인 농민운동에 나서게 되니, 이 농민운동은 무엇보다 농민들에 대한 계몽기획을 전제로 하는 것이었고, 바로 이것이 1930년대 농민소설의 사회적 배경을 이루는 것이다. 이를 문학의 경우로 바꾸어 보면, 1920년대부터 본격적인 근대문학이 형성되면서 점차 구체적인 민족현실을 발견하기 시작하다가, 1930년대에 이르러 식민지 현실의 모순이 집약된 농촌에 대한 관심이 고조되고, 드디어 그것이 농민들에 대한 계몽기획과 결부되면서 계몽적 이성의 귀향을 기본 모티프로 하는 농민소설이 탄생하게 되는 것이다.

계몽적 이성의 귀향, 그것은 위에 언급한 신문학 초창기 계몽소설의 한계를 뛰어넘어 계몽소설의 새로운 차원을 열 수 있는 그런 가능성을 시사하는 중요한 사건이다. 계몽적 이성의 귀향은 근대기획을 품은 인식의 주체가 그것을 실현하기 위한 계몽기획을 수행하는 실천의 주체가 된다는 것, 그 실천행위는 식민지 농촌이라는 구체적인 역사의 현

---

3) 김영민은 한국 신문학 초창기의 서사양식이 '서사적 논설'에서 '논설적 서사'로 발전되었다고 하면서, 이광수의 장편소설 <무정>도 그 준비단계로서 「농촌계발(農村啓發)」이라는 '서사적 논설'을 거쳐서 이루어진 것으로 보았다. 김영민, 『한국근대소설사』, 솔, 1997, 51면 및 419면.
4) 최원식은 "3·1운동 이후, 개량주의로 선회한 민족주의 우파와 개량을 거부한 민족주의 좌파, 그리고 좌파 사회주의로 급속히 분화되면서 복잡한 이합집산과 상호대립 또는 내부파쟁을 거듭"하였으며, "그럼에도 3파 가운데 어느 하나도 결정적인 주도권을 장악하지 못했다."고 하였다. 최원식, 「한국문학의 근대성을 다시 생각한다」, 『생산적 대화를 위하여』, 창작과 비평사, 1997, 28면.

장에서 이루어진다는 것, 그리하여 주체와 현실이 상호작용하는 본격적인 서사적 담론이 형성될 가능성이 열린다는 것 등을 의미하기 때문이다. 달리 말해, 위에 언급한 3가지 근대기획이 1930년대에 이르러 나름대로의 서사적 담론 속에서 실천적 검증을 받는 시험대에 오르게 된 것이다. 서사적 담론이 곧 실천은 아니지만, 그것은 주체와 현실이 상호 교섭하는 구체적 삶을 드러내 보인다는 점에서 인식적 담론에 비해 실천적이다.

이렇게 보면, 1930년대에 치열한 경쟁관계를 보이던 예의 3가지 근대기획이 농민에 대한 계몽기획을 매개로 서사적 담론의 형성에－이광수의 <흙>(순응적 개량주의), 이기영의 <고향>(마르크스 레닌주의), 심훈의 <상록수>(비타협적 민족주의)－이르렀다는 사실은 결코 우연이 아니다. 그것은 3가지의 근대기획이 나름대로 자기의 정당성을 입증해 보이려 한 시도였다고 할 수 있기 때문이다. 더구나 그 서사적 담론들의 바깥에는 그것들과 직접적으로 관련된 실제의 농민운동들이 배경으로 깔려 있는 것이다. 동아일보사의 브나로드 운동, 사회주의 측의 농민조합운동, 수원고농(水原高農) 학생들의 농촌계몽운동이 각각 <흙>, <고향>, <상록수>의 직접적인 배경이 되는 농민운동들이다.[5]

(2) 계몽기획과 소설형식

계몽적 이성의 귀향이라는 모티프는 1930년대 농민소설이 새로운 형식을 갖추도록 하는 결정적인 요인이 된다. 계몽적 이성이란 현실에

---

5) 하지만 당시 농민문학의 정치성을 고려할 때, 농민문학을 농민운동에서 파생된 것으로만 본다든가 아니면 반대로 농민운동을 단순히 농민문학의 배경으로만 이해한다든가 해서는 안 된다. 1930년대의 농민소설은 한편으로는 문학운동의 일환으로 다른 한편으로는 농민운동의 일환으로 씌어진 것이며, 궁극적으로는 전체 민족·민중운동의 일환으로 씌어진 것이기 때문이다. 즉 1930년대 농민소설은 그 자체가 문학운동이면서 동시에 형상형태(서사적 담론)로 존재하는 농민운동이었던 것이다. 이에 대해서는 류양선, 『한국농민문학연구』, 서광학술자료사, 1994, 9면 이하 참고

대한 인식주체일 뿐만 아니라, 치열한 현실부정성과 미래지향성을 띠고 있어 강렬한 가치지향성을 그 안에 포함하는 것이며, 바로 이 가치지향성이 강력한 서사적 추진력으로 작용하여 농민소설의 새 형식을 창출하게 되는 것이다. 무엇보다 계몽적 이성은 황폐한 현실사회에 맞서는 진보된 미래사회를 상정하는 바, 이것은 현실사회를 인식·판단·규정하는 가치기준 자체를 아직 도래하지 않은 미래사회에 두고 있음을 말해 준다. 그러니까 아직 오지 않은 그 미래사회야말로 진정한 근대이다. 그렇기 때문에 현실사회 속에 남아 있는 전근대적 요소와 근대로의 이행 뒤에 새로 발생한 반근대적 요소는 이 진정한 근대(이상적 미래사회)의 관점에서 부정·비판된다.[6]

여기서 농민소설의 근원적 대립구도가 형성되거니와, 그것은 황폐한 현실사회(전근대적 또는 반근대적 근대)와 진보된 미래사회(진정한 근대)의 대립구도이다. 이 근원적 대립구도를 작품에 따라 살핀다면, <흙>의 경우 그것은 미개한 농촌과 문명한 농촌의 대립이고, <고향>의 경우 그것은 자본주의 농촌과 사회주의 농촌의 대립이며, <상록수>의 경우 그것은 식민지 농촌과 해방조국 농촌의 대립이다. 그러나 진보된 미래사회(진정한 근대)는 아직 오지 않은 사회이기에 소설세계 바깥 멀리에서 원심력으로만 작용할 뿐이다. 따라서 계몽적 이성은 스스로 지니고 있는 근대기획에 따라 현실사회 속의 긍정적 요소(또는 세력)와 부정적 요소(또는 세력)의 대립구도로 현실을 파악하게 된다. 이 현실적 대립구도를 다시 작품에 따라 살핀다면, <흙>의 경우 그것은 지식과 무지의 대립이고, <고향>의 경우 그것은 지주(마름)와 농민(소작인)의 대립이며, <상록수>의 경우 그것은 민족주의와 식민통치의 대립이다.

---

6) 이처럼 현실사회 속의 전근대적·반근대적 요소가 극복된 진보된 미래사회를 상정하고 있다는 점에서, 계몽적 이성은 명시적이든 묵시적이든 진정한 근대에 도달하기 위한 나름대로의 어떤 기획을 가지고 있다고 하겠는데, 이 역시 새로운 근대기획이라 부를 수 있을 것이다.

계몽적 이성의 귀향이란 바로 이와 같은 대립구도 속으로 뛰어드는 행위, 그리하여 긍정적 요소 또는 세력을 신장시켜 부정적 요소 또는 세력을 극복함으로써 진보된 미래사회를 앞당기려는 행위이다. 긍정적 요소 또는 세력을 신장시키는 것, 그것이 다름 아닌 계몽인 것이다. 즉 계몽기획이란 근대기획을 실현하기 위한 하나의 방법으로 선택된 것이다. 아직 진정한 근대사회가 도래하지 않은 것은 사람들이 미자각 상태에 있기 때문이라고 보는 것이 계몽적 이성이라는 주체의 기본적인 생각이다. 사람들을 계몽적 이성(주체)과 같은 자각 상태로 끌어 올려야만 황폐화된 현실사회를 극복하고 인간다운 삶이 실현되는 진보된 사회를 앞당길 수 있는 것이다. 이제 계몽적 이성의 귀향은 농민들을 일깨워 변화시킬 뿐만 아니라 농촌의 현실적 대립구도를 어떻게든 변화시키려 할 것이다. 여기에 이르러 비로소 1930년대 농민소설의 형식이 갖추어지게 되니, 그것은 현실적 대립구조 속에 놓인 계몽적 이성과 농민들 사이의 역동적 계몽구조[7] 또는 그러한 계몽구조와 대립구도 사이의 역동적 관계라 할 수 있다. 이 역동적 관계가 위에 언급한 현실사회와 미래사회의 근원적 대립구도로 은밀히 감싸여 있음은 물론이다.

계몽적 이성의 귀향은 이처럼 전근대적 또는 반근대적 근대의 중심을 해체하고 진정한 근대의 중심을 세우려는 행위이다. 당시의 민족사적·세계사적 모순이 집약된 가장 주변화된 지역인 농촌에 뛰어들어 거기서부터 새로운 중심을 형성하려는 행위는 따라서 주체와 타자가 함께 발전해 나아가려는 공동체 의식을 수반하는 강렬한 도덕성을 내포하게 된다. 그러나 한편, 계몽적 이성의 귀향은 미처 예상하지 못한 농촌현실의 벽에 부딪쳐 좌절하게 될 위험성을 지니는 바, 이 경우 예

---

7) 정호웅은 이기영의 농민소설이 성취한 농민문학의 새로운 형식을 "문제적 인물과 소작농민들 사이에 성립된 계몽구조와, 그것에 의해 드러나는 지주와 소작농민들간의 계급대립구조의 복합형식"이라고 하였다. 정호웅, 「리얼리즘 정신과 농민문학의 새로운 형식」, 김윤식·정호웅 편, 『한국근대 리얼리즘 작가연구』, 문학과 지성사, 1988, 71면.

의 새로운 중심은 관념화되기 쉽고 도덕성은 자칫 위선으로 흐를 우려
가 있는 것이다. 여기서 중요한 것은 귀향을 결행한 계몽적 이성이 온
갖 난관에도 불구하고 진정한 근대를 향한 자신의 열망을 어떻게 유지
하느냐, 또는 현실과의 상호 교섭을 통해 자기 자신을 얼마나 변화·
발전시키느냐 하는 문제이다.[8]

3. 농촌현실 속의 계몽적 지식인

(1) 현실과 분리된 주체

이광수의 <흙>(『동아일보』, 1932. 4. 12～1933. 7. 10)은 계몽적 이
성의 귀향을 모티프로 하는 최초의 장편소설이다. 주인공 허숭은 '인격
의 명령', '양심의 명령'에 따라 농민 속으로 뛰어들 것을 결심하는데,
그의 이와 같은 결심은 민족 지도자인 한민교 선생의 가르침에 따라
'극기, 헌신, 분투의 생활'을[9] 선택한 것이며, 이로써 그 역시 민족 지
도자의 길을 걷기 시작한 것이다. 여기서 한민교와 허숭과의 관계는 허
숭과 농민과의 관계로 전이되는데, 그것은 지도자와 대중간의 철저한
'지도-복종'의 관계이다.[10] 이 지도-복종의 관계는, 이 소설에서의 농민

---

8) 계몽적 이성의 귀향으로 소설이 시작된 이후 이야기가 진행될수록, 농촌의 현실
   은 결코 계몽적 이성의 뜻대로만 움직이지는 않는다. 왜냐하면, 작품에 따라 편
   차는 있겠으나, 인식적 담론과는 달리 서사적 담론에서는 객관적 현실이 인식주
   체에 대해 우위성을 주장하기 때문이며, 객관적 현실이란 항상 인간 이성의 타자
   라고 할 수 있는 물질성, 욕망 등으로 구성되어 있기 때문이다. 이 경우, 계몽적
   이성은 자신의 이념에 현실을 억지로 종속시키려 하거나, 자신을 변화시키면서
   끊임없이 새로운 실천방법을 모색하거나, 언센가는 도래힐 김격적인 미래에 자신
   을 일치시켜 투쟁의지를 강화한다. 미리 밝혀 두자면, <흙>의 허숭, <고향>의
   김희준, <상록수>의 박동혁이 각각 여기에 해당된다.
9) 이광수, <흙>, 김동리 외 편, 『한국대표문학전집』 1, 삼중당, 1981, 34면.
   이하, 이 작품에서의 인용은 본문 중에 면수만 표기함.

운동이 '농민교육운동'으로 지칭되듯, 교육-피교육의 관계이기도 하다.

그런데 이 소설에서 지도자(교육자)는 대중(피교육자)보다 훨씬 우월한, 대중이 감히 도달할 수 없는 높은 위치에 있는 존재로 설정된다. 이 점에서 허숭이 지니고 있는 변호사라는 직함은 압도적인 의미를 띤다. 이 소설에서 농민들은 허숭을 부를 때, '선생님', '영감', '허변호사' 등의 호칭을 사용하고 있는 것이다. 이렇게 보면, 이 소설에서 허숭과 농민들과의 관계는 엄밀한 의미에서 계몽구조로 이루어져 있다고 볼 수 없다. 그것은 단지 허숭이 농민들에게 은혜를 베푸는 관계에 불과하며, 따라서 농민들은 그를 통해 아무런 의식상의 깨우침도 얻지 못한다. 허숭이 투옥되어 살여울을 떠나게 되자 농민들이 금시에 원래의 상태로 되돌아가고 마는 것은 오히려 당연한 일인 것이다.

이런 사정이고 보니, 허숭이 살여울에서의 생활을 통해, 즉 농촌현실에 부딪쳐 스스로를 변화시킨다는 것은 아예 불가능한 일이다. 허숭이라는 우월한 계몽적 이성(주체)은 열등한 농민들(타자)과 전혀 교섭하지 않기 때문이다. 이처럼 타자성이 철저히 배제된 주체에게는 자기 자신에 대한 반성이나 회의가 원천적으로 불가능하게 되어 있다. 허숭은 자신의 '농민교육운동'이 뜻대로 풀려가지 않자, 도리어 농민들에게 회의를 느낀다. 그리하여 정선에게 살여울을 떠나자면서, 농민들이 아직도 배가 불러 덜 깨달았다고 말한다. 폭언에 가까운 이와 같은 발언은 자기동일성에 폐쇄된 계몽적 이성(주체)이 농민들(타자)을 미리 정해진 자신의 관념에 따라 조종하고 싶어하는 데서 나오는 것이다. 이 점, 이 소설이 철

---

10) 이광수는 <흙>의 연재에 앞서 「지도자론」(『동광』, 1931. 7)이라는 논설을 발표하였는데, 이 글에서 그는 지도자와 대중간의 철저한 지도-복종의 관계를 주장하였다. 즉 지도자는 대중에게 용기와 희망과 절개와 의연한 주장과 격려를 주고, 대중은 그 지도자에게 감사로써 열복하고 의심없이 신뢰하게 된다는 것이다. 이광수는 또 「조선민족운동의 3기초사업」(『동광』, 1932. 2)이라는 글에서, 1) 인텔리겐치아 결성, 2) 농민 노동자 계몽과 생산향상, 3) 협동조합운동 등을 주장하였는데, 이 기초사업들은 모두 <흙>에 그대로 반영되어 있다. 즉 <흙>은 이 두 논설을 소설화한 것으로 볼 수 있다.

저한 아이디얼리즘의 창작방법에 따라 씌어진 작품임을 말해준다.

사실, 허숭에게는 기존 지배질서의 중심을 해체하려는 의도는 추호도 없다. 그의 '농민교육운동'은 "현 사회조직을 그대로 두고" 하는(86면) 체제순응적 운동이다. 그의 '농민교육운동'의 목적은 조선의 야만상태를 하루빨리 문명화시켜 "세계적인 시골뜨기요 상놈"의(29면) 자리에서 벗어나도록 하려는 것이다. 허숭에 의하면 조선 민족은 세계적으로 열등한 민족이라는 것이다. 그리고 이와 같은 조선 민족의 열등성은 식민지 지배자인 일본 민족의 우수성과 대비되어 있다. 이미 일본 제국주의에 종속되어 있는 허숭이라는 계몽적 이성은 다시금 조선 민족을 거기에 종속시키려 하는 것이다. 이렇게 해서 객관적 현실세계는 자기동일성에 폐쇄된 주체에 의해 관념적으로 흡수된다. 아니, 허숭은 스스로 주체의 자리를 일본 제국주의에 넘겨준 지 오래이니, 여기서 도구적 이성으로 몰락한 식민지 지식인의 모습이 적나라하게 드러난다.

> 송영하는 군중이나 송영받는 장졸이나 다 피가 끓는 듯하였다. 이 긴장한 애국심의 극적 광경에 숭은 남모르게 눈물을 흘렸다. 고향과 사랑하는 사람들을 두고 나라를 위하여 죽음의 싸움터로 가는 젊은이들, 그들을 맞고 보내며 열광하는 이들, 거기에는 평시에 보지 못할 애국, 희생, 용감, 통쾌, 눈물겨움이 있었다. 감격이 있었다. 숭은 모든 조선 사람에게 이러한 감격의 기회를 주고 싶다고 생각하였다.(174면)

일제의 만주침략을 미화하고 있는 이 대목은 이 소설이 씌어진 기본 발상이 어디에 있는지를 웅변적으로 말해준다. "모든 조선 사람에게 이러한 감격의 기회를 주고 싶다"는 것을 달리 말하면, 조선 사람들로 하여금 일본 사람들을 본받도록 하겠다는 것이다. 허숭과 농민들 사이의 지도-복종, 교육-피교육의 관계는 여기에 이르러 조신 민족과 일본 민족의 관계로 환치된다. 요컨대, 이 소설에서 지식과 무지, 문명과 미개, 지식인과 농민, 일본과 조선의 관계는 모두 동질적인 것이다. 그리고 그것은 일본 제국주의의 관점에서 서열화된 우월함과 열등함의 관계인 것이다. 제국주의의 도구로 몰락한 계몽적 이성은 객관적 현실세계를 주관적으로 위계화시켜 재편하는 것이다.

<흙>의 계몽적 이성은 이처럼 현실과 분리된 주체가 되고 말았으니, 이 소설에서 계몽기획이 서사적 추진력을 지니지 못함은 당연하다. 주체와 현실이 분리되어 있듯, 계몽기획은 서사구조와 분리되어 있는 것이다. 따라서 이 소설은 계몽적 이성의 귀향을 모티프로 하는 농민소설의 새로운 형식을 얻지 못했다. 이 소설은 주인공 허숭을 중심으로 하는 몇 개의 삼각관계에 의해 서사적 추진력을 얻고 있는, 그리하여 허숭과 그 주변인물들이 벌이는 복잡한 애정행각이 기본 줄거리를 이루고 있는 애정소설로 읽을 수밖에 없으니, 현실과 분리된 주체로 인해 이처럼 소설형식의 파탄이 초래된 것이다. 이것은 순응적 개량주의라는 근대기획이 서사적 담론에 의해 실천적 검증을 받은 좋은 사례이다. 서사적 담론은 인식적 담론과는 달리 현실적 삶을 근거로 해서만 진리를 주장하는 것이다.

(2) 현실과 교섭하는 주체

<고향>(『조선일보』, 1933. 11. 27~1934. 9. 21)은 주인공 김희준의 초라한 귀향으로부터 시작된다. 그가 동경에서 나오던 날, 온 동리 사람들이 동구 앞을 내다보았으나 "시커먼 학생양복에 테두리가 오골쪼골한 모자를 쓰고 행장이라고는 모서리가 해진 손가방 한 개를 들었을 뿐인"11) 그의 모습에 모두들 놀라고 만다. 이 장면은 이 소설에 등장하는 계몽적 이성이 농민들과 대등한 존재로 설정되었음을 시사한다. 실제로 김희준은 농민이 되어 고향인 원터 마을에 돌아온 것이다. 물론

---

11) 이기영, <고향>(상), 한성도서주식회사, 1936, 23면.
　이하, 이 작품에서의 인용은 본문 중에 면수만 표기함.

그는 단지 평범한 농민은 아니다. 예의 초라한 행색에도 불구하고 그는 도리어 유쾌한 마음이었으니, 그것은 그가 고향에 와서 하려는 일에 대한 포부와 희망은 가지고 있었기 때문이다. 그러나 그는 실제로 일을 해 나가면서 적지 않은 회의와 갈등을 겪게 된다. 그의 포부는 과연 무엇이었으며, 그가 고민하는 것은 또 무엇 때문인가?

> 그래서 누구보다도 먼저 고토의 동포를 진리의 경종으로 깨우치고자, 그는 나오는 길로 많은 열정을 가지고 청년회를 개혁해 보려 하였으나 완전히 실패하고 그 뒤로는 농민을 상대로 농촌개발에 전력해 왔는데, 역시 오늘날까지 이렇다 하고 내세울 만한 것이 아무것도 없었다!(하, 362~363면)

여기서 '진리'란 물론 사회주의 이념을 가리키는 것이다. 사회주의 또한 근대기획의 일종(대안적 근대)이라 할 때, 이 소설의 계몽적 이성 역시 그것을 실현하려는 방법으로서의 계몽기획을 가지고 귀향한 것이라 할 수 있다. 이렇게 귀향한 김희준은 그 자신이 한 사람의 농민이 되어 일하면서 사회주의적 계몽기획을 꾸준히 실천해 나아간다. 그 실천과정에서 그는 철저하게 사회주의적 관점을 고수하면서 사회주의자로서의 생활태도를 엄성하게 유지하고 있다. 그럼에도 그가 자신의 관념에 객관적 현실을 종속시키지 않을 수 있었던 것은 그가 현실과 교섭하는 주체였기 때문이다. 그가 자신의 실패를 냉정히 인정하고 고민한다는 사실이 이 점을 말해준다.

당초에 김희준은 '진리의 사도'로서(하, 345면) 설정된 인물이다. 그는 스스로 "자기의 주위에 어둠이 둘러싸였으므로 비로소 광명한 자기의 존재가 귀중한 의의를 가질 수 있을 것"이라고(상, 274면) 생각한다. 그리하여 그는 거듭된 실패에도 불구하고 끊임없이 새로운 실전방법을 모색한다. 결국 그는 이 소설의 후반부에 이르러 소작쟁의를 이끌어 승리를 얻게 되는 것이다. 하지만 김희준이 시종일관 이 소설의 전면에 등장하는 것은 아니다. 오히려 이 소설의 더 많은 부분에서 김희준과는 관계없이 크고 작은 여러 가지 사건들이 다양하게 전개되는 것이다. 말하자면 "주인공에게 모든 사건을 수렴시키지 않고 있다는 것이 이 작품의 구성상의 특징"이라고[12] 할 수 있다. 그럼에도 김희준의 영향력은 이 소설의 곳곳에 알게 모르게 스며들어 있다. 즉 이 소설에서 김희준과 농민들 사이의 계몽구조는 그들의 실제 생활 속에 내재화되어 있다고 하겠는데, 이 내재화된 부분이야말로 김희준이 농민들과 진정한 관계로 맺어져 있는 계몽적 이성이라는 것, 다시 말해 현실과 교섭하는 주체로 형상화되었다는 것을 말해준다.

아닌 게 아니라 김희준이라는 계몽적 이성은 농민들로부터 역깨우침을 받기도 하는 것이다. 김선달이 청년회를 비판하는 소리를 듣고, 김희준이 자신의 인텔리 근성을 반성하게 되는 것은 그 단적인 예이다. 그가 농민계몽 또는 농민운동에 전략상의 변화를 꾀할 수 있었던 것도 같은 맥락에서 설명될 수 있다. 김희준이 귀향한 지 2년째 되던 해, 청년회의 활동이 중지되고 야학도 휴학상태에 들어가자 그는 두레를 내자고 제안하는데, 이는 관념적 농민운동에서 실질적 농민운동으로 넘어가는 분기점이 된다. 두레는 고립적이고 분산적이었던 농민들에게 공동체의식을 불어넣어 그들로 하여금 서로 신뢰하고 협동하게 하는 매개로 작용하게 된다. 농민들은 전통적으로 그들에게 친숙한 두레를 통해서야 비로소 느슨하나마 하나의 조직을 이루어낸 것이다. 이로 인해 소작쟁의라는 집단행동이 가능했던 것은 말할 것도 없다.

그러나 이 소설에 사회주의적 관념이 인물과 사건의 개연성을 손상시킨 부분이 전혀 없는 것은 아니다. 이 소설의 후반부에 이르면 원터마을 못지 않게 그 인근의 제사공장이 중요한 작품공간으로 부각되거니와, 여기에는 당시 사회주의 측에서 주장하던 노농동맹 문제를 취급

---

12) 이주형, 『한국근대소설연구』, 창작과 비평사, 1995, 120면.

하기 위한 작가의 의도가 개입되어 있다. 그리하여 제사공장의 파업투
쟁을 주도하는 안갑숙이라는 또 하나의 계몽적 이성이 등장하는데, 마
름의 딸인 그녀가 노동계급의 전위로 변신하는 과정은 필연성이 결여
되어 설득력을 지니지 못한다. 이와 같은 구성이 작위적으로 느껴지는
것은 노농동맹이라는 관념을 앞세워 현실의 법칙을 희생시켰기 때문이
다. 더욱이 김희준이 안갑숙에 느끼는 사랑의 감정까지 사회주의적인
관점에서 '동지적 사랑'으로, 즉 노농동맹의 상징으로 설명하고 있는데,
이 역시 남녀간의 애정을 관념화시킨 것에 불과한 것이다.

　하지만 이와 같은 문제점에도 불구하고 이 소설은 계몽적 이성의 귀
향을 모티프로 하는 농민소설의 새로운 형식을 훌륭히 성취한 작품이
라 할 수 있다. 무엇보다 농민생활의 실상에 대한 세부묘사를 통해 소
설의 육체성을 확보하고 있으며, 농민들의 전층적 몰락이라는 당시의
농촌 현실을 그려냄으로써 지주(마름)와 소작인의 현실적 대립구도를
뒷받침하고 있는 것이다. 그리하여 그 대립구도 속에 계몽적 이성과
농민들 사이의 역동적 계몽구조가 놓이고, 또 그러한 계몽구조와 대립
구도가 역동적 관계를 이루고 있는 것이다.

(3) 현실을 선취한 주체

　<상록수>(『동아일보』, 1935. 9. 10～1936. 2. 15)는 계몽적 이성의
두 번째 귀향을 모티프로 하는 농민소설이다. 남주인공 박동혁과 여주
인공 채영신은 이 소설의 시작 이전에 각각 별도로 브나로드 운동에
참가하여 이미 농촌계몽운동을 경험했던 것이다. 두 사람은 계몽운동
대원들을 위로하는 신문사 주최의 다과회에서 만나 동지이자 연인의
관계가 되고, 바로 자신들이 참가했던 브나로드 운동의 한계를 뛰어넘
는 농민운동을 전개하기 위해 다시금 각각 한곡리와 청석골로 내려가
는 것이다. 그리하여 박동혁은 농촌 청년들과 함께 '농우회'를 조직하

고, 채영신은 농촌 어린이들에게 한글을 가르치게 된다. 그리고 두 사람의 이와 같은 활동이 일제 당국의 방해와 탄압을 받으면서, 민족주의와 식민통치의 대립구도가 드러나게 되는 것이다.

특히 박동혁은, 그가 조직한 농우회의 활동이 관제농민운동인 농촌진흥운동과 마찰을 빚게 되면서, 농촌의 궁핍화를 초래한 이중적 삼중적 농민수탈의 근본 원인이 일제의 식민통치에 있음을 절실히 인식한다. 또한 정작 농민들에게 필요한 것은 '표면적인 문화사업'보다는 '실질적인 경제사업'임을 깨닫고, 농민운동의 방향전환을 적극적으로 모색하게 된다. 이 점에서 박동혁은 현실과 교섭하는 인식주체라고 할 수 있다. 그러나 농민들의 실제적 삶의 모습이 핍진하게 드러나지 않아, 이 소설은 농촌운동의 관념성을 완전히 떨쳐버리지 못했고, 그런 만큼 계몽구조의 역동성을 확보하지 못하였다. 즉 주체의 현실과의 교섭이 일정한 한계에 머물러 있는 것이다. 이렇게 본다면, 주체와 현실과의 상호교섭이나 농민소설의 새로운 형식이라는 측면에서, 이 소설은 <흙>과 <고향>의 중간에 놓이는 작품이라 할 수도 있다. 하지만 이와 같은 설명은 이 소설의 가치를 제대로 평가한 것이 아니다.

미리 말해 두자면, 이 소설은 계몽적 이성의 가치지향적 삶을 다루고 있는 작품이다. 그 가치지향적 삶이란 가난한 농민들에게, 그리고 민족공동체에 헌신하는 삶이다. 이 소설은 이와 같은 가치지향으로 자기인식을 강화한 주체가 객관적 현실의 어둠에 강렬한 감응력을 보이고 있는 작품인 것이다. "저의 족속의 불행을 건지기 위해서 이 한 몸을 바치겠다고"[13] 하느님께 맹세한 채영신은 박동혁에 대한 사랑 때문에 갈등을 겪다가 결국 농민운동의 현장에서 숨지고 만다. 그녀의 죽음에서 우러나오는 희생양의 이미지는 적잖은 감동을 불러일으킨다. 그녀는 농민들에 대해 늘 지니고 있던 인텔리의 부끄러움을 죽음으로

---

13) 심훈, <상록수>, 『심훈문학전집』 1, 탐구당, 1966, 204면.
　　이하, 이 작품에서의 인용은 분문 중에 면수만 표기함.

써 씻었다. 그녀는 떨리는 손으로 동혁의 편지를 가슴에 품어 여미고, 학원 집이 뵈는 데다가 묻어 달라고 유언한다. 그리고는 "삼천리 반도 금수강산 / 하나님이 주신 내 동산"으로(364면) 시작되는 찬송가를 들으며 숨을 거둔다. 그녀의 이와 같은 죽음의 모습은 곧 가치 있는 삶이 극적으로 구현된 모습이기도 하다.

채영신이 죽었다는 전보를 받고 박동혁은 극심한 충격 속에 청석골로 달려와 장례를 치르게 된다. 하지만 그는 쉽게 좌절하지 않고 "당신이 못다 하고 간 일까지 두 몫을 하리다!" 하고(368면) 다짐한다. 뿐만 아니라 그는 한곡리로 돌아가는 길에 농촌운동이 전개되고 있는 여러 마을들을 둘러보고 농촌운동 지도자들과 의견을 교환한다. 그리하여 먼저 한곡리에서 일의 기초를 잡은 후에, "전조선의 방방곡곡으로 돌아다니며", "같은 정신과 계획 아래에서 농촌운동을 통일시키도록 힘써 보리라" 하고(374면) 결심한다. 그의 이와 같은 결의는 수원고농 학생들이 조국독립이라는 궁극목표를 위해 전국적으로 농민을 조직화하려 했던 사실을 연상시키기에 족하다. 즉 문화운동에서 경제운동으로, 경제운동에서 정치운동으로의 방향전환을 암시하는 것이다.[14] 이처럼 '새로운 방침'이 섰기에 박동혁은 "어느 구석에선지 새로운 기운이 솟아오르는 것을" 느끼며(374면) 한곡리로 돌아올 수 있었던 것이다. 따라서 이것은 진히 새로운 의미를 지닌 계몽적 이성의 귀향이라고 할 수 있다. 이 소설은 박동혁의 두 번째 귀향에서 시작하여 세 번째 귀향으로 끝나는, 그러니까 또 한번의 새로운 농민운동의 출발을 암시하며 마무리된 작품이다.

방화사건으로 인한 투옥과 사랑하는 연인의 죽음에도 좌절하지 않고, 박동혁은 어떻게 새 희망으로 가득 차 새로운 출발을 다짐하며 고

---

14) 이 소설의 배경이 된 수원고농 학생들의 '상록수 운동'은 문화운동→경제운동→정치운동의 단계를 밟으려 했다. '상록수 운동'이 <상록수>에 수용된 양상에 대해서는 류양선, 「상록수론」, 『한국근현대문학과 시대정신』, 박이정, 1996 참고

향으로 돌아올 수 있었는가? 그것은 그가 가치지향적 삶을 추구하면서 자기인식을 강화한 주체이기에, 어두운 객관적 현실을 명백히 인식하면서도 그 현실에 굴복하지 않았기 때문이다. 계몽적 이성이 상정한 미래가 얼마나 가까이 있는가 또는 멀리 있는가 하는 것은 여기서 큰 문제가 되지 않는다. 그는 언젠가는 반드시 도래할 감격적인 미래에 자신을 일치시켜 그것을 현재의 시간대에 앞당겨 인식할 따름이다. 이렇게 해서 주체는 현실을 선취한다. 이 소설이 리얼리즘을 근간으로 하면서도 다분히 낭만주의적 성격을 띠는 이유가 바로 여기에 있다. 이 소설의 마지막 대목에서 볼 수 있는 감동적인 서술은 이와 같은 주체의 정서적 고양상태를 잘 보여주는 것이다.

> 그는 고개를 돌리고 눈을 꿈벅하고 감았다가 떴다.
> 이번에는 훤하게 터진 벌판에 물이 가득히 잡혔는데, 회원이 오리떼처럼 논바닥에 가 하얗게 깔려서, 일제히 이앙가(移秧歌)를 부르며 모를 심는 장면이 망원경을 대고 보는 듯이 지척에서 보였다.
> 동혁은 졸지에 안계(眼界)가 시원해졌다. 고향의 산천이 새삼스러이 아름다워 보여서 높은 묏부리에서부터 골짜구니까지, 산허리를 한바탕 떼굴떼굴 굴러보고 싶었다.
> 앞으로 가지가지 새로이 활동할 생각을 하며 걷자니, 그는 제풀에 어깻바람이 났다. 회관 근처까지 다가온 동혁은 누가 등 뒤에서
> "엇 둘! 엇 둘!"
> 하고 구령을 불러주는 것처럼 다리를 쭉쭉 내뻗었다.
> 상록수 그늘을 향하여 뚜벅뚜벅 걸었다.(378면)

이 인용에서 흰옷을 입은 농민들이 "일제히 이앙가를 부르며 모를 심는 장면"은 언젠가는 도래하고야 말 해방조국의 농촌풍경이다. 박동혁은 이 감격적인 미래를 "묏부리에서부터 골짜구니까지, 산허리를 한바탕 떼굴떼굴 굴러보고 싶을" 정도의 환희로써 선취한 것이다. 그리고는 "앞으로 가지가지 새로이 활동할 생각을 하며", 상록수 그늘을 향하여 뚜벅뚜벅 걸어가는 것이다. 여기서 모심는 농민들의 흰옷은 해방

되고야 말 조국 농촌풍경의 환유이며, 상록수의 푸른 빛은 결코 변하지 않는 민족해방 투쟁의지의 은유이다.

4. 맺음말

이 글에서는 근대소설에 나타난 '이상적 인간형'을 근대기획을 담고 있는 서사적 담론들에서 찾아볼 수 있으리라는 전제 아래, 특히 근대기획을 실현하는 방법으로서의 계몽기획이 서사의 적극적 계기로 작용한 1930년대 농민소설들을 검토하였다. 그리하여 계몽적 이성의 귀향을 모티프로 하는 이광수의 <흙>, 이기영의 <고향>, 심훈의 <상록수>의 주인공을 주체와 현실의 상호관계에 따라 살펴보았다. 그 결과 <흙>의 허숭은 현실과 분리된 주체로서 일본 제국주의의 도구적 이성으로 몰락한 지식인의 모습을 보였고, <고향>의 김희준은 현실과 교섭하는 주체로서 농민들과 진정한 관계로 맺어져 있는 지식인의 모습을 보였으며, <상록수>의 박동혁은 현실을 선취한 주체로서 민족공동체에 헌신하는 지식인의 모습을 보였다는 점이 논의되었다.

이 3편의 농민소설은 각각 순응적 개량주의, 마르크스 레닌주의, 비타협적 민족주의라는 서로 성격을 달리하는 3가지의 근대기획을 그 바탕에 깔고 있는 작품들이다. 그런데 이 농민소설들은 당시에 돌출적으로 나타난 것이 아니라, 각기 해당 작가들의 전사적(前史的) 작품들과 연결되어 있다. 이광수의 <흙>의 앞에는 <무정>, <개척자>가 있고, 이기영의 <고향>의 앞에는 <민촌>, <홍수>가 있으며, 심훈의 <상록수>의 앞에는 <탈춤>, <영원의 미소>가 있는 것이다. 또 같은 작가의 작품들만이 1930년대 농민소설의 전사를 이루는 것은 아니다. <흙>의 경우는 이인직의 신소설들에까지, <고향>의 경우는 신경향파 소설들에까지, 그리고 <상록수>의 경우는 신채호나 박은식의 서사적 담론들에까지 그 연원을 거슬러 올라갈 수 있을 것이다.

그러나 한편, 이것은 도식화의 위험을 무릅쓰고 논의의 편의를 위해 계열화시켜본 것일 뿐, 문학사의 흐름이 이처럼 평행적인 것은 아닐 것이다. 가령, 이인직의 신소설들에는 반봉건적 성격이 강렬히 드러나 있는데, 이 점은 신채호의 서사적 담론들과 공유하는 부분이다. 또 가령, 1920년대에 씌어진 심훈의 소설들에는 계급주의적 시각이 표면화되어 있는데, 이것은 당시의 카프 작가들과 공유하는 부분인 것이다. 그리고 이기영의 단편소설들이나 신경향파 작가들의 작품들에는 고정된 관념(마르크스 레닌주의)에 객관적 현실을 종속시키려는 태도가 보이는데 이것은 이광수의 <흙>의 경우와—비록 그 정치적 지향점은 다르다 해도 서사적 담론이라는 영역에서는—마찬가지의 오류인 것이다. 더구나 이 글에서 검토한 1930년대의 농민소설들을 두고 생각하더라도 <흙>에 보이는 지주와 관리들의 횡포, <상록수>에 보이는 계급주의적 시각의 잔영 등을 전연 무시해 버릴 수는 없는 노릇이다. 또 <고향>에 등장하는 지주(마름)가 식민성 지주라는 점에서, 이 소설도 일정 정도 민족주의적 요소를 포함하고 있는 것이다.

이런 사정을 감안하면, 서사적 담론들끼리의 상호침투성 내지 길항작용을 고려하는 시각이 필요하며, 따라서 문학사를 보는 관점도 대립적 관점이 아닌 통일적 관점이 요구된다. 여기서 통일적 관점이란 단순히 여러 서사적 담론들이 지니는 공통점을 근거로 일치와 화해를 도모하자는 것이 아니라, 서사적 담론들을 역사의 진행과정 위에 올려놓고 보자는 의미이다. 그리하여 각각의 서사적 담론들이 어떤 변별성을 가지고 어떻게 영향을 주고받으며 역사 발전을 추동했는지를 검토하자는 것이다. 이와 같은 운동과정 속에서 비로소 각각의 서사적 담론들이 맡고 있는 제 몫의 역할을 이해할 수 있을 터이기 때문이다. 이런 문제들을 이 글에서는 미처 살피지 못했지만, 이 글 역시 서사적 담론들끼리의 상호침투성을 전제로 하여 각 작품들의 변별성을 강조한 것으로 볼 수 있다. 무엇보다 이 글에서 검토한 3편의 농민소설은 계몽적 이성의 귀향이라는 동일한 모티프에 의해 씌어진 작품들이 아닌가?

그러니까 이 글은 애초 예의 3가지 근대기획 모두가 1930년대에 이르러 한결같이 농민에 대한 계몽기획을 매개로 하는 서사적 담론을 형성하게 되었다는 점에 착안한 것이다. 이것은 당시에 농민문제가 얼마나 커다란 사회적 관심사로 부각되었는지를 말해주는 동시에, 예의 3가지 근대기획이 계몽적 이성의 귀향을 모티프로 하는 1930년대 농민소설들 속에서, 다시 말해 식민지 자본주의 현실의 모순이 집약되어 있는 농촌이라는 역사의 현장에서 스스로의 정당성을 확인하는 시험대에 올랐다는 점을 시사한다. 이렇게 볼 때, 이 글에서 검토한 3편의 농민소설은 근대기획과 관련된 서사적 담론들의 총결산이라고 할 만한 작품들이기도 하다. 말하자면 예의 3가지 근대기획은 한국 신문학의 초창기부터 또는 1920년대부터 서사적 담론들 속에서 경쟁해 오다가 1930년대 농민소설들에 와서 실천적 검증을 받은 것이라고 할 수 있다.

1930년대 농민소설들은 이처럼 중요한 시대적 의의를 지니고 있다. 그리고 그 시대적 의의란 결코 당대적 의의에 그치는 것이 아니다. 1930년대 농민소설들에 나타난 계몽적 지식인들의 형상은 전지구적 자본주의 시대로 접어들고 있는 오늘날, 특히 아직도 민족분난을 극복하지 못하고 있는 현실에서 충분히 재해석되고 재평가될 필요가 있다. 이것은 물론 위에 언급한 대로 변별성과 통일성을 아울러 고려하는 방식에서의 재해석과 재평가를 의미한다. 1930년대 농민소설들은 무엇보다 한국 현대소설이 진정한 근대사회를 향한 열망을 바탕으로 하고 있다는 것, 그리고 그 열망은 근대사회 속의 전근대적, 반근대적 세력과의 싸움으로 표출된다는 것을 극명하게 보여주고 있기 때문이다.

(『국제고려학회 논문집』 창간호, 국제고려학회, 1999. 12)

심훈의 <상록수> 모델론

— '상록수'로 살아 있는 '사랑'의 여인상

1. 머리말

심훈의 농촌계몽소설 <상록수>에 대한 연구는 지금까지 많은 연구자들에 의해 여러 방향에서 전개되어 왔고, 그런 만큼 이 작품에 대한 평가 역시 연구자에 따라 다양한 견해가 제시되어 있다. 하지만 그런 가운데서도 <상록수>에 대한 논의와 평가에 어떤 대체적인 흐름이 발견된다. 즉 1930년대에 활발히 산출된 농민문학에서 <상록수>가 놓인 위상과 관련하여 처음에는 이 소설이 부정적으로 평가되다가 점차 긍정적인 평가로 변화해 온 것이다.

이를 동시대 다른 작가의 농민소설(농촌계몽소설)과의 비교를 통해 살펴보면, <상록수>를 소위 '브 나로드' 운동을 소설화한 것으로 보아 이광수의 <흙>과 동렬에 놓이는 귀농형 농촌계몽소설로 보는 견해가 먼저 제시되었다가,[1] 점차 <흙>과의 변별성이 밝혀지면서 <상록수>가 지닌 고유한 성격을 강조하는 방향으로 나아갔다고[2] 할 수 있다.

---

1) 백 철, 『조선신문학사조사』, 백양당, 1950, 162면.
　　이재선, 『한국현대소설사』, 홍성사, 1979, 354~356면.
2) 이와 같이 <상록수>의 독자적 성격이 밝혀진 것은 이 소설에 대한 면밀한 작품

그리하여 이제, <상록수>는 이광수의 <흙> 또는 이기영의 <고향>
과 구별되는, 다시 말해 개량주의에도 사회주의에도 속하지 않는 독자
적 의의를 지닌 작품이라는 평가가 어느 정도 받아들여지고 있는 것으
로 보인다.

그러나 <상록수>는 당시 농민들의 생활을 핍진하게 드러낸 소설이
라 할 수도 없고, 당시 농촌사회의 구조적 모순에 성면으로 육박해 들
어간 소설이라 할 수도 없다. 그러니까 <상록수>는 농민소설이라기보
다는 어디까지나 농촌계몽소설(또는 연애소설)이다. 그럼에도 이 작품
이 '브 나로드' 운동을 소설화한 <흙>과 변별되는 의의를 지니게 된
원인은 무엇일까? 그 원인의 한 끝은 작가에게 있고 다른 한 끝은 모
델에게[3] 있는 것으로 일단 판단된다. 이 글의 논의를 통해 점차 밝혀
지겠지만, <상록수>는 작가의 투철한 항일의식(비타협적 민족주의)과
모델(특히 여주인공 채영신의 모델인 최용신)의 헌신적 계몽운동(기독
교 쪽의 농촌운동)이 결합된 작품인 것이다.

이 글에서는 <상록수>의 이런 특성에 착안하여, 이 소설의 여주인
공 채영신과 그 모델 최용신의 관련양상을 검토하고자 한다. 이를 위
해 다음과 같은 순서로 논의가 전개될 것이다.

첫째, 작가인 심훈이 기독교에 대해 어떤 측면에서 어떻게 관심을
갖고 있었는지 살펴보고자 한다. 이는 작가가 최용신의 농촌계몽운동

분석의 결과이다. <상록수>에 대한 작품분석으로는 전광용, 「'常綠樹'考」(『동아
문화』 5, 1966), 오양호, 「계몽의식과 낭만적 파국―'상록수' 연구―」(『농민소설
론』, 형성출판사, 1984), 류양선, 「'상록수'론」(한국현대문학연구회 편, 『한국문학
과 리얼리즘』, 한양출판, 1995), 조남현, 「'상록수' 연구」(『인문논총』 35, 서울대
인문학연구소, 1996. 6) 등이 있다.

3) <상록수> 남녀주인공(박동혁과 채영신)의 모델은 흔히 충남 당진에서 공동경작
회를 조직한 심훈의 조카 심재영과 경기도 샘골에서 농촌계몽운동을 전개하다가
희생된 최용신으로 알려져 있다. 그러나 이 중 심재영은 박동혁의 모델로 보기
어려운 측면이 있어, 이에 대한 세밀한 조사 연구가 필요하다. 백승구, 『심훈의
재발견』(미문출판사, 1985)에서는 심재영 모델설을 부정하고 있다.(222면 이하 참
고)

을 <상록수>에 수용하게 된 동기가 어디에 있는지 검토하려는 것이다.

둘째, 최용신의 농촌계몽운동을 소설화한 과정에 대해 알아보고자 한다. 이는 모델의 외적 수용에 대한 논의라 할 수 있겠는데, 작중인물이 모델의 삶을 얼마나 충실하게 반영해야 하는지를 논의하고, 실제로 <상록수>에서는 그것이 어떻게 반영되었는지를 살피게 될 것이다.

셋째, 모델 최용신의 기독교 신앙이 <상록수>에 어떻게 수용되었는지를 검토해 보고자 한다. 말하자면 모델의 내적 수용에 대한 논의인 바, 이는 다시 두 항목으로 나누어진다. 그 하나는 작가 쪽으로부터의 접근으로서, 작가가 지닌 시대정신이 모델과의 관계에서 어떤 길항작용을 일으켰는지를 논의하려는 것이다. 다른 하나는 모델 쪽으로부터의 접근으로서, 그럼에도 모델이 <상록수>에 끼친 영향은 무엇이며, 그 영향이 얼마나 중요한 의미를 지니는지를 고찰하게 될 것이다.

이러한 작업은 <상록수>에 대한 좀더 세분되고 구체화된 접근이라 하겠거니와, 이를 통해 <상록수>가 지닌 문학적 가치가 어떻게 형성되었는지, 그리고 이 소설이 한국근대문학사에서 차지하는 의의가 무엇인지 밝혀질 것이다.

2. 작가의 기독교에 대한 관심

지금까지의 연구 결과에 따르면, 심훈의 사상적 경향은 사회주의적 민족주의 또는 민족주의적 사회주의라고 할 수 있을 듯하다. 시기에 따라 구분해서 살핀다면, 심훈은 3·1운동을 계기로 항일 민족의식을 지니게 되었고, 중국 유학을 통해 사회주의 사상을 지니게 되었으며, 충남 당진으로 낙향할 즈음에는 사회주의보다는 비타협적 민족주의 쪽에 좀더 기울어 있었던 것으로 보인다. 하지만 작가의 이러한 사상적 편력에 대한 이해는 그의 문학에 접근하기 위한 필요조건일 뿐 충분조건이 될 수 없음을 물론이다. 작가가 지녔던 시대사상에 대한 이해가 그의 작품에 대한 접근에 도움을 주는 것은 사실이지만, 그것은 작품의 어느 한 측면에 대해서만 그러할 뿐이다. 가령 <상록수>의 경우, 비타협적 민족주의를 기반으로 하면서 사회주의적 잔영이 남아 있다고 하는 설명이 가능하며, 바로 이 점이 <흙>이나 <고향>과 구별되는 이 소설의 독자성이라고 말할 수도 있다. 물론 이러한 설명이 틀린 것은 아니나, 상록수가 지닌 문학으로서의 가치를 온전히 드러낸 것이라 할 수는 없다.

여기서 <상록수>에 대한 작가 쪽에서의 접근방법의 하나로, 앞에 언급한 시대사상 외에 심훈의 기독교에 대한 관심을 탐색해 볼 필요성이 대두된다. 특히 심훈이 최용신을 모델로 기독교 쪽의 농촌계몽운동을 <상록수>에 수용한 것과 관련하여 이 점은 매우 중요하다. 만일 심훈이 기독교에 대해 전혀 무관심했다면, 최용신의 죽음을 보도한 신문기사를 접했다고 해서 그것을 곧바로 자신의 소설에 수용하기는 어려웠을 것이다. 더욱이 당시 사회주의 쪽의 기독교에 대한 부정적인 시각을 감안한다면, 다소간 사회주의적 경향을 지니고 있던 작가가 최용신을 모델로 농촌계몽소설을 쓴다는 것은 거의 기대하기 어렵다고 보아야 한다. 여기까지 오면, 심훈이 비록 기독교 신자는 아니었지만 어떤 부분에서건 기독교에 대한 어느 정도의 심정적 공감대가 형성되어 있었을 것이라는 추측이 가능하다. 아닌게 아니라, 심훈의 기독교에 대한 관심은 결코 무시할 수 없는 수준의 것이었다.

먼저 목사였던 심훈의 仲兄(雪松 沈明燮)의 말을 들어보자. 심명섭은 시골집 다락방을 치우다가 우연히 아우의 유고(<불사조>)를 발견하고는 "중간을 깁고 꼬리를 붙이어"4) 『심훈전집』 6권으로 간행하면서, "어떤 독자에게는 불만을 줄는지 모르나 그 책임은 내가 지고 네가 나

와 약속한 종교소설의 한 토막으로 알아주기 바란다"고[5] 하였다. 그는
이어서 다음과 같이 회고하였다.

> 여러날 곰곰 생각하고 네 뜻을 상상하다가 이윽고 붓을 들어 엮은
> 것이 이러하니 무언중에 네 영혼이 도왔으리라.
> (……)
> 네가 생시에 예수교를 신봉하려 하였으나 교회제도에 불만과 신자의
> 불완전한 것을 보고 홀로 그리스도만 숭배하던 네 심정을 아는 형은
> 이 글을 쓰기에 주저하지 아니한다.
> (……)
> 네가 빈손으로 떠나가려 할 때 물질은 아무것도 소용없었고 다만 내
> 가 목사생활 이십년 동안 가장 경건하게 베푼 세례식(洗禮式)! 그날 새
> 벽 소독수(消毒水)에 내 손을 잠가 네 머리에 얹어 세례를 준 것이 마
> 지막 제일 좋은 선물이었고 하늘나라에서 다시 만나기를 원한 나의 기
> 도는 내 평생에 간절한 것이었다.[6]

심명섭의 이 회고에서 알 수 있는 것은 심훈이 그의 중형과 기독교
에 대한 이야기를 많이 나누었다는 것, 그리하여 언젠가는 종교소설을
쓰려고 했다는 것, 그럼에도 교회제도에 대한 불만과 기독교 신자들의
불완전한 모습에 실망하여 홀로 그리스도를 숭배하면서도 신자가 되지
는 않았다는 것, 그럼에도, 임종시에 그의 중형으로부터 세례를 받았다
는 것 등이다. 이러한 사실만으로도 심훈이 기독교에 대해 상당한 관
심을 가지고 있었음을 알 수 있다. 뿐만 아니라 심훈 자신도 그의 일기
와 수필, 그리고 시작품 등에서 기독교와 관련된 글을 남기고 있다.

---

4) 심명섭, 「靈界에 사는 熏弟에게」, 『불사조』 서문. 『심훈선집』 6, 한성도서주식회
   사, 1954, 1면. 『불사조』는 1932년 『조선일보』에 연재 도중 중단된 작품으로, 심
   명섭이 마저 써서 완결하였다.
5) 위의 글, 2면.
6) 위의 글, 2~3면.

朝飯後 英燮이와 같이 宗敎禮拜堂에 가서 禮拜를 본 뒤에 申興雨의 <奉仕>라는 演題로 하는 강연을 들었다. 조리있는 말인데 그 말을 듣고 하느님을 잘 믿고 싶은 것보다도 꼭 믿어야만 할 마음을 얻었다.[7]

主日이라 安洞예배당에 가 예배를 보고 翠雲亭에 올라갔더니 平壤집도 오고 玉洞집도 오고 아저씨도 오고 하여 벅적벅적한다.

오후 세 시에 靑年會館에 가서 申興雨氏의 <萬能>이라는 연설을 들었다. 宇宙萬物을 太陽이 지배함과 온 물질이 太陽이 아니면 生存할 수 없다는 科學者의 말과 같이 우리의 靈界를 지배하는 이는 하나님이라 하고 上帝가 우리 朝鮮을 택하여 東洋의 樞要地에 둠은 衰敗한 동양의 靈界를 우리가 우리 민족이 지도치 않으면 안 되게 함이라. 그러므로 우리는 劣敗한 民族이라 自棄할 것이 아니요, 능히 온 세계의 가장 행복한 지위에 있다 하는 그의 열변 있는 말에 대단히 흥분되며 격려되었다.[8]

戀愛에서 肉慾을 떼어놓으라고 내가 말하는 것은 물론 아니다. 肉과 사랑을 떼어놓은 것은 예수敎가 준 罪惡이다. 예수敎는 그로 因하여 人生을 僞善으로 이끌었다. 그러나 이것이 예수敎의 참精神이라고 믿을 수는 없으니, 예수는 「罪있는 女人」도 容恕하였다. 罪있는 女人이 그의 발에 입맞추는 것을 너그러이 받았다. 『너희는 女人에게 부딪치지 말라』 한 것은 예수 그 사람이 아니요 『에피고넨』이다. 敎會다. 敎會야말로 墮落한 것이다. 예수는 上昇하였고 敎會는 下降하였다. 敎會 때문에 진실한 宗敎的 精神은 消滅되고 그리고 예수교 그것이 멸망한 것이다.[9]

해여! 太陽이여!
大陸에 매어달린 조그만 이 半島가
네 눈에는 쓸데없는 맹장(盲腸)과 같이 보이는가?
宇宙를 創造하신 하나님도
이다지도 이다지도 짓밟혀만 살라고
악착한 運命의 부작(符爵)을 붙여서
우리의 시조(始祖)부터 흙으로 빚었더란 말이냐?[10]

---

7) 심훈의 일기(1920년 3월 7일), 『심훈문학전집』 3, 탐구당, 1966, 601면.
8) 심훈의 일기(1920년 3월 28일), 위의 책, 607면.
9) 심훈, <結婚의 藝術化>, 위의 책, 519면.

위의 인용 중 심훈의 일기는 그가 청년시절에 교회에 다니고 있었다는 것, 그리하여 이때 이미 그의 내면에 기독교적 신앙의 기초가 형성되었다는 것을 알려주고 있다. "하느님을 잘 믿고 싶은 것보다 꼭 믿어야만 할 마음을 얻었다"고 하였는데, 이런 진술을 가볍게 볼 수 없는 것은 그의 일기 중 한 달간의 생활을 정리한 '3월의 중요한 일'에서, "安洞예배당으로 예배를 보러 다니기로 작정"하였다고[11] 거듭 다짐하고 있기 때문이다.

심훈은 특히, 민족문제를 기독교적 시각에서 본 신흥우의 「萬能」이라는 연설을 듣고, "그의 열변있는 말에 대단히 흥분되며 격려되었다"고 그 감동을 피력하고 있다. 이로 미루어 심훈은 3·1운동에 참가하여 옥고를 치른 뒤, 기독교 특히 YMCA의 민족운동에 크게 고무되어 있었음을 알 수 있다.[12] YWCA에서 샘골로 파견한 최용신을 모델로 채영신이라는 여주인공을 탄생시켜 <상록수>에 기독교 농촌계몽운동을 수용하게 된 동기의 일단을 여기서 엿볼 수 있는 것이다.

그러나 심훈은 그의 중형 심명섭이 회고한 바와 같이, 교회의 타락과 위선에 대해서는 맹렬히 비판하고 있다. 위에 인용한 수필에서 "교회 때문에 진실한 종교적 정신이 소멸되고 예수교 그것이 멸망"하였다고 한 것은 거의 분노에 가까운 통렬한 비판이다. 이 글에 교리 중심의 종교를 거부하는 뜻이 담겨 있는 것은 자유주의자요 낭만주의자인 심훈의 기질을 드러낸 것으로 읽히거니와, 중요한 것은 교회의 타락과 위선에 대한 비판이 곧 기독교 자체를 부정한 것은 아니라는 점이다. 어쩌면 그것은 오히려 심훈이 '예수교의 참정신' 또는 '진실한 종교적

---

10) 심훈, <太陽의 臨終> 일부, 『그날이 오면』, 『심훈전집』 7, 한성도서주식회사, 1955, 104~105면.

11) 심훈의 일기(1920년 3월 31일), 위의 책, 608면.

12) 당시(1920년 3월 전후) 심훈의 일기를 보면, 그가 YMCA에 자주 드나들었음을 알 수 있다. 그리하여 신흥우 외에도 여러 연사들의 연설을 들었고, YMCA에서 주최하는 음악회, 유도경기 등을 관람하기도 하였다.

정신'을 열망하고 있음을 알려주는 것이라 할 수 있다.

　이 점은 위에 인용한 시 <태양의 임종>의 경우에도 마찬가지이다. 심훈은 우주를 창조하고 주재하는 하느님의 존재를, 그 사랑을 믿고 싶지만 믿을 수가 없는 것이다. 민족의 비참한 현실이 그러한 존재를 부정할 수밖에 없도록 만들기 때문이다. 그러기에 "이다지도 이다지도 짓밟혀만 살라고 / (……) / 우리의 시조부터 흙으로 빚었더란 말이냐?" 하는 격렬한 반항의 외침은[13] 민족의 해방을 위한 간절한 기도와 같은 의미를 지니게 된다. 결국 심훈은 임종할 때에야 세례를 받긴 했지만, 그 훨씬 이전부터 기독교의 정신 자체에 공감하고 있었음을 알 수 있다.

3. 최용신에서 채영신으로

　샘골에서 헌신적으로 일하던 최용신이 장중첩증으로 숨진 것은 1935년 1월 23일이고, 이에 관한 기사에 접한 심훈이 조사와 구상을 거쳐[14] <상록수>를 쓰기 시작한 것은 1935년 5월 초, 탈고한 것은 6월 26일이다. 200자 원고지 1,500매에 이르는 분량을 "한 五十日 동안을 晝夜兼行으로 펜을 달려 期限과 回數와 또는 그 밖의 모든 拘束을 받으면서 써낸 것"이다.[15] 『동아일보』 창간 15주년 기념 장편소설 현상모집 응모 기한(6월말)에 맞추기 위해서였겠으나, 이처럼 짧은 기간에 탈고했다는 것은 당시의 농촌계몽운동을 소설화하려는 작가의 의지와 열정

---

13) 심훈의 육필 원고를 보면 이 시를 수정하기 이전에는 "창조하신"은 원래 "창조했다는"으로, "하나님도"는 원래 "하나님이란 허잡이는"으로, "시조부터"는 원래 "족속을"로 되어 있었다. 심훈기념사업회, 『심훈문학전집 1, 그날이 오면』, 차림, 2000, 육필원고, 97면.
14) 류달영은 심훈이 샘골에 직접 찾아와서 조사했다고 말하고 있다. 류달영, 『최용신의 생애』(성천문화재단, 1998) 제2부 「저자와의 대담」, 155면.
15) 작가의 말, 『동아일보』, 1935. 8. 27.

을 웅변적으로 말해 준다. 이렇게 해서 샘골의 최용신은 죽은 지 불과 4~5개월 만에 <상록수>의 채영신으로 부활한 것이다.

사실, 1935년 당시에는 노천명의 「샘골의 天使 최용신 양의 半生」(『중앙』 1935. 5), 一記者의 「故 최용신 양의 밟아온 業蹟의 길」(『신가정』 1935. 5) 등에서 최용신의 실제 이야기가 단편적으로 기록되었을 뿐이다. 최용신의 생애와 샘골에서의 헌신적인 활동에 대한 본격적인 기록은 그녀가 죽은 지 4년 뒤인 1939년에 와서야 비로소 이루어졌으니, 류달영의 『崔容信 小傳』(성서조선사, 1939)이 그것이다. 김교신에 의하면, 1939년 북한산록의 동계 성서강습회에서 최용신의 생애를 정확히 기록해 두기로 의견을 모으고 그 집필자로 류달영을 천택(薦擇)하였는데, 그 이유는 류달영이 "수원고등농림학교에서 배웠으매, 고 최양의 일터 천곡(泉谷)과는 지리적으로 거리가 가장 가까웠다 할 뿐만 아니라 수원고농 내의 조선인 학생 단체의 일을 통하여 최용신 양의 생전에 적지 않은 교섭을 가졌"기[16] 때문이라고 하였다. 그런데 이 『崔容信 小傳』의 집필 동기에는 <상록수>에 대한 약간의 불신 또는 오해가 깔려 있는 듯하다.

> 소설 <상록수>를 독료(讀了)하다. 학원 경영에 참고될까 해서 다대(多大)한 희생이나 하듯이 아까운 시간을 들여 통독하였다. 끝이 될수록 감동이 깊었다. 최양 같은 선생이 있다면 학원 경영도 매우 쉬운 일일 듯하다. 그러나 소설의 여주인공 최용신(崔容信) 양의 신앙이 그 정도뿐이었는지 혹은 작자 심씨(沈氏)의 사상이 그 정도에 지나는 것이 없었는지는 알 수 없으나 요컨대 '일하러 가세'라는 찬송가 이외의 아무 깊은 것도 높은 것도 없어 보인다.[17]

> 인쇄소에 들르고 오전 10시 차로 수원행. 고농(高農) K군의 안내로 천곡(泉谷)에 고(故) 최용신 양의 사적(事跡)을 심방하고자 한이다 발차

---

16) 김교신, 「崔容信 孃 小傳」 序文, 『성서조선』 1939. 12, 노평구 엮음, 『김교신 전집』 1, 도서출판 부키, 2002, 107면.
17) 김교신의 일기(1939. 2. 19) 『김교신 전집』 7, 35면.

시간을 기다릴 동안 화홍문까지 잠시 보고 오후 1시에 천곡 착(着). 구상(丘上)에 덩그런 학원은 고 최양이 창자가 꼬여지도록 애써 지은 건물이라 하매 널 한 쪽, 흙 한 줌도 무슨 신성한 건물 같아 보인다. 형이 희생된 자리에서 그 동생이 수업하고 섰는 자태도 눈물겨움이 없이는 볼 수 없는 광경이다. 학원을 바라볼 수 있는 구상에 고 최양의 분묘(墳墓)와 비석이 보이는 것은 사실이나 <상록수>의 기사의 사실과는 매우 차이가 있음을 알다.[18]

  1937년[19] 모임에서 내가 김교신 선생에게 건의를 했어요.
  "한국에 이러이러한 훌륭한 애국여성이 있었는데, 지금은 세상을 떠났지만 이런 분의 생애는 전기를 써서 많은 조선 사람들에게 읽혀서 알게 해야 합니다. <상록수> 소설이 그분을 모델로 해서 쓰여졌지만 그것은 실제와는 많이 다르니까 선생님께서 그분의 전기를 써서 후세에 남겨 주십시오."
  (······)
  그후 내가 개성에 내려가 있으니까 얼마 후에 김선생님의 편지가 왔어, "최선생의 전기는 류군이 써라(······)"는 내용이었어. 나는 선생님의 명령을 어길 수가 없어서 할 수 없이 쓰기로 결심했어요.[20]

  요새 최용신 양 상도 주고 하는데 그것도 내가 쓴 전기가 원인이 되었을 것 같아요. 만일 그 전기가 없었더라면 누구나 소설이나 읽고 끝냈겠지. 전기는 조작이 아니라 정신과 활동의 산 기록이니까. 그 전기를 계기로, 여성계 인사 중 몇 분이 나서서 그 정신을 이 나라 여성계에 살려야겠다는 취지로 용신 봉사상을 제정한 것 같아.[21]

이 인용문들로 미루어, 김교신과 류달영이 은연중 내비치는 소설 <상록수>에 대한 불만은 두 가지로 요약될 수 있다. 그 하나는 작가가 소설 속에서 최용신(채영신)의 기독교 신앙과 정신을 잘 살리지 못했다는 것이고, 다른 하나는 소설에 나오는 최용신(채영신)의 이야기가 실제

---

18) 김교신의 일기(1939. 2. 28), 『김교신 전집』 7, 38~39면.
19) 1939년의 잘못인 듯하다.
20) 류달영, 앞의 책, 157면.
21) 위의 책, 171면.

사실과 다르다는 것이다. 이 중 신앙과 정신에 대한 문제는 잠시 뒤로 미루고, 먼저 소설 내용이 실제 사실과 부합해야 하는가의 문제에 대해 어느 정도 논의하고 넘어가기로 하자.

소설세계는 현실세계와 어떤 관계에 놓이는가? 이 문제는 '문학은 현실을 비추는 거울이다' 하는 식의 말로 간단히 해결될 수 없다. 문학은 현실을 반영하기는 하지만, 현실 자체가 아니라 상상력에 의해 조직된 허구이기 때문이다. 그러기에 문학이 현실의 거울이라는 말은 한갓 비유일 따름이다. 거울의 안과 밖은 서로 같지만, 문학작품의 안과 밖은 서로 다르다. 문학과 현실의 관계에 대한 논의가 이 점을 망각하고 소박한 반영론의 수준에 멈춘다면, 문학작품을 사회학이나 역사학의 자료에 불과한 것으로 떨어뜨림으로써 문학에 대한 이해의 폭을 좁히게 되고 말 것이다.

이것은 소설 주인공에게 실제 모델이 있는 경우에도 예외가 아니다. 현실세계에 실제로 존재했던 모델의 삶과 정신이 소설세계 속에 수용되는 것은 사실이지만, 다른 한편 그 삶과 정신은 작가의 세계관에 의해 매개됨으로써 전혀 다른 차원으로 이끌려 들어가는 것이다. 이러한 사정은 소설이 아닌 전기의 경우에도 어느 정도까지는 마찬가지라고 할 수 있다.[22] 가령, 같은 인물의 생애를 두 사람이 기록했을 때, 그 두 전기가 서로 똑같을 수는 없는 것이다. 하물며 전기가 아닌 소설에 있

---

[22] 그러나 전기가 실제 사실과 어긋날 때는 바로잡을 필요가 있다. 이와 관련하여 류달영이 쓴 최용신의 전기에 약간의 문제가 있지 않은가 생각된다. 류달영, 위의 책에서는 최용신이 매우 가난하여 원산의 루씨여자고등보통학교 재학 중 점심을 굶으며 학교에 다닐 정도였다고 했으나, 2001년 2월 안산문화원 주최 세미나에서 최용신의 사촌동생 최은옥은 최용신의 가정이 부유하여 생활의 여유가 있었다고 증언하였다.(최용신 선생 기념사업회, 『최용신 선생의 생애』, 19면) 또 류달영, 위의 책에는 최용신이 계몽운동을 시작한 1931년 10월부터 1934년 3월 일본에 유학하기까지 샘골에 계속 머무른 것으로 되어 있으나, 一記者의 「故 최용신 양의 밟아온 業蹟의 길」(『신가정』 1935. 5)에는 1932년경 YWCA의 보조삭감으로 "천곡학원이 일시 비운에 빠져 최양은 한동안 경성에 돌아가 있었다"(59면)고 되어 있다.

어서라!

 더욱이 실제의 인물 최용신의 농촌계몽운동과 소설 주인공 채영신의 그것을, 또는 최용신과 채영신의 인물과 주변환경을 비교한 연구의 결과는 소설이 실제를 충실히 반영하고 있음을 밝히고 있다.[23] 이렇게 본다면, 최용신의 전기를 집필한 쪽에서 소설의 내용이 사실과 많이 다르다고 불만스러워하는 것은 소설에 대한 무지 또는 오해에서 비롯된 것이라고 할 수밖에 없다. 이제, 앞서 제기된 또 하나의 문제, 즉 최용신의 기독교 신앙이 <상록수>에서 채영신을 통해 어떻게 받아들여졌는가 하는 점을 살펴보기로 하자.

4. 기독교 정신의 수용양상

 앞에서 살핀 대로 심훈은 예수의 행적에서 볼 수 있는 진정한 기독교 정신에 공감하면서도, 교회의 타락과 위선에 대해서는 신랄한 비판의식을 지니고 있었다. 당시의 기독교에 대한 작가의 이러한 태도는 <상록수>에서도 마찬가지로 나타난다.[24] 가령, 채영신의 후원자인 백현경에 대한 박동혁의 비판은 기독교계 농촌운동 지도자의 관념적이고

---

23) 노천명의 「샘골의 天使 최용신 양의 半生」(『중앙』 1935. 5)과 <상록수>를 비교한 연구에서는 "노천명이 뼈를 제시한 것에다가 심훈은 살과 피를 부여하여 하나의 생명있는 이야기를 만들어 낸 것"이라(조남현, 앞의 글, 27면) 하였고, 류달영의 『최용신 소전』과 <상록수>를 비교한 연구에서는 "작가 심훈은 당시 언론에 게재된 최용신의 농촌계몽운동의 실제 모습과 사망소식을 읽고 이를 소재로 하여 상록수의 한 축으로 그의 인생과 업적을 반영시켰다"고(김호일, 『2월의 문화인물 최용신』, 문화관광부·한국문화예술진흥원, 2001, 50면) 하였다.

24) 이인복은 작가 심훈과 주인공 박동혁의 기독교관의 한계를 지적하고, 심훈과 마찬가지로 박동혁도 "傍外的 擬似 크리스챤에 머물고 있다"고 하였다. 이인복, 「심훈과 기독교사상」, 한국평론가협회 편, 『한국문학의 현장의식』(지문사, 1984), 379면.

시혜적인 태도를 꼬집어 지적한 것이다. 또한 박동혁은 "인류와 종교의 역사적 관계(歷史的 關係)를 모르는 것도 아니요, 편협한 유물론자(唯物論者)처럼 덮어놓고 종교를 아편과 같이 생각하지는 않으면서도",25) 당시 기독교의 부패상에 대해서는 다음과 같은 맹렬한 공격으로 혐오감을 드러내고 있다.

> "권세에 아첨을 허다 못해 무릎을 꿇고, 물질과 타협을 허다 못해 돈 있는 놈의 주구(走狗)가 되는, 그런 놈들 앞에 내 머리를 숙이란 말씀요? 그 따위 교회엘 댕기다간 정말 지옥엘 가게요"
> 하고 마루 바닥에다 헛침을 탁 뱉는다. 그러면 영신은
> "교회 속은 누구보담도 직접 관계를 해온 내가 속속들이 잘 알아요. 아무튼 '루터—' 같은 분이 나와서 큰 혁명을 일으키기 전엔, 조선의 예수교회도 이대루 가다간 멸망을 당허고 말 게야요!"
> 하고 저 역시 분개하기를 마지않다가
> "나는 '그리스도'가 인류를 위해서 십자가에 피를 흘리신 그 정열과, 희생적인 봉사(奉仕)의 정신을 숭앙허구 본받으려는 것뿐이니까요. 그 점만은 충분허게 이해해 주서야 해요."(242~243면)

여기서 볼 수 있는 교회에 대한 박동혁의 발언은 당시 일제의 식민통치와 타협해 가는 기독교에 대한 맹렬한 비판으로 들리기도 한다. 그러나 <상록수>가 기독교 자체를 전면적으로 부정하는 입장에 있는 것은 아니다. 왜냐하면 채영신의 발언을 통해 작가는 인류의 구원을 위해 십자가에 피를 흘리신 그리스도를 일깨우고 있기 때문이다. 그러니까 이 대목에서 작가는 교회에 대한 자신의 부정적인 시각은 박동혁을 통해, 예수의 삶과 죽음에 대해 자신이 공감하는 바는 채영신을 통해 드러내고 있는 것이다. 요컨대 심훈은 당시 교회의 타락상과 교인들의 위선에 분노하면서도, 최용신의 삶과 죽음에서 진정한 의미의 기

---

25) 심훈, 『상록수』(조남현 해설·주석, 서울대학교 출판부, 1996), 242면. 앞으로 이 책에서의 인용은 본문 중에 면수만 표기한다.

독교적 농촌운동을 발견하고, 그것을 농촌계몽소설 <상록수>에 수용했던 것이다.

그렇다면 이 소설에서 작가가 드러내고자 한 진정한 기독교 정신이란 무엇일까? 그것은 바로 위의 인용에서 볼 수 있는 채영신의 발언에 집약되어 있다. 즉 "그리스도가 인류를 위해서 십자가에 피를 흘리신 그 정열과, 희생적인 봉사의 정신"이다. 그리하여 예수의 '희생적인 봉사의 정신'은 채영신의 삶으로, '십자가에 피를 흘리신 그 정열'은 그녀의 죽음으로 이 소설에서 구현된 것이다. 여기서 '희생'과 '봉사' 그리고 '정열'이라는 말에 주목하자. 이 단어들은 심훈 문학에서 읽을 수 있는 자기소멸을 각오한 이상적 낭만주의를 함축하고 있다. 이렇게 보면, <상록수>의 여주인공 채영신의 삶과 죽음은 모델인 최용신의 기독교 신앙과 작가의 이상적 낭만주의가 긴장관계를 이루며 결합된 모습으로 형상화되었다고 할 수 있다.

그리하여 <상록수>는 채영신이 자기 몸을 돌보지 않는 희생적인 농촌계몽운동 끝에 마침내 병을 얻어 죽음에 이르는 과정을 보여준다. 이제 채영신의 임종 장면을 보기로 하자.

> "하나님이 나를 설마……"
> 하고 다시 살아날 자신이 있는 듯이 가냘픈 미소를 띠어 보인다. 그러다가도 반듯이 누워 가슴 위에 합장을 하고 허옇게 바랜 입술을 떨면서,
> "주여! 나를 버리시나이까? 오오, 주여! 나를 버리시나이까?"
> 하고 연거푸 부른다. 그것은 예수가 십자가에 못박히며 최후로 부르짖은 말이었다.(332면)

여기서 보듯, 작가는 채영신의 죽음을 예수 그리스도의 죽음에 빗대어 서술하고 있다. 기실, 채영신의 죽음에서 우러나는 희생양의 이미지는 적잖이 감동적이다. 이 속죄양 의식은 인텔리(또는 작가 자신)의 농민들에 대한 부끄러움 내지 죄책감과 나란히 놓이는 것이거니와, 이것

은 <상록수> 이외의 다른 작품들에서도 빈번히 나타나는 것으로 심훈 문학의 중요한 모티프가 되는 것이다. 그리고 그것은 심훈 문학의 총결산이라고 할 수 있는 <상록수>에 와서, 이처럼 여주인공 채영신의 죽음으로 절정에 이르게 되는 것이다. 그런데 작가는 이 임종 장면에서, 예수의 인류를 위한 속죄를 채영신의 민족을 위한 속죄로 환치시켰다.

> 원재는 눈을 감고 생각하다가
> "날빛보다 더 밝은 천당
> 믿는 것으로 멀리 뵈네"
> 를 고요히 고요히 뜯기 시작하는데, 영신은 그것이 아니라는 듯이 머리를 흔든다. 원재가 손을 멈추고
> "그럼 무슨 곡조를 허까요?"
> 하고 귀를 기우리니까 영신은
> "사 사 삼천리……"
> 하고 자유를 잃은 입술을 힘껏 움즉인다.
> 손풍금 소리와 함께 청년들은 일제히 입을 열엇다.
> "삼철리 반도 금수강산
> 하나님이 주신 내 동산
> 이 동산에 할 일 만어
> 사방에 일꾼을 부르네"
> 청년들의 목소리가 전저럼 우렁차지 못함인 듯, 영신은 눈쌀을 씨푸린다. 그 눈치를 살핀 원재가 입살로 눈물을 빨며
> "일하러 가세. 일하러 가!"
> 하고 목청을 높여 후렴을 불를 때 영신은 열병환자처럼 몸을 벌떡 이르켰다. 여러 아이들 앞에서 그 노래를 지휘할 때처럼 팔을 내젓는 시늉을 하다가
> "억!"
> 소리외 함께 고개를 제치고는 뒤로 덜컥 넘어졋다.(339면)

임종 장면의 마지막 부분이다. 여기서 작가는 눈에 띄게 민족의식을 드러내고 있다. 원재가 영신의 임종 자리에서 "날빛보다 더 밝은 천

당……" 하며 노래를 부르자,[26] 영신은 그것을 "삼천리 반도 금수강산……"으로[27] 바꾸어 부르도록 하는 것이다. 그리고는 "일하러 가세. 일하러 가!" 하는 노랫소리에 최후로 몸을 일으켰다가 쓰러지는 것이다. 작가는 이처럼 영신의 죽음이 민족현실을, 농민들의 삶을, 농촌계몽운동을 향하도록 하고 있다. 영신의 죽음이 천상이 아닌 지상을 향하도록 한 바로 이 대목에서, 모델 최용신과 작가 심훈의 서로 밀고 낭기는 긴장관계가 최고조에 이른 것이다.

그러나 "삼천리 반도 금수강산……"으로 시작하는 노래 역시 찬송가라는 점에서, 채영신의 죽음은 어디까지나 기독교적 의미의 자장 안에 놓인다. 또 "일하러 가세. 일하러 가!" 하는 후렴 부분도[28] 성경의 내용과 관련된다는 점을[29] 감안하면 더욱 그렇다. 작가는 이렇게 해서 채영신의 죽음을 통해 민족을 위한 희생양의 이미지를 극대화하였다. 심훈이 그의 시 <너에게 무엇을 주랴>에서 "마지막으로 붉은 精誠을 다하여 / 산 祭物로 우리의 몸을 너에게 바칠 뿐이다!"라고[30] 외친 것처럼, 채영신은 민족의 제단에 '산 제물'로[31] 바쳐진 것이다.

---

26) 최용신의 임종 때는 어린이들이 '최선생님 창가'라는 별칭을 가진 <내 주를 가까이>를 고요히 합창하였다. 참고로 그 가사 제3절을 보이면 다음과 같다. "내 구주 예수여 뜻대로 합소서 / 내 모든 사정을 다 주께 맡기고 / 저 천국 길로만 향해서 가리니 / 살든지 죽든지 뜻대로 합소서"(류달영, 앞의 책, 117면)

27) 이 찬송가의 가사는 남궁억이 작사한 것으로 알려져 있다.

28) 이 찬송가의 후렴 가사는 다음과 같다. "일하러 가세 일하러 가! 삼천리 강산 위해 / 하나님 명령 받았으니 반도 강산에 일하러 가세" 한국교회 찬송가 위원회, 『관주·해설 찬송가』, 한국교회 찬송가 출판사, 1989, 371면.

29) 이 후렴과 관련된 성서의 내용을 보면 다음과 같다. 「또 목자 없는 양과 같이 시달리며 허덕이는 군중을 보시고 불쌍한 마음이 들어 제자들에게 이렇게 말씀하셨다. "추수할 것은 많은데 일꾼이 적으니 그 주인에게 추수할 일꾼을 보내달라고 청하여라."」(마태오 9 : 36-38) 여기서 '시달리며 허덕이는 군중'은 <상록수>에서 위의 찬송가를 통해 비참한 현실에 놓인 농민들에 비유되었다고 볼 수 있다. 작가는 이렇게 해서 채영신의 죽음을 당시의 구체적인 농촌현실과 관련시켰다.

30) 심훈, <너에게 무엇을 주랴>, 『심훈전집 7, 그날이 오면』, 한성도서주식회사, 1955, 59면. 이 시에서 '너'는 민족 또는 조국을 의미한다.

5. 채영신에서 다시 최용신으로

<상록수>는 종교소설이 아니다. 그러기에 이 소설의 묘사나 서술 또는 작중인물들간의 대화에서 기독교 신앙의 깊은 경지를 읽어내기는 어렵다. 신 앞에 선 단독자로서의 실존적 의미를 탐색한다거나, 초월적 사유를 통해 인생문제의 궁극적인 해결을 모색한다거나 하는 모습을 찾아볼 수는 없다는 말이다. 바로 이 점이 김교신과 류달영으로 하여 금, 이 소설에 대한 불만을 토로하게 하였는지도 모른다. 신앙인의 입 장에선 그렇게 여길 법도 한 일이다. 그러나 최용신을 모델로 했다고 해서 반드시 종교소설이 되어야 하는 것은 아니다.

또, 이와는 다른 의미에서, <상록수>가 종교소설이 아니라고 해서 기독교 정신을 제대로 드러내지 못했다고만 생각할 수도 없다. 소설의 의미는 묘사나 서술 또는 대화에만 있는 것이 아니고, 사건의 구성과 인물의 행동을 통한 전체적인 서사 진행과정에서도 드러나는 것이기 때문이다. 이렇게 본다면, 여주인공 채영신의 헌신적인 삶과 죽음은 무엇보다 기독교의 정신을 잘 보여주는 것이라 할 수 있다. 그러니까 <상록수>가 최용신의 기독교 정신을 제대로 수용하지 못했다는 비판 은 일면 타당한 점도 있으나, 역시 소설에 대한 몰이해에서 비롯된 것 이라 할 수 있다.

여기까지 와서, 어떤 알 수 없는 신비에 부딪치며 다음과 같은 질문 을 던져본다. 그렇다면 채영신의 헌신적인 삶과 희생양으로서의 죽음 이 작가의 상상력에 의해서만 가능할 수 있는가?

이 질문에 대한 답변은 물론 그렇지 않다는 것이다. 소설 속의 채영

---

31) 동혁은 영신의 장례를 치른 날 밤에 홀로 영신의 무덤을 찾아가, "영신이가 반 은 자살을 한 것처럼" 생각한다.(350면)

신의 죽음에 앞서, 현실 속의 최용신의 죽음이 있었던 것이다. 요컨대, 기독교의 본질을 드러내는 최용신의 죽음이 당시 기독교 쪽의 농촌계몽운동을 소설에 수용할 수 있게끔 했던 것이다. 이와 관련하여, 현실세계와 소설세계 다시 말해 최용신과 채영신의 관계를 다시 한번 깊이 있게 고찰해 볼 필요가 있다. 이를 위해 이 글의 부제인 「'상록수'로 살아 있는 '사랑'의 여인상」에 대한 설명부터 시작하기로 하자.

먼저, '상록수'로 살아 있다고 할 때의 '상록수'에는 두 가지 의미가 들어 있다. 하나는 심훈의 소설 <상록수>라는 뜻이고, 다른 하나는 말 그대로 늘푸른 나무라는 뜻이다. 그러니까 '상록수'로 살아 있다는 말은 <상록수>라는 소설 속에 또는 <상록수>라는 소설을 통해 살아 있다는 것임과 동시에, 늘 푸르게 영원히 살아 있다는 것을 의미한다. 이것은 물론 최용신과 채영신 모두에게 해당된다.

다음, '사랑'의 여인상이라고 할 때의 '사랑'에는 세 가지 의미가 들어 있다. 첫째 민족에 대한 사랑, 둘째 연인에 대한 사랑, 셋째 하느님에 대한 사랑이 그것이다. 이 또한 최용신과 채영신 모두에게 해당된다.[32] 소설 속의 채영신은 '일'(샘골에서의 농촌계몽운동)과 '사랑'(연인인 동혁에 대한 사랑)의 갈등을 심각하게 겪거니와,[33] 그것은 결국 민족에 대한 사랑('일')과 연인에 대한 사랑('사랑')의 갈등인 것이다. 또 최용신과 채영신의 기독교 신앙은 곧 하느님에 대한 사랑이라고 볼 수 있다. 최용신과 채영신은 모두 이 세 가지 사랑의 구현자인 것이다. 그

---

32) 최용신의 경우, 하느님에 대한 사랑과 민족에 대한 사랑은 아무리 강조해도 지나침이 없을 것이다. 여기에 덧붙여, 약혼자 K에 대한 그녀의 사랑도 지극했음을 류달영의 최용신 전기는 보여준다. 그녀가 임종할 때 남긴 유언 중의 하나는 약혼자 K와의 관계에 대한 것이었는데, 이 부분을 보면 다음과 같다. "제가 K씨와 약혼한 지 올해 꼭 10년이에요. 올 4월부터는 두 사람이 힘을 모아서 농촌에 몸을 바치자고 약속했어요. 그런데 이대로 떠나면야 참 그에게 너무 미안해서……"(류달영, 앞의 책, 118면)

33) 채영신에게서 볼 수 있는 '일'과 '사랑'의 갈등에 대해서는 류양선, 앞의 글, 20면 이하 참고.

리고 그녀들의 죽음은 민족에 대한 사랑과 연인에 대한 사랑이 또는 그 두 가지 사랑의 갈등이 결국 하느님에 대한 사랑으로 수렴·해소되는 지점인 동시에, 정말 놀랍게도 부활의 지점이기도 한 것이다.

이제, 최용신과 채영신은 그리 뚜렷이 구별되지 않으니, 바로 여기에 심훈이 최용신을 모델로 소설화하여 채영신을 탄생시킨 의의가 있다. 소설은 리얼한 묘사의 감동성과 널리 읽히는 대중성, 그리고 오래 읽히는 지속성으로 끊임없이 현실과 교섭하고 현실세계에 영향을 미친다. 소설의 안과 밖은 허구와 현실로 구분되지만, 그러면서도 마치 현실세계와 영적세계처럼, 암암리에 서로 연결되어 있다. 즉 현실이 허구화되고, 그 허구가 다시 현실을 변화시키는 것이다. 그러니까 채영신에게 최용신이 스며들었듯이 최용신에게도 채영신이 스며들어 있는 것이다. 최용신이 소설세계 속으로 들어가 채영신이 되었다가 다시 현실세계로 걸어나와 최용신이 되기 시작한 것은 벌써 1939년부터가 아닌가? 어떤 의미에서건 <상록수>에 자극받아 씌어진 『최용신 소전』이 이런 사정을 웅변적으로 말해 준다. 최용신과 채영신은 서로서로를 비추어 주는 관계에 놓여 왔고, 지금도 그러하며, 앞으로도 그러할 것이다.

소설 <상록수>에 나타난 채영신의 사랑(민족, 연인, 하느님에 대한 사랑)은 독자들의 마음 속에 널리 그리고 영원히 살아 있다. 너불어 최용신의 사랑 역시 우리들의 마음 속에 늘푸른 나무처럼 살아 있게 된 것이다. 이런 의미에서 소설 <상록수>가 기여한 바는 절대적이다. 그러나 만일, 현실세계에서의 최용신의 죽음이 없었다면 채영신이라는 허구적 인물도 있을 수 없다는 점에서, 무엇보다 앞서 최용신의 죽음이 이 모든 것을 가능하게 했다는 사실에는 변함이 없다. 최용신이야말로 땅에 떨어져 죽어 많은 열매를 맺은 한 알의 밀알이었던 것이다. 이런 의미에서 최용신과 채영신은 뚜렷이 구별된다.

6. 맺음말

심훈은 청년시절부터 기독교에 대해 남다른 관심을 가지고 있었으며, 특히 YMCA의 민족운동에 고무되었던 바, 이 점이 YWCA에서 샘골에 파견한 최용신을 모델로 하여 <상록수>의 여주인공 채영신을 탄생시킨 기본적 동기가 된다고 할 수 있다. 그리하여 그는 최용신의 죽음에 접하여 그녀의 농촌계몽운동을 이 소설에 충실하게 반영하였다. 최용신의 농촌계몽운동과 그로 인한 죽음은 <상록수>에서 '정열', '봉사', '희생' 등의 단어로 표현되었는데, 이는 작가 자신의 기독교관인 동시에 당시 민족현실에 부응하는 삶의 태도이기도 하였다. 그는 최용신의 죽음에서 예수를 본받은 진정한 기독교적 삶의 귀결을 보았던 것이다. 즉 예수의 죽음이 인류의 제단에 바쳐진 희생이라는 점에 비견하여, 최용신(채영신)의 죽음을 민족의 제단에 바쳐진 희생으로 표현해 냈던 것이다.

그러기에 최용신이라는 모델은 일반적인 의미의 모델을 뛰어넘는 의미를 지닌다. 실제인물 최용신이 소설 속에 들어와 채영신이 된 것이야말로 <상록수>를 <상록수>이게끔 만들 결정적 요인인 것이다. <상록수>는 기독교적 속죄양 의식과 민족주의적 항일의식이 안팎에서 서로 호응하는 구조로 짜여졌고, 바로 이 점이 이 소설이 지닌 문학적 가치를 지탱하는 바, 이를 가능하게 한 것이 다름 아닌 최용신이라는 모델이었던 것이다. 이 글에서 <상록수>의 여주인공 채영신과 모델 최용신의 관련양상을 검토한 이유가 바로 여기에 있다.

한국근대문학사상 중요한 농촌계몽소설(또는 농민소설) 3편이 모두 1930년대에 씌어졌으니, 이광수의 <흙>, 이기영의 <고향>, 그리고 이 글에서 다루고 있는 심훈의 <상록수>가 그것이다. 이렇게 된 것은 당시 활발하게 전개되었던 민족운동 또는 사회운동이 농촌계몽운동(또는 농민운동)과 연결되고, 이 농촌계몽운동이 다시 소설에 수용되었기 때문이다. 그런 까닭에 이 3편의 장편소설들은 제각각 서로 다른 시대 사상의 기반 위에서 산출되어 그 고유한 성향을 드러내고 있다. 이광수의 <흙>은 주인공 허숭을 통해 개량주의의 경향을, 이기영의 <고향>은 주인공 김희준을 통해 사회주의의 경향을, 그리고 심훈의 <상록수>는 주인공 박동혁을 통해 비타협적 민족주의(민족주의 좌파)의 경향을 각각 내비치고 있는 것이다.

그런데 당시 기독교 쪽의 농촌계몽운동은 문학운동(특히 농민문학운동)과 잘 연결되지 않았던 까닭에 소설로 씌어지기가 어려운 사정에 있었다. 바로 이런 상황에서 최용신의 죽음이 농촌소설을 쓰려고 낙향해 있던 심훈의 관심을 불러 일으켰고, 결국 샘골에서의 그녀의 활동이 소설 <상록수>에 수용된 것이다. <흙>과 <고향>이 한 사람의 주인공을 내세워 이야기를 엮어간 데 비해, <상록수>는 남주인공 박동혁과 대등하게 여주인공 채영신이 등장하고 있는 것은 이와 관련해 시사하는 바 크다. 그리하여 박동혁이 일하는 한곡리의 이야기와 채영신이 일하는 청석골의 이야기가 <상록수>의 두 축을 이루고 있는 것이다. 결국 <상록수>는 비타협적 민속수의라는 사상적 바탕 위에 씌어졌으면서도, 다른 한편 기독교 쪽의 농촌계봉운동을 수용한 작품이 된 것이니, 이 점 또한 이 소설이 한국근대문학사에서 지니는 중요한 의의가 된다고 하겠다.

(『한국현대문학연구』13, 한국현대문학회, 2003. 6)

1. 머리말

李箱이 東京에서 남긴 글은 수필 <倦怠>·<東京>·<十九世紀式>, 소설 <終生記>·<失花>, 시 <I WED A TOY BRIDE>·<最後> 등이 있다. 그리고 여기에 김기림 등에게 보낸 몇몇 私信들이 첨가된다. 서울 토박이인 이상이 동경으로 탈출한 때를 1936년 10월 17일(음력 9월 3일) 경으로 본다면,[1] 동경제대 부속병원에서 숨을 거둔 1937년 4월 17일까지 약 6개월 동안을 동경에 머물렀던 셈이다. 이 짧은 기간에도 그는 끊임없이 글을 썼다. 그는 1937년 2월 승하순경 西神田 경찰서에 구금되었다가 약 1달 뒤 석방되었고, 다시 숙소로 돌아와 머물다가 병원에 입원했던 바, 이 2개월 정도의 기간을 빼면 그가 동경에서 실제로 글을 쓸 수 있었던 기간은 고작 4개월 정도에 불과했다.

이상이 동경에서 머물렀던 숙소는 東京市 神田區 神保町 三丁目 101-4 石川方이었다.[2] 이 숙소는 "九段 아래 꼬부라진 뒷골목 이층 골

---

1) 김윤식, 『이상문학 텍스트 연구』, 서울대학교 출판부, 1998, 195면.

2) 神保町은 동경 중앙부에 위치한 학생가, 고서점가로 유명한 지역으로, 약 200군데나 되는 최대의 헌책방 거리로 알려져 있다. 사노마사토, 「이상의 동경체험 고

방"이었고, "완전히 햇볕이 들지 않는 방"이었다.3) 이 방은 <날개>의 주인공이 이불을 뒤집어쓰고 뒹굴면서 무엇인가 연구도 하고 시도 쓰고 하던 방, 그리하여 주인공 자신이 '절대적인 내 방'이라고4) 표현했던 그 방과 흡사한 데가 있다. 동경에서의 이상의 숙소를 <날개>의 '절대적인 내 방'과 이렇게 비교해 보는 것은 물론 공연한 일이 아니다. 그는 동경의 이 구석진 방에까지 와서야 정녕 어떤 '절대적인 상태'에 도달하여 자기 존재의 심연을 만난 것으로 보이기 때문이다. 그는 여기서 수필 <권태>를 썼던 것이다.

'剝製된 天才'(<날개>) 또는 '不遇의 天才'(<失花>) 이상에게 어떤 일이 있었기에, 그토록 가고자 하던 동경에까지 건너가서 다시금 朝鮮의 농촌 成川을 떠올렸던 것일까? 동경에 대해 서술한 몇몇 글에서 드러나듯, 그가 동경에서 느낀 것은 말 그대로 '失望'이었다. 이 실망은 너무 압도적이어서, 거꾸로 그가 동경에 걸었던 기대가 얼마나 큰 것이었는지를 말해준다. 당초 그가 동경에 대해 잘못된 선입견을 가지고 있었는가 아닌가 하는 문제는 여기서 그다지 중요하지 않다. 그는 다만 어떤 '절대적인 것'을 갈망했고, 그런 것이 동경에 있으리라고 생각했던 것이다. 그러나 동경은 "참 치사스런 도시"였고, 이에 비하면 서울은 "人心 좋고 살기 좋은 閑寂한 農村"이었던5) 것이다. 여기서 '한적한 농촌'이라는 말에 주목하자. 이상이 동경까지 가서 떠올린 성천이야말로 바로 그 '한적한 농촌'이 아닌가?

바로 이 부분에 근대 자체에 대한 회의와 식민지 조선에 대한 인식이 자리잡고 있음을 놓쳐서는 안 된다. 이상 자신 이것을 명확히 의식

---

3) 金起林, 「故 李箱의 追憶」, 『조광』, 1937. 6, 313～314면.
4) 임종국 편, 『이상전집』 제1권, 태성사, 1956, 11면.
   앞으로 이 책에서의 인용은 본문 중에 "『이상전집』 1, 11"처럼 표기한다.
5) 김윤식 편, 『이상문학전집』 3, 문학사상사, 1998, 234면.
   앞으로 이 책에서의 인용은 본문 중에 "『문학전집』 3, 234"처럼 표기한다.

하지 못했는지는 몰라도, 그의 내면 저 깊은 곳에서는 그가 추구해 마지않던 '절대적인 것'이 근대 도시 동경에는 없다는 것을 충격적으로 깨달았던 것이다. 그는 이제 그의 존재 근거를 다른 곳에서 찾아야만 했다. 순간 그의 마음 속에는 근대국가 일본의 수도 동경에 가장 대립되는 조선의 농촌 성천이 강력히 떠올랐던 것이다. 그리하여 그는 〈권태〉를 썼다. 그는 「아름다운 조선말」에서 "무관한 친구가 하나 있대서 걸핏하면 成川에를 가구 가구 했읍니다."(『문학전집』 3, 356)라고 말했다. 그만큼 성천은 이상에게 친근하고 익숙했던, 그의 마음의 고향이라고 할 만한 곳이었다. 말하자면 그의 의식은 성천을 밀어내고 동경으로 달려갔던 것인데, 그의 무의식은 동경을 밀어내고 다시 성천으로 달려왔던 것이다.[6]

이 글의 제목을 '〈권태〉의 의미망'이라고 한 것은 〈권태〉라는 수필에 이런 배경이 작용하고 있음을 염두에 둔 것이다. 〈권태〉는 〈권태〉만으로 이해되지 않는다. 〈권태〉는 〈권태〉가 말하는 것 이상을 말하고 있다. 이를 달리 말하면, 〈권태〉가 정작 말하고 싶지만 스스로 말하지 못하는 것을 다른 글들과의 관련 속에서 말하고 있다고도 할 수 있다. 이상의 모든 글쓰기가, 그의 전 생애가 이 〈권태〉 한편으로 수렴되고 응축되었다고 해도 과언이 아니다. 다시 말하거니와, 그는 어떤 한 순간 '절대적인 상태'에 도달했던 것이다. 이 지점에서 그는 자기 자신을 돌아보고 새로운 도약의 발판을 마련할 수 있었다. 그러니까 〈권태〉는 終點이자 始點의 의미를 머금고 있었다. 하지만 역설적이게도 그 새로운 도약이란 그의 죽음으로부터 시작해야만 하는 그런 성질의 것이었다. 그러면 이제, 〈권태〉가 머금고 있는 '권태'의 의

---

6) 동경에서 성천을 떠올려 〈권태〉를 쓰게 된 근원적인 동기를 이상 자신이 정확히 몰랐을 수도 있다. 그렇기 때문에 〈권태〉에 散種되어 있는 '권태'의 의미를 찾아내기 위해서는 문면의 의미를 넘어 행간의 의미를 파악하는 면밀한 탐색이 필요하다.

미들을 몇 가지 찾아보기로 하자.

2. 극권태 : 자의식 과잉의 폐쇄

“어서—차라리—어둬버리기나 했으면 좋겠는데—僻村의 여름—날은
지리해서 죽겠을 만치 길다.”라는(『문학전집』 3, 141) 문장으로 <권
태>는 시작된다. 그리고는 동쪽 八峰山의 곡선이 굴곡도 없이 단조롭
다는 것, 서쪽·남쪽·북쪽의 벌판이 초록색 하나로 한없이 늘어놓였
다는 것을 기막혀 한다. 성천의 자연풍경에 대한 이러한 서술은 이상
이 <권태>에서 ‘권태’에 대해 말하는 단서가 된다. 그런데 이런 투의
서술은 실상 일반적인 의미의 ‘권태’라는 말과는 어울리지 않는다. 억
지로 연결시켜 본다면, 有閑한 도시인이 자신의 권태를 농촌의 경치
에 투사시킨 것이라고나 할까? 하지만 <권태>가 그런 종류의 글이
아님을 말할 것도 없다. 그렇다면 대체 <권태>의 ‘권태’는 무엇이란
말인가?
　이상이 東京에서 成川을 떠올렸다는 것, 그리하여 성천을 소재로
<권태>라는 제목의 글을 썼다는 것 자체가 논리적으로 앞뒤가 잘 맞
지 않는 일이다. 그 스스로 지적하고 있듯, ‘권태’란 현대인의 것이요
따라서 도시적인 것이기 때문이다. 그럼에도 굳이 성천이라는 농촌을
배경으로 ‘권태’를 말함은 무슨 까닭일까? 그는 ‘권태’를 말함으로써
‘권태 이상의 어떤 것’을 말하려고 했던 것이다. 그러기에 <권태>의
‘권태’에는 여러 가지 다른 의미들이 산종되어 있다. 그리고 그 각각의
‘권태’들은 그의 문학과 예술, 그의 삶과 죽음의 의미에 연결된다. 바로
이것이 <권태>의 의미망이다. 그러면 먼저, 이상이 현대인의 것으로
서술한 ‘권태’란 어떤 것인지 살펴보자.

끝없는 倦怠가 사람을 掩襲하였을 때 그의 瞳孔은 內部를 向하여 열
리리라. 그리하여 忙殺할 때보다도 몇 倍나 더 自身의 內面을 省察할
수 있을 것이다.
　現代人의 特質이요 疾患인 自意識過剩은 이런 倦怠치 않을 수 없는
倦怠階級의 徹底한 倦怠로 말미암음이다. 肉體的 閑散 精神的 倦怠 이
것을 免할 수 없는 階級이 自意識過剩의 絶頂을 表示한다.
　그러나 지금 이 개울가에 앉은 나에게는 自意識過剩조차 閉鎖되었다.
　이렇게 閑散한데 이렇게 極度의 倦怠가 있는데 瞳孔은 內部를 向하
여 열리기를 躊躇한다.
　아무것도 생각하기 싫다. 어제까지도 죽는 것을 생각하는 것 하나만
은 즐거웠다. 그러나 오늘 그것조차가 귀찮다.(『문학전집』 3, 146∼
　147)

이 인용에서 주목할 것은 권태계급과 자의식 과잉을 연결시킨 대목
이다. 요컨대 현대의 권태계급은 끝없는 권태로 자신의 내면을 끝없이
성찰하게 되어 있고, 그 결과 자의식 과잉이라는 현대적 질환에 걸리
지 않을 수 없다는 것이다. 이상은 자기 자신이 그러한 권태계급이며,
따라서 자의식 과잉이라는 현대적 질환에 걸려 있음을 잘 알고 있었다.
그러니까 그 자신이 권태를 면할 수 없는 계급으로서 자의식 과잉의
절정을 표시하는 바, 그것이 바로 그의 문학이었던 것이다. 아닌게 아
니라 이 인용의 첫 문장은 <날개>의 서두에 놓인 다음 대목을 연상시
킨다.

　肉身이 흐느적흐느적하도록 疲勞했을때만 精神이 銀貨처럼 맑소. 니
코틴이 내 蛔배앓는 뱃속으로 스미면 머리속에 의례히 白紙가 準備되
는 법이오. 그위에다 나는 윗트와 파라독스를 바둑布石처럼 늘어놓소.
可憎할 常識의 病이오.(『이상전집』 1, 5)

이상은 이미 여기서 자의식 과잉으로서의 문학을 말하고 있지 않은
가? 육신이 피로하고 정신이 맑아질 때, 그의 동공은 내부를 향해 열린

다. 그럴 때면 의례 백지가 준비되고, 그는 거기에다 위트와 파라독스를 늘어놓는다. 이상이 생각하는 자신의 문학이란 바로 이런 것이다. 그러나 그것은 '可憎할 常識의 病', 즉 권태계급이 지닌 현대적인 질환의 소산이다. 그는 누구보다도 이 점을 잘 알고 있었기에, 거기에서 벗어나려고 몸부림쳤다. 그 몸부림의 한 끝이 동경으로, 다른 끝이 성천으로 이어져 갔던 것이다. 이 점에서 동경과 성천은 등가이다. 그러나 앞서 보았듯, 그는 동경에서 크게 '失望'한다. 그가 동경에서 성천을 떠올린 것, 그리하여 성천을 소재로 <권태>를 쓴 것은 이런 연유에서이다.

자기 내부를 향한 자의식 과잉으로서의 문학은 자기의 내면을 감추면서 드러내야 하기 때문에 무성한 기교를 필요로 한다. 더군다나 그 내면이란 것을 꼭 드러내야만 할 필연적인 이유도 없다. 아니, 그 내면이란 것은 그저 내면일 뿐, 거기에 무슨 이야기(서사적 구조물) 같은 것은 없다. 아무것도 없는 것을 뭔가 대단한 것처럼 꾸미는 것, 바로 이것이 기교 즉 위트니 파라독스니 하는 것이다. 이렇게 해서 자의식 과잉의 문학은 무성한 기교 자체가 그 본질을 이루게 되고, 급기야는 글쓰기 자체에 대한 글쓰기 또는 메타언어를 통한 글쓰기가 된다.[7] 여기까지 오면, 자의식 과잉으로서의 문학은 그 절정에 오르는 동시에 파산하지 않을 수 없다.

서울에서 쓰기 시작해서 동경에서 완성한 <종생기>란 무엇이겠는가? 이상 문학의 절정이자 파산, 그것이 곧 <종생기>라 할 수는 없겠는가? 작가가 자의식 과잉의 절정에 도달하여 자기의 죽음에 대한 글쓰기를 감행한 것, 말하자면 더 들여다볼 내면이 남아 있지 않은 상태에서 마지막으로 찾아낸 문학의 탈출구, 그것이 <종생기>였던 것이다. 그러나 <종생기>는 그가 김기림에게 보낸 「私信(5)」에서 호언한 "文

---

7) 이상의 문학에 나타난 메타언어와 상호텍스트적 글쓰기에 대해서는 김주현, 『이 상소설연구』, 소명출판, 1999, 125면 이하 참고.

學千年이 灰燼에 돌아갈 地上最終의 傑作"(『문학전집』 3, 231)이 될 수
는 없었다. 왜냐하면 도스토예프스키나 고리키의 欺瞞術에는 "千年을
두고 萬年을 두고 내리 내리"(『이상전집』 1, 265) 잘 속는 俗衆들이 이
상이 "자자레한 文學의 貧民窟를 攪亂시키고저 하던 가지가지 珍奇한
연장"에는(『이상전집』 1, 259) 여간해선 속지 않기 때문이다. 결국 <종
생기>의 李箱은 독자들과의 싸움에서 참패하여 죽으면서, "간혹 貞姬
(독자 : 인용자)의 후틋한 呼吸이 내 墓碑에 와 슬쩍 부딪"기를 바라며,
"그런 때 내 屍體는 홍당무처럼 확끈 달으면서 九天을 꿰뚫러 슬피 號
哭"할(『이상전집』 1, 272) 수 있으리라고 기대할 뿐이다.

　이상은 여기서 더 이상 나아갈 길이 없었다.[8] <종생기>를 완성하
고 한 달이 지난 뒤에 쓴 것으로 추정되는 <失花>에서 그는 자신의
이러한 패배와 절망을 아프게 확인한다.

　　「슬퍼? 응─ 슬플밖에─ 二十世紀를 生活하는데 十九世紀의 道德性
　밖에는 없으니 나는 永遠한 절름발이로다. 슬퍼야지─ 萬一 슬프지 않
　다면─ 나는 억지로라도 슬퍼해야지─ 슬픈 포-즈라도 해보여야지─
　왜 안죽느냐고? 헤헹! 내게는 남에게 自殺을 勸誘하는 버릇밖에 없다.
　나는 안죽지. 이따가 죽을 것만 같이 그렇게 衆俗을 속여 주기만 하는
　거야. 아─ 그러나 인제는 다 틀렸다. 봐라. 내팔. 皮骨이 相接. 이야아
　야. 웃어야 할 터인데 筋肉이 없다. 울려야 筋肉이 없다. 나는 形骸다.
　나─라는 正體는 누가 잉크 짓는 약으로 지워 버렸다. 나는 오즉 내─
　痕跡일 따름이다.」(『이상전집』 1, 88)

　자의식 과잉으로서의 문학, 무성한 기교로서의 문학은 이렇게 속임
수로서의 문학이 되는 순간 그 종말을 고한다. 자의식 과잉의 절정에
서 마지막 탈출구로 삼았던 죽음의 유희, 그것조차 정작 진짜 죽음이

---

8) 문홍술은 <종생기>의 후반부가 근대도시 동경에 대한 비판이라고 하면서, "동
　경에 대한 비판 다음에 런던과 뉴욕이라는 또 다른 외국으로 가기가 차단될 때,
　그것은 더 이상 욕망을 유지하거나 포즈화로 비판할 대상의 상실을 의미한다"고
　하였다. 문홍술, 『작가와 탈근대성』, 깊은샘, 1997, 217면.

다가오면서 설자리를 잃은 것이다. '形骸'가 된 그는 "나는 오즉 내—痕跡일 따름"이라고 말한다. 이제, 세상과의 속이기 시합도 끝났다. '十九世紀의 道德性'밖에 없는 '절름발이'라는 것이 슬픔의 원인이지만,[9] 이젠 그렇게 떠드는 것조차 별 의미가 없다. 문제는 그가 지금껏 밀고 나가던 문학적 방법이 막다른 골목에 부딪쳤다는 데 있는 것이다. 권태계급인 이상의 권태는 <종생기>에서 자의식 과잉의 절정을 표시하고는, <실화>에 와서 이처럼 처참히 쓰러지고 말았다. 다시 수필 <권태>로 돌아가 보자. 이렇게 쓰러지는 순간 "自意識過剩조차 閉鎖"되고, "瞳孔은 內部를 向열하여 열리기를 躊躇한다." 죽음을 생각하는 것조차가 귀찮아진 상태, 이상은 이런 상태를 '극권태'라 불렀다.

> 房에 돌아와 나는 나를 살펴본다. 모든 것에서 絶緣된 지금의 내 생활—自殺의 端緒조차를 찾을 길이 없는 지금의 내 生活은 果然 倦怠의 極倦怠 그것이다.(『문학전집』 3, 152)

3. 흉악한 권태 : 농민들의 끝없는 노역

이상이 동경에서 "自殺의 端緒조차를 찾을 길이 없는" 극권태에 떨어졌을 때, 그의 동공은 내부를 향하여 열리는 대신 성천의 농민들을 향해 열렸다. 성천이 그에게는 "그대로 조선 농촌, 나아가 조선 자체로

---

9) 이상이 <失花>에서 스스로 19세기의 도덕성 밖에 없는 절름발이라고 한 것 또는 김기림에게 보낸 「사신(七)」에서 "十九世紀와 二十世紀의 틈사구니에 끼여 卒倒하려 드는 無賴漢"이라(『문학전집』 3, 235) 한 것을 그가 '三四문학' 동인들의 생리를 따라가지 못하는 데 대한 갈등의 표현 정도로만 이해해서는 안 된다. 이상은 수필 <十九世紀式>에서 '도덕성'이 아닌 '絶對의 愛情'을 강조하고 있는데(『문학전집』 3, 182), 이것은 그가 무엇보다 사랑으로 맺어진 인간관계를 갈망하고 있음을 드러낸 것이기 때문이다. 그가 끝내 이 세상의 경계선 밖으로 추방된 것은 사랑이 없는 세계에서 사랑을 갈망한 대가라 할 수 있다.

육박해 왔던 것"이며, 따라서 성천은 "이국땅인 동경의 하숙방에서 자신을 돌아볼 수 있는 근거"가[10] 될 수 있었던 것이다. 그러기에 성천의 농민들에 대한 그의 생각은 곧 식민지 조선을 향한 것이었다고 할 수 있다.[11] 김기림에게 보낸 「私信(8)」에서 陰曆 除夜에 느끼는 향수를 토로하고 동경의 조선청년들의 한심한 모습을 한탄한 것(『문학전집』 3, 238~239) 또는 안회남에게 보낸 「私信(9)」에서[12] "빈자떡, 수정과, 약주, 너비아니, 이 모든 飢渴의 鄕愁"를(『문학전집』 3, 242) 불러일으키는 생리를 언급한 것 말고도, 〈실화〉의 끝부분에서 정지용의 시구를 빌어 스스로 "나는 異國種 강아지올시다."라고(『이상전집』 1, 90) 토로한 것은 이상이 동경에서 늘 조선인으로서의 자의식에 사로잡혀 있었음을 보여준다. 그의 그런 민족적 자의식을[13] 받아준 것이 다름 아닌 성천이었고, 그곳의 농민들이었던 것이다.

이상은 성천을 소재로 하여 여러 편의 수필을 썼다. 이 수필들에서 드러나는 성천의 농민들에 대한 그의 시선은 몹시 착잡해 보인다. 하지만 특유의 수사학을 걷어내고 그 착잡한 시선을 따라가 보면, 농촌 어린이들을 포함하여 농민들을 향한 그의 안타까운 마음을 만나기란

---

10) 김윤식 편, 『문학전집』 3, 140면.
11) 그렇다고 해서, 동경으로 탈출하기 이전의 작품들이 식민지 현실과 무관하게 씌어졌다는 의미는 아니다. 이상의 문학은 한 모더니스트가 자신의 육체가 소멸할 때까지 당시 어둠의 현실을 철저하게 살아낸 방식으로 읽을 수 있다. 그가 동경에서 성천을 떠올린 것도 엄밀히는 그 연장선 위에 놓인다. 그의 눈이 성천의 농민들을 향해 열렸다는 것은 그렇게 식민지 현실을 살아내던 방식(문학의 방법)이 막다른 골목에 이른 상황에서 성천이 새롭게 등장했다는 의미이다. 이상의 문학과 식민지 현실의 관계에 대해서는 윤지관, 『민족현실과 문학비평』, 실천문학사, 1990, 318면 이하 참고.
12) 'H兄'으로 시작되는 「私信(9)」의 수신인이 안회남이라는 사실은 김윤식, 앞의 책, 210~215면에서 밝혀진 바 있다.
13) 여기서 '민족적 자의식'이라 함은 일제에 대한 저항 의지와 관련된 민족의식과는 거리가 있는 개념이다. '민족적 자의식'은 논리보다는 생리에 가까운 것으로, 이상 자신의 정체성의 일부로 기능하는 것이라고 파악된다. 이상이 지닌 민족적 자의식에 대해서는 수필 〈恐怖의 城砦〉(『문학전집』 3, 334~335)를 참고할 수 있다.

그리 어려운 일이 아니다. 가령, 자연을 문명에 비유하여 자연마저도 근대의 영역 안에 몰아넣으려 한 것으로 읽기 쉬운 <山村餘情>의 경우에도 반드시 그렇게만 읽을 것은 아니다. 오히려 이상 자신이 농촌의 자연 풍경에 동화되고 농민들의 모습에 연민을 느끼는 부분들을 이 수필 곳곳에서 찾아볼 수 있다. <山村餘情>이라는 제목 자체가 그걸 말해주고 있지 않은가? 이상이 <권태>에서 성천의 자연과 농민들을 어떻게 이해하고 있는지를 제대로 알기 위해서는 먼저 <산촌여정>을 읽을 때부터 이 점을 놓치지 말아야 한다. 가령, 다음과 같은 대목을 읽어보자.

> 밤이 되었읍니다. 초열흘 가까운 달이 초저녁이 조금 지나면 나옵니다. 마당에 멍석을 펴고 傳說같은 市民이 모여듭니다. 蓄音機 앞에서 고개를 갸웃거리는 北極 '펭귄'새들이나 무엇이 다르겠읍니까.(……)
>
> 始作입니다. 釜山棧橋가 나타납니다. 平壤 牡丹峰입니다. 鴨綠江 鐵橋가 歷史的으로 돌아갑니다. 拍手와 喝采─泰西의 名監督이 바야흐로 顔色이 없읍니다. 十分 休憩時間에 組合理事의 通譯附 演說이 있었읍니다.
>
> 달은 구름 속에 있읍니다. 禁煙─이라는 느낌입니다. 演說하는 理事 얼굴에 電燈의 '스폿트'도 비쳤읍니다. 山川草木이 다 驚動할 일입니다. 電燈─이곳 村民들은 ××行 自動車 '헷드라이트' 外에 電燈을 본 일이 없읍니다. 그 눈이 부시게 밝은 光線 속에서 蒼白한 理事는 降壇하였읍니다. 愚昧한 百姓들은 이 理事의 雄辯에 한 사람도 拍手치지 않았읍니다.─물론 나도 그 愚昧한 百姓 中의 하나일 수밖에 없었읍니다만은─.(『문학전집』 3, 111)

이 인용은 학교 마당에서 열린 금융조합 선전 活動寫眞會에 대해 서술한, 이상 특유의 기지가 번득이는 대목이다. 이 활동사진회의 목적은 말할 것도 없이 일제가 건설한 근대적 문명시설을 농민들에게 보여주고, 그럼으로써 농민들에게 일제의 농촌지배정책에 순응하도록 하려는 데 있다. 특히 이러한 영화상영은 당시 농민들에게는 너무나도 신기한 근대문명이었을 것이며, 따라서 농민들을 우선 압도하는 효과를 지닌다고 할 것이다. 이상 자신이 잘 지적했듯이, "그림이 움직일 수 있는 이것은 참 紅毛 오랑캐의 妖術"과도(『문학전집』 3, 110) 같은 것이었다. 그러니 "蓄音機 앞에서 고개를 갸웃거리는 北極 '펭귄'새들"과 다를 것 없는 '傳說 같은 市民'(농민 : 인용자)들이 '拍手와 喝采'를 보내는 것은 당연한 것이다.

여기서 이상이 농민들을 펭귄에 비유했다고 해서, 이 부분을 농민들에 대한 어떤 우월감을 드러낸 것으로 읽을 수는 없다. 여기에는 농민들에 대한 어떤 종류의 경멸감도 내포되어 있지 않기 때문이다. 그것은 "이곳 住民들은 活動寫眞에 對하여 한낱 童話的인 꿈을 가진 채 있읍니다."라는(『문학전집』 3, 110) 서술과 같은 수준의 것이다. 요컨대 근대문명과 농민들 사이의 아득한 거리를 이상은 그렇게 표현했던 것이다. 그러기에 여기에는 오히려 이상이 금융조합 선전 활동사진회를 농민들의 처지에서 서술하려는 마음이 스며들어 있다 할 것이다. 금융조합 이사의 연설에 농민들이 한 사람도 박수치지 않았다는 것, "물론 나도 그 愚昧한 百姓 中의 하나일 수밖에 없었"다는 것이 이 점을 잘 말해주고 있다.

여기까지 오면, 이상이 농민들과 자신을 동일시하고[14] 있음을 알 수 있다. 사실 이상은 성천을 소재로 한 여러 수필에서 극히 교묘한 방법으로, 그러니까 그 특유의 수사학 속에 감추어진 형태로 농민들의 뼈저린 가난과 힘겨운 노동에 대해 말하고 있다. 예컨대, <이 兒孩들에

---

14) 월터 K. 류, 조은정 역, 「이상의 <산촌여정－성천 기행 중의 몇 절>에 나타나는 활동사진과 공동체적인 동일시」, 김윤식 편, 『이상문학전집』 5(부록 : 연구논문모음), 문학사상사, 2001, 213면. 이 논문에서는 이상의 <山村餘情>에 대한 상호텍스트적 분석을 통해, "한국 농민들이 일본 식민주의 지배와 맞부딪친 상황에서, 도시적인 내레이터가 '百姓'과 '同胞'라는 용어가 가리키는 민족화된(ethnicized) 장으로 그의 발화를 전환시키는 점과 <산촌여정>에서 비중 있게 나타나는 영화와 관객성이 가지는 다양한 의미, 이 둘 사이의 상호작용"을(194면) 설명하였다.

게 장난감을 주라>에서 볼 수 있는 농촌 아이들의 똥누기 놀이에 대
한 서술만 해도 그렇다. 이상은 아이들의 똥누기 놀이를 목격하고, "나
는 이제 發狂하거나 卒倒할 수밖에 없다."고(『문학전집』 3, 120) 했거
니와, 이것을 이 글의 제목과 관련시켜 보면 그가 왜 이런 글을 썼는지
짐작이 간다. 아닌게 아니라 <권태>에서는 아이들의 같은 놀이를 "束
手無策의 그들 最後의 創作遊戲"라고(『문학전집』 3, 151) 하면서, 아이
들에게 장난감을 사줄 수 없는 어버이들의 가난을 언급한다. 그리고는
"아－造物主여 이들을 爲하여 風景과 玩具를 주소서." 하는(『문학전집』
3, 151) 간절한 기도를 덧붙이고 있다. 뿐만 아니라 <권태>에서는 농
민들의 힘겨운 생활이 다음처럼 서술되고 있다.

> 이윽고 겨울이 오면 草綠은 失色한다. 그러나 그것은 襤褸를 갈기갈
> 기 찢은 것과 다름없는 醜惡한 色彩로 變하는 것이다. 한 겨울을 두고
> 이 荒漠하고 醜惡한 벌판을 바라보고 지내면서 그래도 自殺 悶絶하지
> 않는 農民들은 불쌍하기도 하려니와 巨大한 天痴다.
> 그들의 一生이 또한 이 벌판처럼 單調한 倦怠一色으로 塗布된 것이
> 리라. 일할 때는 草綠 벌판처럼 더워서 숨이 칵칵 막히게 싱거울 것이
> 요 일하지 않을 때는 겨울 荒原처럼 거칠고 구주레하게 싱거울 것이
> 다.(……)
> 그들에게 希望은 있던가? 가을에 穀食이 익으리라. 그러나 그것은 希
> 望은 아니다. 本能이다.
> 來日. 來日도 오늘 하던 繼續의 일을 해야지 이 끝없는 倦怠의 來日
> 은 왜 이렇게 끝없이 있나? 그러나 그들은 그런 것을 생각할 줄 모른
> 다. 間或 그런 疑惑이 電光과 같이 그들의 腦裏를 스치는 일이 있어도
> 다음 瞬間 하루의 勞役으로 말미암아 잠이 오고 만다. 그러니 農民은
> 참 不幸하도다. 그럼－이 凶惡한 倦怠를 自覺할 줄 아는 나는 얼마나
> 幸福된가.(『문학전집』 3, 144)

여기서 볼 수 있듯, 이상은 농민들의 일생을 황막하고 추악한 겨울
벌판과 같은 "單調한 倦怠一色으로 塗布된" 것으로 서술하고 있다. 그

러니 이것은 당초에 전원적이고 목가적인 생활과는 거리가 멀다. 여기에는 농민들에게 숙명의 굴레처럼 덧씌워진, 가난과 불행과 노동의 끝없음을 드러내려는 의도가 숨어 있는 것이다. "일할 때는 草綠 벌판처럼 더워서 숨이 칵칵 막히게 싱거울 것이요 일하지 않을 때는 겨울 荒原처럼 거칠고 구주레하게 싱거울 것이다."라는 역설적인 표현이 이를 웅변적으로 말해준다. 오늘 하던 일을 계속해야 하는 '권태의 내일'은 끝없이 이어지는 농민들의 노역 그 자체이다. 그러기에 여기서의 '권태'란 식민지 농민들에게 주어진, 벗어날 길 없는 가난과 노역의 다른 이름이다. 이상은 이를 두고 그냥 '권태'라고만 할 수 없어 '凶惡한 倦怠'라고[15] 불렀던 것이다.

4. 절대권태 : 도달할 수 없는 영원한 피안

성천은 서울 토박이인 이상에게 무엇보다 먼저 자연풍경으로 다가왔다. 성천은 그의 무의식 저 깊은 곳에 자리잡고 있는 자연에의 기억을 일깨웠던 것이다. 자연에의 기억이란 무엇인가? 그것은 저 신화시대로부터 인류에게 유전되어 온 서정적 경험의 집적이다. 제아무리 서울

---

15) 이 '흉악한 권태'라는 말에는 농민들의 불행을 자기 자신의 불안에 겹쳐 일종의 咀呪로 인식하는 처절함이 스며 있다. 이상은 그의 수필 <夜色>에서 "나의 이 불안감은 끝없는 환희 속에서 신의 意志, 신의 制裁를 인정하지 않"는다고(『문학전집』 3, 339) 말한 다음, 한 농민 일가의 식사에 대해 다음과 같이 서술하고 있다. "나는 지금 음침한 토막집 속에서 더러운 개와 닭과 돼지새끼가 우글우글하는 마당가에 앉아서 별빛에 의지해 식사를 하고 있는 가난한 농사꾼 일가를 바라보고 있다. 나는 이 사람들의 울울하고 기뻐할 줄 모르는 그리고 장난기 없는 얼굴을 정면으로 바라볼 수가 없다. 왠지는 알 수 없지만 나는 그 어떤 그림자같이 눈에 보이지 않는 저주가 내 자신의 몸에 내려지는 것 같아 견딜 수 없다."(『문학전집』 3, 341)

토박이라 할지라도, 아니 그럴수록, 거대한 자연의 풍경에 접하는 순간 손쉽게 인류의 유년기로 되돌아갈 수 있다. 이런 의미에서 자연의 이미지는 억압적 세계에서 화해로운 삶을 꿈꾸는 내면적 소망의 반영이라 할 수 있다. 자연은 무엇보다 인간의 이성에 기반한 근대문명에 대립되어 있으며, 자연의 거대함은 근대문명과 그것을 낳은 인간 이성이 얼마나 왜소한 것인가를 말해준다.

자연과 합일되는 서정적 경험은 그러기에 근대세계의 분열된 현실에 맞설 수 있는 힘을 제공한다. 사물화된 세계로 인해 소외된 근대적 삶은 우주와의 교감 속에 다시금 새로운 생명력을 부여받는 것이다. 세계와 단절되어 분열된 주체는 대자연의 품에 안겨 스스로의 통합을 위한 실마리를 얻을 수 있는 것이다. 누구보다도 분열된 근대적 삶을 영위하던 이상에게 성천은 그러한 서정적 체험을 가져다 주었다. 그러기에 그가 <山村餘情>에서 柚子 하나를 따서 실 끝에 매어 방에다 걸어 두고, "물방울져 떨어지는 豐艶한 味覺 밑에서 鉛筆같이 瘦瘠하여 가는 이 몸에 조곰式 조곰式 살이 오르는 것 같"다고(『문학전집』 3, 107) 한 것은 단순히 육체적 건강의 회복만을 말한 것이 아니다. 성천이 그에게 안겨준 서정적 체험이 그에게 새로운 생명의 힘을 느끼게끔 했던 것이다. 다시 <山村餘情>의 다음 대목을 보자.

건너편 八峰山에는 노루와 멧도야지가 있답니다. 그리고 祈雨祭 지내던 개골창까지 내려와서 가재를 잡아먹는 '곰'을 본 사람도 있읍니다. 動物園에서밖에 볼 수 없는 짐승, 山에 있는 짐승들을 사로잡아다가 動物園에 갖다 가둔 것이 아니라, 動物園에 있는 짐승들을 이런 山에다 내어 놓아준 것만 같은 錯覺을 자꾸만 느낍니다. 밤이 되면 달도 없는 그믐 漆夜에 八峰山도 사람이 寢所로 들어가듯이 어둠 속으로 아주 없어져 버립니다.

그러나 空氣는 水晶처럼 맑아서 별빛만으로도 넉넉히 좋아하는 '누가' 福音도 읽을 수 있을 것 같습니다. 그리고 또 참 별이 都會에서보다 갑절이나 더 많이 나옵니다. 하도 조용한 것이 처음으로 별들의 運

行하는 기척이 들리는 것도 같습니다.(『문학전집』 3, 103)

이상은 노루와 멧돼지 그리고 곰 등 동물원에서만 볼 수 있던 짐승들이 成川 八峰山에 있다는 사실에 적잖이 놀라고 있다. 그래서 그는 동물원에 있던 짐승들을 산에다 풀어놓은 것만 같은 착각을 느낀다. 이를 두고 이상이 근대세계에서 벗어난 영역에 존재하는 자연을 근대세계에 편입시켜 구획짓는다고 보는 것은 그의 모더니즘 세계관을 강조한 나머지 이 글의 전후맥락을 무시한 지나친 해석이다. 이 글에서 자주 나타나는 전도된 비유, 즉 自然(원관념)을 文明(보조관념)에 비유하는 방식은16) 서울 토박이인 데다가 모더니즘적 인간 자체였던 이상의 어쩔 수 없는 수사법에 불과하다. 산과 동물원을 전도시킨 것이 착각임을 그 자신도 알고 있지 않은가? 그런 수사법은 도리어 그가 처음으로 대자연을 접한 충격, 그 서정적 체험을 나름대로 소화해 내는 과정을 생생히 보여 주는 것이다.

그러면 이상이 대자연을 만나 얻게 된 서정적 체험이란 어떤 것인가? 그것은 위의 인용에서 "空氣는 水晶처럼 맑아서 별빛만으로도 넉넉히 좋아하는 '누가' 福音도 읽을 수 있을 것 같"다는 것, 그리고 "처음으로 별들의 運行하는 기척이 들리는 것도 같"다는 것으로 표현되어 있다. 그는 모처럼, 아니 처음으로 우주와 합일되는 느낌에 젖어들었던 것이다. 그러니까 노루와 멧돼지와 곰이 동물원에서 산으로 풀려난 것이 아니라, 실은 그 자신이 서울이라는 도시에서 성천의 자연으로 풀려난 것이다. 그가 동경에서 성천을 떠올린 것도 근원적으로는 이러한 서정적 체험을 잊지 못해서였을 것이다. 그리고 이러한 체험은 그로

---

16) 박현수는 <山村餘情>에서 보이는 수사법이 쥘 르나르(Jules Renard)의 『자연이야기(Histoires Naturelles)』를 번역(廣瀨哲士 譯)하여 1934년 7월 成光堂書店에서 출판한 『田園手帖』의 영향을 받았음을 밝히고 있다. 박현수, 「이상 시학과 ≪전원수첩≫의 수사학」, 김윤식 편, 『이상문학전집』 5(부록 : 연구논문모음), 문학사상사, 2001, 93면 이하 참고.

하여금 근대의 분열된 현실에 맞설 수 있게 하는 서정적 힘으로 작용했을 것이다. 마침내 그는 <권태>에서 자신을 압도하는 대자연의 거대함을 '白痴'에 비유하였다.

> 地球 表面積의 百分의 九十九가 이 恐怖의 草綠色이리라. 그렇다면 地球야말로 너무나 單調無味한 彩色이다. 都會에는 草綠이 드물다. 나는 처음 여기 漂着하였을 때 이 新鮮한 草綠빛에 놀랐고 사랑하였다. 그러나 닷새가 못 되어서 이 一望無際의 草綠色은 造物主의 沒趣味와 神經의 粗雜性으로 말미암은 無味乾燥한 地球의 餘白인 것을 發見하고 다시금 놀라지 않을 수 없었다.
> 어쩔 作定으로 저렇게 퍼러냐. 하루 왼終日 저 푸른 빛은 아무 짓도 하지 않는다. 오직 그 푸른 것에 白痴와 같이 滿足하면서 푸른 채로 있다.(『문학전집』 3, 143)

'恐怖의 草綠色', 또는 '一望無際의 草綠色'이라는 표현은 이상이 성천의 자연에 얼마나 압도되었는가를 잘 보여준다. 그는 짐짓 그것을 '單調無味한 彩色'이라 말하면서 '倦怠'의 관념에 잡아넣으려 했지만, 내심으로는 아직도 '新鮮한 草綠빛'에 놀라고 또 사랑하고 있는 것이다. 한 발 더 나아가 그 대자연을 "造物主의 沒趣味와 神經의 粗雜性으로 말미암은 無味乾燥한 地球의 餘白"으로 규정한다 해도 사정은 마찬가지이다. '地球의 餘白'이라 할 때의 지구란 무엇인가? 그것은 아마도 근대도시일 것이다. 도시가 아닌 것은 지구도 아니라고, 고작해야 그 여백이라고 주장하는 것은 자연의 거대함에 놀란 그의 투정에 불과하다. 그는 결국 끝끝내 푸른 빛으로 만족해 있는 자연을 '백치'에 비유한다. 그러니까 여기서 '백치'란 무심함의 다른 이름이다. 실제로 그는 이 '백치'의 무심함을 닮고자 했다.

> 일부러 져 준다는 것 자체가 어려운 일이다. 나는 왜 저 崔서방의 조카처럼 아주 영영 放心狀態가 되어 버릴 수가 없나? 이 窒息할 것 같

은 倦怠 속에서도 些細한 勝負에 拘束을 받나? 아주 바보가 되는 수는 없나?

내게 남아 있는 이 치사스러운 人間利慾이 다시 없이 밉다. 나는 이 마지막 것을 免해야 한다. 倦怠를 認識하는 神經마저 버리고 完全히 虛脫해 버려야 한다.(『문학전집』 3, 142)

열 번 두어 열 번을 이기는 장기를 두고 나서, 이상은 상대인 최서방의 조카가 보인 승부에 집착하지 않는 방심상태를 부러워한다.17) 그 방심상태란 곧 대자연이 그에게 가르쳐 준 무심함이다. 아주 바보가 되는 것, 그것은 푸른 자연이 푸른 채로 백치처럼 있는 것과 같은 것이다. 그것은 "倦怠를 認識하는 神經마저 버리고 完全히 虛脫해"지는 것, 즉 권태를 넘어선 권태에 도달하는 것, 다시 말해 자연 자체가 되는 것이다. 하지만 그것은 근대사회에서 삶을 영위하는 한 밤하늘의 별처럼 永遠히 到達할 수 없는 彼岸이기도 하다.18) 이상은 이 권태를 넘어선 권태를 일러 '絶對倦怠'라 했다.

마당에서 밥을 먹으면 머리 위에서 그 無數한 별들이 야단이다. 저것은 또 어쩌라는 것인가. 내게는 별이 天文學의 對象될 수 없다. 그렇다고 詩想의 對象도 아니다. 그것은 다만 香氣도 感觸도 없는 絶對倦怠의 到達할 수 없는 永遠한 彼岸이다.(『문학전집』 3, 152)

---

17) 백문임은 이상이 <종생기>와 <권태>에서 이전의 창작 방법론에 대한 반성에까지 나아갔다고 하면서, 이러한 방심상태를 '자연함'의 방법론이라 칭하고 이것은 "자연으로의 회귀를 추동하는 것이었다기보다는 소외된 예술을 삶으로 재통합시키기 위해 반성의 근거로 대두된 부정적 방법론의 일종"이라고 하였다. 백문임, 「이상의 모더니즘 방법론 고찰」, 상허문학회, 『1930년대 후반문학의 근대성과 자기성찰』, 깊은샘, 1998, 295면.

18) 김상환은 이상의 문학을 존재사직 흐름과 사상사적 흐름에서 문맥화하면서, 이상이 발견한 제3의 권태(절대권태)는 "앞으로도 계속 재반추될 가치가 있는 초월적 체험이라는 것, 그리고 이상은 이를 통하여 모더니즘에 대한 해체론적 계보학의 입구까지 도달할 수 있었다"고 하였다. 김상환, 「이상 문학의 존재론적 이해」, 권영민 편, 『이상문학연구 60년』, 문학사상사, 1998, 164면.

5. 맺음말

이상의 <권태>는 단순히 '권태'에 대해서만 말하고 있는 글이 아니다. 모더니즘적 세계관에 있어서 권태란 근대 도시의 폐쇄된 상황에서 욕망을 잃어버린 심리적 정체상태 또는 욕망의 유사(가짜)충족 뒤에 나타나는 일종의 허무감과도 같은 것이라고 할 수 있다. 하지만 이상은 그런 모더니즘적 권태를 넘어선 권태, 그것도 여러 종류의 권태들에 대해 말한 것이다. 그가 그런 권태들에 도달한 것은 권태를 벗어나려는 시도(동경으로의 탈출)가 벽에 부딪쳐, 지구의 여백 즉 근대세계 바깥으로 내몰렸기 때문이다. 그는 동경에 실망한 나머지 이 세상과 완전히 절연된 어떤 극한 상태로 몰입하게 되었던 것이다.[19] 이 극단적 절연상태를 그는 자의식 과잉조차 폐쇄된, 그리하여 자살의 단서조차 찾을 수 없는 '극권태'라 불렀던 것이며, 이 지점에서 그는 성천을 떠올렸다.

그가 성천에서 발견한 권태 중의 하나는 농민들의 끝없는 가난과 노역이었다. 이를 그는 '흉악한 권태'라 불렀는데, 여기에는 그가 동경에서 자신을 '異國種 강아지'로 느꼈던 조선인으로서의 자의식이 작용하고 있다. 성천이라는 조선 농촌이 식민지 조선 자체로 그에게 육박해 왔던 것이다. 그리하여 그는 숙명처럼 벗어날 수 없는 농민들의 가난과 노역을 '凶惡한 倦怠'라고 불렀다. 이 '凶惡한'이라는 수식어에는 그 자신의 절망에 농민들의 불행을 겹쳐서 본 처절함이 배어 있다. 그가

---

19) 이상의 <권태>는 바로 이 지점에서 씌어진 것이다. 서영채는 권태를 "일상의 질서가 어느 한 순간 낯선 모습으로 다가올 때, 혹은 그 생활의 질서로부터 이탈되어 있을 때 발생하는 심리적 상태"라고 하면서, 따라서 권태는 "그 자체로 목적적인 것일 수는 없으나, 기존의 질서로부터 이탈해 나와 세계와 자아의 새로운 영역으로 나아가고자 하는 정신의 출발점이 되는, 하나의 받침대이자 도화선의 구실을 한다"고 하였다. 서영채, 『소설의 운명』, 문학동네, 1997, 377면.

<권태>에서 "하늘을 향하여 두 팔을 뻗치고 그리고 소리를 지르면서 뛰는" 아이들의 유희를 보고 "造物主에 對한 咀呪의 悲鳴"이라(『문학전집』 3, 151) 한 것도 그런 극한적 절망의 다른 표현인 것이다.

이상은 성천에서 처음으로 자연과 합일되는 서정적 체험을 얻었다. 성천은 그의 무의식 깊은 곳에 내장되어 있던 자연에의 기억을 일깨웠던 것이다. 그는 그의 몸과 마음에 살이 오르는 듯한 느낌을 받았고, 잠시나마 분열된 현실에 맞설 수 있는 힘을 얻었다. 그리고 끝없이 푸른 채로 그냥 있는 산과 들에서 또 하나의 권태를 발견했다. 그는 도저히 어찌해 볼 수 없는 이러한 성천의 자연풍경에 압도되고 말았는데, 그처럼 푸른 채로 펼쳐져 있는 자연이란 무심함 그 자체였던 까닭이다. 그는 권태를 인식하는 신경마저 끊고 아주 허탈해지기를 원했다. 그는 이렇게 '바보'가 되어 '백치'인 자연에 스스로를 일치시키려 했던 것이다. 그러나 그것은 향기도 감촉도 없는 별처럼 도달할 수 없는 영원한 피안이었다. 그래서 그는 이를 두고 '절대권태'라 했다.

이상은 희대의 모더니스트요, 그의 문학 역시 모더니즘 세계관을 기반으로 하고 있다. 하지만 그의 문학은 근대의 분열된 현실과 그로 인한 도시적 질환을 지적·비판하는 것이 아니라, 그러한 분열과 질환 자체이다. 아니, 그 자신이 질환 그것이었다. 더군다나 식민지석 근대의 질환, 그 덩어리였다. 그리고 그 자신 이 점을 알게 모르게 알고 있었다. <종생기>는 이러한 질환의 終焉을 선언한 작품이다. 그는 <종생기>를 쓰던 도중 동경으로 탈출하여 그곳에서 <종생기>를 마무리하였다. 그러나 模造近代로서의 동경은 그를 '극권태'로 몰아 넣었고, 그는 그런 극한 상태에서 성천을 떠올렸고, 거기서 '흉악한 권태'와 '절대권태'를 발견했고, 그리고 <권태>를 썼다.

그러니까 근대적 질환을 벗어나기 위한 탈출구는 동경에 있었던 것이 아니라, 성천에 있었던 것이다. 그 자신이 적절히 이름붙인 '흉악한 권태'와 '절대권태'가 암시하는 것이 바로 그러한 탈출구가 아닌가? 그는 식민지 조선 자체에서, 그리고 근대세계를 압도하는 지구의 여백에서 다시 시작해야만 했던 것이다. 이 둘이 각각 그의 문학을 지탱하는 사회·역사적 근거가 되고 존재론적 근거가 되어야만 했던 것이다. 자의식 과잉으로서의 문학, 무성한 기교로서의 문학을, 다시 말해 포우즈로서의 문학, 속임수로서의 문학을 극복하는 길이 여기에 있었다. 새로운 서섬으로부터 출발하는 이 길은 물론 그에 걸맞은 새로운 창작방법을 요구한다. 이런 의미에서 <권태>는 이상문학의 終點이자 始點이 되는 것이다.

이상은 동경의 골방에서 새로운 출발을 위해 고투하였다. 그는 안회남에게 보낸 「私信(9)」에서 "過去를 돌아보니 悔恨뿐입니다. 저는 제 自身을 속여 왔나 봅니다. (……) 正直하게 살겠읍니다. 孤獨과 싸우면서 오직 그것만을 생각하며 있읍니다."라고(『문학전집』 3, 242) 토로하였다. 倦怠에서 極倦怠로, 여기서 다시 凶惡한 倦怠와 絶對倦怠로 이행하는 과정에 다름 아닌 그의 정직성이 놓여 있었던 것이다. 그러나 그가 "大小없는 暗黑 가운데 누워서 숨쉴 것도 어루만질 것도 또 慾心나는 것도 아무것도 없"이 다만 "오들오들 떨"면서[20](『문학전집』 3, 153) 고투하는 동안 죽음은 그의 앞에 훨씬 가까이 다가와 있었다. '凶惡한 倦怠'와 '絶對倦怠'를 통해 희미하기 짝이 없는 새로운 길을 간신히 내다보려는 순간, 그의 인생과 문학이 그만 끝나 버리고 말았던 것이다. 이렇게 본다면, 그가 살아 있는 동안 모더니즘 소설을 쓴 것과는 달리, 그의 문학 여정 자체는 한 편의 리얼리즘 소설이라 할 수 있을 것이다.

(『어문연구』 116, 한국어문교육연구회, 2002. 12)

---

20) 암흑 속에서 오들오들 떨고 있는 <권태>의 마지막 부분은, 낮 동안에 '凶惡한 倦怠'와 '絶對倦怠'를 발견하고 다시 방으로 돌아와 '極倦怠'에 사로잡힌 것으로 읽힌다. 이 부분에 죽음에의 충동과 그로 인한 공포가 들어 있음은 물론이다. 그러나 여기에는 또한 끈질긴 생명에의 충동이 스며 있음도 부인할 수 없다. 이와 같은 에로스와 타나토스의 뒤얽힘은 이 마지막 부분만이 아니라 <권태> 전체에 두루 스며들어 있다.

제 **2** 부

1. 머리말

金素月, 그는 일제시대 우리 민족의 참담한 고통을 슬픈 노래로 달래준 시인이다. 그래서 그에게는 '情恨의 詩人' 또는 '國民詩人(民族詩人, 民衆詩人)'이라는 칭호가 따라다닌다. 그만큼 소월은 많은 사람들에게 사랑을 받았으며, 지금도 받고 있다. 그동안 수많은 판본이 간행되어 온 사실이 그에 대한 독자들의 애정을 말해준다. 그의 시는 이렇게 널리 애송될 뿐만 아니라 곡이 붙어져 노래로 불리어지고 있기까지 하다. 소월은 실로 우리의 슬픈 감정을 슬픈 노래로 승화시켜 주는, 우리에게 가장 친숙한 시인이다.

소월은 그의 시에 나타난 시적 자아가 그렇듯이 지극한 슬픔과 철저한 고독 속에서 살았다. 그는 뛰어난 시인이면서도 중앙문단에 거의 얼굴을 내미는 일 없이 스스로를 세상과 차단시킨 채, <山有花>의 꽃처럼 '저만치 혼자서' 살나가 죽있다. 이처럼 이 세상으로부터 소외된 가운데 소월은 님이 不在하는 타락한 세상과 외롭게 대결하였으나 처절하게 패배하였다. 그리고 그 쓰라린 패배를 슬퍼하며 울면서 죽어갔다. 그러나 우리는 그의 시를 통해 피맺힌 한과 한 맺힌 죽음을 읽고 몸서리친다. 그의 시는 우리로 하여금 사랑과 고통에 대하여, 개인과 사회에 대하여, 인간과 자연에 대하여, 그리고 무엇보다도 우리의 삶과 죽음에 대하여 깊이 성찰하는 기회를 준다.

소월시에 대한 지금까지의 연구는 크게 보아 율격론적 차원과 의미론적 차원의 두 방향에서 다양하게 이루어졌다. 이 글에서는 이제까지의 선행 연구 업적에 힘입어 소월의 恨과 죽음을 그의 대표작인 <접동새>와 <招魂>을 통해 논의하고자 한다. 아울러 그의 한과 죽음이 개인적인 의미에 그치는 것이 아니라 민족적인 의미를 지니고 있음을, 그의 시에 나타난 민족적 자아의 시대현실에 대한 인식태도와 대응방식을 살핌으로써 드러내고자 한다. 이러한 작업은 소월의 삶과 죽음이 개인적인 삶과 죽음이면서 동시에 시대적인 삶과 죽음임을 깨닫게 할 것이다. 소월의 삶이란 훼손된 세상의 중압에 의해 <招魂>의 '이름'처럼 '산산히 부서진' 삶이라는 것, 그럼에도 허위와 불의의 세상에 굴복하거나 타협하지 않고 그 부서짐의 끝에 죽음으로 달려갔다는 것을 밝힘으로써, 소월시에 민족적 시대적 의미를 부여하고자 하는 것이다.

소월이 민족시인으로서의 면모를 지니고 있음은 그의 민족의식이 반영되어 있는 몇몇 작품들(<옷과 밥과 자유>, <나무리벌 노래>, <바라건대는 우리에게 우리의 보섭대일 땅이 있었더면>, <물마름> 등의 시작품과 <함박눈>이라는 소설작품)에 대한 분석을 통해 이미 논의된 바 있다.[1] 그러나 이 같은 작품들은 소월시 중에서 썩 뒤떨어지는 수준의 것은 아니라 할지라도, 또 그리 빼어난 수준의 것이라 할 수도 없다. 우리가 흔히 알고 있는 소월은 <진달래꽃>, <먼 후일>, <접동새>,

---

1) 소월의 민족의식이 반영되어 있는 예의 시작품들에 관한 연구로는 유종호, 「임과 집과 길」, 『동시대의 시와 진실』(민음사, 1982), 윤주은, 『소월의 이름을 부르노라』(태성출판사, 1994) 등이 있고, 소설작품 <함박눈>에 관한 연구로는 전광용, 『소월과 소설』, 김열규·신동욱 편, 『김소월연구』(새문사, 1982)가 있다.

<招魂>, <山有花>의 시인인 것이다. 이들 대표작 가운데서 민족적 자아를 발견하는 것은 따라서 더욱 큰 의의를 지니게 된다.[2] 이 글에서 분석의 대상으로 삼은 <접동새>와 <초혼>은 소월시 중 전기작품과 후기작품을 각각 대표하는 것들이며, 그리하여 또한 소월의 삶과 죽음이 각각 드러나 있는 작품들이다. 이 두 작품을 꼼꼼히 분석하는 것은 님의 상실로 인해 슬픔과 한으로 얼룩진 소월의 삶, 그리고 그것을 초극하여 님과의 합일을 이룬 소월의 죽음에 대한 올바른 이해에 접근하는 길이다.

2. 슬픔과 한(님의 상실) : 〈접동새〉의 경우

<접동새>에 숨겨진 민족적 자아를 논의하기 위한 실마리는 이 시가 평안북도 박천 땅에 전해오던 슬픈 내용의 설화를 소재로 한 작품이라는 점에서 찾을 수 있을 듯하다. 여기에는 두 가지 사항이 포함된다. 그 하나는 시 <접동새>는 슬픈 노래라는 것, 다른 하나는 설화를 소재로 하였다는 것이다. 먼저 <접동새>가 슬픈 노래라는 섬은 이 시에 민족적 자아가 숨어 있을 가능성을 말해순다. 소월은 遺稿詩인 <忍從>에서 우리는 괴로우니 슬픈 노래를 부르자면서 슬픈 노래에 우리의 정신이 있으며 슬픈 노래를 부르는 것은 최선의 반항이라고 쓴 바 있다.[3] 이 같은 발언이 소월시에 그대로 적용된다고 볼 수는 없지만,

---

2) 그렇다고 해서 소월의 <접동새>와 <초혼>에 나타난 시적 자아를 반드시 민족적 자아로만 해석할 수 있다는 의미는 아니다. 모든 우수한 문학작품들이 그렇듯 이 소월의 대표작들도 어느 하나의 관점에서의 해석을 훨씬 뛰어넘는 큰 의미를 지니고 있다. 다만 이 글에서는 소월시가 지니고 있는 다양한 의미들 중에서 민족적 시대적 의미를 집중적으로 부각시켜 보고자 할 따름이다.

3) 김종욱 편, 『원본 소월전집(下)』, 홍성사, 1982, ―이하, 『전집』이라고만 한다―

적어도 소월 자신이 슬픔의 시를 쓰게 된 동기의 일면을 알려준다고 할 수는 있다. 다음 <접동새>가 설화를 소재로 한 작품이라는 점 역시 이 시에서 민족적 자아를 발견할 수 있으리라는 기대를 갖게 한다. 설화에는 한 민족의 생활과 관습 그리고 정서가 짙게 배어 있기 때문이다. 소월이 하필 시의 소재를 슬픈 설화에서 구했다는 것은 예의 <忍從>에서의 발언에 비추어 그가 <접동새>를 쓴 의도를 짐작하게 하는 것이다.

그러면 시 <접동새>의 소재가 된 설화의 내용은 무엇인가?

옛날 平北 박천의 津頭江 가에 한 소녀가 부모와 아래로 아홉이나 되는 오랍 동생을 데리고 함께 살았다. 그런데 어느날 그만 어머니가 죽게되자 아버지는 의붓 엄마를 얻었다. 계모는 성질이 흉포 잔인하여 전실 10남매를 매일같이 구박하였지만 그녀의 아버지는 이를 못 본 체하였다. 계모의 학대는 날로 심하여 생모가 거처했던 방의 유물들을 모두 없이 하였을 뿐만 아니라, 전실 자식들에게 끼니조차 제대로 주지를 않았고 그들이 밖에 나가지 못하도록 집에 가두어 두기까지 하였다. 세월이 지나 과년해지자 소녀는 박천 어느 부자집 도령과 혼약을 하게 되었다. 소녀는 약혼자의 집으로부터 많은 예물을 받았다. 이를 시기한 계모는 어느날 그 예물을 빼앗고 그녀를 그 친어머니의 장롱 속에 가두었다가 마침내 불에 태워 죽였다. 의지할 곳 없는 아홉 어린 동생들은 누나가 불에 타 죽은 재를 헤치며 슬피 울었다. 그때 재 속에서 한 마리의 접동새가 살아 날아갔다. 죽은 누나의 넋이 접동새로 환생하였던 것이다. 한편 뒤늦게 이 사실을 안 관가에서는 계모를 잡아 그 딸이 죽은 것과 똑같은 방법으로 사형을 시켰다. 계모의 재 속에서는 까마귀가 나왔다. 접동새가 된 소녀는 죽어서도 계모가 무서워 대낮엔 나오지를 못하고 남들이 다 자는 夜三更이 되어야만 조심스럽게 날아와 오랍 동생들이 자는 창가에서 목놓아 울었다.[4]

901~902면.
4) 계희영, 『내가 기른 소월』, 장문각, 1968, 오세영, 『母喪失意識으로서의 恨』, 김열규·신동욱 편, 앞의 책, 11면에 있는 오세영의 요약임.

소월의 숙모인 계희영이 어린 소월에게 들려주었다는 이 설화는 훗
날 소월에 의해 수용되어 뛰어난 작품을 탄생시키게 되는 것이다. 이
제 이 슬픈 옛날 이야기를 소재로 당시(일제시대)의 슬픔을 노래한 시
<접동새>를 읽어 보자.

접동
접동
아우래비접동

津頭江가람까에 살든누나는
津頭江압마을에
와서웁니다

옛날, 우리나라
먼뒤쪽의
津頭江가람까에 살든누나는
이붓어미싀샘에 죽엇습니다

누나라고 불너보랴
오오 불설워
싀새움에 몸이죽은 우리누나는
죽어서 접동새가 되엿습니다

아웁이나 남아되든 오랩동생을
죽어서도 못니저 참아못니저
夜三更 남다자는 밤이깁프면
이山 저山 올마가며 슬피웁니다[5]

이 시는 설화를 소재로 했다는 점을 그 형식과 구조에서 드러내고
있다. 이 시는 뒤가 무거운 3음보격(後長 3音步)을 택하고 있는데, 각

---

5) 『전집(上)』, 550~551면. <접동새>는 본래 <접동>이라는 제목으로 『培村』 2호
   (1923. 3)에 발표되었던 것을 개작하여 시집 『진달래꽃』(1925. 12)에 수록하였다.

연마다 3음보의 수효가 점점 늘어나고 있다. 즉 1연은 3음보 하나, 2연은 3음보 둘, 3연과 4연은 3음보 셋, 그리고 5연은 3음보 넷으로 이루어져 있는 것이다. 이 같은 점층형식은 이야기의 진행과 밀접히 관련된다. 이 시가 독자들에게 전달하고 있는 이야기의 내용은 무엇인가? 그것을 차례로 살펴보면, 1연 : 접동새가 슬피 울고 있다는 것, 2연 : 접동새는 진두강 가람가에 살던 누나라는 것, 3연 : 진두강 가람가에 살던 누나는 의붓어미 시샘에 죽었다는 것, 4연 : 의붓어미 시샘에 죽은 누나는 죽어서 접동새가 되었다는 것, 5연 : 그 접동새가 슬피 울고 있다는 것이다. 이처럼 이 시는 앞 연의 이야기를 이어받아 다음 연의 이야기를 이끌어내는 연쇄구조로 되어 있다.[6] 그리하여 결국 접동새가 슬피 울고 있다는 맨처음의 이야기로 되돌아가는데, 이 점에서 이 시는 접동새의 울음소리로 감싸여 있는 순환구조를 보여주고 있기도 하다. 따라서 접동새의 울음, 다시 말해 시적 자아의 슬픔과 한은 운명적이라는 느낌을 불러일으킨다.

중요한 것은 이 슬픔과 한의 운명이 설화(과거)의 것만이 아니라 현실(현재)의 것이기도 하다는 점에 있다. 소월은 이 시에서 설화를 현실화시켰던 것이다. 그리고 이 같은 과거의 현재화는 당시(일제시대)의 민족적 슬픔과 한에 연결되는 것이다. 이 시에서 과거와 현재가 병치 혹은 교차되어 있음은 우선 각 연의 시제가 다르다는 데서 잘 드러난다. 2연과 5연에서는 '와서 웁니다', '슬피 웁니다'처럼 현재 시제를 사용하고 있으나, 3연과 4연에서는 '죽었습니다', '되었습니다'처럼 과거 시제를 사용하고 있다. 그러나 이 같은 시제 사용에만 주의하여 2연과 5연에 현재의 이야기(현실)가 담겨 있고 3연과 4연에는 과거의 이야기(설화)가 담겨 있다고 판단하는 것은 피상적인 관찰이다. 엄밀히 말해서 이 시는 작품의 전편에 걸쳐 과거와 현재가 겹쳐 있다. 이 시의 모

---

6) <접동새>의 점층형식과 연쇄구조에 대해서는 오세영, 앞의 논문, 16~18면 참고.

든 연에서 설화의 세계와 현실의 세계는 서로 넘나들거나 나란히 놓여 있는 것이다. 그렇기는 하지만, 논의의 편의상 각 연에 따라 과거의 이야기와 현재의 이야기를 나누어 본다면, 이 시는 1연 / 2, 3연 / 4, 5연의 3부분으로 이루어져 있는 것으로 판단된다. 그럴 경우, 뒷부분으로 갈수록 민족적 자아로서의 시적 자아가 등장하면서 당시(일제시대)의 민족적 슬픔과 한이 설화에서의 한 가정의 비극에 은유되어 있음이 뚜렷이 드러나게 된다. 이제 이 같은 내용을 상세히 알아보기 위해 1연부터 꼼꼼히 살펴보기로 하자.

■ 1연

뒤가 무거운 3음보 하나를 1음보씩 셋으로 나누어 3행으로 처리한 1연은 '접동 / 접동 / 아우래비접동' 하는 접동새의 울음소리로 이루어져 있다. 따라서 1연 자체만으로는 그것이 과거(설화)의 울음소리인지 현재(현실)의 울음소리인지 알 수 없다. 이에 대한 판단은 접동새가 운다는 사실을 알려주는 다른 연(2연, 5연)과의 관계속에서 내려질 수밖에 없는데, 미리 말해 두자면 이 접동새의 울음소리는 과거(설화)의 것이면서 동시에 현재(현실)의 것이기도 하다.

■ 2연

여기서부터 작중화자가 등장하기 시작한다. 작중화자의 등장은 이 시가 설화에 빗대어 현실을 이야기한다는 점에 비추어 당연하다. 그런데 2연에 등장한 작중화자는 이야기의 초점을 과거(설화)에 맞추고 있다. '진두강 앞마을에 / 와서 웁니다'에서 보듯, 접동새가 진두강(설화의 공간)을 떠나지 못하는 것은 2연에서 전하는 이야기가 과거의 이야기임을 시사한다. 따라서 2연의 작중화자는 객관적 화자이다. 비록 설화의 내용이 슬프기는 하지만, 그것은 어디까지나 먼 과거에 한 가정에서 일어난 일이기 때문에 비교적 담담한 어조로 말할 수 있는 것이다. 이렇게 해서 2연의 작중화자는 접동새의 울음소리를 과거화시킨다. 1연에서 들은 접동새의 울음소리는 2연과의 관계에서 볼 때 과거의 것이다.

■ 3연

작중화자는 역시 과거(설화)의 이야기를 전하고 있다. 이제 접동새의 울음소리는 들리지 않고 설화의 중심부분이 전면에 부각된다. 그것은 진두강 가람가에 살던 누나가 의붓어미 시샘에 죽었다는 '옛날, 우리나라 / 먼 뒤쪽의' 이야기이다. 그러기에 작중화자는 여전히 담담한 어조를 유지할 수 있다. 즉 객관적 화자인 것이다. 2연과 3연에 등장한 작중화자는 이처럼 과거의 이야기를 전하고 있고, 따라서 현재의 슬픔(이 시에서 궁극적으로 전하고자 하는 현실 세계의 이야기에서 우러나오는 슬픔)으로부터 일정한 거리를 두고 있기 때문에, 이 작품의 시적 자아라고 할 수 없다.

■ 4연

이제 작중화자는 설화가 아닌 현실을 이야기하기 시작한다. 4연에 와서 어조가 급격히 변화하는 것은 과거의 이야기가 현재의 이야기로 바뀌었기 때문이다. '오오 불설워'라고 탄식하는 작중화자는 이미 객관적 화자가 아닌 것이다. 그는 이제 서러움을 겉으로 드러내는 주관적 화자이다. 2, 3연의 객관적 화자 속에서 슬픔을 참으며 기다린 주관적 화자는 마침내 설화를 현재화시키면서 전면으로 등장한 것이다. 설화의 현재화는 4연의 첫 행인 '누나라고 불러보랴'에서부터 급박하게 시작된다. 이것은 곧 누나라고 부르겠다는 의미인 바, 이 주관적 화자는 설화를 현실과 동일화시켰던 것이다. 동일화의 매개항은 서러움이다. 설화도 서럽지만 현실은 더욱 서럽다. 이렇게 시작된 설화의 현재화는 작중화자가 설화 속의 누나를 '우리 누나'로 고쳐 부름으로써 완벽하게 마무리된다. 빼어난 수법이다. 이제 먼 옛날 한 가정의 이야기는 현재(일제시대) 우리 민족의 이야기로 바뀐 것이다. 참으로 놀라운 변화가 아닌가? 이렇게 해서 4연에 등장한 주관적 화자는 단순히 이야기를 전하는 작중화자를 넘어 현실의 슬픔을 지닌 시적 자아로 자리잡는다. 따라서 이 시적 자아는 민족의 슬픔을 지닌 민족적 자아로서의 시적 자아이다.

■ 5연

현재의 이야기가 계속된다. 작중화자 역시 주관적 화자이며, 나아가 민족적 자아로서의 시적 자아이다. 그리하여 이 시는 마침내 마지막 연에 와서 당시(일제시대) 우리 민족의 고통과 슬픔을 은유적으로 드러내고 있는 것이다. 아홉이나 되는 오랍동생들도 이제 설화 속에만 존재하는 것은 아니다. 그들은 당시 불의의 지배자에게 억압받으며 고통스럽게 살아가는 식민지 민중(농민)인 것이다. 접동새가 '이 山 저 山 옮아가며' 슬피 운다는 것도 5연에서 전하는 이야기가 현재(현실)의 이야기임을 시사한다. 이 점, 과거(설화)의 이야기를 전하던 2연에서 접동새가 진두강 앞마을을 떠나지 못하는 것과 대비된다. 5연에서의 접동새는 설화의 공간을 벗어나 식민지 시대 조국의 현실공간을 '이 山 저 山'으로 돌아다니며 방황하고 있는 것이다. 이렇게 해서 5연의 작중화자(시적 자아)는 접동새의 울음소리를 현재화시켰다. 1연에서 들은 접동새의 울음소리는 5연과의 관계에서 볼 때 현재의 것이다.

이상의 논의로써 시 <접동새>는 접동새의 울음과 접동새에 대한 이야기가 과거(설화)의 울음과 이야기이면서 동시에 현재(현실)의 울음과 이야기임을 절묘하게 드러내고 있음을 알았다. 이를 간단히 추려보면, 1연 : 울음소리 자체, 2연 : 과거(설화)의 울음, 3연 : 과거(설화)의 이야기, 4연 : 현재(현실)의 이야기, 5연 : 현재(현실)의 울음이 된다. 이렇게 보면 이 시에서 전하는 접동새의 이야기는 접동새의 울음으로 감싸여 있고, 그것은 다시 '접동 / 접동 / 아우래비접동' 하는 울음소리 자체로 에워싸여 있음을 알 수 있다. 즉 이 시에서 슬픈 이야기는 슬픈 울음소리 자체로 음성화되어 있는 것이다. 우리는 마지막 연의 마지막 행에서 접동새가 '이 山 저 山 옮아가며 슬피 웁니다'라는 진술에 접하는 순간 다시 첫 연에서 제시되었던 울음소리 자체를 듣게 되는 것이다. 음성화된 울음소리를 이처럼 두 번째로 들을 때는 이미 그것이 과거의 것에서 현재의 것으로 질적인 변화가 이루어진 뒤이다. 여기에 와서 우리는 우리 자신이 어느덧 객관적 청자에서 주관적 청자로 바뀌어져 있음을 느낀다.

이제 이 시에 대한 우리의 논의는 중대한 고비에 이르렀으니, 여기서 우리는 하나의 질문을 던진다. 이 시의 진정한 시적 자아는 누구인가? 이 질문은 우리가 이 시에서 접동새에 대한 이야기를 듣는가 아니면 접동새의 울음소리를 듣는가 혹은 이 시는 이야기인가 아니면 울음소리인가 하는 물음과 같다. 이 시에는 전혀 차원이 다른 두 개의 목소리가 겹쳐 있는데, 지금까지 우리는 표면의 목소리에 따라 이 작품을 읽어 내려왔다. 표면의 목소리란 작중화자의 목소리이며, 접동새의 울음소리를 전달하는 목소리인 바, 이 목소리는 접동새의 울음소리를 중심으로 볼 때 어디까지나 청자의 목소리에 불과하다. 우리는 이 표면의 목소리를 객관적 목소리와 주관적 목소리로 나누고, 그 중 주관적 목소리를 시적 자아로 이해하였던 것이다.

그러나 이 시는 하나의 이야기이면서 동시에 울음소리 자체이기도 하다. 우리는 이 시의 마지막 연의 마지막 행에서 다시 첫 연의 울음소리로 돌아오는 순간, 표면의 목소리가 뒤로 물러나고 이면의 목소리가 앞에 나서는 것을 깨닫는다. 울음소리의 주인공, 우는 자는 누구인가? 그는 울면서 무슨 말을 우리에게 하고 있는 것인가? 이 시를 바르게 이해하기 위해서는 이 질문들에 답할 수 있어야만 한다. 울음소리의 주인공은 말할 것도 없이 접동새이며, 따라서 접동새야말로 이 시의 진정한 시적 자아이다.[7] 그렇다면 접동새란 누구인가? 접동새는 님(조국)을 상실한 식민지 시대의 무력한 지식인, 그 중에서도 접동새처럼 슬프게 울 수 있는 시인의 표상이다. 그러므로 접동새야말로 이 시에서 진정한 민족적 자아로서의 시적 자아가 된다. 그러면 접동새로 표상된 시인은 누구인가? 소월 자신이다. 소월은 母喪失의 한을 품고 피맺힌 울음을 토하는 접동새에서 자신의 모습을 발견하였던 것이다. 접동새가 슬피 울듯이 소월도 슬피 울었으니, 시 <접동새>가 바로 소월의 슬픈 울음소리인 것이다. 그러니까 <접동새>는 소월의 슬픈 울음이 담겨 있는 슬픈 노래이다. 우리는 여기서 슬픈 노래에 우리의 정신이 있으며 슬픈 노래를 부르는 것은 최선의 반항이라고 했던 소월의 발언을 다시 한번 상기하면서, 이 시가 지니는 가장 중요한 의미에 접근해 들어가기로 하자.

시 <접동새>는 우리에게 삶과 죽음의 문제, 이승과 저승의 문제, 현실과 초월의 문제 등을 제기한다. 그것은 이 시의 진정한 시적 자아인 접동새가 母喪失의 한을 품고 죽은 누나의 살아 있는 모습으로 되어 있기 때문이다. 어머니가 죽었으니 누나는 어린 동생들을 돌보아야 할 책임을 지게 된다. 그러나 누나는 의붓어미(불의의 지배자) 앞에 전혀 무력하다. 결국 누나는 의붓어미 시샘에 죽었다. 죽어서 접동새가 된 누나는 오랍동생들을 못 잊어 운다. 이렇게 해서 누나는 죽었지만 살아 있다. 그러면 죽어서도 살아 있는 시적 자아(접동새)가 자리하고 있는 곳은 어디인가? 이 시에 등장하는 설화 속의 인물은 누나와 아홉 명의 오랍동생들, 그리고 의붓어미이다. 여기에 이미 죽은 어머니가 저 멀리 원경으로 놓여 있다. 이 중 오랍동생들과 의붓어미는 이승의 존

---

7) <접동새>의 경우 이처럼 작중화자와 시적 자아가 달리 나타난 것은 이 시가 설화를 소재로 한 작품이라는 사실과 무관하지 않다. 접동새는 설화 속에서 서사적 자아인 것이다.

재이고 죽은 어머니는 저승의 존재이다. 그러면 누나는 어디에 있나? 누나는 일단 죽었으니 저승의 존재이어야 한다. 그러나 죽은 누나(접동새)는 오랍동생들을 못 잊어 하니 아직 저승에 가지 못한 존재이다. 이 점에서 누나는 아주 저승의 존재가 되어 현실을 초월해 버린 님(어머니)과는 다른 존재이다. 즉 이 시의 시적 자아인 접동새(죽은 누나)는 삶(이승, 현실)과 죽음(저승, 초월) 사이에 있는 어떤 공간에 자리한다. 그런데 접동새는 어머니(죽음)를 찾아 날아가지 않고 오랍동생(삶) 쪽을 향해 울고 있으니, 접동새가 놓인 자리는 죽음 쪽보다는 현저히 삶 쪽에 가까워져 있다. 삶과 죽음 사이에 놓이지만 삶 쪽으로 기울어진 공간, 접동새(시적 자아)의 자리는 바로 여기인 것이며, 이 점은 이 시의 5연에 잘 나타나 있다.

>아웁이나 남아되든 오랍동생을
>죽어서도 못니저 참아못니저
>夜三更 남다자는 밤이깁프면
>이山 저山 올마가며 슬피웁니다

　이 마지막 연이야말로 접동새의 자리가 어디인지를, 다시 말해 접동새(시적 자아)는 어떤 정황에서 무엇 때문에 우는지 그리고 언제 어디서 우는지를 잘 보여준다. 접동새는 죽었지만 살아 있는 상태에서('죽어서도 못잊어 차마 못잊어'는 이 점을 강렬히 드러낸 부분이다), 이승에서 고통받는 오랍동생들 때문에 운다. 앞에서 우리는 접동새가 진정한 민족적 자아로서의 시적 자아이며, 조국을 상실한 식민지시대의 무력한 지식인, 그 중에서도 접동새처럼 슬프게 노래하는 시인의 표상이라고 하였다. 그렇다면 님(조국)을 상실한 시적 자아(시인)의 자리는 어디인가? 그는 아무래도 삶의 한복판에 자리하고 있지는 않은 것 같다. 시인은 남들이 다 자는 한밤중('夜三更')이 되어야 슬픈 노래를 부르기 때문이다. 그리고 그는 아무래도 역사의 현장에 서 있지는 않은 것 같다. 시인은 절망과 비탄 속에 방황하며('이山 저山 옮아가며') 슬픈 노래를 부르기 때문이다. 접동새는 설화의 공간('진두강 앞마을')에서 벗어나 현실공간으로 옮겨오긴 했지만, 사람들이 깨어 있는 한낮에 사람들이 모여 있는 마을 안으로 들어오지는 못한다. 시인 역시 삶의 한복판 또는 역사의 현장에서 멀리 비껴 있는 어떤 곳에 자리하고 있다. 시적 자아인 접동새가 일단 죽은 존재라는 사실은 이 점에서 매우 시사적이다.

3. 죽음에의 인력(님과의 합일) : 〈초혼〉의 경우

<접동새>의 경우, 시적 자아는 죽은 존재이지만 살아 있는 오랍동생을 못 잊어 운다. 즉 죽었으나 아직 살아 있는 존재이다. 따라서 이 시는 삶 쪽을 향해 열려 있고 죽음 쪽은 닫혀 있다. 이에 비해 <招魂>의 경우, 시적 자아는 살아 있는 존재이지만 죽은 님의 이름을 외쳐 부른다. 즉 살아 있으나 이미 죽은 존재이다. 따라서 이 시는 죽음 쪽을 향해 열려 있고 삶 쪽은 닫혀 있다. <접동새>에서 아직 살아 있던 시적 자아를 <초혼>에서 죽음으로 유혹한 것은 대체 무엇인가? 그것은 이미 죽어 저승의 존재가 되어 버린 님의 魂이다. 죽은 자의 혼이 산 자의 혼을 손짓해 부른 것이다. <초혼>에서는 시적 자아가 죽은 님의 이름을 외쳐 부르고 있지만, 그것은 거꾸로 자기의 이름을 부르는 죽은 님의 목소리를 듣는 것이기도 하다. 이 강렬한 죽음에의 引力을 이해하기 위해서는 <초혼>을 읽기 전에 소월의 다른 작품 <무덤>을 볼 필요가 있다.

그누가 나를 헤내는 부르는소리

　　붉으스름한언덕, 여긔저긔
　　돌무덕이도 음즉이며, 달빗헤,
　　소리만남은노래 서리워엉겨라,
　　옛祖上들의記錄을 무더둔그곳!
　　나는 두루찻노라, 그곳에서,
　　형적업는노래 흘너펴져,
　　그림자가득한언덕으로 여긔저긔,
　　그누가 나를헤내는 부르는소리
　　부르는소리, 부르는소리,
　　내넉슬 잡아끄러헤내는 부르는소리.[8]

　시적 자아는 그 누가 자기를 부르는 소리를 듣는다. 그것은 죽은 자들(옛 祖上들)의 넋(혼)이 시적 자아‘나’)의 넋(혼)을 ‘잡아 끌어헤내는’ 소리이다. 무엇으로부터 ‘내 넋을’ 잡아 끌어헤내는가? ‘나’의 육신으로부터이다. ‘나’는 강렬한 죽음에의 인력을 느끼고 있다. 혼이 육신을 떠나는 것, 그것이 죽음이기 때문이다. 죽은 자들(옛 祖上들)이 ‘나’를 부르는 소리는 무덤에서 흘러나와 퍼지는 ‘형적없는 노래’ 즉 육신을 지니지 않은 죽음의 노래이다. 따라서 그것은 모든 삶의 의미가 배제된 ‘소리만 남은 노래’이기도 하다.

　<접동새>의 시적 자아는 슬피 울기는 했지만, 슬프다는 감정과 운다는 행위는 아직 삶의 감정이요 행위이다. 그러니까 슬피 운다는 것 자체가 살아 있다는 증거이다. 그러나 무덤에서 흘러 퍼지는 노래는 육신(감정과 행위)이 없는 노래, 바꿔 말해 노래가 아닌 소리, 즉 죽음의 음향일 뿐이다. 그 음향은 사람의 마음을 움직이는 것이 아니라 돌무더기를 움직이며 서리워 엉긴다. 따라서 산 자는 그 음향을 들을 수 없다. 다만 죽음 쪽에 가까이 다가선 ‘나’(시적 자아)만이 그 소리를 듣는다. 시적 자아는 ‘붉으스름한 언덕’, ‘그림자 가득한 언덕’을 헤매며

---

8) 『전집(上)』, 440면.

여기저기서 들려오는 부르는 소리에 귀를 기울이고 있다. 이 시에서 '언덕'이란 삶과 죽음 사이에 놓인 어떤 공간, 이승에서 저승으로 건너가는 길목이다. 이 길목을 건너는 것은 시간 문제일 따름이기에, 시적 자아는 이미 죽음 쪽으로 현저히 가까워져 있다. 이건 병이 아닌가? 세상으로부터 스스로를 철저히 소외시키는 절대고독, 이것은 죽음에 이르는 병이다.[9]

만일 이 병이 우리의 삶과 무관한 죽음, 다시 말해 인간 역사의 연장 위에 놓이지 않는 죽음으로 달려가는 것이라면, 이 시는 단지 공포스런 소리이거나 괴기스런 음향 자체로 전락하고 말았으리라. 하지만 이 시는 그 같은 공포와 괴기의 차원에서 간신히 벗어날 수 있었으니, 그것은 오직 '옛 祖上들의 記錄을 묻어둔 그 곳! / 나는 두루 찾노라, 그 곳에서'라는 핵심적인 두 행 때문이다. '옛 조상들의 기록'이란 곧 민족의 역사가 아니겠는가? '나'(시적 자아)는 민족사의 탐색 도중 조상들의 혼의 부름을 받았던 것이다. 여기서 '나'는 민족적 자아로서의 시적 자아가 된다. 민족사(옛 조상들의 기록)를 묻어둔 그곳(무덤)에서 조상들의 부름을 받는다는 것은 곧 시적 자아가 죽음을 선택함으로써 민족사와 운명을 같이하겠다는 의지의 표명인 것이다. 따라서 시적 자아의 이 예정된 죽음은 역설적이지만 삶의 완성이라는 의미를 지닌다. 그렇기는 해도, 죽은 자들의 혼의 소리(저승의 소리)를 듣는다는 것은 삶(이승)의 관점에서는 병적임을 면치 못한다. 삶의 연장 또는 완성으로서의 죽음에 도달하기 위해서는 죽은 님이 '나'를 부르는 소리를 '내'가 죽은 님을 부르는 소리로 바꾸어야 했으니, 우리의 귀를 멍멍하게 만드는 <招魂>의 탄생은 이로 말미암는다.

---

9) 시집 『진달래꽃』은 모두 16개의 소제목 아래 127편의 시가 수록되어 있는데, <무덤>과 <招魂>은 <悅樂>, <비난수하는 맘>, <찬저녁>과 함께 <孤獨>이라는 소제목 아래 들어 있다. 이 다섯 편은 한결같이 철저한 고독 속에서 죽음을 가까이 느끼게 하는 작품들이다.

　　산산히 부서진이름이어!
　　虛空中에 헤여진이름이어!
　　불너도 主人업는이름이어!
　　부르다가 내가 죽을이름이어!

　　心中에 남아있는 말한마듸는
　　씃씃내 마자하지 못하엿구나.
　　사랑하든 그사람이어!
　　사랑하든 그사람이어!

　　붉은해는 西山마루에 걸리웟다.
　　사슴이의무리도 슬퍼운다.
　　떠러져나가안즌 山우헤서
　　나는 그대의 이름을 부르노라.

　　서름에겹도록 부르노라.
　　서름에겹도록 부르노라.
　　부르는소리는 빗겨가지만
　　하눌과땅사이가 넘우넓구나.

　　선채로 이 자리에 돌이되여도
　　부르다가 내가 죽을이름이어!
　　사랑하든 그사람이어!
　　사랑하든 그사람이어!10)

　招魂이란 무엇인가? 죽은 사람의 혼을 불러들이는 일이다. 사람이 죽으면, 지붕에 올라 북쪽을 향해 '아무개 동네 아무개 복(復)'이라고 죽은 사람의 이름을 세 번 외치는데, 이 일이 끝나고 발상(發喪)을 하

---

10) 『전집(上)』, 456~457면. <초혼>이 『진달래꽃』에 수록되기 전에 소월은 『영
　　대』 5호(1925. 1)에 <옛님을 따라가다가 꿈깨어 탄식함이라>를 발표했는데,
　　이 작품은 많은 부분에서 <초혼>과 유사하다. 말하자면 <초혼>의 전신이 되
　　는 작품이라 할 수 있다.

게 된다. 시 <招魂>은 바로 이 의식(儀式)을 수용한 작품이다.[11) 이
시에서 죽은 사람을 세 번에 걸쳐(1연, 2연, 5연) 부르고 있다는 사실이
그것을 말해준다. 그러나 이 시는 皇魂儀式에서 소재를 구한 것일 뿐,
招魂과는 무관하다. 그러니까 <招魂>에서의 외침은 실상은 招魂이 아
닌 것이다.

招魂이란 원래 떠난 혼을 육신에 불러들여 죽은 사람을 되살리려는
노력이지만, 의식화된 측면에서 보면 장례절차의 하나로서 망자의 죽
음을 확인하는 일이기도 하다. 초혼은 이렇게 모순된 두 가지 의미를
갖지만, 그러나 그 어느 쪽도 시 <초혼>에는 해당되지 않는다. 왜냐
하면 시 <초혼>에서의 님('그대')은 구체적인 사람이 아니라 시적 자
아('나')의 존재 근거로서의 어떤 절대적인 대상이며,[12) 그 님의 죽음은
이미 오래 전의 일이기 때문이다. 말하자면 님의 죽음이 확인된 이후
에 뒤늦게 님의 이름을 외쳐 부르는 것에 불과하다. 아니, 시적 자아는
오랫동안 마음 속으로 님을 불러오다가 어느 순간 그것이 밖으로 터져
나온 것이다. 따라서 이 외침은 님을 되살리려는 노력도 아니고 님의
죽음을 확인하고자 하는 일도 아니다. 시적 자아는 님의 생환 가능성
이 없음을 잘 알고 있으며, 그렇다고 새삼스레 님을 장사지내겠다는
것도 아니다. 그렇다면 <초혼>의 '초혼'은 무엇이런 말인가? 그것은
신 사람(시적 자아)이 스스로의 죽음이 예정되어 있음을 비장하게 토로
한 것이다. <초혼>의 시적 자아는 초혼을 빌어 죽음에의 결단을 표명

---

11) 김윤식,『魂과 形式』, 신동욱 편,『金素月』(문학과 지성사, 1980)에서는 <초혼>
    을 동양의 魂魄思想과 그 의식화인 復(招魂)과 관련시켜 검토하였다.
12) 성기옥,『한국시가율격의 이론』(새문사, 1986)에서는 <초혼>이 앞에 잠시 언급
    한 <옛님을 따라가다가 꿈깨어 탄식함이라>와 동일한 발상으로 이루어진 작품
    임을 지적하면서, <옛님을…>의 내용으로 미루어, "<초혼>의 임은 오히려 경
    험적인 연인이 아니라, 작품의 구상적 표현을 위해 연인으로 심상화된 포괄적인
    의미의 임으로 보는 것이 더 타당할 것이다. 그러므로 <초혼>의 임은 궁극적
    으로 소월이 갈구했던 지향적 세계의 상징으로까지 그 의미 공간을 확대시켜야
    할 것이다"라고 말하고 있다.(323면)

하였으니, 이제 이 점을 상세히 살펴보자.

■ 1연

폭발적 외침이다. 이는 이 시가 시적 자아의 정서가 한껏 고조된 상태에서 시작되었음을 말해준다. 즉 이 시의 첫 연은 어떤 사유를 전개히기 위한 단초로서 제시된 것이 아니라, 사유과정이 끝난 성태에서, 즉 주위상황과 자기존재에 대한 모든 생각이 정리된 이후에 터진 외침이다. 그 정리된 생각이란 '나'의 존재근거로서의 절대적 대상인 님은 분해되고 말았다는 것, 따라서 님의 생환은 불가능하며 나는 님을 다시 만날 수 없다는 것, 그러기에 나는 님을 부르면서 죽어가게 되리라는 것 등이다. 1연의 1, 2, 3행은 님의 분해와 생환 불가능성을, 4행은 시적 자아의 죽음에의 운명을 보여준다. 그러나 실은 첫 행에 이 모든 내용이 압축되어 있는 바, 나머지 2, 3, 4행은 그 반복에 불과하다. '산산히 부서진 이름이여!'라는 문장은 그 자체가 의미상의 모순을 안고 있다. 부서진 이름이란 없는 것이고, 없는 것을 부를 수는 없기 때문이다. 이런 점에서 '산산히 부서진 이름이여!'는 '산산히 부서진 이름이다'와는 전혀 다른 문장이다. 여기에 '그럼에도 나는 그 이름을 부른다'는 의미가 더해져 있는 것이다. 없는 이름을 부르는 행위란 대체 무엇이겠는가? 그것은 부르는 자기 자신도 없다는 것, 또는 곧 없어질 존재라는 것을 뜻하는 것이 아니겠는가? 1행에 이미 4행의 의미가 들어 있음이다. 죽음에의 결단을 포함한 사유과정은 이 시가 시작되기 이전에 이미 끝나 있었던 것이다. 그러나 생각은 정리되었지만 시적 자아의 정서는 더욱 긴장된다. 생각이 죽음에 이르는 것으로 정리되었기 때문에 정서적으로 극도의 비장감에 도달한 것은 오히려 당연한 것이다. 긴 사유과정 끝의 죽음에의 결단과 그로 인해 한껏 고조된 정서로부터 터져나온 비장한 외침, <초혼>의 첫 연을 읽는 순간 우리의 귀를 멍멍하게 만든 것의 정체는 바로 이것이었던 것이다.

■ 2연

극도로 긴장되었던 정서가 어느 정도 이완된다. 이렇게 된 것은 1연의 폭발적 외침 이전에 있었던 사유과정을 여기서부터 내비치고 있기 때문이다. 그럼으로써 1연에서 주체할 수 없이 터져나온 정서의 유출을 수습해 나가는 것이다. 2연에서 보인 사유의 내용은 '나'(시적 자아)와 '님'(그대)과의 관계에 국한된 개인적 주관적 부분이다. 그리고 그것은 회한의 감정으로 표출되어 있다. '심중에 남아 있는 말 한마디'는 '나'와 님과의 관계설정에 있어서 가장 핵심적인 어떤 것인데, 그 한마디를 '끝끝내 마자하지 못하였구나' 하며 탄식하는 것이다. 그것은 곧 절대적인 사랑의 고백, 님은 '나'의 존재 전체를 뒤흔드는 사랑의 대상이었다는 고백을 하지 못했음을 의미한다. 혹은 여기서 더 나아가 시적 자아의 사랑의 행위가 님에게 미치지 못했다는 것을 의미할 수도 있다. 이 경우, 님을 위한 가장 중요한 핵심적인 일을 하지 못했다는 데 대한 자책과 그런 일을 할 수 없었던 운명에 대한 회한, 그리고 그런 채로 님의 상실(죽음)을 경험하고 말았다는 데 대한 비통함 등이 내포되어 있다. '사랑하던 그 사람이여!'라는 다소 완화된 외침은 바로 이같은 회한의 감정에 적절히 조응된다.

■ 3연

이제 '나'는 주관적 정서의 긴장으로부터 벗어나 사물을 바로 보는 냉정한 눈을 회복한다. 그리하여 3연에서는 2연에서 '나'와 님('그대')과의 관계에 국한되었던 인식범위가 외계(현실세계)에까지 확대된다. 즉 3연에서는 1연의 폭발적 외침 이전에 있었던 사유과정 중에서 시대적 현실과 관련된 객관적 부분을 보이게 되는 것이다.(1, 2행) 게다가 님을 외쳐 부르고 있는 '나' 자신도 스스로 의식하고 있다.(3, 4행) '나는 그대의 이름을 부르노라'라는 '나'의 행위에 대한 서술은 1, 2연에서 보인 님을 부르는 외침소리 자체에 비해 사뭇 가라앉은 목소리인 것이다. 진정된 국면에서 되살아난 현실감각이다. 이 현실감각에 의해 비로소 '나'는 민족적 자아로서의 시적 자아로 등장하게 되는 것이다. 서산마루에 지는 해와 슬피 우는 사슴의 무리로 표상된 외계(현실세계)의 암울한 모습은 곧 식민지시대의 암울한 민족적 현실, 삶의 세계가 어둠과 고통으로 뒤덮여가는 절망적 현실을 말해준다. 이렇게 등장한 민족적 자아는 '떨어져 나가 앉은 산 위에서' 님을 부르고 있다. 이 부분은 민족적 자아로서의 시적 자아가 서 있는 자리가 어디인가를 보여준다. 그곳은 이 세상(현실세계)으로부터 멀리 격리되어 있는 고독한 혼자만의 공간이다.

■ 4연

어둠의 현실세계로부터 오는 격렬한 슬픔(1, 2행)과 함께 님의 생환 불가능성에서 오는 절망(3, 4행)을 드러낸다. 3연에서 외계(현실세계)에 대한 사유를 내보이고, 님을 외쳐 부르는 '나' 자신까지 의식할 정도로 냉정(현실감각)을 되찾았으나, 그리고 나니 새삼스레 슬픔이 복받쳐 오르는 것이다. 그리하여 이 새로운 슬픔은 '설움에 겹도록 부르노라'라는 직설적 어투의 반복으로 표출된다. 이것은 바로 앞부분(3연의 4행)에서 보았던 님을 부르는 행위에 대한 서술을 그대로 이어받으면서, 거기에 슬픔의 감정을 드러낸 것이다. 시적 자아는 슬프다(서럽다)는 것을 스스로 느끼고 있는 바, 이 슬픔은 3연을 이어받으면서 나온 것이고, 따라서 3연에서 인식되었던 외계(현실세계)의 암울한 모습에 대한 성찰과 관련된 것이다. 이 점이 슬픔이 황폐한 어둠의 세계, 즉 식민지시대의 절망적 상황 속에 놓인 민족적 자아로서의 시적 자아가 느끼는 슬픔임을 암시한다. 그러나 아무리 '설움에 겹도록' 불러보아도 부르는 소리는 님에게 전달되지 않는다. 무엇 때문인가? 그 이유는 '부르는 소리는 비껴가지만 / 하늘과 땅 사이가 너무 넓구나'라는 부분에 드러나 있거니와, 이 문장 역시 의미상의 모순을 안고 있다. 왜냐하면 부르는 소리가 옆으로 비스듬히 퍼져 나가는 것과 하늘과 땅 사이가 넓은 것은 둘 다 부르는 소리가 님에게 도달하지 못하는 이유인데, 그럼에도 이 둘이 역접으로 묶였기 때문이다. 게다가 부르는 소리가 하필 비껴갈 까닭도 없다. 그러니 이 문자의 원래의 뜻은 '하늘과 땅 사이가 너무 넓어서 부르는 소리조차 비껴가는 것처럼 느껴진다'는 것이리라. 그것을 뒤집어 역접으로 묶어 표현한 것은 부르는 소리의 무력함과 하늘(저승)과 땅(이승)사이의 아득한 거리를 강조하기 위한 것으로 보인다. 그러니까 님을 돌아오게 할 수 없다는 것, 다시 말해 이승(현실세계)에서는 님을 만날 수 없다는 사실에 대한 어쩔 수 없는 인식과 그로부터 생겨나는 절망의 탄식인 것이다. 그렇다면 님을 만날 수 있는 방법은 단 한 가지, 시적 자아가 님에게로 가는 것, 즉 시적 자아의 죽음밖에 없지 않겠는가?

■ 5연

이제 마지막 연에 와서 최종 결단으로서의 죽음을 제시한다. 죽음에의 결단은 이 시가 시작되기 이전에 내려져 있었고, 그것은 1연에서 이미 드러난 바 있다. 그러기에 5연의 1, 2행은 1연을 이어 받은 것이라 할 수 있다. 그러나 5연에서 표출된 죽음에의 결단은 이 시 전체를 통해 전개된 또 한번의 사유 끝에 다시 확인한 실로 최종적인 결단이다. 그리하여 그것은 1, 2행에서 '선 채로 이 자리에 돌이 되어도 / 부르다가 내가 죽을 이름이여!'라고 望夫石 설화를 도입하여 죽음을 두 번 반복해 강조하는 방식으로 표출되어 있다. 그러나 이 문장도 의미상의 모순을 안고 있다. 왜냐하면 이 문장은 결국 '죽는다 해도 죽을 것이다'라는 이상한 뜻을 지니는 것이기 때문이다. 그럼에도 5연의 1, 2행이 도리어 강렬하게 느껴지는 것은 그것이 '비록 죽는나 해도 끝까지 님을 부르겠다'는 의미와 '이렇게 님을 부르다가 곧 죽음을 맞이하겠다'는 의미가 절묘하게 결합된 문장이기 때문이다. 이 시의 시적 자아에 있어서 님을 부르는 일은 살아 있음의 유일한 표징인 동시에, 또한 그만큼 죽음을 향해 가까이 다가섰음을 알려주는 징후이기도 한 것이다. 이 같은 결단의 표명 뒤에, 시적 자아는 '사랑하던 그 사람이여!'라는 비교적 완화된 외침의 반복으로 4연에서 보았던 격렬한 슬픔의 유출을 수습하면서 이 시를 끝맺는다. 이 점 2연에서의 외침을 그대로 이어받고 있거니와, 2연이 1연에서의 고조된 정서의 유출을 수습했던 것과 동일하다. 그러나 5연의 3, 4행은 최종적 결단 이후의 외침이라는 점에서 이 시 전체에 넘쳐 있던 극도의 비장감, 자책과 회한, 암울한 분위기, 절망의 탄식 등을 모두 달래주는 기능을 아울러 지니는 것이며, 따라서 메아리처럼 점점 사라져가는 소리이기도 하다. 님을 부르는 처절한 외침소리는 그 흔적만을 비껴가는 파동처럼 남기고 마침내 단단한 돌 하나에 응축되어 버린 것이다. 이로써 시 <초혼>이 완결되었고, 시적 자아의 삶과 죽음도 완결된 것이다.

이제, 이상의 각 연에 대한 상세한 논의를 바탕으로 <초혼>의 전체적 구조를 검토할 계제에 이르렀다. 5연 20행으로 이루어진 이 시는 ㉠ 죽음에의 결단을 포함한 외침소리 자체와 ㉡ 님을 외쳐 부르는 시적 자아('나') 자신에 대한 서술, 그리고 ㉢ '나'와 님과 현실세계에 대한 사유의 세 가지로 나눌 수 있다. ㉠은 다시 격정적인 외침과 완화된 외침으로 나눌 수 있는데, 1연의 1, 2, 3, 4행과 5연의 1, 2행이 앞의 경우에, 2연의 3, 4행과 5연의 3, 4행이 뒤의 경우에 각각 해당된다. ㉡에 해당되는 부분은 3연의 3, 4행과 4연의 1, 2행인데, 앞의 것은 시적 자아 자신에 대한 객관적인 서술이고, 뒤의 것은 슬픔의 감정을 직접적으로 드러낸 서술이다. ㉢에 해당되는 것은 나머지 부분, 즉 2연의 1, 2행과 3연의 1, 2행 그리고 4연의 3, 4행이다. 이 중 2연의 1, 2행은 '나'와 님과의 관계에서 나오는 시적 자아의 회한의 감정을, 3연의 1, 2행은 어둠으로 뒤덮여가는 암울한 현실세계에 대한 시적 자아의 인식을, 4연의 3, 4행은 님의 생환 불가능성을 깨달은 시적 자아의 절망적 탄식을 각각 보여주고 있다.

이렇게 보면, 이 시는 3연을 중심으로 하여 위와 아래가 서로 호응하는 대칭적인 구조를 지닌 것으로 이해할 수 있다. 앞에서 보았듯이 3연은 격정과 회환 또는 슬픔과 절망에서 벗어나 상당히 냉정한 눈(현실감각)을 가진 시적 자아가 등장하는 부분이다. 그리하여 현실세계에 대한 인식과 님('그대')을 부르는 '나' 자신에 대한 서술이 포함되어 있기에, 다시 말해 '나'와 님과 현실이 모두 결합되어 있기에, 실로 이 시 전체의 중심부분으로 부각되어 오는 것이다. 이 같은 중심부분으로서의 현실감각은 '걸리었다', '슬퍼운다', '부르노라' 등 객관적 사유를 전달하는 종결어미와 잘 조응된다. 이 3연을 중심으로 2연과 4연이 위아래에서 서로 호응하는 바, 2연의 경우는 회한의 감정이, 4연의 경우는 절망적 탄식이 주된 정서적 분위기를 형성하고 있다. 즉 3연의 냉정한 현실감각에 비추어 현저히 주관화된 감정의 표현인 것이며, 이 점 '못하였구나', '너무 넓구나'라는 영탄적 어미와 잘 조응된다. 다음 1연과 5연 역시 3연을 중심에 두고 맨 위와 맨 아래에서 서로 호응하고 있으니, 이 둘은 모두 시적 자아가 님을 부르는 외침소리 자체인 것이다. '이름이여!' '사람이여!' 등의 호격 어미가 이에 잘 어울리고 있음은 물론이다. 이 시가 3연을 중심으로 위와 아래가 서도 호응하는 내칭구조를 지니고 있음이 이로써 분명해졌거니와, 이를 달리 보면 3연의 현실감각을 가운데에 놓고, 그 주위에 2연과 4연의 회한과 절망의 탄식이 이를 감싸고 있으며, 다시 그 둘레를 님을 부르는 외침소리가 에워싸고 있는 모습이기도 하다.

여기까지 와서야 비로소 우리는 시 <초혼>이 지니는 가장 중요한 의미에 접근할 수 있다. 즉 이 시에 내포된 궁극적 의미에 대한 탐구는 3연이 이 시의 중심부분임을 확인하는 데서 비롯되는 것이다. 이 경우 중심이란 말은 단순히 '중간' 또는 '가운데'라는 위치만을 가리키는 것이 아니다. 중심이란 그곳에서 모든 것이 출발한다는 의미, 이 시의 경우 2연의 회한과 4연의 절망, 그리고 1연과 5연의 외침소리가 모두 3연에서 파생된 것이라는 의미이다. 따라서 이 시의 3연을 제대로 읽는 것이야말로 이 시 전체를 바르게 이해하기 위한 첩경이다.

> 붉은해는 西山마루에 걸리윗다.
> 사슴이의무리도 슬퍼운다.
> 떠러져나가안즌 山우헤서
> 나는 그대의 이름을 부르노라.

3연은 1, 2행과 3, 4행으로 구분된다. 1, 2행은 시적 자아가 현실 세계를 어떻게 인식하고 있는가를 보여주는 부분이며, 3, 4행은 그렇게 인식된 현실세계에 시적 자아가 어떻게 대응하고 있는가를 말해주는 부분이다. 우선 1, 2연에서 시적 자아는 현실세계(당시 식민지시대의 현실)를 절대부정의 세계로 보고 있다. 그것은 서산마루에 지는 해와 슬피 우는 사슴의 무리로 표상된다. 지는 해란 무엇을 말하는가? 그것은 빛의 소멸, 그러니까 진리라든가 정의라든가 하는 긍정적 가치체계가 무너져 내리는 모습이다. 그리하여 어둠 속으로 파멸해 가는 이승(삶)의 모습인 것이다. 슬피 우는 사슴의 무리는 따라서 죽음에 직결된 궁핍의 고통을 받고 있는 식민지 민중들의 표상이 된다. 그리고 이렇게 인식된 현실세계에는 삶을 이처럼 비극적 파멸로 몰아가고 있는 불의의 지배자(권력)가 암암리에 상정되어 있다.

다음 3, 4연에서 시적 자아는 스스로를 의식함으로써 그처럼 암울한 현실세계에 자신이 어떻게 대응하고 있는가를 보여준다. 3연은 시적 자아가 서 있는 자리를, 4연은 시적 자아의 행위를 각각 서술하고 있는 것이다. 당시의 암울한 식민지 현실에 대응하여 '나'(시적 자아)는 어디서 무엇을 하고 있는가? '떨어져 나가 앉은 산 위'에 서서 '그대의 이름을 부르'고 있다. 시적 자아의 자리로 제시된 '떨어져 나가 앉은 산 위'란 대체 어디인가? 그곳은 앞서 잠시 비쳤듯 현실세계(삶, 이승)로부터 멀리 격리된 혼자만의 공간이다. 즉 시적 자아는 삶의 한복판, 역사의 현장에 있지 않으며, 고통받는 다른 사람들(슬피 우는 사슴의 무리)과 더불어 함께 있지 않다. 사슴 무리의 슬픈 울음소리가 멀리서 들려오긴 하지만, 그 울음소리에 대해 한마디로 속수무책, 어떤 의미 있는 일을 하기에는 시적 자아 자신이 너무도 무력한 것이다. 시적 자아는 이미 현실세계에서 패배하여 떨어져 나왔으므로 다시 삶의 현장으로 돌아갈 수 없다. 그가 할 수 있는 일이란 이 세상과 격리된 공간에서 이미 죽은 님(절대적 존재)을 외쳐 부르는 것뿐이다. 그럼으로써 스스로의 죽음을 예정하여 님과의 合一을 이루려 하는 것이다. 이런 의미에서 시적 자아는 아직 살아 있으나 이미 죽은 것이기도 하다. 시적 자아가 서 있는 곳('떨어져 나가 앉은 산 위')은 삶(이승)과 죽음(저승) 사이에 놓인 어떤 공간이며, 삶 쪽 보다는 죽음 쪽으로 기울어진 공간이다.

절대부정의 현실세계에서 자아의 패배가 돌이킬 수 없는 결정적인 것으로 확인될 때, 그러면서도 그 현실세계에 굴복하기는커녕 현실세계와의 어떠한 타협도 거부할 때, 죽음은 필연적인 것이리라. 현실세계에 부재하는(이미 죽은) 절대긍정의 어떤 대상(님)을 설정하고, 그 대상과의 합일을 위해 그 이름을 부르면서 죽음으로 달려가는 것, 역설적이지만 이것이 바로 소월의 삶의 방식, 즉 현실세계에 대한 대응방식이었던 것이다. 이렇게 볼 때, 1, 2행에서 현실세계에 대한 시적 자아의 부정적 인식을 보인 다음, 3행에서 현실세계와 격리된 시적 자아의 자리를 말하고, 4행에서 시적 자아가 님을 부르는 행위를 드러낸 것은 의미심장하다. 이 순서는 현실세계에 대한 절대부정이 절대긍정의 대상인 님을 외쳐 부르게 했음을 시사하기 때문이다. 대체 무슨 뜻인가? 원래부터 절대적 존재인 님이 있었던 것이 아니라, 절대부정의 현실세계가 먼저 있었고 절대긍정의 대상으로서의 님은 그 대립항으로 설정되었던 것이니, 이것이 바로 소월 특유의 내면공간이었던 것이다.

4. 맺음말

소월의 <접동새>와 <招魂>은 각각 정반대의 방향에서 삶과 죽음 사이의 역설을 보여준다. <접동새>의 시적 자아인 접동새는 이미 죽었으나 아직 살아 있으며, <초혼>의 시적 자아인 '나'는 아직 살아 있으나 이미 죽은 것과 같다. <접동새>의 접동새는 표면적인 사실의 차원에서는 죽은 것에 틀림없으나 심층적인 의지의 차원에서는 삶에의 미련을 버리지 못하고 있음에 비해, <초혼>의 '나'는 표면적인 사실의 차원에서는 살아 있음에 틀림없으나 심층적인 의지의 차원에서는 죽음에의 인력에 이끌리고 있기 때문이다. <접동새>의 접동새가 이미 죽어 현실을 초월한 존재인 어머니를 찾아 날아가지 않고, 고통스런 삶을 영위하는 오랍동생들을 못 잊어 슬피 울고 있는 반면, <초혼>의 '나'는 슬피 우는 사슴의 무리와 멀리 떨어져 이미 죽어 현실을 초월한 존재인 님을 외쳐 부르고 있는 것이다. <접동새>의 접동새는 삶(이승, 현실세계) 쪽으로 기울어진 공간에 자리하고 <초혼>의 '나'는 죽음(저승, 초월세계) 쪽으로 기울어진 공간에 자리한다.

그렇기는 하지만, <접동새>의 접동새와 <초혼>의 '나'는 모두 삶과 죽음 사이의 어떤 공간에 놓여 있다. 그러기에 그곳은 완전한 의미의 이승도 아니고, 또한 완전한 의미의 저승도 아니다. 그렇다면 그곳은 어디인가? 우리는 저승(죽음) 쪽에서 그곳을 바라볼 수 없기에 이승(삶) 쪽에서 그곳을 바라보며 그곳이 어디인지를 가늠할 도리밖에 없다. 그곳은 어디인가? 적어도 그곳은 사람들이 모여 서로 부대끼며 살아가는 곳(삶의 한복판), 그럼으로써 인간(또는 민족)의 역사가 시시각각 진행되고 있는 곳(역사의 현장)이 아님은 분명하다. 그럴진대 소월 자신의 삶과 죽음의 기록인 그의 시가 역사 너머 저편에서 울려오는 목소리라는 것, 그의 시에는 자아와 세계와의 거리를 좁히려는 의지와 노력이 없다는 것, 결국 그는 현실세계를 그 나름의 주관에 의해서만 지나치게 비관적으로 파악하였다는 것을 지적하지 않을 수 없다. 바로 이런 지적이 소월시에 대한 비판의 근거가 되는 것이다.

　다시 한번, 소월의 자리는 어디인가? 삶(이승, 현실세계)과 죽음(저승, 초월세계) 사이에 놓인 시적 자아의 자리가 <접동새>와 <초혼>에서 모두 山으로 표상되어 있다는 사실은 의미심장하다. 산이란 어디인가? 우리가 그곳을 오르내린다는 점에서 산은 이승이기도 하지만, 우리가 죽으면 그곳에 묻힌다는 점에서 산은 저승이기도 하다. <접동새>의 산은 삶 쪽으로 기울어진 공간이며, <초혼>의 산은 죽음 쪽으로 기울어진 공간이다. <접동새>의 접동새는 이 산 저 산 옮아가며 슬피 울고 있으며, <초혼>의 '나'는 떨어져 나가 앉은 산 위에서 님을 부르고 있다. 접동새와 '나'의 이 같은 모습은 각각 소월의 삶의 모습과 죽음의 모습을 시사한다. 소월의 삶이란 님을 상실한 한을 품고 방황하며 슬픔의 노래를 부르는 것이었으며, 소월의 죽음이란 이미 죽은 님과의 합일을 위한 최후의 방법으로 선택된 것이었다. 그런 까닭에 소월의 시에 내해 감정주의 또는 패배주의의 소산이리는 비판도 기능한 것이다.

　그렇다고는 해도, 소월의 시는 다른 한편 당시(일제시대)의 훼손된 세상에 대한 극명한 고발임에 틀림없다. 비록 삶의 한복판, 역사의 현장에서 비껴 있는 자리에서의 고발이긴 하지만, 그리고 비록 타락한 세상에 대한 강인한 저항의지가 결여되어 있긴 하지만, 그런 것들 때문에 고발의 의미가 폄하될 수 있는 것은 아니다. 우리는 <접동새>를 통해 소월 자신의 슬픈 울음소리를 들으며, <초혼>을 통해 소월 자신의 처절한 외침 소리를 듣는다. 지금 우리의 귓전에 가득한 그 울음소리와 외침소리는 그 자체가 당시의(또는 오늘의) 훼손된 세계에 대한 크나큰 고발인 것이다. 어찌 보면 오랍동생을 향한 슬픈 울음과 죽은 님을 향한 처절한 외침은 도리어 현실 도피의 결과에 불과하다고 주장할 수도 있다. 그러나 소월시의 시적 자아가 현실에서 비껴 있는 공간은 1920년대의 다른 낭만주의 시인들이 빠져 있던 환상의 공간과는 근원적으로 차이가 있다. 소월은 현실을 도피한 것이 아니라 현실에서 패배한 것이며, 그럼에도 결코 현실에 굴복하거나 현실과 타협하지 않았다. 불의의 현실을 절대로 받아들일 수 없었기에 슬픈 노래를 불렀던 것이고, 마침내는 스스로 죽음을 선택했던 것이다. 이런 의미에서 소월은 당시의 타락한 세상에 대해 슬픈 노래와 죽음으로써 저항했다고 볼 수 있다. 소월의 삶이 비록 당시의 세상처럼 훼손된 것이기는 했지만, 그것은 굴복이나 타협으로 인한 것이 아니라 타락한 세상의 압력에 의해 님의 이름처럼 찢기워졌기 때문인 것이다. 그렇기 때문에 삶으로부터 죽음에 이르기까지의 소월의 저항은, 그것이 비록 감정주의적이고 패배주의적인 측면을 포함한다 하더라도, 또 하나의 진실성을 확보한다. 이 진실성이란 곧 환상이나 허위의식이 없음을 뜻함이요, 철저한 비타협성을 의미하는 것이다.

어둠의 시대에 태어난 어떤 시인이 그 어둠에 맞서는 지사적 삶을 영위하면서, 그의 시작품 속에 강한 신념과 저항의지를 표출했다면, 그것은 두말할 것도 없이 고귀한 가치를 지니는 것이다. 그러나 어떤 시인의 삶과 그의 작품에 그런 지사적 모습이 결여되었다는 이유만으로 그가 시인으로서의 일을 잘못 수행한 것으로 보는 것은 잘못이다. 만일 어떤 시인의 진실이 패배의 아픔에 있다면, 그것은 그것대로 존중되어 마땅한 것이지 결코 크게 나무랄 일이 아닌 것이다. 소월시에 나타난 피맺힌 恨의 표출은 어떤 지사적 시인의 신념이나 의지의 표출과 마찬가지로 높이 평가되어야 한다. 적어도 시의 세계에서는 그 둘은 완전히 등가인 것이다. 뿐만 아니라 그것이 시라는 언어예술의 형식을 통과했을 때, 어느 쪽이 더 현실을 움직이는 힘으로 작용할 것이라고 쉽게 말할 수 있는 것도 아니다. 소월의 삶은 <접동새>의 울음소리로 우리에게 남아 있으니, 이 점이 중요한 것이다. 또 만일 어떤 시인의 진실이 비타협적 죽음에 있다면, 이 또한 그것대로 존중되어 마땅하다. 소월의 경우, 자아의 패배가 결정적인 것으로 확인되고 이것이 비타협적 정신과 만났으니, 죽음은 필연이며 오직 하나 남은 선택이었을 따름이다. 그러기에 소월의 죽음이란 삶의 완성이었던 것이다. 즉 죽음으로써 산 것이다. 소월의 죽음은 <초혼>의 처절한 외침소리로 우리에게 남아 있으니, 이 점이 중요한 것이다.

오늘 우리에게 살아 있는 <접동새>의 슬픈 울음소리(소월의 삶)와 <초혼>의 처절한 외침소리(소월의 죽음)가 우리의 현실을 움직이는 힘이 될 수 없다고 누가 단언할 수 있겠는가?

(『덕성어문학』 9, 덕성여자대학교 국어국문학과, 1996)

이육사의 시와 우주론적 사유
— 〈노정기〉, 〈절정〉, 〈광야〉 분석

1. 머리말

이육사에 관한 그간의 연구는 독립운동에 헌신한 그의 생애를 시작품과 관련시켜 논한 것,[1] 그의 시작품에 나타난 정신세계를 논한 것,[2] 그의 시작품이 지니는 형식적 측면을 논한 것[3] 등이 있다. 그리하여 민족의식(항일의식)을 치열하게 드러낸 이육사의 시작품은 근원적으로 그가 지닌 선비정신의 발현으로 씌어졌으며, 시작품의 형식도 그 정신에 걸맞게 균제된 고전주의적 품격을 갖추고 있다는 점이 논의되었다. 이와 아울러 이육사의 행동과 시를 "그가 살았던 시대의 역사에 참여하는 행위이면서 또한 스스로의 삶에 대해 묻고 대답하는 자기해명,

1) 홍기삼, 「이육사의 저항활동」, 『나라사랑』, 1974.
   이명자, 「새 자료를 통해 본 이육사의 생애」, 『문학사상』, 1976. 1.
   이동영, 「육사의 저항활동과 생애」, 『광야에서 부르리라』, 문학세계사, 1981.
2) 김용직, 「저항의 논리와 그 정신적 맥락—이육사 연구」, 『한국현대시연구』, 일지사, 1974.
   김윤식, 「절명지의 꽃—이육사론」, 『한국근대작가론고』, 일지사, 1974.
   김시태, 「이육사론」, 『현대문학』, 1977. 5.
3) 정한모, 「이육사 시의 특질과 시사적 의의」, 『나라사랑』, 1974.
   오하근, 「광야의 육사」, 『현대문학』, 1978. 11.

자기구제의 행위”로[4] 보거나, 이육사의 시작품 중 명편들에 있어서의 “정치적 요소는 정치적인 관점에서라기보다는 인간적인 관점에서 다루어짐으로써 시가 되고 있다.”고[5] 보는 견해도 제기되었다. 이러한 관점은 당시의 민족이 처한 현실과 관련하여 이육사의 시를 분석할 뿐만 아니라, 이육사만이 지니는 개인적 성격에 대해서도 관심을 기울여야 그의 시를 바르게 평가할 수 있다는 전제를 깔고 있다.

기실 이육사에게 부여된 ‘抵抗詩人’ 또는 ‘志節詩人’이라는 칭호는 그의 시세계의 어느 한 부분을 선명하게 드러내 주는 반면에, 자칫 그의 시가 이룩한 진정한 성과, 다시 말해 그가 시적 자아를 통해 자기 자신을 어떻게 규정했는가 하는 문제를 놓치게 할 우려도 있는 것이다. 바로 이것이 서정시의 핵심적 본질이 아닌가? 누구나 그렇듯이 시인 역시 역사적 자아인 동시에 존재론적 자아인 것이며, 따라서 이육사의 시를 논의할 경우도 둘 중 어느 한 측면만이 부각되어서는 안 될 것이다. 더욱이 시는 소설과 달라서 현실인식보다는 자기인식을 표현하기에 적합한 문학장르인 바, 이런 의미에서 만일 존재론적 자아가 들어 있지 않은 시란 근원적으로 시가 아니라고 할 수도 있는 것이다. 이제 역사의 자리에서 인간의 자리로, 민족의 자리에서 개인의 자리로 무게중심을 옮겨 이육사의 시작품에 숨은 시적 자아를 논의하려는 것이 이 글의 의도이다. 그리하여 이육사의 시편들을 시인이 자기 정체성을 확립해 나아가는 치열한 사유과정의 산물로 보고, 그의 시창작 수련과정을 자기성찰에서 자기확립을 거쳐 자기구원에 이르는 험난한 여정으로 이해하고자 하는 것이다.

그렇다면 이육사가 마침내 도달한 자리는 어디인가? 이 물음은 그의 시작품에 어려 있는 도도한 기품과 시적 자아가 들려주는 위엄 있는

---

4) 김흥규, 「육사의 시와 세계인식」, 『문학과 역사적 인간』, 창작과 비평사, 1980, 75면.
5) 김종길, 「육사의 시」, 『나라사랑』, 1974, 75면.

목소리의 근원은 무엇인가 하는 물음과 같다. 논의가 진행됨에 따라 차차 밝혀지겠지만, 그 근원은 '우주론적 사유'라고 이름붙일 수 있는 어떤 경지이다. 이육사의 시적 자아는 궁극적으로 우주론적 존재감을 느끼는, 그리하여 영원성을 획득한 자기 정체성을 확립하였다. 그는 마침내 현실 공간에 있으면서 우주에 가득 차 있고, 현재의 시간대에 있으면서 영원에 걸쳐 존재하게 된 것이다. 이렇게 보면, 역사적 자아는 차라리 왜소하여 우주적 자아의 어떤 작은 부분으로 핵심에서 비켜난 자리에 간신히 자리매김될 따름이다. 이제 이 같은 내용을 좀더 구체적으로 살펴보자.

2. 표랑 속의 자기성찰 : 〈노정기〉

이육사의 시적 편력은 일제시대의 황폐한 현실에 대한 인식에서 시작된다. 그의 처녀작인 <말>(『조선일보』, 1930. 1. 3)을 비롯해, <春愁三題>(『신조선』, 1935. 6), <황혼>(『신조선』, 1935. 12), <失題>(『신조선』, 1936. 1), <한 개의 별을 노래하자>(『풍림』, 1936. 12), <海潮詞>(『풍림』, 1937. 4), <草家>(『비판』, 1938. 4) 등은 모두 시적 사아를 에워싼 외부 현실이 그 본래의 모습을 잃고 훼손되어 있음을 말하고 있거나, 그런 현실을 바라보는 시적 자아의 애정과 연민 또는 그런 현실을 헤쳐 나가려는 의지를 보여주고 있다. 그러나 이와 아울러 시적 자아 자신에 대한 성찰을 보여주는 시편들도 함께 발표되었으니, <路程記>(『자오선』, 1937. 12), <강 건너 간 노래>(『비판』, 1938. 7), <年譜>(『시학』, 1939. 3) 등이 그러하다. 이 중 <노정기>는 독립운동을 위해 서해를 건너다니던 시인의 표랑 생활을 배경으로 씌어진 것으로, 시적 자아의 자기인식이 잘 드러나 있는 작품이다.

목숨이란 마―치 깨여진 배쪼각
여기저기 흐터저 마을 이 한구죽죽한 漁村보다 어설푸고
삶의 퇴끌만 오래 묵은 布帆처름 달어매엿다.

남들은 깃벗다는 젊은날이엿건만
밤마다 내 꿈은 西海를 密航하는 <쩡크>와 갓해
소금에 짤고 湖水에 부프러 올넛다.

항상 흐렷한 밤 暗礁를 버서나면 颱風과 싸워가고
傳說에 읽어본 珊瑚島는 구경도 못하는
그곳은 南十字星이 빈저주도 안엇다.

쫏기는 마음! 지친 몸이길래
그리운 地平線을 한숨에 기오르면
시궁치는 熱帶植物처름 발목을 오여쌋다.

새벽 밀물에 밀여온 거믜인 양
다 삭어빠진 소라 깍질에 나는 부터왓다.
머―ㄴ 港口의 路程에 흘러간 生活을 드려다보며

　　　　　　　　　　　　－<路程記>(『자오선』, 1937. 12)[6]

이 작품에서 시적 자아의 신산스런 표랑생활은 '밀항'이라는 하나의
단어로 압축된다. 시적 자아의 목숨은 난파한 뱃조각처럼 깨어져 흩어
졌고, 그의 내면풍경은 구죽죽한 어촌보다도 어설프다.[7] 청춘의 꿈은

---

6) 심원섭 편주, 『이육사 전집』, 집문당, 1986, 30면.
　이하, 『전집』이라고만 한다.
7) 이 시의 1연 2행은 그 표현이 애매하여 논란을 불러일으킬 정도이다. 한 연구자
　는 '마을 이'의 '이'를 주격조사로 보고(그러니까 띄어쓰기가 잘못된 것으로 봄),
　"마을은 뱃조각으로 비유된 화자의 삶이 놓여 있는 공간으로, 구체적인 마을이기
　보다는 화자의 내면풍경을 가리키는 객관적 상관물로서 화자 개인의 마을, 즉
　'그의 마음'인 것"이라고 하였다. 이럴 경우 이 시는 "목숨이란 마치 깨여진 배
　쪼각/ (그런 배쪼각이) 여기저기 흐터져(있어), 그 마을(의 풍경)이 한구죽죽한 漁
　村보다 어설푸고/ (그런 배쪼각에는) 삶의 티끌만 오래묵은 布帆처름 달어매였다"

소금에 절었으며 쫓기는 마음과 지친 몸은 기댈 곳이 없다. 마침내 시적 자아는 자신의 신세를 다 삭아빠진 소라 껍질에 붙어온 거미에 비유한다.8) 이렇게 보면 표랑생활에서 오는 육신의 고통은 오히려 가벼운 것이다. 치명적인 것은 그 육신에 구속되어 파괴될 대로 파괴된 피폐한 정신이다. 얼이 몸에 갇힌 것이다.

왜 그렇게 되었는가? 이 물음에 대한 대답은 이 시의 3연, 즉 "항상 흐렷한 밤 暗礁를 버서나면 颱風과 싸워가고/ 傳說에 읽어본 珊瑚島는 구경도 못하는/ 그곳은 南十字星이 빈저주도 안엇다"는 부분에 암시되어 있다. '전설'이 머금고 있는 인간과 자연(우주)의 화해로운 모습의 상실, 그리고 '남십자성'이 이끌어 주는 궁극적(우주론적) 방향성의 부재가 시적 자아를 외적 어둠(암초와 태풍으로 비유된 황폐한 현실세계)보다 더 큰 내적 어둠으로 몰아간 것이다. 하지만 그렇다고 해서 이 시가 불안과 절망만을 노래하고 있는 것은 아니다. 왜냐하면 이처럼 시적 자아 자신이 내적 어둠을 심각하게 인식한다는 것 자체가 치열한

로 해석된다는 것이다. 박현수, 「육사시에 끼친 주자학적 영향」, 『현대문학연구』 179집(서울대 대학원, 1996), 74면. 그러나 다른 연구자는 "원전의 '이'가 '마을'에 붙어야 할 조사가 아니라, 원전의 띄어쓰기 상태 그대로, 뒤의 '漁村'을 수식해 주는 관형사로 쓰였을 가능성이 있다"고 보고, "그렇게 되면 '마을'과 '어촌'은 동격(同格)이 되어서 원전은 결국 '마을, 이 한구죽죽한 漁村'이라는, 보다 자연스러운 형태를 지닐 수 있게 되는 것으로" 생각하고 있다. 심원섭 편주, 『이육사 전집』, 293면. 그러나 이 시의 1연 2행은 어떻게 보아도 자연스럽지 못하다. 이럴 경우, 제아무리 원전 자체의 표기가 중요하다 하더라도, 오식의 가능성도 염두에 두어야 할 것이다. 즉 '마을'을 '마음'의 오식으로 보고 '이'를 주격조사로 보면(그러니까 원전의 띄어쓰기가 잘못된 것으로 봄) 훨씬 자연스러워진다.

8) 여기서 '거미'는 시인의 표랑생활, 즉 독립운동을 위한 밀항 등의 지하생활을 자조적으로 표현한 것으로 보인다. 거미는 늘 어둠 속에 숨어 있는 존재 또는 항상 어둠 속으로 숨어 들어갈 준비를 하고 있는 존재이다. 이육사는 한 수필에서 자신이 고향을 떠나 유랑하게 된 것을 거미가 된 것에 비유하면서 다음과 같이 쓰고 있다. "그리고 나는 蜘蛛가 되엿나이다. 누가 蜘蛛를 天才라고 하엿습니까? … 중략 … 그 주제에 思索을 統一하려는 듯한 얼굴은 멀정한 背德者입니다. 두고 보시요. 고놈은 제 드러갈 구멍을 보살피는 게 아마 바람결을 끄릴겝니다. 하늘이 푸르지 안습니까?" 「季節의 五行」(『조선일보』, 1938. 12. 24), 『전집』, 212~213면.

자기성찰의 결과이기 때문이다.

아닌게 아니라 시적 자아는 자신의 표랑생활에서 오는 신산스런 고통, 그리고 불안과 절망을 일정한 거리를 두고 바라보고 있다. 그렇다는 것은 이 시의 마지막 행, 즉 "머─ㄴ 港口의 路程에 흘러간 生活을 드려다보며"라는 부분에 주목한 것이다. 시적 자아는 벌써 과거가 된 '흘러간 생활'을 이야기하고 있는 것이 아닌가? 이처럼 시간적 거리를 둔 노정에 대한 기록(노정기)은 시적 자아가 이미 새로운 사유의 출발점에 섰다는 것을 의미한다. 즉 이 시는 시인이 자신의 정체성을 정립해 나아가는 어떤 깨달음의 도정에 놓인 작품인 것이다. 요컨대 이 시는 독립운동을 위해 표랑하는 시인의 고통과 절망을 표면에 드러내면서, 시인 자신에 대한 존재론적 탐구를 그 이면에 감추고 있는 작품이다. 이러한 존재론적 탐구는 이육사 특유의 우주론적 사유에 연결되는 바, 이 시에서는 '전설'의 상실과 '남십자성'의 부재가 역으로 그러한 사유가 시작되었음을 시사하고 있다.[9]

---

9) 이것은 시적 자아의 표랑생활이 우주 운행의 질서에 어긋나는 것임을 시인 자신의 깊은 내부에서 절실히 인식하고 있다는 의미이다. 또 이 같은 인식은 그 표랑생활이 시대적 압력에 따른 불가피한 선택이었다는 점에서, 당시의 역사적 흐름이 우주 운행의 질서에 어긋나 있다는 점을 고발하는 의미를 포함하기도 한다. 이육사는 한 수필에서 이러한 우주론적 사유를 보다 직접적으로 토로한 바 있으니, 수필의 다음 대목은 이 시의 숨은 의미를 이해하는 데 도움이 된다. "그래서 나는 이 千載一時로 엇은 機會를 놋치지 안켓다고 나의 기나긴 生涯의 苦惱 속에서 실로 쩔븐 一瞬間을 匕首의 閃光처럼 맑고 깨끗이 개인 蒼空에 나의 마음을 그리나니 一望無際! 오즉 空이며 虛! 이것은 우주의 첫날인 듯도 하며 나의 생의 搖籃인 것도 갓허라. … 중략 … 집 속에서도 일을 하고 벌판에서도 일을 하고 山에서도 일을 하고 바다에서도 일을 하나 그 수고로움이 업서라 그리고 愉快만 잇나니 그것은 生活의 原理와 樣式에 葛藤이 업거늘 나의 현실은 엇지 이다지도 錯綜이 甚한고? 마음은 蒼空을 그리면서 몸은 大地를 옴겨 되더보지 못하는가?" <蒼空에 그리는 마음>(『신조선』, 1934. 10), 『전집』, 198~199면.

3. 황홀경 또는 구원의 문 : 〈절정〉

<路程記>, <강 건너 간 노래>, <年譜>에서 자기성찰을 시작한 이육사는 곧 이어 <靑葡萄>(『문장』, 1939. 8), <絶頂>(『문장』, 1940. 1), <喬木>(『인문평론』, 1940. 7) 등의 명편을 써서 자기확립의 모습을 보이게 된다. 이 중 <청포도>는 고달프게 유랑하는 자아로부터 낙원에 미리 도달해 있는 자아를 분리시킴으로써 미래를 선취한 작품이고, <교목>은 주어진 운명을 껴안으면서 스스로를 이겨내는, 극기하는 자아가 선명히 드러난 작품이다. 그러니까 이 두 작품은 각각 밖으로 확산된 자아와 안으로 응축된 자아의 모습을 보인 것이라고 할 수 있다. 그러면 <절정>은 어떠한가? 이 시는 시인 또는 시적 자아가 새롭게 탄생하는 모습을 보인, 그러니까 자기성찰에서 자기확립을 거쳐 자기구원에 이르는 과정을 드러낸 작품이다. 그것은 마침내 황홀경에 도달한, 그리하여 구원의 문을 열어제친 경지이다.

> 매운 季節의 챗죽에 갈겨
> 마츰내 北方으로 휩쓸려오다
>
> 하늘도 그만 치쳐 끝난 高原
> 서리빨 칼날진 그우에서다
>
> 어데다 무릎을 꾸러야하나?
> 한발 재겨디딜 곳조차 없다
>
> 이리매 눈감아 생각해볼밖에
> 겨울은 강철로된 무지갠가보다
>
> — <絶頂>(『문장』, 1940. 1)[10]

이 시는 흔히 한시에서 사용되는 起承轉結 또는 先景後情의 4단 구성으로 이루어져 있다. 그리하여 1, 2연에서는 시적 자아가 처해 있는 현실적 객관적 상황을 이야기하고 있으며, 3, 4연에서는 시적 자아가 느끼는 심리적 주관적 상황을 드러내고 있다. 먼저 1, 2연에서 말하는 현실적 객관적 상황이란 무엇인가? 그것은 시적 자아가 시대적 압력으로 최후의 자리까지 밀려와 끝내는 극한 고통의 자리에 서게 되었다는 것이다. 그러나 그렇게 된 것은 시적 자아가 도피적 삶을 살아왔기 때문이 아니라, 오히려 시대적 압력에 정면으로 맞서는 삶을 살아왔기 때문이다. 즉 시적 자아는 그 최후의 자리까지 쫓겨온 것이기도 하지만, 스스로의 선택에 의해 그러한 극한 상황에 도달한 것이기도 하다. 이 시를 제대로 파악하기 위해서는 먼저 이 점을 이해하는 것이 중요하거니와, 이와 관련하여 이육사의 수필 「계절의 오행」의 한 대목을 떠올릴 수 있다.

> 그러나 詩人의 感情이란 얼마나 빠르고 複雜하다는 것을 세상치들이 모르는 것뿐이요. 내가 들개에게 길을 비켜줄 수 있는 謙讓을 보는 사람이 없다고 해도 정면으로 달려드는 표범을 겁내서는 한 발자욱이라도 물러서지 않으려는 내 길을 사랑한 뿐이요. 그렇소이다. 내 길을 사랑하는 마음, 그것은 내 自身에 犧牲을 요구하는 努力이요. 이래서 나는 내 氣魄을 키우고 길러서 金剛心에서 나오는 내 詩를 쓸지언정 遺言은 쓰지 않겠소. 그래서 쓰지 못하면 죽어 光石이 되어 내가 묻힌 瘠土를 香氣롭게 못한다곤들 누가 말하리오. 무릇 遺言이라는 것을 쓴다는 것은 八十을 살고도 가을을 경험하지 못한 俗輩들이나 하는 일이요. 그래서 나는 이 가을에도 아예 遺言을 쓰려고는 하지 않소. 다만 나에게는 行動의 連續만이 있을 따름이오. 行動은 말이 아니고 나에게는 詩를 생각는다는 것도 行動이 되는 까닭이요. 그런데 이 行動이란 것이 있기 위해서는 나에게 無限히 너른 空間이 必要로 되어야 하련마는 숫벼룩이 꿇앉을 만한 땅도 가지지 못한 내라 그런 華麗한 팔자를 가지

---

10) 『전집』, 40면.

지 못한 덕에 나는 房 안에서 혼자 곰처럼 딩굴어 보는 것이오.

—<季節의 五行>(『조선일보』, 1938. 12. 24)[11]

이 대목은 시 <절정>을 제대로 이해하기 위한 실마리를 제공해 준다. 아니, 어찌 보면 <절정>은 이 부분을 시로 옮겨 쓴 것이라고도 할 수 있을 정도이다. 정확히 말하면, <절정>의 4연 1행까지가 위에 인용된 부분에 대응된다. 이제 이 점을 염두에 두고 <절정>을 분석해 보기로 하자.

우선 앞서 언급한 바, 1, 2연에서 시적 자아가 극한 고통의 자리에 서게 된 것은 스스로의 선택에 의해 거기에 도달한 것이라는 사실이 위의 수필을 통해 확인된다. 정면으로 달려드는 표범을 겁내서는 한 발자국이라도 물러서지 않겠다는 것, 그런 기백을 키우고 길러서 金剛心에서 나오는 시를 쓸지언정 유언은 쓰지 않겠다는 것이 그 점을 말해준다. <절정>은 바로 그런 금강심에서 우러나온 시인 것이다. 이 금강심을 에워싸고 있는 것이 곧 이 시의 위엄어린 목소리, 차가운 하늘을 가르는 듯한 시적 자아의 어조이다. 추호도 물러섬이 없는 자신의 길을 사랑한다는 것, 그것은 자신에게 주어진 운명을 회피하지 않고 껴안겠나는 것, 운명에 대한 사랑에서 자신의 정체성을 찾겠다는 난호한 의지의 표명이다. 이제 시적 자아는 자기성찰에서 자기확립에 도달한 것이다.

다음, 이 시의 3연의 해석이 문제이다. 1행의 무릎 꿇을 곳조차 없음과 2행의 재겨 디딜 곳조차 없음은 위의 수필에서 숫버룩이 꿇어앉을 만한 땅도 없음에 대응되는 것으로, 극히 협착한 공간으로 밀려난 시적 자아의 행동의 불가능성을 말해주는 부분이다. 그러나 한편, 이 부분은 그 같은 도저한 절망 속에서 오히려 더 큰 희망을 건져 올리려고 하는 부분이기도 한다. "어데다 무릎을 꿇어야 하나?" 시적 자아가 스

---

11) 『전집』, 219면.

스로에게 던지는 이 질문이 그런 희망을 암시한다. 하지만 시적 자아가 무릎을 꿇으려는 행위는 절대자에게 의지하여 도움을 청하려는 것으로 읽히지는 않는다. 그렇다면 이것은 무엇을 의미하는가? 여기까지 와서 이육사 특유의 '우주론적 사유'를 떠올릴 수 있으리라. 즉 시적 자아가 무릎을 꿇으려는 것은 천지 운행의 질서에 동참함으로써 자신을 우주의 제1원리에 일치시키려는 행위인 것이다. 바로 이것이 운명을 껴안음과 동시에 운명을 초극하는 방식이다. 이제 이 점을 좀더 명확히 이해하기 위해 이 시의 1, 2연으로 되돌아갈 필요가 있다.

이 시의 1, 2연은 단순히 시적 자아가 시대적 압력에 쫓겨 협착한 공간에 내몰렸다는 사실만을 말하고 있는 것은 아니다. 1연의 '매운 계절의 채찍'과 2연의 '하늘도 그만 지쳐'라는 표현은 이제 우주론적 사유 속에서 새로운 의미를 띤다. 여기서 '계절'이라는 시어와 '하늘'이라는 시어에 유의할 필요가 있다. '계절'은 우주 운행의 결과로 나타난 불가항력의 자연 현상이며, '하늘'은 그런 계절의 변화를 가져오는 어떤 원리의 상징이다. 그런데 그 '계절'은 채찍을 든 매운 계절이며, 그 '하늘'은 이미 지쳐서 끝난 것이다. 연결시키자면, 매운 계절이 기승을 부리는 바람에 하늘마저 지쳐버린 것이라 할 수 있다. 이러한 인식은 시적 자아에게 도저한 절망감과 허무감으로 다가온다. 시적 자아가 대결하여 싸우는 '매운 계절'은 "우주의 운행원리에 의하여, 적어도 태양계의 운행원리에 의하여 움직이고 있는 시간이다."[12] 여기에는 당시 일본 군국주의가 세기적인 파시즘의 위세와 연결된 엄청난 힘이라는 시인의 현실인식이 숨어 있는 것으로 보인다.

이제 다시 3연으로 돌아오면, 바로 그렇기 때문에 한 발 재겨 디딜 곳조차 없는 협착한 공간으로 내몰린 것이다. 그렇다는 것은 단지 외부적 현실 때문만이 아니라, 시적 자아의 내부에 깔리는 짙은 어둠 때

---

12) 신동욱, 『우리 시의 역사적 연구』, 새문사, 1981, 51면.

문이다. 위에 인용된 수필에서, 유언을 쓰는 것은 가을을 경험하지 못한 속배들이나 하는 일이라고 시인이 말했을 때, '가을을 경험'한다는 것은 무엇을 뜻하는가? 그것은 절망의 심연 또는 허무의 심연 또는 슬픔의 심연에 닿는다는 의미가 아니겠는가? 거기에 닿았을 때, 비로소 탈속이 이루어져 전혀 다른 차원의 세계로 옮겨갈 수 있지 않겠는가? 바로 이 순간이 혁명의 순간이요, 얼이 솟구쳐 몸을 깨고 나오는 순간인 것이다. 그래서 시인에게는 이제 행동의 연속만이 있을 따름인데, 그러나 행동을 가능하게 하는 너른 공간이 주어지지 않기에(이러매), 방 안에서 혼자 곰처럼 뒹굴어(눈감아 생각해) 본다는 것이다.

이제 <절정>의 4연을 읽을 계제에 이르렀다. "이러매" 시적 자아는 "눈감아 생각해볼 밖에" 없는 것이다. 외부세계에 대한 행동이 불가능한 상황에서 내부의 어둠을 응시하고 그것을 초극하려는 것은 시적 자아가 선택할 수 있는 유일한 길이다. 눈감아 생각한 것, 그것은 과연 무엇인가? "겨울은 강철도 된 무지개"라는 것이 그 답변이다. 그리고 이러한 생각이야말로 바로 우주론적 사유에 해당되는 것이다.

4연의 1, 2행을 연결시켜 보면, "겨울은 강철로 된 무지개라고 나는 생각한다"는 것이다. 여기서 시적 자아의 인식전환이 일어났음을 알 수 있다. '채찍', '서릿발', '칼날'로 생각되던 '매운 계절'인 겨울이 아름다운 '무지개'로 생각되는 이 경천동지할 인식전환이야말로 시적 자아가 우주론적 자아로 새롭게 탄생하는 지점이다. 그러나 이 새로운 탄생은 겨울(냉혹한 현실)을 자아 속의 번뇌로 보고, 그 번뇌를 깨뜨림으로써 얻어진 경지와는 사뭇 다르다. 겨울은 무지개이지만, 그것은 '강철로 된' 무지개이기 때문이다. 무슨 뜻인가? 이 시에서는 강철처럼 냉혹한 세계와 강철처럼 강인한 자아가 맞부딪쳐 섬광처럼 빛나는 순간을 맞이했다는 뜻이다. 그것이 곧 무지개빛 황홀경인 바, 이제 이 점을 좀더 생각해 보자.

강철(냉혹한 세계, 칼날)과 강철(강인한 자아, 금강심)의 맞부딪침에서 물론 자아는 세계를 이길 수 없다. 그러나 그 반대도 마찬가지이다. 세계는 자아를 죽일 수는 있어도 패배시킬 수는 없는 것이다. 진실된 자아라면 허위의 세계와 서로 양보할 수 없는 대결을 벌이는 것이 필연적이다. 이 대결의 결과 어떤 일이 발생하는가? 불가항력의 세계는 자아를 압박하여 마침내 죽음에까지 몰아넣는다. 그러나 세계 쪽에서 볼 때, 자아 역시 불가항력이기는 마찬가지이다. 자아 역시 끝내 진실을 포기하지 않고 의연히 죽음을 향해 걸어가기 때문이다. 가장 숭고한 결단을 수반하는 이 같은 자아의 행로는 예기치 못한 황홀경을 자아내기도 한다. 자아는 결국 죽음에 이르고 말지만, 그 죽음으로써 진실을 빼앗기지 않았으므로 결코 패배한 것이 아니며, 따라서 죽음을 맞이하는 순간 삶의 광휘가 발현되기 때문이다. 그러기에 이 시적 자아의 경우, 이것은 '비극적 황홀'이라 할 수 없다. 도덕적 결단이 아니라 우주론적 결단이기 때문이며, 따라서 허위의 세계가 지닌 질서의 테두리를 훨씬 뛰어넘어 우주 운행의 제1원리에 동참하는 정신의 경지이기 때문이다. 이는 <광야>에 이르러 확연히 드러난다.

　따라서 <절정>이라는 이 시의 제목은 의미심장하다. 고통을 거쳐야 절정에 이를 수 있으며, 절정에 올라야 산너머 펼쳐진 광야를 볼 수 있다. 시인은 <노정기>(이제까지의 세계)에서 <절정>을 거쳐 <광야>(이제부터의 세계)로 나아간 것이다. 그러기에 '절정'(황홀경)인 것이다. 이런 의미에서 '절정'은 안과 밖, 이쪽과 저쪽의 경계이며, 안에서 밖으로 이쪽에서 저쪽으로 나아가는 문이다. 얼이 몸을 열고 나오는 구원의 문이다. 새로운 세계의 열림이며, 이제까지의 세계는 그 안에 작은 부분으로 포함된다.

4. 우주론적 존재감 : 〈광야〉

<路程記>, <강 건너 간 노래>, <年譜>에서 자기성찰을 시작한 이육사는 곧 이어 <靑葡萄>, <絶頂>, <喬木>으로 자기확립을 이루고, 마침내 <曠野>(『자유신문』, 1945. 12. 17), <꽃>(『자유신문』, 1945. 12. 17)을 써서 자기구원에 이르게 된다. 이 두 작품은 이육사의 유고작들로, 해방 후 그의 아우인 이원조가 수습해 세상에 알린 것들이다. 이 중 <꽃>은 우주운행의 저버리지 못할 약속에 따라 쉬임 없이 목숨을 꾸미는 행위가 마침내 도달하고야 말 이상향을 '꽃城'으로 선취해 놓은 작품이고, <광야>는 <절정>의 황홀경 이후 새로 열린 세계를 유감 없이 펼쳐보인 작품이다. 즉, <절정>을 중심(거듭남의 지점)으로 볼 때, <노정기>가 그 이전의 삶(그러나 죽음)을 보인 작품이라면, <광야>는 그 이후의 새로운 삶(진정한 삶)을 보인 작품이라고 할 수 있는 것이다.

> 까마득한 날에
> 하늘이 처음 열리고
> 어데 닭 우는 소리 들렷스랴
>
> 모든 山脈들이
> 바다를 戀慕해 휘달릴때도
> 참아 이곧을 犯하든 못하였으리라
>
> 끈임없는 光陰을
> 부지런한 季節이 피이선 지고
> 큰 江물이 비로소 길을 열엇다
>
> 지금 눈 나리고

梅花香氣 홀로 아득하니
내 여기 가난한 노래의 씨를 뿌려라

다시 千古의 뒤에
白馬타고 오는 超人이 있어
이 曠野에서 목노아 부르게하리라

                                   −<曠野>(『자유신문』, 1945. 12. 17)[13]

이 시는 과거(1, 2, 3연) → 현재(4연) → 미래(5연)의 3부분으로 나누어져 있는 바, 그것은 각 연의 서술어의 시제(과거 : 들렸으랴, 못하였으리라, 열었다 → 현재 : 뿌려라 → 미래 : 부르게 하리라)로 나타날 뿐만 아니라, '까마득한 날' → '지금' → '千古의 뒤' 등 시간을 나타내는 시어들을 통해서도 드러난다. 그리고 이 같은 과거 → 현재 → 미래의 시간은 각각 하늘, 산맥, 바다 → 눈, 매화, 나 → 백마, 초인 등의 시어들로 공간화된다. 즉 이 시는 '까마득한 날'에서 '천고의 뒤'에 이르는 영원한 시간의 흐름을 '광야'라는 공간의 변화를 통해 의미화시킨 작품으로, 그러니까 눈 내리고 매화 향기 아득한 현재의 시련은 영원에서 영원으로 이어지는 우주 운행의 원리에 비추어 언젠가는 극복되고야 말 것이라는 우주론적 사유를 담은 작품으로 읽을 수 있는 것이다. 이제 이 점을 좀더 자세히 살펴보기로 하자.

■ 1연

하늘이 처음 열리는 순간, 광야는 시원의 공간으로 놓인다. 따라서 광야는 너른 우주 자체이기도 하다. 이 공간에 아직 인간의 자취란 없다. 따라서 닭 우는 소리가 들려올 리도 없다.

---

13) 『전집』, 57면.

■ 2연

지형 형성기에 바다를 향해 휘달리던 산맥도 광야를 범하지 못하고 비켜갔다는 것은 인간의 역사가 시작될 공간에 신성성, 정결성, 순수무구함을 부여한다. 여기에는 물론 인류의 출현이 우주론적으로 중대한 의미를 지닌다는 전제가 깔려 있다.

■ 3연

그러고도 길고 긴 시간이 흐른 다음("끊임없는 광음을 / 부지런한 계절이 피어선 지고"), 비로소 인류의 역사가 시작되었다. 큰 강물이 연 길(인간 문명의 발생)은 우주 운행의 원리에 상응하는, 그 원리를 상징적으로 드러내는 길이다.

그러니까 1연에서 3연 2행까지는 3연 3행의 인간 역사의 시작을 위한 준비과정의 의미를 지닌다. 인류 문명의 발생은 그저 우연한 것이 아니라 천지창조의 순간부터 예비된, 그러나 참으로 오랜 시간에 걸쳐 준비된 우주 운행의 근본원리에 따른 필연적인 사건이다. 다시 1연으로 돌아가서, 그러니 태초에 닭 우는 소리가 들렸을 리 없는 것이다. 닭 우는 소리는 아마도 큰 강물이 비로소 길을 열었을 때에야 들려오기 시작했을 것이다.[14]

---

14) 이 점을 굳이 강조하는 이유는 제1연 3행의 "어데 닭 우는 소리 들렸으랴"에 대해, '들렸으랴'를 '들렸으리라'의 축약형으로 보고, '어디선가 닭 우는 소리가 들렸을 것이다.'로 읽어야 한다는 주장이 있기 때문이다. 김종길, 「육사의 시」(『나라사랑』, 1974) 및 김종길, 「이상화된 시간과 공간」(『문학사상』, 1986. 2) 참고. 그러나 천지창조, 지형의 형성, 그리고 긴 시간의 흐름이 인간 역사의 시작을 위한 준비과정의 의미를 지닌다는 지금까지의 논의에 비추어 위의 주장은 타당하지 않다. 더욱이 천지창조를 알리는 비유적인 소리로 닭 우는 소리는 어울리지 않는다. 게다가 '어데', '휘달릴 때도', '차마', '비로소' 등의 강렬한 수사를 볼 때, 닭 우는 소리는 인간생활과 관련된 어떤 것, 적어도 인간역사의 출발을 알리는 신호 정도로 해석될 수밖에 없다.

■ 4연

시적 자아가 살고 있는 시대, 즉 현재의 광야는 눈 내린 겨울의 모습이다. 우주 운행의 질서에 역행하는, 역사의 어둠이 깃든 시련의 계절인 것이다. 단지 매화 향기만이 홀로 아득하여, 태초 이래 지녀온 광야의 신성성과 정결성, 그리고 순수무구함을 담지하고 있다. 여기서 매화 향기가 아득하다는 것은 그 향기의 은은한 고결성을, 그리하여 광야가 원래 지녔던 우주론적 지향성을 내포하고 있는 것으로 이해된다. 그러면 이 시련의 계절에 시적 자아는 무슨 일을 하는가? 가난한 노래의 씨를 뿌린다. 이 역시 광야의 신성성과 정결성, 그리고 순수무구함을 담지하고 있는, 우주 운행의 질서에 동참하는 행위이다. 여기서 '가난한'이라는 시어는 현실적으로 작고 여려 보인다는 의미, 역행의 현실에 물들지 않았다는 의미, 그러니까 때묻지 않고 정결하다는 의미를 지니는 것으로 이해된다. 이렇게 해서 시적 자아의 자리인 '지금', '여기'는 민족사, 인류사의 한복판이 되고, 나아가 우주적 시공간의 한가운데가 된다. 또 이렇게 해서 <절정>에서의 협착한 시공간(현실세계)은 <광야>에서 역사와 우주의 중심으로 바뀐 것이다.

■ 5연

먼 미래의 광야는 시적 자아가 뿌린 노래의 씨가 발아, 성장하여 무성해진 모습이다. 그래서 白馬를 타고 오는 超人이 그 노래를 목놓아 부른다는 것이다. 5연은 4연을 중심으로 3연과 대칭을 이루기도 하고, 1, 2, 3연 전체와 대칭을 이루기도 한다. 3연과 대칭을 이룬다고 할 때 초인은 먼 훗날 '나'(시적 자아)를 알아줄 사람으로 볼 수 있고, 1, 2, 3연과 대칭을 이룬다고 할 때 초인은 인간 이상의 어떤 존재가 된다. 어느 경우든 초인으로 하여금 목놓아 노래를 부르게 한다는 것은, 시적 자아가 인간 역사의 법칙 또는 우주 운행의 원리에 역행하고 있는 현재의 어둠을 극복하고, 그 법칙과 원리에 따라 순행하는 미래를 선취한다는 의미를 지니는 것이다. 하지만 '千古의 뒤'가 1연의 '까마득한 날'에 대응하는 아득한 시간적 거리를 뜻한다고 보면, 초인은 인간 이상의 어떤 존재라고 할 수 없다. 이 경우, 초인의 노래는 천지창조(시작)에 대응하는 완결의 의미를 지닌다. 광야의 한복판에 오연히 서 있는 시적 자아의 도도한 기상이 느껴지는 대목이 아닐 수 없다.

더 미루지 않고 말하건대, 천고의 뒤에 오는 초인은 다름 아닌 시적 자아 자신인 것이다. 달리 말해, 시적 자아는 천고의 뒤에 미리 가서 그 신성하고 정결한 노래를 목놓아 부르고 있는 것이다. 바로 여기서, 시간과 공간을 초극하여 얼의 해방을 이룬 시적 자아의 모습을 볼 수 있지 않겠는가? '지금' '여기' 있는 '나'는 또한 언제 어디에나 있다. '지금'은 까마득한 날에서 천고의 뒤까지 어느 때나 지금이며, '여기'는 무한대의 너른 우주공간 어디나 여기이다. 노래의 씨는 우주의 생성과 변화 원리인 것이며, 이렇게 해서 마침내 시적 자아는 우주론적 자아에 도달하였다. 이제 여기까지 와서, 이육사의 친구였던 신석초의 다음과 같은 발언을 음미해볼 수 있으리라.

> 그는 40세의 짧은 생애를 조국에 바쳐 열렬히 산 풍운아였다. 그의 겸허한 얼굴은 언제나 폭풍우 앞의 정적과 같은 그러한 고요를 지니고 있었다. 그는 그 혼의 불꽃을 시로 불태웠다. 그가 서거한 후 그의 아우기 收拾한 유고 <광야>와 <꽃>은 그냥 神語이고 바로 그 혼의 불꽃의 결정이다.
>
> … 중 략 …
>
> 옛날부터 천재적인 시인은 죽기 전에 絶命詞를 남겨 놓는다고 한다. <광야>는 그에게 있어 그 절명사의 느낌이 있다. 이것은 벌써 인간의 소리가 아니다.[15]

---

15) 신석초, 「李陸史의 人物」, 『나라사랑』, 1974, 107~108면.

<광야>에 대한 신석초의 평가는 그것이 神語이자 絶命詞라는 것이다. 기실 <광야>의 핵심 메시지는 시적 자아가 죽음을 초월했다는 것, 그리하여 까마득한 날에서 천고의 뒤까지 온 우주에 가득히 존재한다는 것이다. 지금 여기의 '나'는 천고의 뒤에 오는 초인이며(초인이 될 것이며), '내'가 뿌리는 노래의 씨는 천지창조의 기운인(기운이었던) 것이다. 왜냐하면 그것은 우주 운행의 세1원리에 해당되는 것이기 때문이다. 이렇게 보면, 인간 역사의 흐름을 관통하는 '나'는 오히려 왜소하여, 이미 죽음을 넘어선 '나'의 작은 부분에 지나지 않는다. 삶의 끝은 죽음이라 하지만, <광야>의 시적 자아에게 삶(죽음)의 끝은 삶이다. 아니 그에게 죽음(삶)은 이미 삶(죽음) 깊숙이 들어와(들어가) 있다. 이런 의미에서 '絶命詞'로서의 <광야>는 '神語'로서의 <광야>와 같다.

5. 맺음말

이육사의 시적 편력은 일제시대의 황폐한 현실에 대한 인식에서 시작되지만, 아울러 자기 자신에 대한 성찰을 보여주는 시편들도 함께 발표되었다. <路程記>는 독립운동을 위해 서해를 건너다니던 시인의 표랑생활을 배경으로 씌어진 것으로, 시적 자아의 자기인식이 잘 드러나 있는 작품이다. 달리 말해 이 시는 독립운동을 위해 표랑하는 시인의 고통과 절망을 표면에 드러내면서, 시인 자신에 대한 존재론적 탐구를 그 이면에 감추고 있는 작품이다. 그리고 이러한 존재론적 탐구는 이육사 특유의 우주론적 사유에 연결되는 바, 이 시에서는 '傳說'의 상실과 '南十字星'의 부재가 역으로 그러한 사유가 시작되었음을 시사하고 있다.

<絶頂>은 시인 또는 시적 자아가 새롭게 탄생하는 모습을 보인, 그

러니까 자기성찰에서 자기확립을 거쳐 자기구원에 이르는 과정을 묘파한 작품이다. 그것은 마침내 황홀경에 도달한, 그리하여 구원의 문을 열어제친 경지이다. '채찍', '서릿발', '칼날'로 생각되던 '매운 계절'인 겨울이 아름다운 '무지개'로 생각되는 이 경천동지할 인식전환이야말로 시적 자아가 우주론적 자아로 새롭게 탄생하는 지점이다. 이런 의미에서 '절정'은 안과 밖, 이쪽과 저쪽의 경계이며, 안에서 밖으로 이쪽에서 저쪽으로 나아가는 문이다. 얼이 몸을 열고 나오는 구원의 문이다. 새로운 세계의 열림이며, 그 새로운 세계는 그 안에 이제까지의 세계를 작은 부분으로 포함한다.

　<絶頂>을 중심(거듭남의 지점)으로 볼 때, <路程記>가 그 이전의 삶(그러나 죽음)을 보인 작품이라면, <曠野>는 그 이후의 새로운 삶(진정한 삶)을 보인 작품이라고 할 수 있다. 이 작품에서 천고의 뒤에 오는 초인은 노래의 씨를 뿌리는 시적 자아 자신인 것이다. 달리 말해, 시적 자아는 천고의 뒤에 미리 가서 그 신성하고 정결한 노래를 목놓아 부르고 있는 것이다. 바로 여기서, 시간과 공간을 초극하여 얼의 해방을 이룬 시적 자아의 모습을 볼 수 있다. '지금' '여기' 있는 나는 또한 언제 어디에나 있다. '지금'은 까마득한 날에서 천고의 뒤까지 어느 때나 지금이며, '여기'는 무한대의 너른 우주공간 이다나 여기이다. 노래의 씨는 우주의 생성 변화의 원리인 깃이며, 이렇게 해서 마침내 시적 자아는 우주론적 자아에 도달하였다.

　고도의 상징적 시어들로 짜여진 이육사의 시는 고전주의적 품격을 갖추고 보편적 진리를 담아내는 데 성공하고 있는 반면, 구체적인 생활감각의 결여로 인해 삶의 미세한 결을 드러내지 못하고 있다. 이 점, 그의 시를 비판하는 근거가 될 수 있을는지 모른다. 그러나 한 시인의 시작품들이 모든 면에서 성과를 거두어야 할 이유는 없다. 구체적인 생활감각에 호소하는 시가 없거나, 있더라도 그런 부분에 성공하지 못했다고 해서, 보편진리의 선언형식으로서의 시의 가치가 폄하될 수는

없는 것이다. 더욱이 그것이 치열한 자기 수련과정, 즉 자기성찰에서 자기확인을 거쳐 자기구원에 이르는 험난한 여정을 통해 이룩된 세계라면 더 말할 나위도 없다.

(『덕성어문학』 10, 덕성여자대학교 국어국문학과, 2000), 改稿

윤동주의 시에 나타난 이별의 의미 한국현대문학의 탐색
— 〈사랑의 전당〉, 〈소년〉, 〈눈 오는 지도〉 분석

1. 머리말

이 글은 윤동주의 시편들 중에서 '순(順)' 또는 '순이(順伊)'가 등장하는 〈사랑의 殿堂〉(1938. 6. 19), 〈少年〉(1939), 〈눈 오는 地圖〉(1941. 3. 12)에 대한 분석이다.[1] 구체적으로는 이 세 편의 시에 등장하는 '나'와 '순'(〈사랑의 殿堂〉의 경우), '소년'과 '순이'(〈少年〉의 경우), 그리고 '나'와 '순이'(〈눈 오는 地圖〉의 경우)의 이별의 의미에 대한 검토이다.

두루 알다시피, 윤동주는 '순결성' 또는 '청순성'을 바탕으로 하여 '부끄러움의 미학'을 성취한 아름다운 시를 쓴 시인으로 널리 사랑받고 있다. 또한 그는 일제 말기라는 어둠의 시대에 속죄양처럼 죽어간 '殉節詩人'으로 많은 사람들에 의해 칭송되고 있기도 하다. 그러나 그가 '순결성'으로부터 '순절'에 이른 길, 다시 말해 그의 순결한 정신이 어떤 과정을 거쳐서 마침내 그를 죽음에 이르게 하였는지에 대해서는 아

---

1) ( ) 속의 날짜는 윤동주가 스스로 적어 놓은 詩作日子이다. 단 〈소년〉의 경우에는 詩作年度만 적혀 있다.

직 상세한 연구가 나와 있지 않은 듯하다.

사실 한 시인의 순절 자체에 대한 찬양이 그리 중요한 일은 아닐 것이다. 우리에게 더 큰 감동을 주고 우리의 내면을 풍요롭게 하여 우리의 삶에 질적인 변화를 가져오게 하는 것은 그 시인이 순절에 이르기까지 자기 자신을 어떻게 정립시켜 나아갔는가 하는 점에 대한 섬세한 이해일 것이다. 말하자면 시인의 내면풍경을 엿보는 일이 무엇보다 중요한 것이다. 이 글은 윤동주의 자아정립과정을 탐색하고, 그 과정 속에 숨겨진 내면풍경을 드러내기 위한 일련의 작업 중의 하나이다.

윤동주의 자아정립과정은 대체로 다음 세 가지 방향에서 이루어진 것으로 보인다. 그 하나는 어둠의 세계와 타협하려는 안일한 자아와의 고통스러운 싸움을 통해 어둠에 맞서는 '시대적 자아'를 정립해 나아간 것인데, <自畫像>, <肝>, <懺悔錄>, <쉽게 씌어진 詩> 등이 여기 해당될 것이다. 다른 하나는 철저한 기독교 정신에 따른 삶과 죽음으로써 예수 그리스도를 닮으려는 '종교적 자아'를 정립해 나아간 것인데, 여기 속하는 것으로는 <太初의 아침>, <또 太初의 아침>, <十字架>, <또 다른 故鄕> 등을 들 수 있을 것이다. 그리고 또 다른 하나는 과거(幼少年期)의 안온함에서 벗어나 모험과 고난을 받아들이는 '성인으로서의 자아'를 정립해 나아간 것으로, 이 글에서 논의하고자 하는 <사랑의 殿堂>, <少年>, <눈 오는 地圖> 외에, <아우의 印象畫>, <별 헤는 밤> 등이 여기 속한다고 볼 수 있다.[2]

---

[2] 그러나 여기 제시된 각각의 작품들에 시대적 자아와 종교적 자아 그리고 성인으로서의 자아의 정립과정 중 어느 하나만이 나타나 있다는 의미는 아니다. 그렇기보다는 도리어 하나의 작품에 두 가지 또는 세 가지의 자아정립과정이 겹쳐 있는 경우가 대부분이다. 가령, 가장 널리 알려진 <序詩>의 경우에도 시대적 자아와 종교적 자아가 함께 나타나 있음을 볼 수 있으며, 성인으로서의 자아가 형성된 과정을 보인 것으로 위에 분류된 <별 헤는 밤>을 읽을 때에도 실은 시대적 자아와 종교적 자아를 함께 엿볼 수 있는 것이다. 이러한 사실은 윤동주에게 있어서 예의 세 가지 방향에서의 자아정립과정이 거의 동시적으로 진행되었음을 시사하는 것이다. 그러기에 여기서 몇몇 작품들을 세 묶음으로 나누어 제시한 것은

이 글에서는 이 중 세 번째의 것, 즉 윤동주가 어떻게 유소년기의 안온함에서 벗어나 성인으로서의 자아를 정립해 나아갔는가 하는 점을 밝혀 보고자 한다. 이를 위해 그의 시 <사랑의 전당>, <소년>, <눈 오는 지도>를 각각 분석하여, 이들 작품에 담겨 있는 사랑과 이별의 이야기에 대해 논의해 보려는 것이다. 이러한 작업을 통해, '슬픈 아름다움' 또는 '아름다운 슬픔'이라는 시인의 내면풍경 중의 하나가 건져 올려질 것이다.

2. 이별에의 의지 : ⟨사랑의 전당⟩

<사랑의 전당>은 '순' 또는 '순이'가 등장하는 세 편의 작품들 중에서 가장 먼저 씌어진 것이다. 그럼에도 '나'와 '순'의 사랑보다는 두 사람의 이별이 훨씬 강조되어 있다. 시적 자아인 '나'는 '순'에 대한 사랑을 지켜내고자 하는 생각보다는 '순'과 이별하고자 하는 의지를 더욱 강렬히 드러내고 있는 것이다. 어째서 그렇게 되었는지는 작품을 분석하는 과정에서 밝혀질 터이니, 먼저 작품을 읽어보자.

順아 너는 내 殿에 언제 들어왔든 것이냐?
내사 언제 네 殿에 들어갔든 것이냐?

우리들의 殿堂은
古風한 風習이 어린 사랑의 殿堂

順아 암사슴처럼 水晶눈을 나려감어라.

다만 그 작품들에 세 가지 자아의 정립과정 중 어느 하나가 더 집중적으로 드러나 있다는 의미에 지나지 않는다.

난 사자처럼 엉크린 머리를 고루런다.

우리들의 사랑은 한낱 벙어리였다.

聖스런 촛대에 熱한 불이 꺼지기 前
順아 너는 앞문으로 내 달려라.

어둠과 바람이 우리窓에 부닥치기 前
나는 永遠한 사랑을 안은채
뒷문으로 멀리 사라지런다.

이제 네게는 森林속의 아늑한 湖水가 있고
내게는 險峻한 山脈이 있다.3)

　　<사랑의 전당> 全文이다. 이 시는 '사랑의 전당'이라는 시적 공간에서 시적 자아인 '내'가 '순'에게 사랑과 이별을 말하는 방식으로 되어 있다. 그 이야기를 문면에 따라 축자적으로 추려 보면 이렇다. '나'와 '순'은 알게 모르게 서로 사랑하고 있었으나 벙어리처럼 그 사랑을 고백하지 못하였다. 이제 '나'는 '古風한 風習이 어린 사랑의 殿堂'에서, 다시 말해 어떤 전통이 깃들어 있는 우아하고 안정된 공간에서 '순'의 이름을 부르며 두 사람의 사랑에 대해 말한다. 그러나 사랑을 확인하는 순간은 곧 '순'에게 이별을 선언하는 순간이기도 하다. '나'와 '순'은 '사랑의 전당'에서 만난 바로 그 순간 서로 반대 방향으로('뒷문'과 '앞문'으로) 그곳을 떠나야만 한다. '나'와 '순'의 이 같은 이별은 '어둠과 바람'으로 표상된 어떤 외적 요인에 의해 강제된 것이다. 그리하여 '나'는 사랑을 마음 속에 영원히 간직하고는 어쩔 수 없이, 그러나 단호하게 '순'과 이별하려 한다. '순'을 '아늑한 호수'('어둠과 바람'이 없는 곳)로 보내면서 '나'는 '험준한 산맥'('어둠과 바람'에 맞서는

---

3) 윤동주, 『하늘과 바람과 별과 시』, 정음사, 1983, 68~69면.

곳)으로 떠나려는 것이다. 이렇게 볼 때, ‘사랑의 전당’은 ‘나’의 생애에서 어떤 전환이 이루어지는 공간, 즉 새로운 출발점이 되는 장소로 여겨지기도 한다.

그런데, 이처럼 문면에 따라 구성해본 이 사랑의 이야기는 어딘가 이상하다. 사랑하는 두 사람이 이별을 강제하는 ‘어둠과 바람’에 함께 맞서려 하지 않고, ‘나’만이 혼자 ‘험준한 산맥’으로 가려 하고 있기 때문이다. 게다가 두 사람에게는 다시 만날 후일에의 기약도 없다. 하지만 이런 것들보다 더 이상하게 여겨지는 것은 사랑과 이별이라는 중대한 문제가 ‘나’의 일방적인 판단과 선언에 의해 결정되고 있다는 점이다. ‘순’은 ‘나’에 의해 이름만 수차례 불리울 뿐, 아무런 의사도 표시하지 않고 아무런 감정도 드러내지 않는다. 이 말은 ‘순’이 지나치게 수동적이라는 의미가 아니라, 아예 수동성조차 보이지 않는다는 뜻이다. 시적 자아인 ‘내’가 이 시의 작중화자로 되어 있다는 점을 감안하더라도 이건 아무래도 이상하다. 사랑과 이별을 이야기하는 다른 시인들의 시편들 역시 대부분의 경우 시적 자아가 작중화자로 되어 있기는 마찬가지이다. 하지만 그들의 시에서 우리는 사랑의 대상이 되는 상대방에 대한 시적 자아의 태도와 함께, 시적 자아에 대한 상대방의 태도 역시 암암리에 읽어낼 수 있다. 그리하여 두 사람 사이의 관계가 어떤 상황에 놓여 있는지, 가령 사랑이 싹트는 상태인지 팽팽히 긴장하는 상태인지 행복한 합일을 이룬 상태인지, 또는 일방적인 짝사랑의 관계인지 서로 그리워하는 관계인지 어느 한쪽이 버림받은 관계인지 등등을 어느 정도 가늠해 볼 수 있는 것이다. 그러나 윤동주의 이 시에서는 ‘나’에 대한 ‘순’의 태도를 전혀 읽어낼 수 없다. ‘순’은 마치 ‘나’에 의해 조종되는 인형과도 같은 존재, 다시 말해 그 자신의 독립적인 개성을 지니지 못한 존재, 그러니까 존재가 아닌 존재, 즉 없는 존재처럼 느껴진다.

이제, 더 이상 미루지 않고 말하거니와 ‘순’은 없다. 고쳐 말해 ‘순’

은 ‘나’의 연인으로서 현실 세계에 실재하는 어떤 사람이 아니다.[4] 그렇다면 ‘순’은 누구인가? 이 물음에 대답하기 위해서는 이 시를 다시 한 번 꼼꼼히 읽으면서 그 구조를 살필 필요가 있다. 이 시는 모두 7연으로 이루어져 있는데, 4연을 중심으로 해서 위 부분과 아래 부분이 서로 대립되어 있다. 즉 1, 2, 3연에서는 ‘나’와 ‘순’의 만남을 이야기하고 있는 반면, 5, 6, 7연에서는 ‘나’와 ‘순’의 이별을 이야기하고 있는 것이다. 하지만, 그렇다고 해서 만남과 이별이 시간적인 선후관계에 놓여 있는 것으로 보이지는 않는다. 왜냐하면 이 시에서는 만남과 이별 사이의 사랑의 과정을, 다시 말해 만남으로부터 이별에 이르기까지의 시간의 흐름을 느끼게 할 만한 어떤 단서도 발견할 수 없기 때문이다. 그렇기는커녕 오히려 만남과 이별은 ‘사랑의 전당’으로 표현된 시적 공간 속에 통합되어 있다. 즉 ‘사랑의 전당’은 만남의 공간이자 이별의 공간이다. 그러기에 이 시에서는 만남과 이별이 동시에 이루어지는 것이다. 그렇다면 이것은 무엇을 뜻하는가? ‘내’가 ‘순’과 이별하지 않을 수 없는 상황이 닥쳐오고, 그래서 ‘순’과 이별할 수밖에 없다는 ‘나’의 의식이 이별의 대상인 ‘순’을 사랑의 대상으로 느끼게 했다는 것, 즉 이별이 사랑을 낳았다는 것을 의미하는 것이 아닌가? 말하자면 이 시에서의 사랑과 이별은 사랑이 먼저 있고 이별이 나중에 있게 된 것이 아니라, 이별이 먼저 있고 그와 거의 동시에 사랑이 있게 된 것이다.[5]

---

4) 윤동주의 친구였던 강처중에 의하면, 윤동주는 한 여성을 사랑하였으나 그 사랑을 그 여성에게도 고백하지 않고 친구들에게도 힘써 감추었다고 한다.(『하늘과 바람과 별과 시』跋文, 1948. 정음사, 70면) 또, 시 <코쓰모쓰>(1938. 9. 20)와 산문 <달을 쏘다>(1938. 10)로 미루어 윤동주는 그의 고향에 사랑하는 소녀가 있었던 것으로 추정되기도 한다. 그러나 이러한 사실들에 구애되어 이 시에 등장하는 ‘순’이 곧 윤동주가 사랑했던 어떤 여자라고 단정할 수는 없다. 설령 윤동주가 어떤 여자를 생각하고 이 시를 썼다고 하더라도, 이 시에서의 ‘순’과의 이별은 그의 과거와의 이별이라는 큰 테두리를 벗어나지 않는다.

5) 이렇게 보면, 이 시가 4연을 중심으로 앞부분(사랑)과 뒷부분(이별)로 대립되어 있다고 할 때, 이러한 시행의 배열과는 반대로 시인의 내면에서는 5, 6, 7연에서 볼 수 있는 이별에의 의지가 먼저 생겨났고, 그와 거의 동시에 1, 2, 3연에서 볼

왜냐하면 이별이 있기 전에는 아예 만남조차 없었기 때문이다. 그러기에 1연에서 보듯, '나'와 '순'은 언제 만나는지도 모르게 만나게 되는 것이며, 4연에서 보듯, 두 사람의 사랑은 '한낱 벙어리'일 수밖에 없었던 것이다.

이제 이 시를 문면이 아닌 행간에 따라 읽으면서, 그 심층적 의미를 파악해 볼 계제에 이르렀다. '순'은 누구인가? 이제까지의 논의에서 이미 암시되었듯, '순'은 '내'가 아닌 어떤 다른 나, 앞질러 말하자면 과거의 나, 즉 유소년기의 나의 표상이다.[6] 그러니까 이 시에서 시적 자아는 '나'(현재의 나)와 '순'(과거의 나)으로 분화되어 있는 것이다. 그렇기는 하지만, 이러한 시적 자아의 분화는 형식적이고 외면적인 것에 불과하다. 실제로는 분화한 것이 아니라, '순'으로부터 '나'로 변화한 것이다. '사랑의 전당'은 따라서 과거의 내가 현재 또는 미래의 나로 변화되는 장소, 달리 말해 시적 자아가 새로운 '나'로 다시 태어나는 공간이다. 이 새로운 '나'의 탄생이란, '어둠과 바람'이 없는 유소년기의 안온함('아늑한 호수')에서 벗어나, '어둠과 바람'에 맞서는 성년기의 모험('험준한 산맥')으로 달려가는 것을 의미한다. 그러나 '나'는 그러한 모험에 앞서, 이별해야 할 유소년기의 안온함('순')에 대해 결코 떨쳐버릴 수 없는 애착과 그리움을 느낀다. 그래서 '나'는 결국 '영원한 사랑을 안은 채', 다시 말해 유소년기의 나를 아름다운 추억으로 영원히 간직한 채, 이제 성인으로 우뚝 서고자 하는 것이다.

여기까지 오면, 이 시에 나타난 공간의 이미지는 다만 이미지일 뿐 실은 공간이 아니라는 것, 때문에 우리는 그것을 시간의 이미지로 바꾸어 읽어야 한다는 것을 알 수 있으리라. 그러니까 공간을 시간화시

수 있는 사랑의 감정이 싹트게 되었다고 할 수 있다.

6) 김흥규는 이 시에 대해 "'順'은 하나의 고유명사가 아니라 '유년의 평화, 애정, 안식의 세계' 등의 함축을 포함하는 상징적 이름"이라고 하였다. 김흥규, 「윤동주론」, 권영민 편, 『윤동주 연구』, 문학사상사, 1995, 311면.

켜 읽어야 한다는 것이다. 왜 그렇게 읽어야 하나? 시인이 먼저 시간을 공간화시켜 놓았기 때문이다. 우리는 단지 그것을 다시 뒤집어 읽을 따름인 것이다. 이렇게 공간의 이미지를 시간의 이미지로 바꾸어 읽을 경우, '사랑의 전당'은 시적 자아가 성인으로 새롭게 탄생하는 시점 즉 현재이고, '아늑한 호수'는 성인이 되기 이전의 안온했던 유소년기 즉 과거이며, '험준한 산맥'은 성인이 된 이후에 닥쳐올 모험과 고난의 시간 즉 미래의 표상이 된다. 그러므로 이 시에서 '나'와 '순'의 만남과 이별은 과거에서 출발하여 현재를 거쳐 미래를 향해 나아가려는 시적 자아의 행로가 그렇게 표현된 것이다. 요컨대 이 시의 시적 자아는 '아늑한 호수'(과거)에서 떠나 지금 '사랑의 전당'(현재)에 와 있으며, 이제부터 '험준한 산맥'(미래)을 향해 가려고 하는 것이다. 이와 관련하여, '순'을 앞문으로 내달리게 하고 '나'는 '뒷문'으로 사라지겠다는 내용이 들어 있는 이 시의 5, 6연은 시사하는 바 크다. '나'와 '순'의 이별은 단순히 서로 다른 곳으로 가는 것이 아니라, 정반대의 방향으로 떠나는 것을 의미하기 때문이다. '앞문'이란 과거를 향한 출구이고, '뒷문'이란 미래를 향한 출구인 것이다.

또 하나, 지금까지의 우리의 논의 내용을 뒷받침하는 것은 이 시가 서로 대립적인 몇 가지 이미지들로 짜여 있다는 점이다. '암사슴'과 '獅子', '水晶 눈'과 '엉클린 머리', '앞문'과 '뒷문', '아늑한 湖水'와 '險峻한 山脈' 등의 대립이 그것이다. 안온하고 안정된 느낌을 주는 이미지들과 모험과 고난의 느낌을 주는 이미지들의 대립은 '순'(유소년기)과 '나'(성년기)의 대립에, 그리고 사랑과 이별의 대립에 잘 조응된다. 안온하고 안정된 것을 사랑하고 그리워하면서도 그것과 이별하여 모험과 고난이 가득한 세계로 달려가는 일, 그것은 성인이 되기 위해 겪어야만 하는 불가피한 과정일 것이다. 이렇게 볼 때, '사랑의 전당'은 시적 자아가 스스로 '성스런 촛대'에 불을 밝히고 성인식을 행하는 공간이기도 하다. 그런데 그 성인식은 "熱한 불이 꺼지기 전"에, 즉 "어둠과 바람이 우리 창에 부닥치기 전"에 끝내야만 한다. 여기에는 유소년기의 안온함을 떠나 성인기의 모험으로 나아가지 않으면, 그러한 결단을 주저하거나 자꾸만 뒤로 늦추면, 그 유소년기가 추억으로조차 남지 않을 것이라는 절박한 위기의식이 내포되어 있다. 이런 의미에서 유소년기를 떠나 성인이 되는 것은 슬픔이다. 그러나 그 유소년기를 영원한 추억으로 간직하는 것은 아름다움이다. 여기서 시인 윤동주에게 '슬픈 아름다움' 또는 '아름다운 슬픔'이라는 내면풍경이 형성되기 시작하는 것이다.

3. 추억 속의 황홀 : 〈소년〉

앞에서 보았듯 〈사랑의 殿堂〉이 유소년기와 이별하고자 하는 결심을 보인 작품이라면, 〈少年〉은 그 詩作時期로 미루어 유소년기와 이별한 이후의 작품이라고 할 수 있다. 다시 말해 〈사랑의 전당〉이 성인으로서의 자아를 정립하고자 하는 의지를 보인 작품임에 비해, 〈소년〉은 그렇게 해서 성인이 된 이후의 모습을 그린 작품으로 일단 볼 수 있다는 것이다. 하지만 여기에는 좀더 세심한 주의가 필요하다. 왜냐하면 〈소년〉에 나타난 시적 자아의 모습은 〈사랑의 전당〉에서 선언한 대로 모험과 고난에 부딪쳐 가는 성인의 모습이 아니기 때문이다. 그것은 도리어 과거의 세계로 되돌아가 유소년기의 추억에 잠겨 황홀경에 빠져 있는 '소년'의 모습이다.[7] 따라서 〈소년〉은 일단 과거와의

---

7) 〈소년〉에 나타난 이러한 '소년'의 모습과 관련하여, 〈사랑의 전당〉에서 '내'가 '영원한 사랑을 안은 채' 미래를 향해 나아가겠다고 선언했던 것을 떠올릴 수 있다. 즉 〈소년〉에서 소년이 그리워하고 있는 아름다운 '순이'의 얼굴은 〈사랑의 전당〉에서 '내'가 말했던 '영원한 사랑'에 해당된다. 그러니까 〈소년〉은 일단 성인이 된 시적 자아가 가슴에 소중히 품고 있는 '영원한 사랑'에 대해 말하고

이별을 감행하기는 했으나, 아직은 완전한 의미에서 성인으로서의 자아를 확립하지는 못한, 그런 상태의 시적 자아가 드러난 작품으로 이해된다. 이제 <소년>을 읽어보자.

　　여기저기서 단풍잎 같은 슬픈가을이 뚝뚝 떨어진다. 단풍잎 떨어져 나온 자리마다 봄을 마련해 놓고 나무가지 우에 하늘이 펼처있다. 가만이 하늘을 들여다 보려면 눈섭에 파란 물감이 든다. 두 손으로 따뜻한 볼을 쓰서보면 손바닥에도 파란 물감이 묻어난다. 다시 손바닥을 들여다 본다. 손금에는 맑은 강물이 흐르고, 맑은 강물이 흐르고, 강물 속에는 사랑처럼 슬픈얼골—아름다운 順伊의 얼골이 어린다. 少年은 황홀히 눈을 감어 본다. 그래도 맑은 강물은 흘러 사랑처럼 슬픈얼골—아름다운 順伊의 얼골은 어린다.[8]

　<少年> 全文이다. 읽을수록 아름다움을 느끼게 되는, 보기 드문 좋은 작품이다. 이 시의 아름다움은 우리가 이 시의 복잡한 다층적 의미를 파악하기 이전에 벌써 우리의 감각기관을 통해 전해져 오기 시작한다. 우리는 이 짧은 산문시를 읽으면서, 무엇보다 먼저 시적 자아인 '소년'의 순수하고 깨끗한 마음을 느끼게 되고, 아울러 '소년'이 가슴 깊이 지니고 있는 그리움과 슬픔을 감각하게 된다. 그렇게 되는 것은 느낌과 감각 자체가 이 시의 형식을 이루고 있기 때문이다.

　먼저, 이 시는 맑고 깨끗한 색채감각을 보여 준다. 이 시는 그 첫머리에서부터 단풍잎의 붉은 빛과 가을 하늘의 푸른 빛이 선명하게 대비되어 있다. 그리고 그 사이에 아직은 보이지 않는 여린 새 싹의 연두빛(마련해 놓은 봄)이 놓여 있다. 이 중에서 이 시 전체의 색채감각을 지배하고 있는 것은 푸른 빛이다. 나뭇가지 위에 펼쳐진 청명한 가을 하늘과 소년의 추억 속을 흐르는 맑은 강물이 푸른 빛을 매개로 하여 서로 연결되기 때문이다. 이 푸른 빛은 또한 이 시의 중간 부분에서 파란

____

있는 작품이라 할 수 있다.
8) 윤동주, 앞 시집, 18면.

물감으로 변형되면서, 아름답고도 슬픈 소녀(順伊)의 얼굴을 떠오르게
하기도 한다. 그것은 말 그대로 청순성이며, 이 청순성이 푸른 빛으로
우리의 눈에 가득 들어차면서, 우리로 하여금 맑은 아름다움을 감각하
게 하는 것이다.

다음, 이 시에는 맑고 부드러운 어감을 지닌 시어들이 곳곳에 배치
되어 있다. '가을', '하늘', '물감', '손금', '강물', '얼굴' 등의 체언이
그러한 시어들이다. ㄴ, ㄹ, ㅁ, ㅇ 등의 유성음 중심의 이 시어들은 이
시가 밝고 투명한 음운적 효과를 거두도록 하는 데 크게 기여한다. 게
다가 '떨어진다', '묻어난다', '흐른다', '어린다' 등의 용언들(이러한 동
사들만이 아니라, '슬픈', '파란', '맑은' 등의 형용사들도) 역시 그러한
음운적 효과를 내고 있다. 뿐만 아니라, 이 시는 또한 적절한 호흡단위
로 잘 짜여진 빼어난 율격을 지니고 있다. 이러한 뛰어난 운율감각이
우리의 청각에 직접적으로 호소해 오면서 우리에게 투명한 아름다움을
느끼게 하는 것이다. 더욱이 이 시에는 단풍잎이 '뚝뚝' 떨어지는 소리
가 드러나 있고, 맑은 강물이 숨죽여 흐르는 소리가 숨어 있지 않은가?

또 하나, 이 시에는 위에 말한 시각과 청각 외에 또 다른 감각인 촉
각이 들어 있다. '손', '손바닥', '손금' 등으로 표현된 촉감 역시 이 시
의 감각적 아름다움을 형성하는 데 무시할 수 없는 사리를 차지하고
있는 것이다. 특히 "두 손으로 따뜻한 볼을 씻어 보면"이라는 내목은
의미심장하다. 이것이 두 손으로 얼굴을 가득 덮고 부드럽게 어루만지
며 내려오는 행위를 뜻한다고 할 때, 그 만져 보는 대상이 되는 '따뜻
한 볼'은 '소년' 자신의 얼굴이자 '순이'의 얼굴이기도 하기 때문이다.
아니, 궁극적으로는 슬프고도 아름다운 추억을 두 손바닥 가득히 더듬
어 보는 것이다. 이렇게 해서 우리는 '소년'과 함께 '따뜻한' 과거의 유
소년기를 손바닥의 촉감을 통해 감각하는(만져 보는 또는 씻어 보는)
아름다운 경험을 하게 된다.

이상, 이 시에서 볼 수 있는 세 가지 감각(시각, 청각, 촉각)은 시적

자아인 '소년'이 과거의 추억 속에서 건져 올린 사랑과 슬픔을 감각화된(다시 말해 구체적으로 형상화된) 사랑과 슬픔으로 만드는 데 결정적인 구실을 하고 있다. 그러니 이러한 감각들 속에서 '소년'이 추억에 잠겨 황홀경에 빠져 있는 것도 충분히 있을 수 있는 일이다. 더욱이 '소년'은 지금 포근한 낙엽 위에 누워 푸른 하늘을 올려다보며 그리움에 젖어 있는 것이 아닌가? 위에서 세 가지 감각이라고 했지만, '소년'은 기실 온 몸으로 자연(공간)에 접촉하며 계절(시간)을 호흡하고 있는 것이다. 여기에 이르러, 우리는 이 시의 아름다움을 더욱 깊이 음미해 볼 필요를 느끼게 된다.

이 시는 '소년'이 두 손으로 따뜻한 볼을 씻어볼 때까지의 전반부와 파란 물감이 묻어난 손바닥을 들여다볼 때부터의 후반부로 나누어진다. 전반부는 가을 풍경으로 펼쳐진 자연(外界)에 대한 묘사이며, 후반부는 과거에 '소년'의 소녀였던 '순이'에 대한 그리움(內面)의 토로이다. 소년을 에워싸고 있는 외계와 소년으로 하여금 눈은 감게 만드는 내면은 두 손으로 볼을 씻어보고 그 손바닥을 들여다보는 행위에 의해 절묘하게 연결되어 있다. 그리고 그 둘이 파란 색채감각으로 이어져 있음은 이미 말한 대로이다. 여기서 덧붙이고자 하는 것은 凋落의 季節인 가을 풍경의 모습(외계)과 '사랑처럼 슬픈' 순이의 얼굴(내면)이 서로 조응되면서 '슬픈 아름다움' 또는 '아름다운 슬픔'으로 만나고 있다는 것이다. 이러한 외계와 내면의 상호 조응은 실로 황홀경에 해당되는 것이 아닌가? 소년이 황홀히 눈을 감은 것은 단지 과거에 대한 추억 때문만은 아닌 것이다.

그렇다면 외계와 내면이 만나는 지점은 어디인가? 이 시의 중간에 나오는 소년의 따뜻한 볼이요, 그것을 씻어본 소년의 손바닥이다. 그러기에 우리는 이 시를 중간 부분부터 위를 향해, 그리고 아래를 향해 다시 읽을 수 있다. 위를 향해 읽을 경우, 이 시는 단풍잎과 나뭇가지를 거쳐 하늘로, 무한한 우주 공간으로 확산된다. 아래를 향해 읽을 경우,

이 시는 손금과 강물을 거쳐 추억 속의 얼굴로, 아름다운 순이의 얼굴로 고정된다. 그리고 그 중심점에 낙엽 위에 누운 소년이 있다. 과거로부터 진행되어 온 시간과 우주로부터 응축되어 온 공간은 소년에 이르러 문득 멈춘 것이다. 이 점을 염두에 두고, 다시 이 시를 처음부터 끝까지 읽어보자. 마치 수면 위에 닿은 빛의 방향이 꺾이듯, 소년의 볼과 손바닥에 닿은 공간이 시간으로 바뀐 것을 알 수 있지 않은가? 공간의 끝에는 펼쳐진 하늘이 시간의 끝에는 흐르는 강물이 각각 푸른 빛으로 놓여 있음은 물론이다.

이상에서 우리는 윤동주의 <소년>이 우리의 시각과 청각과 촉각을 통해 시적 자아의 사랑과 슬픔과 그리움을 극히 감각적으로 호소해 오고 있다는 것, 그리고 외계과 내면이 잘 조응되어 있으며 아울러 시간과 공간이 절묘하게 만나고 있다는 것을 살핀 셈이다. 이러한 특징이 이 시의 독특한 아름다움을 형성하고 있음은 말할 것도 없는 일이다. 그렇기는 해도, 이것은 이 시의 겉모습에 불과하다. 즉 형식인 것이다. 우리는 지금까지 이 시가 머금고 있는 시인의 내면풍경을 엿보기 위한 준비작업을 해 왔을 따름인 것이다. 여기까지 와서야 비로소, 이 시에 함축되어 있는 사랑과 이별의 의미에 접근해 들어갈 수 있는 여건이 마련된 것이다.

의미론적 차원에서 볼 때, 이 시는 세 개의 층위를 지니고 있는 것으로 파악된다. 그 세 층위를 각각 표층, 중간층, 심층이라고 부른다면, 표층의 이야기는 소년이 과거의 소녀인 순이의 얼굴을 그려본다는 것으로, 중간층의 이야기는 소년이 스스로 추억에 잠겨 황홀경에 빠진다는 것으로, 심층의 이야기는 성인이 된 청년이 자신의 소년시절을 그리워한다는 것으로 각각 읽힌다. 우선 이렇게 나누어 놓고, 각 층위가 지니는 의미를 면밀히 탐색해 보기로 하자.

먼저, 표층의 이야기 즉 소년이 순이의 얼굴을 그려본다는 것은 문면 그대로의 이야기이다. 이 경우, 순이는 소년의 추억 속에 있는 어떤 소녀 즉 어렸을 때 소꿉장난하던 이웃집 계집아이이거나 '소학교 때 책상을 같이했던 아이들'(<별 헤는 밤>) 중의 하나일 수 있다. 소년은 순이에 대한 그리움 때문에 단풍잎이 뚝뚝 떨어지는 나무 밑을 찾았다. 그리고는 낙엽 위에 누워 하늘을 들여다보며 순이의 얼굴을 떠올린다. 그것은 또한 강물 흐름의 이미지에 실린 과거로의 시간 여행이기도 하다. 이 시간 여행을 통해 소년은 어린 시절 소녀의 얼굴에까지 도달하여 황홀경에 잠긴다.[9] 그러나 이 시간 여행은 상상 속의 여행이기 때문에 소년은 실제로 과거의 소녀에게 되돌아갈 수 없다. 소녀의 얼굴이 현실 세계가 아닌 추억 속에만 존재한다는 것은 슬픔이다. 그러기에 '아름다운 순이의 얼굴'은 '사랑처럼 슬픈 얼굴'이 된다.

다음, 중간층의 이야기 즉 소년이 추억 속에서 스스로 황홀경에 빠진다는 것은 소년이 자신의 볼을 씻어보는 행위에서 비롯된다. 파란 물감이 든 눈썹까지 덮으며 두 손으로 얼굴을 씻었으니, 그 손바닥에 묻어난 것은 소년 자신의 얼굴이다. 이 경우, 소년의 손바닥은 거울의 이미지를 지니게 된다. 이 거울의 이미지는 가만히 들여다본 하늘, 손금에 흐르는 강물, 눈을 감은 황홀경 속에 흐르는 강물의 경우도 마찬가지이다. 따라서 강물에 어리는 순이의 얼굴은 다름 아닌 소년 자신의 얼굴인 것이다. 그렇기는 하지만, 그것은 소년의 현재의 얼굴은 아니다. 소년은 이미 강물의 흐름을 따라 과거로의 시간 여행을 떠났기 때문에, 그것은 추억 속에만 존재하는 어린 시절의 얼굴이다. 아니, 추억 그 자체이다. 강물에 비친 '순이'(소년 자신)의 얼굴, 그것은 자아와 세계가 아무런 균열 없이 조화를 이루었던 어린 시절의 표상인 것이다. 하지만 그 어린 시절로 돌아갈 수 없기에, 소년이 빠져든 황홀경에는

---

9) 라캉의 이론을 원용하여 윤동주의 시를 분석한 김승희는 이 시에 대해, "상징계와 그것(季節)에 의해 꺾어져야만 했던 사랑의 熱情, 가버린 戀人을 상징계(손금)와의 조정을 통해 소유하기"라는 비밀을 볼 수 있다고 하였다. 김승희, 「1/0의 존재론과 무의식의 의미작용」, 권영민 편, 앞 책, 81면.

슬픔이 어려 있다. 그래서 순이의 얼굴은 '사랑처럼 슬픈 얼굴', 다시 말해 사랑처럼 슬픈 추억 즉 슬픈 마음으로 사랑하는 소년의 어린 시절이 되는 것이다.

끝으로, 심층의 이야기 즉 성인이 된 청년이 자신의 소년시절을 그리워한다는 이야기는 시적 자아인 소년이 3인칭으로 서술되었다는 점에 유의한 것이다. 그러니까 소년(시적 자아) 뒤에 소년을 관찰하는 청년(작중화자)이 숨어 있다고 본 것이다. 이 경우, 시적 자아인 소년은 작중화자인 청년의 과거 모습이 된다. 풀어 말하자면, 성인이 된 청년이 자신의 소년 시절을 회상하며 그리워하는 것, 또는 청년이 상상 속에서 과거로의 시간 여행을 통해 소년이 되어 황홀경에 빠지는 것이다. 또 이것을 바꿔 말하면, 과거에 순이를 그리워하던 자신(소년)을 표출시킴으로써 지금 현재에 과거(소년 시절)를 그리워하는 자신(청년)을 은밀히 드러내고 있는 것이라고도 할 수 있다. 이렇게 되면, 이 청년은 단순히 어떤 이야기를 전하는 작중화자에 그친다고 볼 수 없다. 그는 이제 자신의 이야기를 내밀히 털어놓는 숨은 시적 자아가 된다. 이렇게 해서 소년과 순이의 관계는 청년과 소년의 관계에 대응되며, 따라서 순이가 과거의 소년 자신이듯 소년은 과거의 청년 자신이 된다. 그런데 이처럼 작중화자인 청년이 소년 시절을 그리워한다는 것은 청년의 현재가 뭔가 조화롭지 못한 상태, 고통이라는가 불안이라는가 하는 부정적 상황(자아와 세계의 균열)에 놓여 있다는 점을 시사한다. 그러기에 슬픈 것이다. 그렇지만 소년 시절을 회상하면 황홀경에 빠질 수 있다. 여기까지 와서, 우리는 이미 말한 대로 '슬픈 아름다움' 또는 '아름다운 슬픔'이라는 시인의 내면풍경을 엿보게 되는 것이다.

이상에서 이 시가 지닌 세 개의 의미층위에 대해 살펴보았거니와, 이 중 가장 중요한 것은 말할 것도 없이 세 번째 의미층위, 즉 심층의 이야기이다. 앞서 비쳤듯, 이 시는 일단 성인이 된 이후의 청년이 소년 시절을 그리워하는 내용을 담은 작품인 것이다. 이 시가 외계로부터 내면으로 들어가면서 공간이 시간으로 바뀌는 형식으로 되어 있다고 했지만, 이것을 시간의 좌표에 국한시켜 생각하면 현재로부터 과거로 이행해 간 것이라 할 수 있다. 왜 이런 말을 하는가? 다름이 아니라, 시인의 내면이 현저히 과거 쪽으로 기울어져 있음을 표나게 지적하기 위해서이다. 과거로 기울어진 시인의 내면풍경, 그것은 물론 심층의 이야기에서 두드러지지만, 표층의 이야기나 중간층의 이야기에서도 마찬가지이다. 어느 층위에서건 아직 과거와 완전히 이별하지 못하고 있음이다. 그렇기는커녕, 시인의 어린 시절에의 집착은 나르시시즘에 가깝다고 해도 좋을 정도이다. 하기야 이 시에 미래에 대한 이야기가 전혀 없는 것은 아니다. '단풍잎 떨어진 자리마다 봄을 마련해' 놓았다고 했으니까. 그러나 이 시에서 미래에 마련된 봄은 과거로 흐르는 강물에 비하면 너무나 미약하다.

　결국 이 시에서 시인이 우리에게 은밀히 전하는 이야기란 무엇인가? 드러난 시적 자아인 소년은 황홀경에 빠져 있으나, 숨은 시적 자아인 청년은 슬픔에 잠겨 있다는 것이 아니겠는가? 요컨대, 안온했던 어린 시절을 회상하는 것은 즐거운 일이지만, 그런 회상에 잠기는 일 자체는 성년이 된 현재의 고통에서 비롯된다는 것이다. 여기서 우리는 '사랑처럼 슬픈 얼굴'이라는 다소 파격적인 비유의 비밀을 알아챌 수 있다. 이 비유에 숨겨진 의미는 '과거에 대한 사랑은 슬프다'는 것이 아니겠는가? 그럼에도 '순이'의 얼굴은 여전히 아름답다. 고통스런 현실 속에서 안온했던 어린 시절의 추억에 잠기는 것은 '슬픈 아름다움' 또는 '아름다운 슬픔'이다.

4. 이별의 완성 : 〈눈 오는 지도〉

<사랑의 殿堂>의 시적 자아는 강렬한 이별에의 의지를 보였지만, 그러한 의지만으로 곧 이별이 제대로 이루어지는가 하는 것은 별개의 문제이다. '사랑의 전당'이라는 상상적 공간에서 과감하게 성인식을 행하기는 하였지만, 그 성인식은 하나의 의식일 뿐이어서 그것만으로 정녕 성인이 되었다고 말할 수는 없는 것이다. 이러한 문제는 <少年>에서 확인되었으니, <少年>의 시적 자아는 현저히 과거로 기울어진 내면풍경을 보여주고 있었던 것이다. 그러기에 <少年>의 소년이 추억 속에서 황홀경에 빠져 있는 것은 실상 소년 뒤에 숨어 있는 청년이 안온했던 어린 시절에 대한 애착을 벗어 던지지 못하고 있음을 드러낸 것에 지나지 않았다. 그러나 이상의 두 편의 시에 나타난 이러한 문제점은 <눈 오는 地圖>에 와서 거의 완벽하게 극복된다. <눈 오는 地圖>의 시적 자아는 자신이 처한 현재의 상황을 마음 깊이 받아들이면서 과거와의 이별을 완성시키고 있는 것이다. 그리하여 <눈 오는 地圖>에 나타난 시적 자아의 내면풍경은 과거를 떠나 미래를 향하게 된다. 뿐만 아니라, 그 미래에는 새로운 만남이 상정되어 있다. 그러면 먼저 작품을 읽어보자.

順伊가 떠난다는 아츰에 말못할 마음으로 함박눈이 나려, 슬픈것 처럼 窓밖에 아득히 깔린 地圖우에 덮인다.
房안을 돌아다 보아야 아무도 없다. 壁과 天井이 하얗다. 房안에까지 눈이 나리는 것일까, 정말 너는 잃어버린 歷史처럼 홀홀이 가는 것이냐, 떠나기前에 일러둘 말이 있든것을 편지를 써서도 네가 가는 곳을 몰라 어느 거리, 어느 마을, 어느 지붕밑, 너는 내 마음 속에만 남어 있는 것이냐, 네 쪼고만 발자욱을 눈이 작고 나려 덮여 따라갈수도 없다. 눈이 녹으면 남은 발자욱 자리마다 꽃이 피리니 꽃사이로 발자욱을 찾

어 나서면 一年열두달 하냥 내 마음에는 눈이 나리리라.[10]

  <눈 오는 地圖> 全文이다. 이 시의 아름다움은 하얗게 내리는 함박눈을 배경으로 '順伊'와의 이별이 투명하면서도 선명하게 드러나 있음에서 연유한다. 이러한 이별의 투명성과 선명성은 순이와의 이별을 객관적으로 인식하는 시적 자아('나')의 현실감각이 살아 있다는 것을 시사한다. 이 시에서 시적 자아의 진술이 이루어진 시점은 '나'와 '순이'의 이별이 기정사실화된 '順伊가 떠난다는 아침'이며, 그 이별의 투명한 슬픔을 말해 주듯 창 밖에 함박눈이 내려 온 세상을 하얗게 덮고 있는 그런 아침이다. 그러기에 이 시에서는 <사랑의 殿堂>에서 볼 수 있었던 이별에의 의지나 <少年>에서 볼 수 있었던 추억 속의 황홀과 같은, 이별 자체를 과장하거나 덧칠하는 몸짓이 있을 수 없다. '나'는 '순이'와의 이별을 '말못할 마음으로' 내리는 함박눈을 바라보며 조용히 받아들이고 있는 것이다. 그리고는 미래에 상정된 어떤 시점에 이르러 '순이'를 다시 찾아 나설 것을 다짐함으로써 이별의 슬픔을 극복해 내고 있는 것이다. 실로 성숙한 이별이요, 이별의 완성이라 할 만하다. 그리고 보면, <사랑의 殿堂>과 <少年>은 <눈 오는 地圖>에 이르기 위한 긴 도정이었던 것이다.

  이 시를 분석하기 위해서는 작품 전체를 두 부분 또는 세 부분으로 나누어 생각할 필요가 있다. 먼저 두 부분으로 나누어 보면, 우선 이 작품에서 문단이 나누어진 대로 "……地圖우에 덮인다."까지의 부분과 그 다음 부분의 둘로 나눌 수 있다. 이 경우, 앞부분은 외계의 풍경을 포함한 객관적인 상황을 제시한 것으로, 뒷부분은 그러한 상황에 반응하는 시적 자아의 심리적 정서적 태도를 보인 것으로 이해된다. 그러나 이 시를 달리 보면, "……따라갈 수도 없다."까지의 부분과 그 다음 부분의 둘로 나눌 수도 있는데, 이 경우 앞부분은 시적 자아가 현재

---

10) 윤동주, 앞 시집, 19면.

'순이'와의 이별을 어떻게 생각하고 있는지를 서술한 것이 되고, 뒷부분은 시적 자아가 자신의 미래에 대해 어떤 생각을 하고 있는지를 말한 것이 된다. 그러나 이상에서처럼 이 시를 두 부분으로 나눈 것은, 두 가지 경우 모두 피상적인 구분임을 면치 못한다. 왜냐하면 이러한 두 구분법은 이 시를 이해하기 위한 가장 핵심적인 사항을 놓친 것이기 때문이다. 핵심 사항이란 무엇인가? 그것은 앞에서 <사랑의 殿堂>을 논의할 때 주의했던 시간의 공간화 수법이다. <눈 오는 地圖> 역시 <사랑의 殿堂>에서처럼 과거, 현재, 미래라는 시간 개념이 시적 자아의 내면에서 공간 개념으로 바뀐 뒤에야 비로소 문면에 떠올라 있는 것이다. 이러한 시간의 공간화 수법을 고려할 때, 이 시는 처음부터 "……地圖우에 덮인다."까지의 부분과 그 다음부터 "……따라갈 수도 없다,"까지의 부분, 그리고 그 나머지 부분의 셋으로 나누는 것이 타당하다. 이 경우, '아득히 깔린 地圖'는 과거를, '房안'은 현재를, '꽃사이로' 난 길은 미래를 각각 표상하는 것이 된다. 이제, 이러한 과거, 현재, 미래라는 구분법에 따라 이 작품을 처음부터 상세히 살펴보기로 하자.

■ **과거**

앞서 말했듯, 이 시의 진술이 이루어진 시섬은 '順伊가 떠난다는 아침'이며, 함박눈이 내리고 있는 아침이다. 그런데 '순이'는 지금 '나'의 곁에서 떠나려고 하는 것이 아니라, 이미 저 멀리 눈길을 걸어가고 있어서 '나'의 시야에서 사라지고 없다. 실은 순이는 벌써 오래 전에 떠났고, 나는 지금에야 순이를 보내고 있는 것이니까. 그러니 창밖을 내다보아도 아득히 먼 곳까지 다만 눈이 내리고 있을 따름이다. 이제 육안으로 순이의 모습을 찾는다는 것은 불가능하므로, 순이가 있을 곳을 상상 속의 지도 위에서나 찾아보아야 한다. 그런데 그 지도 위에까지 눈은 내린다. '窓밖에 아득히 깔린 地圖', 그것은 순이가 가는 곳의 지리적 아득함과 함께, 순이가 있던 때의 시간적 아득함을 의미한다. 지리적으로는 눈이 많이 내리는 북쪽이며, 시간적으로는 추억 속의 먼 과거이다. 아마도 그곳은 시인의 고향인 북간도(명동촌) 지방이며, 그때는 시인이 눈 위에서 뒹굴며 놀던 유소년기이리라. 이렇게 보면, '窓밖에 아득히 깔린 地圖'는 먼 과거의 어린 시절을 향해 깔려 있는 지도이다. 그러기에 시적 자아가 창 밖을 아주 먼 곳까지 바라보는 것은 아득히 먼 유소년기의 추억을 마음 속에서 더듬어 보는 행위이다. 그런데 이러한 추억의 회상은 창 밖에 내리는 눈에 의해 촉발되었다. 이 점에서, 이 작품을 쓰도록 한 최초의 시상을 자극한 것은 창 밖에 내리고 있는 함박눈이라고 할 수 있다. 그 함박눈은 지금 '창 밖에'도 내리고, '아득히 깔린 地圖' 즉 추억의 고향에도 내린다. 그 고향과의 이별, 그 고향에서의 어린 시절과의 이별(언표상으로는 '順伊'와의 이별)은 지극한 슬픔을 주는 것이어서 어떤 말로도 표현할 수 없다. 그러기에 '말 못할 마음으로' 함박눈이 내리는 것이다.

■ 현재

창 밖을 내다보며 추억에 잠겨 있던 시적 자아는 문득 제정신이 들어 방 안을 돌아다 본다. 그러나 순이는 벌써 떠났으므로 누가 있을 리 없다. 아무도 없는 '房 안', 그것은 시적 자아의 현재를 표상하는 좁은 공간이다. 그리고 그 좁은 공간에 함축된 시적 자아의 심정은 지극한 외로움이다. 이 때, 이 시를 에워싸고 있는 눈의 하얀 빛 역시 외로움을 도드라지게 드러내는 구실을 한다. 방 안을 둘러 보니, "壁과 天井이 하얗다." 이제 시적 자아는 자신이 혼자라는 사실을 깨닫게 되거니와, 이는 곧 시적 자아가 현실감각을 되찾았다는 것, 달리 말해 순이와의 이별을 실감한다는 것을 뜻한다. 이 뼈저린 외로움으로 인해, "방 안에까지 눈이 내리는 것"처럼 생각되는 것이다. 바로 여기서부터 시의 호흡이 빨라지는데, 이것은 시적 자아가 그와 같은 절실한 현실감각을 다소 급박하게 토로하지 않을 수 없었기 때문이다. 그리하여 시적 자아의 외로움, 순이와의 이별의 실감, 못다 한 말에 대한 후회, 그 말을 편지로도 전할 수 없는 안타까움, 그렇다고 순이를 따라갈 수도 없는 처지 등이 연쇄적으로 표출된다. 이 점, 이러한 내용들이 마침표가 아닌 쉼표로 연결되면서 끊어지지 않고 한꺼번에 씌어져 있는 이유이다. 이런 의미에서, "정말 너는 잃어버린 역사처럼 홀홀히 가는 것이냐" 또는 "너는 내 마음 속에만 남아 있는 것이냐" 하는 물음은 실상은 물음이 아니라 "정말 너는 잃어버린 역사처럼 홀홀히 가는구나!" 또는 "너는 내 마음 속에만 남아 있구나!" 하는 외침과도 같은 것이다. 이와 관련해 '어느 거리', '어느 마을', '어느 지붕밑'이라는 불특정한 장소를 지칭하는 말들의 다의성은 새삼 주목을 요한다. 이 불특정한 장소들은 편지를 부칠 곳을 모른다는 점에 비추어 보면 순이가 가는 어떤 곳이지만, 그 '순이'가 '내' 마음 속에만 남아 있다는 점에 비추어 보면 시적 자아가 있는 어떤 곳이기도 하다. 어떻게 해서 이러한 애매한 표현이 나왔을까? 그것을 '순이'가 있는 곳이 실은 '내'가 있는 곳이기 때문이리라. 왜 그런가? '순이'는 다름 아닌 어린 시절의 '나'이므로. 이렇게 해서 이 부분에서의 표현의 애매함은 표현의 절묘함으로 바뀌게 된다. '어느 거리, 어느 마을, 어느 지붕밑'은 그러니까 시적 자아가 그리워해 마지않는, 유소년기의 추억이 깃들어 있는 고향의 어떤 장소들이 아니겠는가? 여기까지 와서야 '네 쪼고만 발자욱'이란 것도 시적 자아의 어린 시절의 어떤 흔적임이 드러난다. 다시 말하거니와, 그것은 '내 마음 속에만' 즉 시적 자아의 추억 속에서만 존재한다. 그러니 시간이 거꾸로 흐르지 않는 한, 시적 자아가 그 조그만 발자국을 따라갈 수 없는 것은 당연하다. 그러나 시인은 그 조그만 발자국을 따라갈 수 없는 것이 마치 눈이 자꾸 내려 덮여 발자국을 지워 버리기 때문인 것처럼 말함으로써,[11] 다음 부분(미래)과의 연결점을 마련해 놓고 있다.

■ 미래

앞 부분을 이어받아, "눈이 녹으면 남은 발자욱 자리마다 꽃이 피리니" 그때가 되면 '順伊'를 찾아 나서겠노라고 말한다. 그렇다면 어린 시절로 되돌아가겠다는 것인가? 물론 그런 것은 아니다. 왜냐하면 눈이 녹고 꽃이 핀다는 것은 겨울에서 봄으로 계절이 바뀌는 것을 의미하기 때문이다. 말할 것도 없이 눈(겨울)은 시련과 죽음의 의미를, 꽃(봄)은 소생과 부활의 의미를 내포하고 있다. 그러므로 여기서 시적 자아가 순이의 발자국을 찾아 나선다는 것은 미래에 새로 탄생할 순이(즉 유소년기)를 만나겠다는 의지의 표명이다. 유소년기의 부활이라니, 대체 무슨 뜻인가? 이를 이해하기 위해서는 다음과 같은 사실에 유의할 필요가 있다. 이 시에서 현재('房 안')는 시적 자아가 슬픔과 외로움을 느끼는 부정적인 시간(공간)이다. 이에 반해 과거('아득히 깔린 地圖')는 시적 자아가 행복의 원천으로 추억 속에 그리워하는 긍정적인 시간(공간)이다. 그러나 시적 자아는 과거(유소년기)로 돌아갈 수 없다. 따라서 과거(유소년기)와 같은 긍정적인 행복의 시간(공간)은 미래의 어떤 시점에 상정해 둘 도리밖에 없고, 또 성인이 된 이상 그렇게 해야만 한다. 그것이 이 시에서는 눈이 녹고 꽃이 피는 계절인 봄('꽃 사이로' 난 길)으로 나타난 것이다.[12] 그런데 이렇게 상정된 미래의 세계는 추억 속

---

11) 이 부분에서 눈은 시련의 의미를 지닌다고 볼 수도 있다. 즉 이 부분은 자꾸 내려 덮이는 눈, 그러니까 시적 자아에게 부딪쳐 오는 당면한 여러 문제들 때문에 과거의 추억에만 잠겨 있을 수 없다는 이야기로 읽히기도 한다.

12) 그러나 이 봄은 아직은 오지 않은 봄, 즉 시인의 마음 속에만 와 있는 봄이다. 그러기에 시인은 여전히 봄을 향해, 다시 말해 부활한 '順伊'를 만나기 위해 그 발자국을 찾아 꽃 사이로 난 길을 걸어가야 하는 것이다. 따라서 여기서의 봄은 상상의 봄이며, 그 봄에 핀 꽃은 추억의 꽃이다. 그러니까 "눈이 녹으면 남은 발자욱 자리마다 꽃이 피리니" 하는 부분은 "이별의 아픔이 어느 정도 가시면 유소년기가 어려 있는 여러 가지 흔적 위에 추억의 꽃이 필 것이니"라고 해석될 수 있다. 이 추억의 꽃들 사이로 시적 자아는 새로운 '順伊'를 찾아 나서는 것이다. 이처럼 행복했던 과거에 대한 추억을 안고 순이의 발자국을 찾아 고난의 길을 나서는 행위는 앞서 살핀 <사랑의 전당>에서, "영원한 사랑을 안은 채", '험준한 산맥'으로 달려가는 행위에 상응하는 것이라 할 수 있다.

과거의 세계와 같으면서도 다르다. 행복이 있는 긍정적인 세계라는 점
에서는 같으나, 미래의 세계에 있을 행복이란 어린 시절에 주어진 안
온함으로부터 오는 것이 아니라 스스로 주체적 성인으로 우뚝 서는 성
숙함으로부터 오는 것이라는 점이 다르다. 그러므로 시적 자아가 순이
의 발자국을 찾아 나서서 부활한 순이를 만나겠다는 것은 부활한 자기
자신을 만나겠다는 것, 그러니까 성숙한 성인으로서의 자아를 정립하
여 새로 탄생한 '나'를 만나겠다는 것, 간단히 말해 스스로 새롭게 탄
생하겠다는 것을 의미한다. 이것은 <사랑의 殿堂>에서 '順'에게 앞문
으로 내달리라고 명령하듯 말했던 것과도 다르고, <少年>에서 추억
속에 '順伊'의 얼굴을 떠올리며 황홀경에 빠졌던 것과도 다르다. 이렇
게 해서, <눈 오는 地圖>에 와서야, '順' 또는 '順伊'와의 이별은 비로
소 완성된 것이다. 그러나 과거와 이별하고 성인으로 재탄생했다고 해
서 행복이 보장되는 것이 아님은 물론이다. 그렇기는커녕, 성인으로의
재탄생은 오히려 앞으로 닥쳐올 고난을 기꺼이 받아들인다는 것을 뜻
한다. 새로운 '順伊'를 찾아 나서는 길은 현재와 같은 슬픔과 외로움이
계속되는 길일 따름이다. 이 시의 시적 자아(또는 시인)는 이러한 사정
을 너무나 잘 알고 있다. 그래서 시인은 "꽃사이로 발자욱을 찾아 나서
면 一年 열두달 내 마음에는 하냥 눈이 나리리라." 하고 말하면서 이
시를 끝맺는다. 한편으로는 눈으로 연상되는 어린 시절의 행복을 소중
히 간직한 채 고난의 길을 가겠다는 다짐, 다른 한편으로는 눈의 흰 빛
에 내포된 외로움의 운명을 지고 미래를 향해 나아가겠다는 조용한 결
의가 이 끝 구절에 담겨 있는 것이다.

　지금까지 이 시를 과거, 현재, 미래의 세 부분으로 나누어 시적 자아
가 어떻게 자신의 어린 시절과의 이별을 완성하고 성인으로 재탄생했
는지를 살펴보았다. 그러나 이 시는 또한 이상의 논의만으로는 포괄할
수 없는, 그것을 넘어서는 만만치 않은 의미를 지니고 있다. 미리 말하

자면, 그것은 시대적·민족적 상황과 관련된 의미이다. 이 시에 숨겨진 이러한 의미에 대한 고찰은 시적 자아가 어린 시절에 대한 추억을 왜 '아득히 깔린 地圖'로 표현했는가, 그리고 떠나는 순이를 하필이면 '잃어버린 歷史'에 비유했는가 하는 의문에서 출발한다. 이러한 지리적·역사적 관심의 표명은 과거(유소년기)와의 이별을 강조하기 위한 방편으로 나온 것에 지나지 않는 것일까? 그럴 리가 없으리라. 어쩌면 시인은 짐짓 떠나는 '順伊'를 '잃어버린 歷史'에 비유하면서, 암암리에 '잃어버린 歷史'를 떠나는 '順伊'에 비유한 것인지도 모른다. 그렇다면 부활한 순이를 찾아 나서는 것은 새로운 역사를 찾아 나서는 것이 되지 않겠는가? 이럴 경우, "눈이 녹으면 남은 발자욱 자리마다 꽃이 피리니"라는 구절은 전혀 새로운 의미로 다가온다. 이 구절은 민족사의 부활을 이야기한 것으로 읽을 수도 있겠기 때문이다. 여기서 우리는 앞에 잠깐 비친 바, 이 시에서 현재는 부정적 시간으로, 과거와 미래는 긍정적 시간으로 상정되어 있다는 점을 다시 한 번 상기할 필요가 있다. 시인은 미래의 어떤 시점에서 과거와 같은 행복의 시대를 만나게 되기를 원하고 있는데, 그러기 위해서는 '잃어버린 歷史'를 다시 찾아야만 하는 것이다. 이런 의미에서 '아득히 깔린 地圖' 역시 '잃어버린 歷史'와 동일한 위상을 갖는다. '아득히 깔린 地圖'로 표현된 과거의 추억에 잠기는 것은 '잃어버린 歷史'에 비유된 순이를 그리워하는 것과 같으며, 그러한 추억과 그리움이야말로 시인이 새로운 역사를 찾아 나서기 위한 근원적인 힘이 되는 것이기 때문이다. 요컨대 이 시에서 과거에 대한 그리움은 미래에 대한 희망과 표리의 관계를 이루고 있는 것이다. 그러나 그 희망은 쉽게 달성될 수 있는 성질의 것이 아니며, 새로운 역사를 찾아 나서는 것은 비극적인 죽음에 이르는 길이기 쉽다.13) 여기까지 와서 우리는 "一年 열두달 하냥 내 마음에는 눈이 나

---

13) 김현자는 이 시에 대해, "운명의 갈래갈래를 읽고 있던 길에 대한 진지한 고뇌를 느끼게 한다"면서, "마음까지 내리는 눈 속에서도 발자국을, 발자국마다 피

리리라”는 대목을 좀더 다른 차원에서 읽게 된다. 그것은 슬픔과 외로움의 운명을 지고 새로운 역사를 찾아 나아가겠다는 조용하지만 단호한 결의의 표명이 아니겠는가? 이 시에 숨어 있는 ‘슬픈 아름다움’ 또는 ‘아름다운 슬픔’이라는 시적 자아의 내면 풍경은 떠나는 순이(추억 속의 유소년기)에 대한 그리움으로부터 파생되는 것인 동시에, 잃어버린 순이(잃어버린 민족사)에 대한 그리움으로부터 우러나오는 것이기도 하다.

이 시에 관한 논의를 끝맺기 전에, 시적 자아의 내면풍경과 관련하여 이 시의 전체적 분위기를 지배하고 있는 눈의 기능에 대해 잠시 살펴보기로 하자. 어떤 의미에서는 이 시를 읽는 일이란 이 시에서 눈의 정서적 기능이 얼마나 넓은 범위에 걸쳐 얼마나 속속들이 스며들어 있는가를 이해하는 것과 크게 다르지 않다. 우선 눈은 하얀 색채감으로 우리의 정서를 깨끗이 순화시켜 주는 기능을 갖는데, 이 시에서 창 밖에 내려 쌓이는 함박눈은 ‘나’와 ‘순이’의 맑고 순결한 그리고 아름다운 사랑을 우리에게 실어 나르고 있다. 그러나 다른 한편, 이 시에서 눈은 시련의 의미와 함께 시적 자아의 슬픔과 외로움을 강화시키는 역할을 하기도 한다. 먼저 공간적으로 볼 때, 눈은 창 밖에도 내리고 방 안에도 내린다. 눈은 창 밖에서도 ‘슬픈 것처럼’ 내리지만, 방 안에서 내리는 눈은 더욱 슬프고 또 외로운 풍경이다. 이렇게 해서, 순결한 사랑의 아름다움과 말할 수 없는 이별의 슬픔은 눈을 매개로 하여 연결된다. 뿐만 아니라 눈은 시적 자아(‘나’)의 마음에도 내린다. 창 밖과 방 안을 연결시켰던 눈은 이렇게 외계와 내면을 연결시킨다. 이처럼 시적 자아의 내면이 눈 내리는 풍경으로 가득 차면서, 눈은 이제 과거와 현재와 미래를 모두 연결시켜 놓는다. 그러니까 눈은 이 시의 세계를 공간에서 시간으로 확장시켜, 현재를 중심으로 과거와 미래를 대응

었을 꽃을 찾아가겠다는 조용한 告白은 悲劇的인 아름다움에 가까운 것”이라 하였다. 김현자, 「대립의 초극과 화해의 시학」, 권영민 편, 앞 책, 271면.

시킨다. 과거에 대한 추억(아득히 깔린 地圖에 내리는 눈)은 아름다움
의 이미지이지만, 미래를 향해 나아가는 일(일년 열두달 마음에 내리는
눈)에는 슬픔의 이미지가 어려 있다. 이 경우 역시 아름다움과 슬픔은
눈을 매개로 연결된다. 이처럼 눈은 이 시에 담긴 시공간의 모든 세계
에 끝없이 내리면서 작품 전체의 정서적 분위기를 지배하고 있는 바,
그 정서적 분위기란 한편으로는 아름다움과 순결함이며 다른 한편으로
는 슬픔과 외로움이다. 이 시에서 눈이 환기시키는 이와 같은 양가적
정서는 '아름다운 슬픔' 또는 '슬픈 아름다움'이라는 시인의 내면풍경
에 잘 조응하는 것이다.

5. 맺음말

　처음에 말했듯, 시를 읽을 때에 무엇보다 중요한 것은 시적 자아 또
는 시인의 내면풍경을 엿보는 일이다. 그렇게 하지 않고는 한 편의 시
를 제대로 감상하고 이해한 것이 아니라고 해도 과언이 아니다. 이 글
에서는 윤동주의 시편들 중에서 '順' 또는 '順伊'가 등장하는 <사랑의
殿堂>(1938. 6. 19), <少年>(1939), <눈 오는 地圖>(1941. 3. 12)를 분
석하여, 이 세 편의 시에 숨겨져 있는 '슬픈 아름다움' 또는 '아름다운
슬픔'이라는 내면풍경을 들여다보았다. 그리하여 그러한 내면풍경이 어
떤 요인에 의해 형성되기 시작했으며 어떤 과정을 거쳐 어떤 결과에까
지 나아갔는지, 그리고 그것이 각 단계별로 어떤 모습으로 형상화되었
는지를 살펴보았다. 그 결과, 그러한 내면풍경은 시적 자아 또는 시인
이 자신의 과거(유소년기)와 이별하는 과정에서 빚어진 것임이 밝혀졌
다. 즉 시적 자아(시인)의 어린 시절에 대한 추억은 아름답지만 그것과
이별해야 하는 현재는 슬프다는 것, 여기서 '슬픈 아름다움' 또는 '아

름다운 슬픔'이라는 내면풍경이 형성된다는 것이다. 따라서 이러한 내
면풍경의 형성과정을 살핀 것은 시인 또는 시적 자아가 유소년기의 안
온함에서 벗어나 성인으로서의 자아를 정립해 나아간 과정을 탐색한
것이기도 하다.

　그런데 이 글은 서론에서 언급했듯, 시인 윤동주의 세 가지 방향에
서의 자아정립과정 중 하나에 해당되는 것이다. 그러므로 여기서 더
나아가, 시인 윤동주가 어둠의 현실과 타협하려는 안일한 자아를 어떻
게 극복하고 '어둠과 바람'에 맞서는 시대적 자아로 성장했는지, 그리
고 기독교 정신을 어떻게 수용하여 예수 그리스도처럼 십자가를 선택
하는 종교적 자아를 확립했는지를 아울러 살펴볼 필요가 있다. 이러한
후속작업이 이루어질 때에야 우리는 시인 윤동주의 풍요로운 내면풍경
을 좀더 섬세하게 들여다볼 수 있을 것이다. 그러나 여기서 앞질러 말
해 둔다면, 윤동주는 이 글에서 살핀 성인으로서의 자아정립 뒤에 또
는 그와 거의 동시에 시대적 자아와 종교적 자아를 정립함으로써, 마
침내 "나한테 주어진 길을 걸어가야겠다"는(<序詩>) 조용하면서도 단
호한 결의를 표명할 수 있었다. 그리하여 "등불을 밝혀 어둠을 조금 내
밀고 / 時代처럼 올 아침을 기다리는 最後의 나"에(<쉽게 씌어진 시>)
노날하여, "꽃처럼 피어나는 피를 / 어두워가는 하늘 밑에 / 조용히 흘
리"는(<십자가>) 殉節에까지 이르렀던 것이다.

　이제 이 짧은 논의를 마치면서 끝으로 말해둘 것은 이 글에서 살핀
성인으로서의 자아정립과정에 나타난 내면풍경이 시인 윤동주의 또 다
른 자아인 시대적 자아 및 종교적 자아와 어떤 관계에 있는가 하는 점
이다. 죽음까지 받아들이는 시대적·종교적 자아와 유소년기에 대한
그리움을 떨쳐버리지 못하고 있는 내면풍경은 서로 상충되는 것이 아
닌가? 이런 의문에 사로잡히면 자칫 시인 윤동주의 '슬픈 아름다움' 또
는 '아름다운 슬픔'이라는 내면풍경을, 한 점 티 없이 해맑은 그의 동
시와 함께 퇴행적인 어떤 것으로 보아 부정적으로 평가하기 쉽다. 그

러나 윤동주의 동시에 나타난 자아와 세계의 조화로운 모습, 그리고 성인으로서의 자아정립과정을 보인 시편들에 나타난 유소년기에 대한 그리움은 도리어 그가 시대적 자아와 종교적 자아를 확립하는 데 큰 도움을 준 것으로 보는 편이 타당할 것이다. 윤동주의 다른 시편들에 대한 면밀한 분석이 있어야 좀더 분명히 말할 수 있겠지만, 그가 훼손된 현실세계와 타협하지 않을 수 있었던 것은 그의 유소년기에 대한 한없는 그리움이 그의 내면에 자리하고 있던 순결한 영혼을 끝까지 지켜줄 수 있었기 때문이라고 판단되는 것이다. <눈 오는 地圖>에서 보았듯이, 미래(새로운 세계)에의 희망은 과거(유소년기)에의 그리움과 표리의 관계에 있는 것이며, 따라서 행복했던 어린 시절에 대한 추억이야말로 또 다른 행복한 세계인 새 시대에 대한 갈망을 지속시킨 원천적인 힘으로 작용하고 있기 때문이다.

(『어문연구』 92, 한국어문교육연구회, 1996. 12), 改稿

1. 왜 〈자화상〉인가?

1948년 1월 30일에 출판된 윤동주의 시집 『하늘과 바람과 별과 시』(정음사 刊) 초판본에는, 정병욱이 보관하고 있던 윤동주의 자필 자선 시집 『하늘과 바람과 별과 시』에 들어 있는 19편에 다른 작품 12편을 합쳐 모두 31편의 시가 수록되어 있다. 1955년 판에는 93편이 수록되었고 판을 거듭함에 따라 116편까지 늘어났는데, 이는 윤동주의 동생 윤일주가 보관하고 있던 작품들을 사회적 요청에 따라 조금씩 공개해 왔기 때문이다.[1] 윤일주는 1985년 작고했고, 윤일주의 아들 윤인석(윤동주의 조카)이 윤동주의 자필 유고와 유품들을 소중히 보관해 왔다.

그러던 중 1996년부터 왕신영, 심원섭, 오오무라 마스오, 윤인석에 의해 윤동주 자필 시고전집 간행을 위한 작업이 진행되었다. 그리하여 마침내 1999년 3월 1일, 『사진판 윤동주 자필 시고전집』(민음사 刊)이 출판되어(2002년 1월 10일 증보판 간행), 윤동주 연구에 필요한 아주 중요한 자료가 세상의 빛을 보게 되었다.[2] 이제 연구자들은 시인의 육

---

1) 오오무라 마스오, 『윤동주와 한국문학』, 소명출판, 2001, 129면.

필에 바로 접하여 퇴고의 흔적까지 낱낱이 검토할 수 있게 된 것이다. 윤동주의 시 <自畵像>에 대해 논의하고자 하는 이 글 역시 『사진판 전집』의 출판에 힘입어 씌어진 것이다.

그런데 왜 하필 <自畵像>인가? 이 질문에 답하기 위해 먼저 윤동주의 자필 시고집들에 대해 좀더 자세히 언급할 필요가 있다. 윤동주 자필 시고집들의 종류와 편수를 보면 (1) 첫 번째 원고노드 ≪나의 쩝作期의 詩 아닌 詩≫ : 59편, (2) 두 번째 원고노트 ≪窓≫ : 53편, (3) 산문집 : 4편, (4) 자필 자선시집 ≪하늘과 바람과 별과 詩≫ : 19편 (5) 습유시(拾遺詩) : 15편으로 나눌 수 있다. 이 각각의 자필 시고집들에는 서로 겹치는 작품들도 있으니, (1)에서 (2)로 轉記된 것이 17편, (2)에서 (4)로 전기된 것이 3편, (5)와 (4)가 겹치는 것이 2편, (5)와 (1)·(2)가 겹치는 것이 각 1편씩이다.[3]

여기서 주목되는 것은 (1)에서 (2)로 또 (2)에서 (4)로 옮겨 적은 작품들이 있다는 사실이다. 이것은 시인이 만든 3권의 자필 시고집들이 단순히 순차적으로 이어져 작성된 것이 아니라, 새로운 시고집을 만들어 나가야 하겠다는 시인 자신의 생각에 따라 작성된 것임을 말해 준다. 그러기에 과거의 시고집 중에서 버리기 아깝다고 판단되는 작품들을 새 시고집에 옮겨 적은 것이 아니겠는가? 즉 새로운 시고집의 작성은 시인의 시정신에 어떤 변화가 있었음을 시사한다. 이런 사정에 비추어 보면, 윤동주의 창작 시기를 시인의 의도에 따라 대체로 4시기로 구분할 수 있겠다. 그 4시기란 제1기 : ≪나의 쩝作期의 詩 아닌 詩≫를 작

---

2) 『사진판 윤동주 자필 시고전집』(이하, 『사진판 전집』이라고만 한다)의 출판을 에워싼 這間의 자세한 사정에 대해서는 『시고전집』에 붙인 윤인석의 <후기—큰아버지의 자필 시고 전집이 나오기까지>(349면 이하) 및 오오무라 마스오, 위 책, 75면 이하 참고. 또 『사진판 전집』의 출판 준비작업을 둘러싼 우여곡절과 그로 인한 이 전집 편집상의 문제점에 대해서는 왕신영, <글쓰기—『윤동주 자필 시고전집』에 관한—> 『일본의 언어와 문학』 4(단국대, 1999. 5) 참고.

3) 오오무라 마스오, 위 책, 88면.

성하던 시기, 제2기 : ≪窓≫을 작성하던 시기, 제3기 : ≪하늘과 바람과 별과 詩≫를 작성하던 시기, 제4기 : 그 이후의 시기이다.

그러나 이렇게 시기구분을 하는 데에는 세심한 주의가 필요하다. 먼저 (1) ≪나의 習作期의 詩 아닌 詩≫의 경우, 1934년 12월부터 1937년 3월까지 창작된 작품들이 실려 있다. 이 시기는 그대로 제1기로 보아 무방할 것이다. 다만 이 시고집의 맨 앞에 적어놓은 3편의 시(<초 한 대>, <삶과 죽움>, <래일은 없다>)는 그 창작일자가 모두 1934년 12월 24일로 되어 있는데, 이렇게 된 것은 시인이 이 3편의 시를 이전부터 꾸준히 생각하고 써보고 수정하다가 1934년 12월 24일에 완성하여 기록해 두었기 때문이라고 할 수 있다. 그러니까 윤동주의 창작시기 중 '제1기'는 대략 1934년경부터 1937년 3월경까지로 추론해 볼 수 있겠다. 이것은 윤동주의 나이 18세 때부터 21세 되던 봄까지이며, 은진중학교 3학년부터 시작하여 평양 숭실중학교를 거쳐 다시 용정 광명중학교 5학년이 되던 봄까지에 해당된다.[4]

다음, (2) ≪窓≫의 경우에는 1935년 10월부터 1939년 9월까지 창작된 작품들이 실려 있다. 이 중 (1)에서 옮겨 적은 것이 17편인데, 그것은 1935년 10월부터 1937년 3월까지 창작된 작품들이다. 그러니까 1937년 3월 이후 1939년 9월경까지 36편이 새로 씌어져 이 시고집에 실려 깃이며, 따라서 이 시기를 윤동주의 창작시기 중 '제2기'로 볼 수 있다. 그리고 이것은 윤동주의 나이 21세 되던 봄부터 23세 가을로 접어드는 무렵까지이며, 광명중학교 5학년이 되던 해 봄부터 연희전문학교 2학년 가을학기를 시작할 무렵까지에 해당된다. 하지만 이렇게 판단할 경우, (1)에서 17편을 옮겨 적은 행위를 무시해도 좋은가 하는 의문이 남는다. 이 17편의 시는, 시인 자신이 새로운 시고집을 만들면서

---

4) 윤동주의 생애에 대해서는 『사진판 전집』 말미에 붙인 「윤동주 연보」(윤동주의 동생 윤일주가 작성한 것을 토대로 하였다고 밝히고 있음)와 송우혜, 『윤동주 평전』(세계사, 1998) 말미에 붙인 「윤동주 연보」 참고.

도, 과거의 작품들 중에서 마음에 드는 것들을 가려 뽑은 것이 아니겠는가? 그렇다면 1935년 10월경부터 1937년 3월경까지를 이행기 또는 모색기로 볼 수 있겠다.[5]

다음, (3) 산문집은 일단 논의에서 제외하고, (4) ≪하늘과 바람과 별과 詩≫를 보면 1938년 5월부터 1941년 11월까지 창작된 작품들이 실려 있다. 이 중 (2)에서 옮겨 적은 것이 3편으로(<새로운 길>, <슬픈 族屬>, <自畵像>), 1938년 5월부터 1939년 9월까지 창작된 작품들이다. 그러니까 1939년 9월 이후 1941년 11월 경까지 16편이 새로 씌어져 이 자선시집에 실린 것이며, 따라서 이 시기를 윤동주의 창작시기 중 '제3기'로 볼 수 있다. 그리고 이 경우에도 앞의 예와 마찬가지로 1938년 5월경부터 1939년 9월경까지를 이행기 또는 모색기로 볼 수 있겠다.

하지만 이 '제3기'의 경우, 그 기간을 1942년 1월경까지로 연장해서 생각하는 것이 타당할 듯하다. 왜냐하면, 윤동주는 자선시집을 만들어서 정병욱에게 준 뒤 유학을 위해 도일하기 전까지 또 2편의 시를 썼기 때문이다. 이른 바 습유시 속에 들어 있는 <肝>(1941. 11. 29)과 <懺悔錄>(1942. 1. 24)이 그것이다. 이렇게 보면, 윤동주의 창작시기 중 '제3기'는 1939년 9월경부터 1942년 겨울까지가 된다. 이것은 윤동주의 나이 23세 가을부터 25세에서 26세에 걸치는 겨울까지이며, 연희전문학교 2학년 가을 학기를 시작할 즈음부터 1941년 12월 27일 연전을 졸업하고 도일하기 이전까지에 해당된다. 끝으로, 1942년 3월경의 도일 이후 1943년 7월 14일 특고경찰에 의해 검거될 때까지 또는 1945년 2월 16일 福岡 형무소에서 운명할 때까지를 '제4기'라고 할 수 있

---

5) 물론 같은 기간(1935. 10~1937. 3)에 씌어진 작품들 중에서 (1)에서 (2)로 옮겨 적지 않은 작품들이 더 많다. 그러나 옮겨 적은 편수의 많고 적음이 문제가 아니라, 새로 만드는 시고집에 과거의 작품들을 옮겨 적었다는 사실 자체가 중요하다. 그리고 이 점은 (2)에서 (4)로 옮겨 적은 경우에도 마찬가지이다.

을 것이다.

이제, 왜 하필 <自畵像>인가 하는 물음에 대답할 계제에 이르렀다. 다름이 아니라, <自畵像>은 윤동주의 창작시기 중 제2기에서 제3기로 넘어가는 계기를 이룬 작품, 다시 말해 윤동주가 ≪하늘과 바람과 별과 시≫라는 자필 자선시집을 새로 작성하는 데 결정적인 동기를 부여한 작품이기 때문이다. 위에서 윤동주의 창작시기를 4시기로 구분해 보았거니와, 이 중 제1기에서 제2기로 또는 제3기에서 제4기로 이행할 때보다는 제2기에서 제3기로 이행할 때, 시정신의 변화의 폭이 훨씬 클 뿐더러 작품의 질적 성취의 면에서도 한 단계 도약했음을 알 수 있다.6) 이러한 변화와 도약은 시인이 스스로 내면을 깊이 들여다보고 자기 자신에 대한 철저한 성찰을 감행함으로써, 그러니까 <自畵像>을 씀으로써 가능했던 것이다. <自畵像>이라는 제목이 벌써 이러한 사정을 암시하는 것이 아닌가? 그러면 이제, <自畵像>의 詩作過程을 검토해 보기로 하자.

2. 〈자상화〉에서 〈자화상〉으로

앞에서 언급했듯, (2) 두 번째 원고노트 ≪窓≫에서 (4) 자필 자선시집 ≪하늘과 바람과 별과 詩≫로 옮겨 적은 작품은 <새로운 길>, <슬픈 族屬>, <自畵像>의 3편이다. 그런데 (2)에서 (4)로 옮겨진 양상을 잘 살펴보면, <自畵像>의 경우는 다른 두 작품과 다른 방식으로 옮겨졌음을 알 수 있다. 먼저 배열 순서에서 <새로운 길>과 <슬픈 族屬>은 새로 씌어진 작품들 중간 중간에 삽입되었음에 비해,7) <自畵像>은

---

6) 따라서 윤동주의 창작시기는 제1기와 제2기를 묶어 '전반기'로, 제3기와 제4기를 묶어 '후반기'로 크게 나눌 수 있다.

이 자선시집의 맨 앞에(<序詩> 제외) 실려 있는 것이다. 이 같은 사실은 이 자선시집이 <自畵像>에서 비롯되었음을 의미하는 것이 아니겠는가? 윤동주는 이처럼 <自畵像>으로 시작되는 자선시집을 다 엮고 나서 새로 <序詩>를 써서 이 자필시집의 첫 자리에, 그러니까 <自畵像> 바로 앞에 적어 놓았던 것이다. 이렇게 보면, (4) 자필 자선시집 《하늘과 바람과 별과 詩》는 <自畵像>에서 출발하여 <序詩>에 이르는, 시인 자신의 내밀하면서도 치열한 정신의 여정을 보여주는 기록이라고 할 수 있다.

(2)에서 (4)로 옮겨진 양상에 있어서, <自畵像>이 다른 두 작품의 경우와 다른 점은 또 있다. <새로운 길>과 <슬픈 族屬>은 (2)에서 이미 완성된 작품이 거의 그대로 (4)로 옮겨졌음에 비해, <自畵像>은 (2)에 미완으로 남아 있던 것이 상당부분 수정되고 보완되어 (4)로 옮겨졌다는 사실이다. 시의 제목도 <自像畵>(2)에서 <自畵像>(4)으로 바뀌었다. 즉 (2)의 <自像畵>는 (4)의 <自畵像>의 초고라고 할 수 있거니와, 여기서 특히 주목해야 할 것은 이 <自像畵>가 (2)의 맨 끝에 쓰다 만 채로 남아 있다는 점이다. 요컨대, (2)의 맨 끝에 적혀 있는 <自像畵>는 <自畵像>의 미완의 형태이며, (4)의 맨 처음에(<序詩> 제외) 적혀 있는 <自畵像>은 <自像畵>의 완성된 형태이다. 시인은 (2)에서 <自像畵>를 쓰던 도중 새 시고집을 만들어야겠다는 생각을 하게 됐고, <自像畵>를 이내 <自畵像>으로 고쳐 써서 (4)에 적어 넣었던 것이다. 그러니까 이 시는 (2)를 덮는 작품이자, (4)를 여는 작품이 된다. 즉 <自畵像>은 윤동주의 창작시기에서 제2기를 마감하고 제3기로 출발하는 작품, 또는 전반기에서 후반기로 넘어가는 분수령이 되는 작품인 것이다.

이제, (2) 두 번째 원고노트 《窓》의 맨 끝에 실린 <自像畵>를 여

---

7) <새로운 길>은 6번째에, <슬픈 族屬>은 14번째에 배열되어 있다.

기에 옮겨보면 다음과 같다.8)

自像畵9)

산굽을 돌아 논가 외딴우물을 단혼자 차저가선 가만히 드려다 봅니다.

우물속에는
달이 밝고
구름이 흐르고
하늘이 펄치고
가을이 있습니다.

그리고
한 사나이가 있습니다.

어쩐지
그사나이가 미워저 돌아갑니다.

돌아가다 생각하니
그사나이가 가엽서 짐니다.
도로가 드려다 보니
사나는 그대로 있습니다.

다시
그 사나이가 미워저 돌아갑니다.

---

8) 『사진판 전집』, 107～108면 및 292면.
9) 제목은 원래 <외딴우물>이었다가 지워지고 <自像畵>로 수정되었다. 또 '自像畵'는 '自畵'였는데 '像'이 삽입되었다. 참고로 덧붙이자면, 이 시는 延禧專門學校 文友會誌인 『文友』(1941. 6)에 <우물속의 自像畵>라는 제목으로 발표되었는데(『사진판 전집』 292면에 수록됨), 이것은 (4)의 <自畵像>과 거의 같은 작품이다. 이렇게 보면, 이 작품의 제목은 현재 확인할 수 있는 것만 보더라도 <외딴우물> → <自畵> → <自像畵> → <우물속의 自像畵> → <自畵像>으로 거듭거듭 고쳐진 셈이다. 이 작품을 완성하기까지 시인이 얼마나 고심했으며, 또 이 작품에 얼마나 깊은 애정을 지니고 있었는지 그 흔적이 서려 있는 대목이다.

　　돌아 가다 생각하니
　　그사나이가 그러워 짐니다.

　　우물속에는[10]

3. 산문 〈달을 쏘다〉

　　앞에서 〈自像畵〉로부터 〈自畵像〉에 이르기까지의 변화양상을 살펴 이 시의 창작과정의 일단을 엿보았다. 이로써 시인 자신이 〈序詩〉와 거의 같은 비중을 〈自畵像〉에 두고 있었음을 확인한 셈이다. 하지만 이것이 〈自畵像〉의 창작과정의 전부는 아니다. (4) 자필 자선시집 ≪하늘과 바람과 별과 詩≫에 이 시의 창작시기가 1939년 9월로 명기되어 있지만, 윤동주의 많은 작품들이 그렇듯이 이것은 이 작품을 최종적으로 완성해서 기록한 시기에 불과하다. 시인의 마음 속에서 〈自畵像〉이 그려지기 시작한 것은, 적어도 〈自像畵〉보다 훨씬 앞선 1년 전, 〈달을 쏘다〉라는 산문을 쓸 때까지로 거슬러 올라간다. 시인은 이 산문에서부터 자기 자신을 그려가기 시작했던 것이다. 시인의 저 내밀한 마음의 움직임은 과연 어떤 것이었을까? 먼저 〈自畵像〉의 단초를 연 산문 〈달을 쏘다〉를 읽어보기로 하자.[11]

　　번거롭던 四圍가 잠잠해지고 時計소리가 또렷하나 보니 밤은 저윽히
　　깊을 대로 깊은 모양이다. 보든 冊子를 冊床머리에 미러놓고 잠자리를

---

10) 이 작품에 대해 『사진판 전집』 편자들은 다음과 같은 주석을 붙여 놓았다. "〈우물속에는〉 이하는 없음. 두 번째 원고노트는 〈自像畵〉의 도중에 끝나 있으며, 이 작품을 포함한 원고지 일부가 뜯겨나간 흔적이 있음."(292면)
11) 『사진판 전집』, 111～115면 295～296면에 실려 있는 〈달을 쏘다〉 全文이다. 윤동주는 이 산문을 앞서 언급한 '(3) 산문집' 맨 처음에 적어 놓았다.

수습한다음 잠옷을 걸치는 것이다. 『딱』스윗치소리와 함께 電燈을 끄고 窓역의 寢臺에 드러누으니 이때까지 박은 휘양찬 달밤이였든 것을 感覺치 못하엿댓다. 이것도 밝은 電燈의 惠澤이엿을가.

나의 陋醜한 房이 달빛에 잠겨 아름다은 그림이 된다는것보담도 오히려 슬픈 船艙이 되는 것이다. 창살이 이마로부터 코마루, 입술 이렇게하야 가슴에 여맨 손등에까지 어른거려 나의마음을 간지리는것이다. 여페누운 분의 숨소리에 房은 무시무시해 진다. 아이처럼 황황해지는 가슴에 눈을 치떠서 박글내다보니 가을하늘은 역시 맑고 우거진 松林은 한폭의 墨畵다. 달비츤 솔가지에 솔가지에 쏘다저 바람인양 솨ー소리가 날뜻하다. 들리는것은 時計소리와 숨소리와 귀또리울음뿐 벅적고던 寄宿舍도 절깐보다 더한층 고요한것이 아니냐?

나는 깊은 思念에 잠기우기한창이다. 딴은 사랑스런 아가씨를 私有할수있는 아름다운 想華도 좋고, 어린쩍 未練을 두고온 故鄕에의 鄕愁도 좋거니와 그보담 손쉽게 表現못할 深刻한 그무엇이있다.

바다를 건너온 H君의 편지사연을 곰곰생각할수록 사람과사람사이의 感情이란 微妙한것이다. 感傷的인 그에게도 必然코 가을은 왓나부다.

편지는 너무나 지나치지 않엇든가 그中한토막,

『君아! 나는 지금 울며울며 이글을 쓴다. 이밤도 달이뜨고, 바람이 불고, 人間인까닭에 가을이란 흙냄새도 안다. 情의 눈물 따뜻한 藝術學徒엿던情의 눈물도 이밤이 마지막이다.』

또 마지막 켠으로 이런句節이있다.

『당신은 나를永遠히 쪼차버리는것이 正直할것이오.』

나는 이글의 뉴안쓰를 解得할수있다. 그러나 事實나는 그에게 아픈 소리한마디 한일이없고 설흔글 한쪽 보낸일이 없지 아니한가, 생각건대 이罪는 다만 가을에게 지워 보낼수박게 없다.

紅顔書生으로 이런 斷案을 나리는 것은 외람한 일이나 동무란 한낫 괴로운 存在요 友情이란 진정코 위트럽은 잔에 떠노흔 물이다. 이말을 反對할者 누구랴, 그러나 知己하나 엇기 힘든다하거늘 알뜰한 동무하나 일허버린다는것이 살을베여내는 아품이다.

나는 나를 庭園에서 發見하고 窓을 넘어 나왓다든가 房門을 열고 나왓다든가 웨 나왓느냐하는 어리석은 생각에 頭腦를 괴롭게할 必要는 없는것이다. 다만 귀뜨람이 울음에도 수집어지는 코쓰모쓰 앞에 그윽히 서서 딱터삘링쓰의 銅像그림자처럼 슬퍼지면 그만이다. 나는 이마음을 아무에게나 轉家식힐 심보는없다. 옷깃은 敏感이여서 달비체도 싸늘히 추어지고 가을 이슬이란 선득선득하여서 설흔 사나이의 눈물인 것이다.

발거름은 몸둥이를 옴겨 못가에 세워줄때 못속에도 역시 가을이있고, 三更이있고, 나무가 있고, 달이있다.(달이있고………)

그刹那 가을이 怨望스럽고 달이 미워진다. 더듬어 돌을 찾어 달을 向하야 죽어라고 팔매질을 하엿다. 痛快! 달은 散散히 부서지고 말엇다. 그러나 놀랏든 물결이 자저들때 오래잔허 달은 도로 살아난것이 아니냐, 문득 하늘을 처다보니 얄미운 달은 머리우에서 빈정대는 것을--

나는 곳곳한 나무가를 고나 띠를 째서 줄을메워 훌륭한 활을 만들엇다. 그리고 좀탄탄한 갈 대로 활살을 삼아 武士의 마음을 먹고 달을 쏘다.-끝-

「一九三八 十月 投稿
一九三九 一月 朝鮮日報 學生欄 發表」

이 산문은 그저 평범한 감상문으로 읽히기 쉽다. 어떤 가을 날 밤에 한 청년이 달빛이 쏟아지는 것을 보고 감상에 젖어 기숙사를 뛰쳐나와 연못에 돌을 던지고 그것으로 성이 차지 않아 달을 향해 활을 쏘았다는 이야기이다. 그리고 이 청년이 이처럼 감상에 젖어 좀 이상한 행동을 하게 된 것은 멀리 떨어져 있는 어떤 동무에게서 극히 감상적인 절교의 편지를 받았기 때문이라는 것이다. 적어도 문면으로는 그 이상의 아무것도 없는, 어찌 보면 치기 어린 감상문에 불과하다고 할 수 있다. 하지만 시인의 시작품들과 관련시켜 읽을 때, 이 산문은 놀랍게도 행간에 숨어 있는 의미들을 부끄럽게 내비쳐 보이는 것이다.

그러면 먼저, 이 산문의 문면부터 <自畵像>과 관련시켜 검토해 보기로 하자. 우선, "발거름은 몸둥이를 옴겨 못가에 세워줄때 못속에도 역시 가을이있고, 三更이있고, 나무가 있고, 달이있다.(달이있고………)"라는[12] 문장이 눈에 들어온다. 이것은 앞에 인용한 (2)의 <自像

---

12) 이 부분에서 괄호로 표시된 '(달이있고……)'는 '달이있다.'의 바로 옆 행간에 따로 씌어져 있다. 이것은 윤동주가 이 산문에서 열거된 가을, 三更, 나무, 달

畫>에서 "우물속에는 / 달이 밝고 / 구름이 흐르고 / 하늘이 펼치고 / 가을이 있습니다."라고 쓴 것, 그리고 최종 작품인 (4)의 <自畫像>에서 "우물속에는 달이 밝고 구름이 흐르고 하늘이 펼치고 파아란 바람이 불고 가을이 있습니다."라고 쓴 것을 연상시키기에 족하다.[13] 다만, '못 속'이 '우물 속'으로 바뀌었고 거기에 비친 것들의 일부가 다른 것들로 바뀌고 첨가되어 간 것이다.[14] 또, 바로 그 다음 "그刹那 가을이 怨望스럽고 달이 미워진다."라는 문장은 어떤가? 이 문장 역시 <自畫像>에서 "어쩐지 그 사나이가 미워저 돌아갑니다."라고 쓴 것을 연상시키기에 충분하다. 뿐만이 아니다. 이것은 꼭 문면의 의미에 그치는 것은 아니지만, "나는 나를 庭園에서 發見하고……"라고 하여 두 사람의 '나'를 드러낸 부분은 <自畫像>에서 읽을 수 있는 우물 속의 '사나이'와 우물 밖의 화자를 연상시키는 것이다. 이런 사실들만으로도 이 산문 <달을 쏘다>가 <自畫像>의 단초를 연 글이라고 보는 데 무리

외에 다른 어떤 것들을 생각하고 있었음을 말해 준다.

13) 이렇게 보면, <自畫像>의 우물이 북간도 명동촌에 있던 윤동주 고향집의 "물맛으로 유명한 수십 길도 더 되는 깊은 우물"인가(김정우, 「윤동주의 소년시절」 『나라사랑』 23, 119면), 윤동주가 서소문에서 하숙하고 있었을 때의 "하숙집 근처의 우물"인가(유영의 회고, 송우혜, 『윤동주 평전』, 196~198면), 아니면 어디 다른 곳에 있는 우물인가 하는 논란은 무의미함을 알 수 있다. 산문 <달을 쏘다>가 <自畫像>의 단초를 연 글이라고 보면, <自畫像>의 우물은 연희전문 기숙사 근처에 있는 연못의 변형일 뿐으로 이해되기 때문이다. 이렇게 변형시킨 것은 못 속보다는 우물 속이 시인의 깊은 내면과 어울리기 때문일 것이다. 그러니까 <自畫像>의 우물은 이 모두일 수도 있고 아닐 수도 있다. 그것은 시인의 내면 자체일 따름이다. 김우창은 시인이 <달을 쏘다>에서 <자화상>과 비슷한 이미지군을 사용하고 있음을 지적하면서, "가을의 산책에서 시인이 이르게 된 못은 윤동주의 시에 많이 나타나는 우물이나 호수의 이미지들과 마찬가지로 의식의 상징으로 생각될 수 있다"고 하였다. 김우창, 「손들어 표할 하늘도 없는 곳에서」, 권영민 편, 『윤동주 연구』(문학사상사, 1995), 163면.

14) 못 속에(<달을 쏘다>) 또는 우물 속에(<自像畫>와 <自畫像>) 있는 것은 '가을, 三更, 나무, 달'(<달을 쏘다>) → '달, 구름, 하늘, 가을 그리고 한 사나이'(<自像畫>) → '달, 구름, 하늘, 파아란 바람, 가을 그리고 한 사나이'(<自畫像>)의 순서대로 바뀌어 갔다. 또 <달을 쏘다>에서 '달이 있다(달이 있고)'는 <自像畫>와 <自畫像>에서 '달이 밝고'로 고쳐졌다.

가 없다.

이제, 이 산문의 행간에 숨겨져 있는 의미를 탐색해 보자. 이를 위해 먼저, 이 산문에서 쉽게 읽어낼 수 있는 시인의 마음의 움직임을 살펴볼 필요가 있다. 시인은 달이 너무 밝아 마음이 슬퍼진다. 그래서 기숙사의 '陋醜한 房'은 '슬픈 船艙'이 된다. 시인은 또 코스모스 앞에 서서 슬퍼진다. 그래서 차가운 '가을 이슬'도 '설흔 사나이의 눈물'로 느껴진다. 그러다가 시인은 못 속에 돌팔매질을 하고는 달이 산산히 부서지는 것을 보고 '痛快'해 한다. 시인은 급기야 '武士의 마음'을 먹고 달을 향해 활을 쏜다. 이 같은 마음의 움직임을 무엇을 뜻하는가? 시인은 무엇 때문인지 슬픔과 눈물에 푹 젖었다가, 그 슬픔과 눈물을 온 힘을 다해 떨쳐버리려고 하는 것이 아닌가? '죽어라고' 달을 향해 돌팔매질을 하고, '武士의 마음을 먹고' 달을 향해 활을 쏜 것이다. 여기서 이 산문의 제목이 <달을 쏘다>로 되어 있음에 주목하자. 이 산문을 단순한 감상문으로 읽더라도, 시인의 내면에서 일고 있는 어떤 비장한 결단의 마음이 느껴진다. 더욱이 이 산문은 평범한 감상문이 아니다.

시인은 "나는 깊은 思念에 잠기우기 한창이다."라고 하였는데, 시인이 말하는 '깊은 思念'이란 대체 무엇이며, 왜 그런 '깊은 思念'에 잠기게 된 것일까? 문면상으로는 H君이라는 동무의 감상적인 절교 편지 때문인 것으로 되어 있다. 그러나 지금까지의 논의에 비추어 보면, 이건 좀처럼 납득하기 어려운 부분이다. 그런 일이라면 다른 방법을 찾아야지, 그런 일 때문에 달을 보고 활까지 쏘나? 상식적으로 생각하더라도 도무지 앞뒤가 맞지 않는다. 사실, 이 산문에서 H君의 편지에 대한 이야기는 중간에 느닷없이 끼어 든 느낌을 줄 정도로 전체 문맥에 어울리지 않는다. H君의 편지와 관련된 부분을 빼고 보면, 이 산문은 오히려 훨씬 자연스럽게 읽힌다.

이제, 이 산문이 머금고 있는 행간의 의미를 밝힐 계제에 이르렀다. 시인은 예의 그 '깊은 思念'에 대해서, "딴은 사랑스런 아가씨를 私有

할수있는 아름다운 想華도 좋고, 어린쩍 未練을 두고온 故鄕에의 鄕愁
도 좋거니와 그보담 손쉽게 表現못할 深刻한 그무엇이있다.”라고 말한
다음, 짐짓 예의 편지사연을 이야기한다. 결국 그 편지사연과 관련된
생각이 ‘손쉽게 表現 못할 深刻한 그 무엇’ 즉 ‘깊은 思念’이라는 것인
데, 그럼 ‘사랑스런 아가씨를 私有’하느니 ‘故鄕에의 鄕愁도 좋’으니 하
는 말들은 뭣하러 했나? 바로 여기서 ‘깊은 思念’의 내용은 역전된다.
무슨 말이냐 하면, 시인이 짐짓 “그보담” 하면서 슬쩍 바꾸어 놓은 ‘깊
은 思念’의 내용을 되바꾸어 읽는 것이다. 그러니까 ‘사랑스런 아가씨’
에 대한 ‘아름다운 想華’와 ‘未練을 두고 온 고향에의 향수’야말로 시
인의 마음을 가득 채우고 있는 ‘깊은 思念’의 진정한 내용인 것이다.

　여기까지 오면, 시인이 달을 향해 돌팔매질을 하고 활을 쏘고 하는
행위의 의미가 저절로 밝혀진다. 그것은 곧 아름다운 연애에 대한 환
상과 유년시절의 안온함에 대한 애착을 떨쳐 버리려는 행위이다. 말할
것도 없이 이런 행위는 어두운 현실에 대한 시인의 새로운 인식에서
비롯된 것이다. 이런 행위는 또한 그러한 현실에서 시인이 나아가야
할 방향에 대한 ‘深刻한’ 고민에, 그리고 그로부터 나오는 어떤 단호한
결단에 연결되어 있는 것이다. 바로 이러한 고민과 결단이 ‘武士의 마
음을 먹고’ 달을 향해 활을 쏘는 비상한 마음의 성제이다. 그리고 이러
한 마음이 1년 뒤 씌어진 〈自畵像〉에 투영뇌었음은 물론이다.

4. 〈코쓰모쓰〉와 〈슬픈 족속〉

　앞에서 윤동주의 산문 〈달을 쏘다〉에 숨겨진 의미를 살펴 보았다.
하지만 이것으로 시인이 이 산문에 숨겨 놓은 진실을 다 찾아낸 것은
아니다. 이 산문에는 아직 더 탐색해 들어가야 할, 슬픈 아름다움 또는

아름다운 슬픔이라고 불러야 할, 시인만이 알고 있는 어떤 내밀한 부끄러움 같은 것이 숨어 있다. 앞에서 잠깐 언급했거니와, 시인은 "나는 나를 庭園에서 發見하고……"라고 썼다. 시인은 휘영청 밝은 달빛이 흐르는 정원에서 자기 자신을 발견하고, 창을 넘어 나왔는지 방문을 열고 나왔는지 모르게 기숙사의 방을 나온 것이다. "왜 나왔느냐" 하는 것은 더욱 모른다. 그런 어리석은 생각으로 "頭腦를 괴롭게 할 필요는 없"고, 다만 "코쓰모쓰 앞에 그윽히 서서" 슬퍼지면 그만인 것이다.

그러나 바로 이 부분에서 시인은 왜 정원으로 나왔는지 무엇이 두뇌를 괴롭게 하는지 고백하고 있지 않은가? 시인을 정원으로 이끌어 낸 것은 물론 휘영청 밝은 달빛이지만, 또 하나 그 달빛을 받고 서 있는 코스모스였던 것이다. 시인은 "귀뜨람이 울음에도 수집어지는" 코스모스 앞에서 왠지 모르게 슬퍼지는 것이다. 시인이 정원에서 발견한 '나'는 바로 이 코스모스로부터 연상되는 어떤 슬픈 모습임에 틀림없다. 그리고 그런 슬픈 모습은 시인의 내면에 아직 남아 있는, 시인이 넘어서야만 할 어떤 마음의 상태이다. 그렇다면, 문득 달이 미워지는 것은 시인만이 알고 있는 '나'에 대한 미움이 그렇게 표현된 것이 아니겠는가? 여기까지 와서야 비로소, 산문 <달을 쏘다>에서 '코스모스'로 표상되는 '나'는 <自畵像>에서 그려진 우물 속에 있는 '한 사나이'와 무관하지 않음을 알 수 있다.

그러면, 시인에게 '코스모스'란 무엇인가? 시인이 그 말미에 밝혀 놓았듯, 산문 <달을 쏘다>는 1938년 10월에 조선일보에 투고되어 1939년 1월(정확히는 1월 23일자) 학생란에 실린 글이다. 따라서 이 산문이 씌어진 시기는 1938년 9월에서 10월 사이로 추정된다. 그러니까 연희전문 1학년 2학기가 시작되어 얼마 지나지 않은 무렵이다. 윤동주는 1학년 여름방학 때 귀향하여 용정의 북부 교회 하계 아동 성경학교에서 아이들을 가르쳤으며, '이 무렵 동생들에게 태극기, 애국가, 기미독립만세, 광주학생사건 같은 이야기를 들려주었다고 한다.[15] 1학년 첫 여름

방학을 이렇게 보내고 다시 학교 기숙사로 돌아왔으니 어찌 고향 생각
이 나지 않겠는가? 게다가 만약 남몰래 좋아하는 소녀를 두고 왔다면,
그 소녀에 대한 그리움은 또 얼마나 간절할 터인가? 갑자기 이런 말을
하는 것은 물론 공연한 일이 아니다. 윤동주는 산문 <달을 쏘다>를
쓰던 바로 그 시기에 <코쓰모쓰>라는 시를 썼다.

코쓰모쓰

淸楚한 코쓰모쓰는
오직 하나인 나의 아가씨,

달빛이 싸늘히 추운 밤이면
넷 少女가 몯견디게 그리워
코쓰모쓰 핀 庭園으로 찾어간다.

코쓰모쓰는
귀또리 울음에도 수집어지고,

코쓰모쓰 앞에선 나는
어렸슬적 처럼 부끄러워 지나니,

내마음은 코쓰모쓰의 마음이오
코쓰모쓰의 마음은 내마음이다.

一九三八. 九. 二十日.[16]

　　이 시의 3연과 4연은 시인이 산문 <달을 쏘다>에서 "귀뜨람이 울
음에도 수집어지는 코쓰모쓰 앞에 그윽히서서"라고 쓴 것과 너무도 흡
사하다. '코쓰모쓰'는 시인에게 "오직 하나인 나의 아가씨"요, 몯견디게

---

15) 『사진판 전집』의 <윤동주 연보> 참고.
16) 『사진판 전집』, 94면 및 283면.

그리운 '넷 少女'였던 것이다.[17] 그래서 시인은 "달빛이 싸늘히 추운 밤"에 기숙사를 뛰쳐나와, "코쓰모쓰 핀 庭園으로 찾어간" 것이다. 그리하여 시인은 코스모스 앞에서 "어렷슬적 처럼 부끄러워"진다. 부끄럽다고 말하는 이 대목은 '소녀'를 생각하는 시인의 마음이 얼마나 순수한 것인지, 그 戀情의 진정성을 읽어낼 수 있는 부분이다. 시인은 마침내 "내마음은 코쓰모쓰의 마음이오 / 코쓰모쓰의 마음은 내마음이다"라고 하여, '코스모스'(소녀)와 하나가 된다. 이 합일의 순간이야말로 지순한 사랑이 빚어놓은, 주체와 객체가 일치된 행복의 순간이 아니겠는가?

그러나 안타깝게도 시인이 처한 현실은 이러한 합일을 끊임없이 교란시켜, 행복의 순간이 오래 지속되지 못하도록 방해한다. 시인은 '코스모스' 앞에서 한없이 부끄러워하고만 있을 수가 없는 것이다. 다시 산문 <달을 쏘다>로 돌아가면, 시인은 코스모스 앞에서 부끄러워지는 대신 슬퍼지고 서러워진다. 그리고 다음 순간, "가을이 怨望스럽고 달이 미워"지는 것이다. 그래서 급기야 돌팔매질을 하고 활을 쏘는 것이다. 그렇다면 이처럼 시인의 행복을 방해하는 현실이란 대체 어떤 현실인가? 시인 스스로 이 물음에 대한 대답을 마련해 놓고 있으니, 시 <코쓰모쓰>, 산문 <달을 쏘다>와 같은 시기에 씌어진 <슬픈 族屬>이 그것이다.

---

17) 앞서 언급했듯, 산문 <달을 쏘다>는 『조선일보』(1939. 1. 23)에 실렸던 글이다. 그런데 (3)산문집의 "코쓰모쓰 앞에 그윽히서서"라는 부분이 『조선일보』에 발표된 글에는 "코쓰모쓰 아가씨아페 그윽히서서"라고 되어 있다. 그러니까 윤동주는 원래 '코쓰모쓰 아가씨'라고 썼다가 나중에 산문집을 따로 만들면서 '아가씨'라는 말을 뺀 것이다. 산문 <달을 쏘다>와 시 <코쓰모쓰>, 그리고 다른 작품들, 예컨대 <暝想>(1937. 8. 20), <異蹟>(1938. 6. 19), <사랑의 殿堂>(1938. 6. 19), <달같이>(1939. 9) 등으로 미루어, 윤동주에게는 그의 고향에 사랑하는 少女가 있었던 것으로 추정된다. 그러나 이를 확인할 길은 없다. 윤동주의 누이동생인 윤혜원 씨는 2002년 6월 연길에서 있었던 필자와의 대담에서 "오빠(윤동주)가 그런 문제에 대해서 통 말을 하지 않았기 때문에 알 수 없다"고 하였다.

슬픈 族屬

흰 수건이 검은 머리를 두르고
힌고무신이 거츤발에 걸리우다.

힌 저고리 치마가 슬픈 몸집을 가리고,
힌 띠가 가는 허리를 질끈 동이다.

一九三八. 九.[18)

이 시는 당시 민족이 처한 현실을 한 농촌 여인의 모습으로 응집시
켜 놓은 작품이다. 민족현실의 척박함과 고단함은 여인의 '거친 발'이
라는 어휘에, 그리고 그 말못할 서러움은 '슬픈 몸집'이라는 어휘에 응
축되어 있다. 이 '거친 발'과 '슬픈 몸집'이라는 육화된 시어는 <슬픈
族屬>이라는 제목과 어울려, 일제의 억압으로 신음하고 있는 민족 구
성원들의 나날의 삶과 그 삶의 비극성을 놀랍도록 리얼하게 포착하고
있는 것이다. 그러면서 시인은 이 여인을 온통 흰 빛으로 감싸 놓았다.
'흰 수건', '흰 고무신', '흰 저고리 치마', '흰 띠'로 이어지는 흰 빛은,
그럼에도 순결성을 잃지 않고 있는 이 여인의 정결한 마음을, 아니 백
의민족의 고결한 정신을 환유적으로 드러낸다. 시인의 섬세한 관찰력
과 그로부터 나오는 정확한 현실인식이 유감없이 발휘된 작품이다. 어
쩌면 시인은 자기 자신의 마음을 이 여인에게 투영시킨 것인지도 모른
다.

이렇게 말하는 것은 이 시에 대한 이해가 여기서 그쳐서는 안 된다
는 점을 지적하고자 함이다. 이 시에서 현실의 고단함과 서러움을, 또

---

18) 『사진판 전집』, 158면 및 327면. 앞서 언급했듯, 이 시는 (2) 두 번째 원고노트
  ≪창≫에서 (4) 자필 자선시집 ≪하늘과 바람과 별과 시≫에 옮겨 적은 것이다.
  여기 인용한 것은 (4)에 실린 것인데, (2)의 것과 약간의 차이가 있다. (2)에는 제
  목이 <슲은 族屬>으로 되어 있고, 2연이 "힌저고리 힌치마가 슬픈 몸집을 가
  리우고 / 힌띠가 가는 허리를 질끈 동이다."라고 씌어 있다.

는 그럼에도 간직하고 있는 정결성을 읽었다고 해서 이 시를 다 이해한 것은 아니다. 이제, 이 여인의 모습을 다시 한 번 상상해 보자. 이제 막 일터로 나가려고 일어선 모습, 그 자태에서 어딘지 모르게 범접하지 못할 품위가 느껴지지 않는가? 이 농촌 여인의 모습은 부드러우면서도 강인한 어머니의 모습이다. 여기서 "흰 띠가 가는 허리를 질끈 동이다."라고 쓴 이 시의 마지막 행에 주목하자. 앞 3행에서 정적인 묘사로 표현되었던 한 여인의 모습이 이 마지막 행에 와서 놀라운 역동성을 얻고 있지 않은가? 그러니까 이 여인은 지금 막 흰 띠로 가는 허리를 '질끈 동이'고 일어선 것이다. 감히 어떻다고 함부로 말할 수 없는 여인의 모습, 여기에는 이 여인이 슬픔 속에 머무는 것을 극복하고 자기 자신의 '슬픈 몸집'을 무슨 일인가에 던져 넣겠다는 단호한 의지가 스며들어 있다.[19]

이제, 이 시를 산문 <달을 쏘다>와 관련시켜 생각해 보자. <슬픈 族屬>의 여인이 흰 띠로 가는 허리를 '질끈' 동이는 행위는 <달을 쏘다>에서 시인이 '武士'의 마음을 먹고 달을 향해 활을 쏘는 행위와 방불하지 않은가? 지금껏 이 시에 대해 논의한 이유가 바로 여기에 있다. 산문 <달을 쏘다>와 관련시켜 볼 때, <코쓰모쓰>가 달이 미워지기 직전 '설흔 사나이'의 이야기에 해당된다면, <슬픈 族屬>은 달이 미워진 직후 '무사'의 이야기에 해당되는 것이다.[20] 그리고 보면, <코쓰모쓰>와 <슬픈 族屬>과 <달을 쏘다>가 같은 시기에 씌어진 것은 우연이 아니다. 요컨대, 시 <코쓰모쓰>와 <슬픈 族屬>이 합쳐져서

---

19) 김임구는 <슬픈 族屬>의 여인이 "도전적 현실을 맞아서 긴장된 내적 대비태세을 갖추고 있으며", "아직 실현되지는 않았으나 실현가능한 잠재력을 상징하고 있다."고 하였다. 김임구, <윤동주 시세계의 기본구조 분석―여성적 이마고를 중심으로―>, 『인문과학』 80, 연세대, 1999. 6, 302면.

20) 이것을 여성의 이미지와 관련시켜 보면, <코쓰모쓰>의 소녀와 <슬픈 族屬>의 女人이 대비된다. 달이 미워지는 찰나, 시인의 마음은 코스모스와 같은 소녀의 마음에서 어머니와 같은 여인의 마음으로 옮겨갔다고 할 수 있다.

산문 <달을 쏘다>가 된 것, 또는 산문 <달을 쏘다>가 나누어져서 그 2편의 시가 된 것이다. 여기에 이르러, 시 <코쓰모쓰>와 <슬픈 族屬>은 산문 <달을 쏘다>와 마찬가지로 <自畵像>의 단초를 연 작품이 된다.

5. 시인의 내면풍경

지금까지 1938년 9～10월경에 씌어진 산문 1편(<달을 쏘다>)과 시 2편(<코쓰모쓰>, <슬픈 族屬>)을 살펴보았다. 이 3편의 작품들이 모두 <自畵像>의 단초를 연 것임을 논의했고, 이로써 1939년 9월에 완성된 <自畵像>은 이미 1년 전부터 시인의 마음 속에서 씌어지기 시작했음을 밝힌 셈이다. 그런데 윤동주의 작품들을 통시적으로 면밀히 검토해 보면, <自畵像>의 연원은 <새로운 길>(1938. 5. 10)이나 <사랑의 殿堂>(1938. 6. 19)까지 더 거슬러 올라갈 수 있다. 여기서 이 2편의 시에 대해 상세히 논의할 겨를은 없지만, 윤동주의 (4) 자필 자선시집 ≪하늘과 바람과 별과 시≫에 수록된 작품들이 1938년 5월 이후의 것들임을 다시 한번 기억하고 넘어가자. 또 하나, 여기서 언급해 둘 것은 바로 이 시기에 윤동주가 그의 마지막 동시들을 썼다는 사실이다. 윤동주는 그의 습작기 내내 꾸준히 동시를 써 왔으나, 1938년 5월경 <해빛, 바람>, <해바라기 얼골>, <애기의 새벽>, <귀뜨람이와 나와>, <산울림> 등 5편의 동시를 쓴 이후, 다시는 동시를 쓰지 않는다. 이 시기에 이처럼 동시 쓰기를 졸업했다는 사실은 이 시기부터 주객의 미분리에서 오는 안온함에 결정적 위기가 닥쳐왔고, 시인의 내면에서 자아와 세계의 대립 현상이 심각하게 진행되기 시작했다는 것을 의미한다. 이로 미루어 보더라도, 1938년 5월경부터 1939년 9월경까지를 윤동주의 창작시기 중 제3기의 모색기로 본 앞 논의의 타당성이 확인된다.

다시 1938년 가을의 시점으로 돌아와 보자. 시인은 이제, 武士의 마음을 먹고 달을 향해 활을 쏜다. 이 세상과 정면으로 대결할 태세를 갖춘 것이다. 하지만 그럴수록 세상은 더욱 엄청난 압력으로 시인을 옥죄어 온다. 그래서 시인은 다시 옛 유년시절로, 동시를 쓰던 그 마음으로 돌아가려는 유혹을 느낀다. '설흔 사나이'가 '武士'로 변신했다고는 하나, 그렇다고 소녀의 마음에서 어머니의 마음으로 완전히 옮겨간 것이 아님은 물론이다. 그것은 다만 '그 찰나' 그렇게 됐던 것일 뿐이다. 그렇다고 이미 주객일치의 불가능성을 알아버린 이상, 동심의 세계로 되돌아갈 수도 없다. 오히려 고민은 더 깊어지고, 갈등은 더 심해진다. 척박한 현실 속에서 나아갈 방향은 잘 보이지 않고, 자기 자신의 존재에 대한 회의는 자꾸만 고개를 쳐드는 것이다. <달을 쏘다>를 쓰고 나서 다시 <自畵像>을 쓸 때까지 계속된 시인의 침묵이 이런 사정을 잘 말해 준다.

윤동주는 1938년 9~10월경, 앞에 논의한 3편의 작품과 다른 2편의 작품을 합쳐 모두 5편을 썼다. 그리고는 그 이후 1년 동안 단 1편의 작품도 쓰지 않는다. 또는 쓰지 못한다. 이 침묵은 무엇을 뜻하는가? 그 1년 동안 시인은 줄곧 자기 자신에 대해 성찰하고 있었던 것이다. 고쳐 말해, <自畵像>을 쓰고 있었던 것이다. 그 1년 동안, 시인의 내면에는 얼마나 많은 생각들이 오고 갔을 것인가? 그 1년 동안, 시인의 마음은 얼마나 많은 번민과 갈등에 시달렸을 것인가? 그 1년 동안, 시인은 스스로의 존재 의미에 대해 얼마나 많은 회의를 거듭하였을 것인가? <自畵像>은 바로 그와 같은 번민과 갈등과 회의에서 시작된다. 그리하여 결국에는 온 힘을 다해 그러한 번민과 회의를 극복하고 마침내 자기 자신의 존재를 긍정적으로 정립하는 것으로 마무리된다. <自畵像>은 그 과정에 있었던 철저한 자기 탐색의 기록인 것이다. 그러면 이제, (4) 자필 자선시집 ≪하늘과 바람과 별과 시≫에 수록된 <自畵像>을 읽어보기로 하자.

自畵像

산모퉁이를 돌아 논가 외딴우물을 홀로 찾어가선 가만히 드려다 봅니다.

우물속에는 달이 밝고 구름이 흐르고 하늘이 펄치고 파아란 바람이 불고 가을이 있습니다.

그리고 한 사나이가 있습니다.
어쩐지 그 사나이가 미워저 돌아갑니다.

돌아가다 생각하니 그사나이가 가엽서집니다. 도로가 드려다 보니 사나이는 그대로 있습니다.

다시 그사나이가 미워저 돌아갑니다.
돌아가다 생각하니 그사나이가 그리워집니다.

우물속에는 달이 밝고 구름이 흐르고 하늘이 펄치고 파아란 바람이 불고 기을이 있고 追憶처럼 사나이가 있습니다.

一九三九. 九.[21]

이 시에서, 자아는 우물 속의 사나이와 우물 밖의 화자로 분리되어 있다. 그러나 그 둘이 완전히 다른 존재는 아니다. 그렇기 때문에 우물 밖의 화자는 우물 속의 사나이를 미워하기도 하고 가엾어하기도 하고 그리워하기도 한다. 원래 분리될 수도 없고 분리되어서도 안 되는 자아가 왜 이런 상태에 놓이게 되었는가? 세계와 단절되는 충격적 경험

---

21) 『사진판 전집』, 141~142면 및 314면.

이 자아 내부에 균열을 일으켰기 때문이다. 그 이유야 어쨌든 이렇게 분리된 자아는 이제 하나의 자아로 다시 통합되어야 한다. 하지만 그 통합이 단순한 재결합일 수는 없다. 그것은 버리면서 받아들이는, 그리하여 새로운 자아로 성장해 가는 방식의 통합이어야 한다.[22) <自畵像>은 그런 분리와 통합을 이야기하고 있는 작품이다.

그런데 여기서 주의할 점은, 자아가 우물 속의 사나이와 우물 밖의 화자로 분리되어 있을 뿐만 아니라, 우물 속의 사나이 역시 '긍정적인 나'와 '부정적인 나'로 분열되어 있다는 사실이다. 하지만 그렇다고 '긍정적인 나'가 늘 긍정적인 것만은 아니며, '부정적인 나'도 늘 부정적인 것만은 아니다. 그 두 자아는 끊임없이 상호 침투하여 서로를 교란시킨다.[23) 아니, 꼭 둘이라고 말할 수도 없다. 여러 자아가 서로 얽히고 겹쳐서 이루어내는 흐름, 우물 속의 사나이는 그런 혼류 자체이다. 우물 밖의 자아는 이 복합적인 흐름을 들여다보고는, 그것을 미워하고 가엾어하고 그리워하는 것이다. 이제, 이러한 전체적인 윤곽을 염두에 두고 이 시를 음미해 보기로 하자.

산모퉁이를 돌아 논가 외딴우물을 홀로 찾어가선 가만히 드려다 봅니다.

이 시의 화자(「나」라고 불러 두자)는 사람들의 발길이 잘 닿지 않는

---

22) <自畵像>은 자아가 성인으로 우뚝 서는 과정을 이야기한 작품으로 읽을 수도 있다. 그럴 경우, <自畵像>은 '順' 또는 '順伊'가 등장하는 일련의 시편들, 즉 <사랑의 殿堂>, <少年>, <눈오는 地圖>에서 볼 수 있는 자아정립과정의 다른 모습이기도 하다. 이 3편의 시에 나타난 성인으로서의 자아정립과정에 대해서는 류양선, <尹東柱의 詩에 나타난 '離別'의 意味>(『어문연구』 92, 1996. 12) 참고.

23) 김성룡은 "윤동주의 고독세계에는 '현실적인 자아'와 '내심적인 자아'가 동시에 존재하고 있었고 아픔과 神이 함께 있었다. 이 두 개 요소가 이율배반적으로 서로 제약하고 통일되면서 복잡다단하고 의미깊은 윤동주 시의 내심 이미지를 이루었다."고 하였다. 김성룡, 「윤동주의 저항과 고독의 세계」, 『민족시인 윤동주 50주기 기념 학술토론회 논문집』(룡정시 문학예술계 련합회, 1995), 60면.

‘외딴’ 우물을 ‘산모퉁이’를 돌아 ‘홀로’ 찾아간다.[24] 외딴 우물, 그것은 나만이 알고 있는, 그러나 지금까지 잊고 있었던 어떤 내밀한 장소이다. 그것은 나의 마음 저 깊디깊은 한 구석에 자리잡고 있는, 나의 모든 체험이 녹아 있고 나의 의식과 무의식이 혼융되어 있는, 내 존재의 핵심이 담겨 있는 외진 곳이다. 왜 나는 그런 ‘외딴 우물’을 찾아가나? 현실(우물 바깥)의 나에게 위기가 왔기 때문이다. 나는 그 위기가 쉽게 극복될 수 없다는 걸 알고 있다. 나는 그것을 나의 존재론적 위기로 느끼고 있는 것이다. 그렇기 때문에 나는 ‘홀로’, 산모퉁이를 돌아 외딴 우물(내 존재의 핵심이 담겨 있는 곳)을 찾아간 것이다.

그리고는 우물 속을 ‘가만히’ 들여다 본다. 이 ‘가만히’라는 부사어에는 자아성찰의 고요함과 섬세함, 그리고 신중함이 담겨 있다. 그것은 우물 속을 들여다 보는 나의 행위를 내가 방해해서는 안 된다고 나 자신을 경계하는 마음의 표현이다. 그러기에 이 시에서 우물 속을 들여다 보는 행위는 결코 퇴행으로 볼 수 없다. 그것은 오히려 주체적인 자아 정립의 첫 단계에 해당하는 적극적인 행위이다. 우물을 어머니의 자궁 또는 무덤을 상징하는 것으로 읽을 수도 있겠지만, 나는 그곳으로 들어가려 하거나 거기에 머물려 하는 것이 아니라 단지 들여다 보기만 하는 것이다. 이것은 내가 어디서 왔는지 알고자 하는, 나의 존재 근거가 무엇인지 탐색하려는 행위이다.

우물속에는 달이 밝고 구름이 흐르고 하늘이 펼치고 파아란 바람이

---

24) 앞서 보았던 (2) ≪창≫에 실린 미완의 작품 〈自像畵〉와 비교하면, ‘산굽’이 ‘산모퉁이’로 ‘단혼자’가 ‘홀로’로 바뀐 것을 알 수 있다. ‘산굽’을 ‘산모퉁이’로 고친 것은 외딴 우물을 찾아가는 길도 또한 구석진 길임을 말하는 것으로, 외딴 우물이 아주 외진 곳에 있다는 것을 상소하기 위한 것으로 보인다. 또 ‘단혼지’를 ‘홀로’로 고친 것은 ‘단혼자’가 혼자임을 강조한 것이기는 하나, 우물 속을 ‘가만히’ 들여다보는 내적 응시의 고요함을 깨뜨리는 부정적인 효과를 주기 때문인 듯하다. ‘단혼자’보다는 ‘홀로’가 내면 성찰의 고요함을 뒷받침하는 음성적 효과를 지닌다.

불고 가을이 있습니다.

우물 속을 '가만히' 들여다 보니, 거기에는 달, 구름, 하늘, 바람, 가을이 있다. 그러니까 우물 속은 작은 우주이다.[25] 나는 이 작은 우주에서 나왔다. 이 작은 우주는 정지해 있는 것 같으면서도 움직이고 있다. 다시 말해 고요히 움직인다. 달이 '밝고', 구름이 '흐르고', 하늘이 '펼치고', 파아란 바람이 '불고' 있기 때문이다. 그리고 그 움직임 속에 가을이 있다.[26] 내 존재의 핵심이 담겨 있는 우물 속은 나의 모든 체험이 녹아 있고 나의 의식과 무의식이 혼용되어 있는 장소인 것만이 아니다. 그곳에는 나의 유년시절의 기억을 훨씬 넘어 저 자연에의 기억까지 아름답게 펼쳐지는, 나의 무의식 중의 무의식이 자리잡고 있다. 그것은 자연이요 우주이다. 만일 내가 그러한 자연과 우주를 기억한다면, 내가 그 기억의 덩어리라면, 나는 곧 자연이요 우주가 아닌가?

우물 속은 고요하다. 달과 구름과 하늘이 조화되어 있다. 그 자연물들이 잘 조화되도록 부드럽게 연결시켜 주는 것이 바람이다. 우물 속에는 또, 그런 일을 하는 '파아란' 바람이 부는 계절, 가을이 있다.[27]

---

25) 이 작은 우주는 산문 <달을 쏘다>의 정원을 연상시킨다. 이 정원에도 역시 우물 속에 있는 자연물들이 있으며, 코스모스 앞에서 슬퍼지는 사나이와 달을 향해 활을 쏘는 사나이가 있다. 다만 정원 속의 사나이에 비해, 우물 속의 사나이는 객관화되어 있어서 우물 밖의 화자에 의해 관찰된다.

26) 산문 <달을 쏘다>에서 "가을이 있고 三更이 있고 나무가 있고 달이 있다.(달이 있고……)"라고 했던 것이 <自像畵>에서는 "달이 밝고 / 구름이 흐르고 / 하늘이 펼치고 / 가을이 있습니다."로 바뀌었고, 다시 <自畵像>에서는 "달이 밝고 구름이 흐르고 하늘이 펼치고 파아란 바람이 불고 가을이 있습니다."로 고쳐졌다. <달을 쏘다>에서 '있고'를 되풀이한 것이 작은 우주의 고요함 자체를 말하고 있다면, <自像畵>에서 '밝고', '흐르고', '펼치고'라고 한 것은 그 고요함 속의 움직임까지 드러낸 것이라 하겠다. 여기에 다시, <自畵像>에서 '파아란 바람이 불고'를 첨가한 것은 그 고요한 움직임에 어떤 긴장감을 부여한 것으로 볼 수 있다. 또 <自像畵>에서 행을 나누어 썼던 것을 <自畵像>에서 하나의 행으로 연결한 것은 달과 구름과 하늘과 바람이 따로따로 움직이는 것이 아니라, 서로 긴밀히 연결되어 움직인다는 의미를 드러내기 위한 것으로 보인다.

27) '파아란 바람이 불고'에서 '파아란'이라는 바람의 빛깔은 이 시의 배경이 되는

하지만 우물 속이 마냥 고요하기만 한 것은 아니다. 자연물들이 조화되어 있지만, 그것은 긴장감 있는 통일로서의 조화이다. 달빛은 밝게 흘러 모든 것을 비추며 부드럽게 감싼다. 가을 하늘은 끝없이 펼쳐져 모든 것의 바탕을 이룬다. 그 바탕 위에 구름이 흐르고, 그 바탕에서 나온 파아란 바람이 분다. 바람은 우주운행의 원리요 동인이며, 우주운행 자체의 상징이기도 하다. 바람은, '파아란' 바람은 그러기에 모든 것을 연결시켜 우주적 생명을 불어넣는다. 이렇게 해서 모든 생명들은 우주적 생명의 분신이 된다.

> 그리고 한 사나이가 있습니다.
> 어쩐지 그 사나이가 미워져 돌아갑니다.

이제, 우주적 생명의 분신으로서 한 사나이가 나타난다. 아니, 사나이가 나타난 것이 아니라, 이제야 사나이의 모습이 나에게 보이기 시작한다. 가만히 보니 사나이는 다름 아닌 '나'이다. 이 사나이, 그러니까 '나'는 원래부터 우물 속에 있었던 것이다. 우물 속에는 달, 구름, 하늘, 바람, 가을이 있고, '그리고' 한 사나이가 있었던 것이다. 우주 가운데 자연물의 일원으로서, 바람을 받아 생명을 지니게 된 '내'가 있었던 것이다. 하지만 실은 이 사나이는 지금 막 나타난, 내가 우물 속에 비친 모습이기도 하다. 그렇게 보면, 사나이는 도무지 다른 사연물들과 어울리지 않는다. 이 부조화의 모습은 내가 이미 외계(자연)와 분리되어 우주적 생명을 상실했기 때문이다. 우물 속의 사나이는 과연 누구

가을의 하늘빛을 바람에 옮겨 표현한 것으로 보인다. (가령, 같은 시기의 작품으로 추정되는 〈少年〉에서 "가만이 하늘을 드려다 보려면 눈섭에 파란 물감이 든다"라고(『사진판 선집』, 315면) 쓴 것을 띠올릴 수 있다.) 이렇게 해서 바람은 하늘에 긴밀히 연결된다. 여기서 달밤에 비친 우물 속의 하늘이 어떻게 파랗게 보일 수 있는가 하는 의문이 제기될 수 있지만, 앞서 언급했듯 이 시에서의 우물은 시인의 내면 자체이기 때문에 그곳에서의 여러 정황이 반드시 외계의 물리적 법칙에 맞아야 하는 것은 아니다.

인가? 그 사나이는 다른 자연물들과, 다시 말해 작은 우주와 어울려 보이기도 하고 그렇지 못해 보이기도 한다.

'어쩐지' 그 사나이가 미워진다. 그 사나이가 왜 미운지 그 이유는 확실치 않다. 그래서 '어쩐지' 미워진다고 했다. 하지만 미움의 이유가 분명한 경우보다, '어쩐지' 미워지는 것이 결정적으로 더 미운 것이다. 말하자면 이래도 밉고 저래도 미운 것이다. 우물 속의 사나이가 원래부터 우물 속에 있던 '나'라고 생각해도 밉고, 내가 비쳐서 보이는 '나'라고 생각해도 밉다. 이 작은 우주 속에서 아름다운 자연물들과 조화되어 있는 '나'라고 생각해도 밉지만, 그런 아름다운 자연물들과 조화되지 못한 '나'라고 생각하면 더 밉다. 또 그 둘이 뒤섞인 '나'라고 생각해도 밉기는 마찬가지이다.[28] 나는 사나이를 더는 볼 수 없어 그만 우물 곁을 떠나 돌아간다.

> 돌아가다 생각하니 그사나이가 가엽서집니다. 도로가 드려다 보니 사
> 나이는 그대로 있습니다.

나는 저 무의식의 저층에서 의식의 표면으로 올라오기(돌아가기) 시작한다. 하지만 돌아가다 생각해 보니 우물 속에 들어 있는 사나이가 가엾어진다. 그 사나이는 원래부터 있었던 '나' 같기도 하고, 어머니 품에 안겨 있던 '나' 같기도 하고, 소학교 시절의 '나' 같기도 하고, 少女에게 연연해하는 '나' 같기도 하다. 또 "언제나 새로운 길"을 걸으려는 (<새로운 길>) '나' 같기도 하고, 달을 향해 활을 쏘는(<달을 쏘다>) '나' 같기도 하고, "森林 속의 아늑한 湖水"를 떠나 "峻險한 山脈"으로

---

28) 이 미움은 근원적으로 우물 밖의 내(자아)가 세계와 화해하지 못하는 현실에서 연유하는 것이다. 내가 그런 현실에 놓여 있기 때문에, 우물 속의 사나이가 외계와 조화되어 있는 것을 보아도 미워지고, 조화되어 있지 못한 것을 보아도 미워진다. 그러니까 우물 속의 사나이는 긍정적인 자아와 부정적인 자아가 겹쳐 있는 모습이라 하겠는데, 그 긍정성과 부정성도 서로의 경계가 분명한 것은 아니다.

달려 가려는(<사랑의 殿堂>) ‘나’ 같기도 하다. 나는 문득 그 모든 ‘나’들이 가엾어진다. 그 모든 ‘나’들에게 연민이 느껴진다. 그 모든 ‘나’들이 얽히고 뒤섞인 것이 바로 내가 아닌가? 나는 결코 우물 속의 사나이를 버리고 떠날 수 없음을 깨닫는다. 이런 깨달음이 오는 순간, 나는 다시 몸을 돌려 ‘외딴 우물’을 찾아가서 우물 속을 또 들여다 본다.

 “도로가 드려다 보니……” 하는 구절은 우물 속의 사나이를 버릴 수 없다는 그 깨달음이 나에게 얼마나 소중한 것인지를 말해 준다. 나는 다급히 우물을 향해 몸을 돌린 것이다. 행 구분을 하지 않고 앞 문장에 바로 붙여 쓴 것이 그런 다급함을 잘 보여준다. 그렇게 다시 가서 들여다 보니 우물 속의 사나이는 다행히도 그 자리에 ‘그대로’ 있다. 우물 속의 사나이는 여전히 조화와 부조화, 긍정성과 부정성이 혼합된 흐름으로 ‘그대로’ 있다. 하지만 나는 이제 이 사나이가 가엾게 여겨진다. 이 연민의 감정이야말로 내가 우물 속의 사나이(‘나’)를 수용하기 시작한 징후이다. 나는 이제, 이 우물 속의 사나이가 나의 정체성을 숨겨 갖고 있음을 안다. 여기에 이르러 나는 ‘나’와 내가 하나로 인식되는 진정한 의미의 자기응시를 할 수 있게 된 것이다.

> 다시 그사나이가 미워서 돌아갑니다.
> 돌아가다 생각하니 그사나이가 그리워집니다.

 그런데 한참 동안 우물 속을 들여다 보고 있노라니 다시 그 사나이가 미워진다. 그러나 앞서 3연에서의 ‘미움’과 여기 5연에서의 ‘미움’ 사이에는 결정적인 차이가 있다. 3연에서의 미움은 그 사나이(‘나’)에 대한 연민을 느끼기 이전의 미움이요, 5연에서의 미움은 연민을 느낀 이후의 미움이다. 그러니까 3연에서의 미움은 그 사나이를 버리려는 데서 나오는 미움이오 5연에서의 미움은 그 사나이를 받아들이려는 데

따르는 미움이다. 말하자면 앞의 미움이 '부정하여 배제하기'라고 한다면, 뒤의 미움은 그 부정적인 것마저 '껴안아 수용하기'라고 부를 만한 것이다. 그러면 나는 왜 '나'를 부정하면서도 수용하는가? 나는 나의 정체성을 '나'(우물 속의 사나이)로부터 찾을 수밖에 없기 때문이다. 더욱이 '나'는 나에게 부정적으로만 인식되는 것도 아니다. 앞서 논의했듯, '나'에게는 조화와 부조화, 긍정성과 부정성이 서로 뒤섞여 있다. 이런 의미에서 '나'에 대한 미움은 애증이 교차된 미움이라고 할 수도 있다. 그리고 그 미움은 궁극적으로 내가 우물가를 떠나 현실로 돌아가야만 하는 데서 비롯되는, 그러니까 현실과 바른 관계를 맺기 위해 '나'(우물 속의 사나이)를 떠나는 데 따르는 미움이다. '다시' 그 사나이가 미워져야만 온전히 현실세계로 돌아갈 수 있는 것이다.

이렇게 해서 나는 그 사나이('나')를 있는 그대로 받아들이고 우물가를 떠난다. 돌아가다 생각하니 그 사나이가 '그리워'진다고 말하는 것은 이처럼 그 사나이를 마음 깊이 간직했기 때문이다. 그러기에 이제, 나는 다시 '외딴 우물'을 찾아가지 않아도 된다. 다만 '외딴 우물' 속의 작은 우주와 거기 함께 어울려 있는 사나이를 그리워하면서 현실로 돌아가 새로운 삶을 시작해야 하는 것이다. 이렇게 볼 때, 이 시의 3연에서 4연을 거쳐 5연까지, 우물 속의 사나이('나')에 대한 감정이 '미움' → '가엾음' → '미움' → '그리움'으로 변화해 간 것은 참으로 의미심장하다. 이것은 내가 '나'를 받아들이는 과정, '나'를 나에게 통합시키는 과정, 다시 말해 나의 정체성을 발견하고 자아를 확립해 나아가는 과정에 해당된다. 이렇게 해서 마침내 나는 나를 확대시켜 통합된 새로운 나로 탄생한 것이다.

　　우물속에는 달이 밝고 구름이 흐르고 하늘이 펼치고 파아란 바람이
　불고 가을이 있고 追憶처럼 사나이가 있습니다.

나는 마침내 '나'에 대한 긴 탐색을 끝내고, 저 깊디깊은 무의식 중의 무의식으로부터 현실세계로 올라왔다. 따라서 이 마지막 연의 우물은 처음에 내가 찾아가서 들여다 본 그 우물이 아니다. 이제, 우물은 발길이 잘 닿지 않는 외진 곳에 있는 '외딴 우물'이 아니라, 나를 따라 올라와 내 마음 속에 한없는 그리움으로 자리잡고 있는 우물이다. 우물 속의 그 사나이도 같이 따라 올라왔음은 말할 것도 없다. 그래서 내 마음 속에는 나의 작은 우주인 우물 이 있고, "우물 속에는 달이 밝고 구름이 흐르고 하늘이 펼치고[29] 파아란 바람이 불고 가을이 있고", 또 '추억처럼' 사나이가 있다.

여기서 이 '추억처럼'이라는 말에 주목하자. '추억'은 과거의 모든 것을 아름답게 변형시킨다. 나는 사나이('나')를 아름다운 추억 속에 껴안은 것이다. 이 '추억처럼'이라는 표현에까지 와서야, 사나이('나')는 나에게 완전히 수용·통합되어 나의 인격 속에 용해된다.[30] 그러니까

---

29) 앞에 언급했듯, 이 시는 延禧專門學校 文友會誌인 『文友』(1941. 6)에 <우물속의 自像畵>라는 제목으로 발표되었는데(『사진판 전집』 292면에 수록됨), 이것은 (4) 《하늘과 바람과 별과 시》의 <自畵像>과 거의 같은 작품이다. 다만, 이 마지막 연의 '하늘이 펼치고'가 <우물 속의 自像畵>에는 '하늘이 펼쳐 있고'라고 되어 있다. 그러니까 윤동주는 (4)를 만들면서(또는 만든 후에도) 최후로 이 시의 제목과 함께 이 부분을 고쳐서 <自畵像>을 완성한 것이라 하겠다. 이렇게 '하늘이 펼처 있고'를 '하늘이 펼치고'로 고침으로써, 지금 막 하늘이 펼쳐지는 듯한 동적인 느낌을 살린 것이다. 또 (4) <自畵像>을 잘 살피면, 이렇게 고쳐진 것이 삽입표시로 들어가 있어, 이 부분에 대해 시인이 고심한 흔적을 엿보게 한다. 그런데 이 구절은 바로 다음 구절인 '파아란 바람이 불고'와 관련시켜 생각할 때 그 의미가 더욱 새롭게 살아난다. 즉 '하늘이 펼치고 파아란 바람이 불고'는 지금 막 하늘이 펼쳐지면서 그 하늘빛과 같은 파아란 바람이 일어난 것으로 느껴지게 하는데, 이는 곧 '파아란 바람'이 '하늘'에서 비롯되는(불어오는) 어떤 기운이라는 의미를 내포하는 것이다.(여기서 가령, 시인이 <또 다른 故鄕>에서 "하늘에선가 소리처럼 바람이 불어온다."라고[『사진판 전집』, 329면] 쓴 것을 떠올려 보자.) 따라서 '파아란' 시어는 가을 하늘의 빛깔을 바람에 옮겨 표현한 것이면서, 동시에 '바람'을 '하늘'에 연결시킨 것이기도 하다. 이렇게 보면, 바람의 '파아란' 색감은 시인의 직관이 닿아 있는 청신한 생명감각의 이미지가 된다.

30) 그렇다고 시인이 완전히 통합적인 인격의 소유자가 되었다는 뜻은 아니다. 나중

당초 나의 분리 또는 '나'의 분열은 이 같은 통합을 위한 분리요 분열이었던 것이다. 그리고 이러한 통합 또한 새로운 출발을 위한 통합임은 말할 것도 없다. 내게 그리움의 대상으로, 아름다운 추억으로 통합된 '나'(사나이)는 내가 미래를 향해 나아가도록 하는 힘의 원천이 된다.

하지만 이 같은 통합이 쉽게 이루어진 것은 아니리라. <自畵像>이 완성되기까지 적어도 1년이란 기간의 침묵이 필요했다는 사실이 자아통합의 어려움을 말해 준다. 위에서 미움 → 가엾음 → 미움 → 그리움으로 전개되는 마음의 변화과정이 의미심장하다고 썼지만, 시인은 이 과정을 얼마나 많이 되풀이했을 것인가? 1년이 넘는 모색기 내내 이 감정들은 서로 교차하고 혼류하면서 시인을 괴롭혔을 것이다. 이 시에서, 우물 밖의 내가 외딴 우물을 찾아가서 들여다보고, 우물 곁을 떠나 돌아가고, 도로 가서 들여다보고, 다시 돌아가고 하면서, '들여다보기'와 '돌아가기'를 반복하는 것은 시인의 자아성찰이 끊임없이 되풀이되었음을 의미하는 것이 아니겠는가? 외딴 우물을 한두 번 찾아가서 들여다 본다고 해서 내 존재의 근거를 찾아낼 수 있는 것은 아니다. 내가 우물에 왔다갔다 하는 것은 자아성찰의 끝없음, 자아정립을 향한 마음의 무수한 움직임이 그렇게 표현된 것이다. 마음이 운동하는 그 긴 시간의 흐름을 절묘하게 변형하여 공간적인 움직임으로 표현해 낸 것이다.

이렇게 해서 시인은 마침내 자아통합에 성공하여 스스로 존재론적 근거를 확립하였다. 그리하여 그 확고한 기반 위에 역사적 사명을 인식하고 자신을 역사 속에 투신할 수 있는 태세를 갖추었다. 이제 시인은 과거를, 사나이를, 작은 우주를 아름다운 추억으로 간직할 뿐만 아

에 언급하겠지만, 시인은 <自畵像>을 쓴 후에도 (물론 <自畵像>을 쓰기 전과는 그 성격이 다르지만) 방황과 모색을 거듭한다. 여기서는 다만 이 시의 구조상, 분리되었던 자아가 통합으로 마무리되었다는 의미이다.

니라, 그 아름다움을 미래에 던져 놓고 그 미래를 향해 나아가기 시작할 것이다. 그리고 그 미래를 향한 움직임은 <自畵像>에 뿌리를 두고 거기서 움터 나오는 본격적인 詩作과 함께 이루어질 것이다. 윤동주의 창작시기에서 <自畵像>이 전반기의 마감이자 후반기의 출발이 되는 이유가 바로 여기에 있다.

6. 〈자화상〉에서 〈참회록〉까지

이 글은 윤동주의 시에 대한 통시적 고찰의 일환으로 씌어진 것이라 할 수 있다. 그간의 윤동주의 시에 대한 연구를 보면, 시작과정이나 시 정신의 변화에 유의하는 연구가 별로 없었던 듯하다. 특히 개별 작품에 대한 통시적 연구는 거의 없었다고 해도 과언이 아니다. 이렇게 된 것은 시인의 생애가 워낙 짧았고, 또 그 짧은 생애 중에서도 뛰어난 작품들이 대부분 연희전문 시절에 씌어졌기 때문인 것으로 보인다. 하지만 같은 연희전문 시절의 작품이라 하더라도 <自畵像> 이전의 작품들과 그 이후의 작품들은 큰 차이를 보여주고 있다. 특히 윤동주는 거의 모든 작품 말미에 詩作日字를 적어놓고 있어서 동시적 연구에 큰 도움을 준다.

윤동주는 <自畵像>을 쓰던 같은 시기에 <달같이>, <薔薇 병들어>, <투르게네프의 언덕>을 썼다. 시작일자가 분명하지 않은 <산골물>과 <소년>도 거의 같은 시기의 작품으로 추정된다. 그는 1939년 9월경 이 6편의 시를 써놓고는 다시금 1년 이상의 긴 침묵으로 들어간다. <自畵像> 앞에 있었던 1년 동안의 침묵에 대해서는 앞에 언급한 바 있거니와. <自畵像> 뒤의 이 긴 침묵은 무엇인가? 1939년 10월경부터 1940년 12월경까지 계속된 이 침묵[31] 역시 윤동주의 시작활동에 있어서 <自畵像>이 지니는 중요성을 말해주는 것이 아니겠는가?

　<自畵像>이 윤동주에게 새로운 출발의 의미를 갖는다는 것은 이미 논의한 바와 같다. 그리고 <自畵像> 앞의 침묵이 그 출발선에 서기까지 자아정립을 위한 고투의 과정이었다는 것은 그 침묵으로 들어가기 직전인 1938년 9~10월경의 작품들(산문 <달을 쏘다>, 시 <코쓰모쓰>, <슬픈 族屬>)과의 관련 속에서 저절로 드러난다. 마찬가지로 <自畵像> 뒤의 침묵이 어떤 의미를 머금고 있는가 하는 것은 그 침묵이 끝나면서 쓴 작품들로 미루어 알 수 있을 것이다. 윤동주는 1940년 12월, <病院>, <慰勞>, <八福>을 쓰면서 1년이 넘게 계속되던 침묵을 끝냈다. 여기서 이 작품들에 대해 상세히 논의할 겨를은 없지만, <病院>과 <慰勞>는 마음의 병에 대해, <八福>은 깊은 슬픔에 대해 쓴 시라고 할 수 있다. 그러니까 그는 그 긴 침묵의 기간 동안 깊은 슬픔 속에서 마음의 병을 앓고 있었던 것이다.

　그러니까 <自畵像>은 그야말로 출발을 알리는 작품에 불과했음을 알 수 있다. 시인은 <自畵像>을 통해 주체를 확립하여 현실과 맞서기는 하였으나, 이 새 출발은 너무나도 폭력적인 현실의 벽에 부딪쳐 시인에게 '지나친 試鍊'과 '지나친 疲勞'(<病院>)를 안겨 주었던 것이다. 그리하여 시인은 그만 病을(<病院>, <慰勞>) 얻고 말았던 것이다. <自畵像> 뒤의 1년이 넘는 침묵은 그 시련과 피로를 극복하고 병을 이겨내기 위한, 그러니까 <自畵像> 앞의 침묵과는 다른 의미를 지닌 긴 고투의 과정으로 이해된다. 이 긴 고투의 과정이란, 달리 말하자면 화해할 수 없는 세계를 마음 깊이 받아들이는 현실의 내면화 과정이었던 것이다.[32] 이렇게 보면 시인의 침묵이란 말 그대로의 침묵이 아

---

31) 송우혜, 앞의 책에서는 1년 2개월에 걸친 이 침묵에 대해, "윤동주의 시의 전체 구조를 파악하기 위해서는 이 절필기간에 대한 바른 평가가 필수적이라고 본다"고(209면) 하였다.

32) 그렇다면 시인은 그 화해 불가능한 세계(현실, 역사)를 어떻게 내면화할 수 있었을까? 지금까지의 논의에서 암시되었듯, 그 내면화 과정의 근저에는 시인의

니다. 침묵의 의미는 마치 시인의 시를 읽을 때 숨어 있는 행간의 의미처럼 숨어 있지 않은가? 여기서 시인의 침묵에 잠깐 귀를 기울여 보자. 그러면 그 침묵의 언어는 시의 언어보다도 더 마음 아프게 다가온다.

이제 글을 마무리하면서 이런 생각을 해 보자. 삶을 어머니의 자궁에서 나와 우주의 자궁으로 들어가는 도정이라 할 때, 누구든 태어난 뒤 얼마 동안은 아직 어머니의 자궁에 머물러 있는 것이고, 또 누구든 죽기 얼마 전부터는 이미 우주의 자궁에 들어가 있는 것이라 할 수 있다. 그리고 누구든 어머니의 자궁에서 벗어나 우주의 자궁으로 들어가기 전까지의 그 도정에서, 현실 또는 역사라 불리는 물질적 환경을 만나게 된다. 윤동주가 '외딴 우물' 깊은 곳에서 사나이를 끌어 올려 아름다운 추억으로 삼았을 때(<自畵像>), 그는 비로소 어머니의 자궁을 떠나 현실(역사)을 만난 것이다. 하지만 그가 현실(역사)을 만난 기간은 참으로 짧았다. 그는 1942년 1월 24일, 만 24년 1개월의 젊은 나이에 "어느 隕石 밑으로 홀로 걸어가는 슬픈 사람의 뒷모양을" 거울 속에서 보았기(<懺悔錄>) 때문이다. 이때 이미 그는 우주의 자궁 속으로 들어가고 있었던 것이다.

바로 이 짧은 기간 동안 시인은 詩作을 통해 현실과 싸우고 역사와 맞서 그것을 뚫고 나아갔다. 침묵을 깨뜨린 시인은 <무서운 시간>(1941. 2. 7), <십자가>(1941. 5. 31) 등을 거쳐 마침내 <서시>(1931. 11. 20), <懺悔錄>(1942. 1. 24)에 이르기까지 읽는 이들의 영혼을 맑게 씻어주는 뛰어난 작품들을 써 나갔다. 그리하여 그 척박한 현실, 오욕의 역사를 영원한 추문으로 만들어 버렸다. 바로 이것이 시인의 승리이고 그 승리의 빛은 찬란하다. 불과 1년 남짓 되는 기간(1940. 12~1942. 1)에 씌어진 시인의 정결한 시편들 앞에 35년간이나 계속되었던

기독교 신앙이 자리잡고 있다. 특히 죽음에서 부활로 이어지는 신앙의 신비는 <自畵像> 이후 시세계의 핵심이자 근원에 해당된다. 그러나 이에 대한 상세한 논의는 다른 글을 필요로 한다.

일제의 지배는 그야말로 남루하기 짝이 없다. 시인은 어떻게 이 놀랍도록 찬란한 승리를 거둘 수 있었는가? 그것은 시인이 자기 자신을 철저히 탐색하여 <自畫像>이라는 시를 썼기 때문이다. 그리하여 우물 속의 사나이를 추억으로, 그리움으로 간직하고 있었기 때문이다. 그 사나이에 대한 아름다운 추억과 한없는 그리움이 우물 밖의 삶을, 현실 세계에서의 사랑과 싸움을 가능하도록 했던 것이다.

(『성심어문론집』 25, 성심어문학회, 2003. 2), 改稿

윤동주의 산문과 시의 관련양상

— 산문 〈종시〉와 시 〈길〉을 중심으로

1. 머리말

윤동주는 모두 4편의 산문을 남겼다. <달을 쏘다>, <화원에 꽃이 핀다>, <종시>, <별똥 떨어진 데>가 그것이다. 이 산문들은 시인의 학창 시절의 모습을 고스란히 담고 있는 소중한 자료이다. 연희전문학교 시절에 씌어진 이 산문들은 당시의 시인이 어떤 생활을 하고 있었는지, 그리고 무엇에 관심을 갖고 그에 대해 어떻게 생각하고 있었는지를 세세하게 전해주고 있는 것이다.

윤동주의 산문들은 이처럼 그 자체의 내용만으로도 중요한 의미를 지닌다. 하지만 그의 산문들은 그의 시작품들과의 관련 속에서 더욱 빛을 발하고 있다. 시인의 산문은 때때로 그 시인의 시작품을 이해하는 데 귀중한 실마리를 제공해 주기도 하는데, 윤동주의 경우가 특히 그러한 것이다.[1] 그의 시와 산문이 모두 자신의 내면을 응시하는 데서

---

[1] 이 글은 윤동주의 산문과 시의 관련양상에 대한 일련의 연구 중의 하나이다. 윤동주의 산문을 상세히 검토하는 것은 그의 시를 올바로 이해하기 위해 무엇보다 필요한 작업이다. 이 글에 앞서 필자는 윤동주의 산문 <달을 쏘다>와 시 <자화상>의 관계에 대해 검토한 바 있다. 류양선, 「윤동주의 <자화상> 재론」(『성심

우러나오는 진솔한 고백을 담고 있기 때문일 것이다.

이 글에서는 윤동주의 문학이 지니는 이러한 특성에 착안하여, 산문 <종시>와 시 <길>을 중심으로 그의 산문과 시의 관련양상에 대해 검토해 보기로 한다. 논의가 진행됨에 따라 차차 밝혀지겠지만, 산문 <종시>와 시 <길>은 그 씌어진 시기가 거의 같을 뿐만 아니라, 그 내용에 있어서도 적지 않은 유사성을 보여주고 있다. 이 글에서는 먼저 산문 <종시>가[2] 어떤 정황 속에서 씌어졌으며, 그리하여 시인의 어떤 생각과 고민을 드러내고 있는지를 살펴보고, 이를 통해 시 <길>이[3] 씌어지게 된 최초의 시상이 어디서 비롯되었는지를 밝혀보고자 한다.

그러나 시와 관련된 산문을 검토함으로써 그 시작품 최초의 시상을 알게 되었다고 해서 그 시에 대한 해석이 완료되는 것이 아님은 물론이다. 관련 산문을 검토하는 것은 그 시작품을 쓰게 된 첫 착상을 밝혀 그 시에 대한 오독을 방지하려는 것일 뿐, 관련 산문의 내용을 뛰어넘는 시의 깊은 의미를 무시하려는 것이 아니다. 산문은 산문이고 시는 시인 것이다. 더욱이 윤동주의 시는 시어가 지닌 고도의 상징성으로 인해, 순도 높게 정화된 내면의 정신을 표현하고 있을 뿐만 아니라, 나아가 더욱 깊은 차원의 기독교적 의미를 머금고 있는 경우가 많다. 이 글에서는 시 <길>이 지니고 있는, 산문 <종시>을 넘어서는 이러한 차원의 의미까지 밝혀볼 생각이다.

그런데 이를 다시 생각하면, 윤동주의 시가 제아무리 순결한 내면과 깊은 종교성을 지니고 있다 할지라도, 아니 그럴수록 그것이 시인 자

어문론집』, 2003. 2) 참조.

2) 산문 <終始>에 대한 연구로는 홍장학, 『정본 윤동주 전집 원전연구』(문학과 지성사, 2004), 지현배, 『영혼의 거울』(한국문화사, 2004) 등이 있다.

3) 시 <길>에 대한 상세한 분석으로는 김남조, 「윤동주 연구」(권영민 편, 『윤동주 연구』, 문학사상사, 1995), 김현자, 「대립의 초극과 화해의 시학」(위의 책), 최동호, 「윤동주 시의 의식현상」(위의 책) 등을 들 수 있다.

신의 삶에서 우러나온 것임에는 틀림이 없다. 그렇다면 여기서 그가
실제로 겪었던 개인적 방황과 시대적 고민을 드러내고 있는 산문이 다
시금 중요해진다. 말하자면 그가 처해 있던 현실상황에 대한 그만의
고유한 반응이 그의 시에 고도의 상징성을 부여하도록 했다고 할 수
있기에, 이번에는 그의 시에 대한 해석이 그의 산문으로 하여금 좀더
깊은 의미를 지닐 수 있도록 하는 것이다. 이렇게 보면 시와 산문은 서
로를 비추어 주며 서로에게 의미를 부여한다. 그러니까 산문 읽기에서
시작해서 시의 해석으로 나아가는 것은 시 읽기에서 시작하여 산문의
해석으로 나아가는 것과 같다. 단지 논의의 편의상, 산문 <종시>를
먼저 읽을 따름이다.

2. 새로운 출발에 즈음하여 : 산문 〈종시〉

'終始'란 무엇인가? '마치고 시작한다'는 뜻이다. 그러니까 산문 <종
시>는 시인이 지난 일을 끝맺고 뭔가 새로운 출발을 하기 위해 쓴 글
이다. 이 글에는 연희전문학교를 졸업하고 나면 어디로 가서 무엇을
할 것인가 하는 당면한 현실직인 문제에 대한 고민이 들어 있고, 인간
은 어디서 와서 어디로 가는 것인가 하는 인생행로와 관련된 더욱 근
원적인 문제에 대한 생각도 암시되어 있다.
  그러면 산문 <종시>는 구체적으로 어떤 내용을 담고 있는 글인가?
<종시>의 내용을 검토하기 위해, 먼저 이 산문에 담겨 있는 시인의
행로를 추적하면서 이 산문이 씌어진 시기를 추정하고, 다음에 이 산
문이 시인의 전체 인생행로에서 어떤 의미를 지니는 글인지 살펴보도
록 한다. 산문 <종시>는 다음과 같이 시작된다.

終點이 始點이 된다. 다시 始點이 終點이 된다.

아츰, 저녁으로 이 자국을 밥게 되는데 이 자국을 밥게된 緣由가 있다. 일즉이 西山大師가 살아슬뜻한 욱어진 松林속, 게다가 덩그러시 살림집은 외따로 한채뿐이엿으나 食口로는 굉장한것이어서 한 집웅밑에서 八道사투리를 죄다 들을 만큼 몰아놓은 미끈한 壯丁들만이 욱실욱실하엿다. 이곳에 法令은 없어스나 女人禁納區엿다.

…중　략…

눈온날이 엿다. 同宿하는 친구의 친구가 한時間 남짓한 門안들어가는 車時間까지를 浪費하기 爲하야 나의 친구를 찾어들어와서 하는 對話엿다.

"자네 여보게 이집 귀신이 되려나?"

"조용한게 공부하기 자키나 좋잔은가"

"그래 책장이나 뒤적뒤적하면 공부ㄴ줄 아나 電車간에서 내다볼 수 있는 光景 停車場에서 맛볼수있는 光景, 다시 汽車속에서 對할수있는 모든일들이 生活아닌것이 없거든, 生活때문에 싸우는 이 雰圍氣에 잠겨서, 보고, 생각하고, 分析하고, 이거야말로 眞正한 意味의 敎育이 아니겠는가 여보게! 자네 책장만 뒤지고 人生이 어드럿니 社會가 어드럿니 하는것은 十六世紀에서나 찾어볼일일세, 斷然 門안으로 나오도록 마음을 돌리게"

나안테하는 권고는 아니엿으나 이말에 귀틈뚤려 상푸둥 그러리라고 생각하엿다.[4]

<종시>의 초두인 이 부분은 윤동주가 문안으로 들어가게 된 동기와 그리하여 매일 아침 저녁으로 같은 길을 다니게 된 연유를 잘 말해주고 있다. 그는 당시에 연희전문학교 기숙사에 있었는데, 친구의 친구가 하는 말을 듣고는 "공부도 生活化하여야 되리라 생각하고 불일내에 門안으로 들어가기를 內心으로 斷定해 버렷"던[5] 것이다. 그리하여 "일찍이 西山大師가 살았을 듯한 우거진 松林 속"에 외따로 위치한 '女人

---

4) 『사진판 윤동주 자필 시고전집(증보판)』, 민음사, 2002, 127~128면.
　『사진판 전집』이라고만 한다.
5) 『사진판 전집』, 128면.

禁納區’였던 기숙사에서 나와, 등하굣길에서나마 살아 있는 현실을 접할 수 있는 문안으로 거처를 옮겼고, 그 결과 친구의 친구가 했던 말대로 “電車간에서 내다볼 수 있는 光景, 停車場에서 맛볼 수 있는 光景, 다시 汽車속에서 對할 수 있는 모든 일들” 즉 ‘生活’을 보게 되었고, “生活때문에 싸우는 이 雰圍氣에 잠겨서, 보고, 생각하고, 分析하”게 되었는데, 산문 <종시>는 이처럼 ‘생활’을 보고 생각하고 분석한 내용으로 이루어져 있는 것이다. 요컨대 <終始>는 기숙사에 갇혀 있던 윤동주가 학교라는 좁은 울타리 밖으로 나와, 서울 거리에서 대하게 된 풍경을 기록하고 그에 대한 자신의 생각과 느낌을 서술해 놓은 산문인 것이다.

  이처럼 윤동주가 기숙사를 나와 문안으로 들어간 경위에 대해, 그리고 그 이후 하숙집을 이리저리 옮겨다닌 경위에 대해, 그의 지기이자 연희전문학교 2년 후배였던 정병욱은 다음과 같이 회고하고 있다.

태평양 전쟁이 벌어지자 일본의 혹독한 식량 정책이 더욱 악화되었다. 기숙사의 식탁은 날이 갈수록 조잡해졌다. 학생들은 맹렬히 항의를 했으나 막무가내였다. 당국의 감시가 철저하기 때문에 어쩔 수 없는 일이었다. 동주가 4학년으로, 내가 2학년으로 진급하던 해 봄에 우리는 하는 수 없이 기숙사를 떠나기로 작정을 했다. 마침 나의 한 반 친구의 일선으로 누상동 마루터기에 소용하ㄴ 조촐한 하숙방을 쉽게 얻을 수 있었다. 우리는 매우 명랑하고 유쾌한 하숙 생활을 한 달 동안 즐길 수 있었다. 그러나 한 달이 지난 뒤 하숙집 형편으로 그 집을 떠나야 할 신세가 되었다. 참 좋은 하숙이었는데, 실망과 아쉬움에 가득 찬 마음으로 두 사람은 새 하숙을 구하려 그 집 대문을 나섰다. 누상동에서 옥인동 쪽으로 내려오는 길목 전신주에서 우연히 ‘하숙 있음’이라는 광고 쪽지를 발견했다. 누상동 9번지였다. 그 길로 우리는 그 집을 찾아갔다. 그런데 집주인의 문패는 김송(金松)이리 씌어 있었다. 우리는 서로 바라보며 고개를 갸우뚱거렸다. 설마하고 대문을 두들겨 보았더니 과연 나타난 집주인은 소설가 김송 씨 바로 그분이었다.
1941년 5월 그믐께 우리는 소설가 김송 씨의 식구로 끼어들어 새로

운 하숙 생활이 시작되었다.[6]

　　이러한 우리의 빈틈없고 알찬 일상 생활에 난데없는 횡액이 닥쳐왔
었다. 당시에 요시찰 인물로 되어 있었던 김송 씨가 함흥에서 서울로
옮겨온 지 몇 달이 지난 후인지라 일본의 고등계(지금의 정보과) 형사
가 거의 저녁마다 찾아오기 시작했기 때문이다. 하숙집 주인이 요시찰
인물인 데다가 그 집에 묵고 있는 학생들이 연희전분학교 문과 학생들
이기 때문에 그들의 눈초리는 날이 갈수록 날카로와졌다. 무시로 찾아
와서는 서가에 꽂혀있는 책 이름을 적어 가고, 고리짝을 뒤지고 편지를
빼앗아가는 법석을 떨었다.

　　여름 방학이 끝나고 가을 학기에 올라와서 우리는 다시 이사짐을 꾸
리고 이번에는 북아현동으로 하숙을 옮겼다. 7, 8명의 하숙생이 들끓는
전문적인 하숙집이었다. 오붓하고 가족적인 분위기에서 뒤숭숭한 전문
적인 하숙집으로 옮겨온 우리는 퍽 당황했었다. 어딘가 어설프고 번거
롭고 뒤숭숭한 그런 분위기였다. 게다가 졸업반인 동주 형의 생활은 무
척 바쁘게 돌아갔다. 진학에 대한 고민, 시국에 대한 불안, 가정에 대한
걱정, 이런 일들이 겹쳐서 동주 형은 이때 무척 괴로워하는 눈치였다.[7]

　　정병욱의 이 회고에서 당시의 시국의 불안과 일제의 탄압의 정도를
엿볼 수 있거니와, 그와 동시에 윤동주가 개인적인 문제나 시대적인
문제로 어떤 고민을 안고 있었는지를 또한 짐작할 수 있다. 어쨌든 이
회고에 의해, 연희전문학교 4학년 시절에 윤동주가 어떻게 거처를 옮
겨다녔는지 밝혀진 것이다. 이것을 『윤동주 평전』의 저자 송우혜는
"누상동 마루터기 하숙집에서 한 달 → 누상동 9번지의 소설가 김송(金
松) 씨 집으로 옮겨서 5월 그믐 때부터 여름방학 끝날 때까지 → 북아
현동 하숙 전문집으로 옮겨서 9월부터 12월 말의 4학년 졸업 때까지"
라고[8] 요약하고 있다.

---

6) 정병욱, 「잊지 못할 윤동주 형」, 『바람을 부비고 서 있는 말들』, 집문당, 1980, 15
　～16면.
7) 위의 글, 18면.
8) 송우혜, 『윤동주 평전』, 푸른역사, 2004, 288면.

이상에서 드러난 사실을 염두에 두고 산문 <종시>를 다시 읽어보면, 윤동주가 <종시>를 쓴 개략적인 시기가 저절로 밝혀진다. 산문 <종시>의 내용이 누상동에서 신촌에 이르는 등굣길의 풍경으로 이루어져 있으므로, 이 산문이 씌어진 시기를 윤동주가 4학년 때인 1941년 5월경에서 9월경 사이로 추정할 수 있는 것이다. 이것은 지금까지 <종시>가 씌어진 시기를 1941년경으로 보아 왔던 것을[9] 좀더 좁힌 것으로서, 시 <길>의 창작시기와 관련하여 중요한 의미를 띤다. <길>의 창작일자가 작품 말미에 1941년 9월 31일로 적혀 있음을 감안할 때, 산문 <종시>가 씌어진 시기에 대한 이러한 추정은 이 시가 산문 <종시>와 밀접한 관련이 있음을 방증하는 것이기 때문이다.[10]

이제, 산문 <종시>의 내용을 구체적으로 검토해볼 계제에 이르렀다. 하지만 여기서 잠깐, 정병욱의 회고에 다시 한 번 귀를 기울일 필요가 있다. 앞의 인용에서 정병욱이 말한 바, 소설가 김송 씨의 집에서 하숙하던 당시 윤동주와 더불어 보낸 '빈틈없고 알찬 일상 생활'이란 구체적으로 어떤 것인가?

> 하학 후에는 기차편을 이용했었고, 한국은행 앞까지 전차로 들어와 충무로 책방늘을 순방하었나. 지싱딩(至誠堂), 일한서방(日韓書房), 마루젠(丸善), 군서당(群書堂) 등, 신간 서점과 고서점을 돌고 나면 '후유노야도'(冬の宿)나 '남풍장'(南風莊)이란 음악 다방에 들러 음악을 즐기면서 우선 새로 산 책을 들춰보기도 했다. 오는 길에 명치좌(明治座)에 재미있는 프로가 있으면 영화를 보기도 했었다.

---

9) 송우혜, 앞의 책, 551면 및 『사진판 전집』의 연보 참고. 그런데 홍장학 편, 『정본 윤동주 전집』(문학과 지성사, 2004)에서는 산문 <종시>가 씌어진 시기를 1939년으로 잡고 있는데(161면 및 166면), 무슨 근거에서 그렇게 추정했는지 알 수 없다.

10) 윤동주가 작품 말미에 스스로 밝힌 詩作日子는 그가 한 편의 시를 생각하고 또 생각하고 고치고 다듬고 하다가 최후로 완성한 날짜를 적어놓은 것이므로, 산문 <종시>와 시 <길>은 거의 같은 시기에 동시적으로 씌어진 것이라 할 수 있다.

> 극장에 들르지 않으면 명동에서 도보로 을지로를 거쳐 청계천을 건
> 너서 관훈동 헌 책방을 다시 순례한다. 거기서 또 걸어서 적선동 유길
> 서점(有吉書店)에 들러 서가를 훑고 나면 거리에는 전기불이 켜져 있을
> 때가 된다. 이리하여 누상동 9번지로 돌아가면……11)

정병욱이 윤동주와 함께 다녔던 하굣길을 적어놓은 대목이다. 두 사
람은 신촌에서 기차를 타고 서울역에서 내려 전차로 갈아타고 명동에
있는 한국은행 앞까지 와서는, 그곳의 책방을 순방하고 음악다방이나
극장에 들르기도 하였다. 때로는 명동에서 도보로 관훈동까지 가서 그
곳의 헌 책방을 다시 순례하다가 날이 어두워서야 그들의 거처인 소설
가 김송 씨의 집으로 돌아갔던 것이다.

그런데 이 하굣길을 뒤집으면, 바로 윤동주가 산문 <종시>에서 그
려낸 등굣길이 된다. 다만 등교할 때는 누상동 김송 씨의 집에서 정류
장까지 걸어나와 전차를 타고 서울역까지 가서 기차로 갈아타고 신촌
에 도착하여 학교에 가는 것이다.12) 그리고 산문 <종시>에는 윤동주
혼자서 등교하는 것으로 되어 있다. 이 등굣길의 전차 안에서 또 기차
안에서 내다본 풍경이 곧 산문 <종시>의 주된 내용을 이루는 것이다.
여기서 잠깐, 윤동주의 등굣길을 축자적으로 따라가 보자.

윤동주는 하숙집에서 나와 전차를 타고 창 밖으로 사람들을 관찰하
기도 하고, "현대로써 캄푸라지한 옛 禁城"13)(경복궁 : 인용자)의 성벽
을 따라 달리다가 하늘을 쳐다보기도 한다. 또 성벽이 끊어지는 곳에
서부터 여러 건물들을 내다보기도 하고, 여러 가지 생각에 잠기기도
하다가 남대문을 지나치게 된다. 이윽고 그는 서울역에 도착하여 종점

---

11) 정병욱, 앞의 글, 16~17면.
12) 여기까지 와서, "종점이 시점이 된다. 다시 시점이 종점이 된다."고 하는 이 산
　　문 첫 문장의 1차적 의미를 이해할 수 있다. 그것은 어제 하굣길의 종점이었던
　　전차 정류장이 오늘 등굣길의 시점이 되고, 아침 등굣길의 시점은 다시 저녁 하
　　굣길의 종점이 된다는 뜻이다.
13) 『사진판 전집』, 130면.

을 시점으로 바꾸면서 기차로 갈아탄다. "느릿느릿 가다 숨차면 假정 거장에서도"14) 서는 기차 안에서도 그는 창 밖으로 사람들을 관찰한다. 기차가 터널을 벗어났을 때, 그는 복선공사에 분주한 노동자들을 보면서 또 여러 가지 생각을 하다가, 신촌에 도착할 즈음 "이제 나는 곧 종시를 박궈야 한다."고15) 생각한다. 그리하여 어떤 최종적인 목적지를 향해 새롭게 출발하고 싶어 하면서 이 산문을 끝맺는다.16)

그러면 윤동주가 등굣길의 차 안에서 내다본 풍경 또는 거리에서 마주친 풍경은 어떤 것들인가? 그리고 그는 그런 풍경을 대하면서 무슨 생각을 하게 되는가?

나만 일즉이 아츰거리의 새로운 感觸을 맛볼줄만 알엇더니 벌서 많은 사람들의 발자욱에 鋪道는 어수선할 대로 어수선햇고 停留場에 머믈때마다 이많은 무리를 죄다 어디갓다 터트빌 心算인지 꾸역꾸역 작구 박아실는데 늙은이 젊은이 아이할것없이 손에 꾸럼이를 않든 사람은 없다. 이것이 그들 生活의 꾸럼이오, 同時에 倦怠의 꾸럼인지도 모르겠다.

이꾸럼이를 든 사람들의 얼골을 하나하나식 뜨더보기로 한다. 늙은이 얼골이란 너무오래 世波에 짜들어서 問題도 않되겟거니와 그젊은이들 낯짝이란 도무지 말씀이아니다 열이면 열이 다 憂愁 그것이오 百이면 百이 다 悲慘 그것이다. 이들에게 우슴이란 가믈에 콩싹이다. 必境 귀

---

14) 『사진판 전집』, 135면.

15) 『사진판 전집』, 137면.

16) 홍장학, 앞의 책에서는 "원고지 23장 분량의 수필 <종시>는, 연희전문학교 기숙사에서 생활하던 윤동주의 의도적이고 주기적인 나들이, 즉 '신촌역 ↔ 남대문 성벽 부근' 체험과 그에 부수된 상념이 주된 내용을 이루고 있다."고(636면) 하였는데, 이는 윤동주가 당시에 누상동에서 하숙을 하고 있었던 사실을 간과한 데서 비롯된 잘못이다. <종시>에 나타난 길은 신촌에서 남대문을 왕복한 길이 아니라, 앞서 살폈듯 누상동에서 시작하여 남대문과 서울역을 기쳐 신촌에 이르는 등굣길이다. 윤동주가 전차 안에서 내다본 건물들이 "總督府, 道廳, 무슨 參考舘, 遞信局, 新聞社, 消防組, 무슨 株式會社, 府廳"(『사진판 전집』, 130면) 등이었다는 점이 이를 증명한다. 이런 건물들은 당시 경복궁에서 남대문에 이르는 길에서 볼 수 있는 것들이다.

여우리라는 아이들의 얼골을 보는 수박게 없는데 아이들의 얼골이란 너무나 蒼白하다.[17]

나는 終點을 始點으로 박군다.
내가 나린곳이 나의 終點이오, 내가 타는 곳이 나의 始點이 되는 까닭이다. 이쩌른 瞬間 많은사람사이에 나를 묻는것인데 나는 이네들에게 너무나 皮相的이된다. 나의 휴맨니티를 이네들에게 發揮해낸다는 재조가 없다. 이네들의 깁븜과 슬픔과 앞은데를 나로서는 測量한다는수가 없는까닭이다. 너무 漠然하다. 사람이란 回數가 잦은데와 量이 많은데는 너무나 쉽게 皮相的이 되나보다. 그럴사록 自己 하나 看守하게에 奔忙하나보다.[18]

이윽고 턴넬이 입을 버리고 기다리는데 거리 한가운데 地下鐵道도 않인 턴넬이 있다는것이 얼마나 슬픈일이냐, 이 턴넬이란 人類歷史의 暗黑時代요 人生行路의 苦悶相이다. 空然히 박휘소리만 요란하다. 구역날 惡質의 煙氣가 스며든다. 하나未久에 우리에게 光明의 天地가있다.
턴넬을 버서낫을때 요지음 複線工事에 奔走한 勞働者들을 볼수있다. 아츰 첫車에 나갓을때에도 일하고 저녁 늦車에 들어올때에도 그네들은 그대로 일하는데 언제 始作하야 언제 끝이는지 나로서는 헤아릴수없다. 이네들이야말로 建設의 使徒들이다. 땀과피를 애끼지않는다.(이하 2행 탈락)
그윰중한 도락구를 밀면서도 마음만은 遙遠한데 있어 도락구 판장에다 서투른 글씨로 新京行이니 北京行이니 南京行이니 라고써서 타고다니는것이아니라 밀고다닌다. 그네들의 마음을 엿볼수있다. 그것이 苦力에 慰安이 않된다고 누가 主張하랴.[19]

여기 인용한 대목 중 첫 번째 것은 윤동주가 전차를 타고 내다본 풍경이고, 두 번째 것은 서울역에서 기차로 갈아타는 시간에 겪은 내용

---

17) 『사진판 전집』, 128~129면.
18) 『사진판 전집』, 134면.
19) 『사진판 전집』, 136~137면.

이며, 세 번째 것은 기차를 타고 내다본 광경이다. 여기 인용한 부분들
은 윤동주가 문안으로 거처를 옮긴 뒤 등굣길에서 본 광경이 어떤 것
인지 또 그러한 광경에 대해 어떻게 생각하는지를 잘 말해준다. 말하
자면 기숙사에서 나와 공부를 생활화하고 있는 그의 마음을 보여주는
부분인 것이다.

먼저 위의 인용 중 첫 번째 것을 보자. 윤동주는 전차 안에서 내다
본 광경, 즉 정거장마다 손에 손에 꾸러미를 들고 서 있다가 꾸역꾸역
전차에 오르는 사람들을 관찰하면서 말할 수 없는 비애감을 느낀다.
늙은이들의 얼굴은 세파에 찌들었고, 젊은이들의 얼굴은 우수와 비참
그것이며, 아이들의 얼굴은 너무나 창백하다. 도무지 활기라고는 찾아
볼 수 없는 사람들의 얼굴을 뜯어보다가, 그는 "내상도 필연코 그꼴일
텐데 내눈으로 그꼴을 보지못하는것이 다행"이라고[20] 생각한다. 여기
까지 오면, 윤동주가 그 당시 민족의 가난한 현실과 자기 자신의 무력
한 모습에 대해 거의 절망에 가까운 느낌을 지니고 있었음을 알 수
있다.

위의 두 번째 인용에서는 전차에서 기차로 갈아타는 짧은 시간에 마
주치는 많은 사람들에 대한 느낌을 서술하고 있다. 윤동주는 그 많은
사람들과 자기 자신 사이에 어쩔 수 없는 거리감을 느낀다. 그에게는
사람들에게 다가설 방법이 없고, 그들에 대한 안타까운 마음을 전할
길도 없다. 도무지 '휴머니티'를 '발휘'할 재주가 없다. '皮相的'이라는
단어가 이러한 사정을 웅변적으로 말해준다.

민족의 현실과 자신의 무력감에 대한 이러한 좌절감은 위의 세 번째
인용에서 인류역사와 인생행로로 확장되어 역시 비관적으로 나타난다.
기차가 터널 속에 들어서자 윤동주는 인류역사와 인생행로를 터널 속
의 어둠에 비유하고 있다. 즉 인류역사는 암흑시대에 처해 있으며, 인

---

20) 『사진판 전집』, 129면.

생행로는 고민상을 보여주고 있다는 것이다.

그러나 다음 순간, 윤동주는 "未久에 우리에게 光明의 天地가 있다"고 하였는데, 이것은 단순히 기차가 터널을 벗어나는 것만을 뜻하는 것은 아닐 것이다. 터널을 벗어나자, 그는 복선공사에 분주한 노동자들을 목격하게 된다. 땀과 피를 아끼지 않는 그들을 '건설의 사도들'이라고 부르는 것으로 미루어, 아마도 윤동주는 이 노동자들에게서 미래의 희망을 발견하려 한 것인지도 모른다.[21]

어쨌든 윤동주는 노동자들이 밀고 다니는 '도락구 판장'에 서투른 글씨로 '新京行', '北京行', '南京行'이라고 씌어 있는 것을 보고는, 그 끝없는 '苦力'에 '慰安'을 삼으려는 노동자들의 마음을 읽어낸다. 이것은 또한 자기 자신의 마음이기도 하다. 바로 여기서, 시인은 4학년 졸업반 학생으로서 지니고 있는 자기 자신의 처지에 대해 생각하게 되는 것이다.

> 이제나는 곧 終始를 박귀야한다. 하나 내車에도 新京行, 北京行, 南京行을 달고 싶다. 世界一週行이라고 달고 싶다. 아니 그보다 眞正한 내故鄕이 있다면 故鄕行을 달겟다 다음 到着하여아할 時代의 停車場이 있다면 더좋다.[22]

시인은 "곧 終始를 바꿔야 한다." 이제는 1938년에 시작했던 연희전문학교의 생활을 마치고(終), 무엇인가를 새로 시작해야(始) 한다. 그래서 그도 노동자들처럼 "新京行, 北京行, 南京行을 달고 싶다." 세계일주라도 하고 싶다. 하여간 어디론가 떠나서 무엇인가를 시작해야 한다. 그러나 이러한 종시의 바꿈이 단순히 연희전문학교를 졸업하고 상급학

---

21) 위의 세 번째 인용 중간에 2행 정도 탈락된 부분이 있는데, 홍장학은 그 앞뒤의 문맥을 검토하면서 이 탈락된 부분의 "내용 역시 '노동자 예찬'일 가능성이 대단히 높다."고(앞의 책, 644면) 추정하고 있다.
22) 『사진판 전집』, 137면.

교에 진학하는 따위의 것만을 의미할 수는 없다.

그래서 그는 '眞正한 내 故鄕' 또는 '時代의 停車場'을 생각한다. 시인은 자신의 삶에 뭔가 질적인 변화가 필요하고, 뭔가 새로운 도약이 요구되는 때가 왔음을 직감하고 있다. 이러한 변화 또는 도약은 좀더 근원적인 것으로, 한편으로는 시대적 의미를 지니면서 다른 한편으로는 그러한 시대적 의미를 그 안에 품는, 무엇보다 깊은 차원의 내면적 의미를 지니고 있는 것으로 보인다.[23] 이 점, 그의 시 <길>의 분석을 통해 확인할 수 있을 것이다.

3. 잃어버린 '나'를 찾아서 : 시 〈길〉

윤동주의 시적 편력은 대략 3시기로 나누어 살필 수 있다. 1) 용정 은진중학교→평양 숭실중학교→용정 광명학원 시절(1934~1937) 2) 연희전문학교 시절(1938~1941) 3) 동경 유학 시절(1942년 이후)이 그 것이다. 이 중 가장 중요한 시기는 두 번째 연희전문학교 시절이니, 바로 이 시기에 우수한 작품들이 많이 씌어졌기 때문이다.

그런데 이 연희전문 시절의 작품들을 살 살펴보면, 그가 입학해서 졸업할 때까지 실로 눈에 띄게 시적 발전을 이루었음을 알 수 있다. 그런 까닭에 연희전문 시절을 다시 3시기로 나눌 수 있으니, <새로운 길>(1938. 5. 10), <자화상>(1939. 9), <무서운 시간>(1941. 2. 7)이 각각

---

23) 지현배는 산문 <종시>가 순환론적 사고를 보여준다고 하면서, 이에 따라 윤동주의 시 전체를 '순환적 반복'으로 설명하고 있다.(앞의 책, 157~174면) 그러나 산문 <종시>는 순환론적 사고를 보여준다기보다는 시인 내면에서의 근원적인 변화를 암시하고 있는 글이다. 또 연희전문 졸업반 당시에 씌어진 이 산문을 북간도 시기, 연희전문 시기, 토쿄유학 시기에 씌어진 시들 전체에 두루 관련시키는 것은 무리이다.

그 3시기의 출발을 알리는 작품들인 것이다. 그러니까 연희전문 시절에만 국한시킬 경우, <자화상>과 <무서운 시간>은 각각 제1기와 제2기, 제2기와 제3기를 가르는 분수령적 의미를 지닌 작품이 된다. <자화상>은 자신의 내면을 투명하게 살펴, 스스로 존재론적 근거를 확립했다는 의미를 지니고 있으며,[24] <무서운 시간>은 여기서 더 나아가 시인이 종교적 실존으로 발돋움하기 시작했다는 의미를 지닌다.

이 글에서 다루고자 하는 <길>은 <무서운 시간> 이후에 씌어진 작품이다. "거 나를 부르는 것이 누구요," 하고 시작하여 "나를 부르지 마오." 하고 끝나는[25] <무서운 시간>의 "'무서운 시간'이란 죽음의 사자가 오는 시간이요, '나를 부르는 것'은 죽음의 사자다."[26] 이 시는 시인의 죽음 체험, 즉 가장 깊은 의미의 근본체험을 토로하고 있다. 그리하여 "죽음의 면전에서 훌륭한 처분 가능성으로서의 자기를 의식하는 것이다."[27] 이 시에서 볼 수 있는 죽음에 마주친 몸부림 이후, 시인은 홀로 하느님 앞에 마주서는 단독자 즉 종교적 실존으로 변화해 가게 된다.

윤동주는 이 '무서운 시간'을 거친 이후인 1941년 5∼6월경에 <태초의 아침>, <또 태초의 아침>(1941. 5. 31), <새벽이 올 때까지>(1941. 5), <십자가>(1931. 5. 31), <눈 감고 간다>(1941. 5. 31), <돌아와 보는 밤>(1941. 6), <바람이 불어>(1941. 6. 2) 등의 기독교적 의미를 드러내는 시들을 쓰고, 1941년 9월에 이르러 <또 다른 고향>(1941. 9)과 <길>(1941. 9. 31)을 써서 그러한 종교적 의미를 심화시키게 된다. 그리고는 이어서 <별 헤는 밤>(1941. 11. 5), <서시>(1941. 11. 20), <간>(1941. 11. 29), <참회록>(1942. 1. 24)을 쓰면서 시적 성

---

24) <자화상>이 지닌 분수령적 의미에 대해서는 류양선, 앞의 글 참고.
25) 『사진판 전집』, 154면.
26) 김우종, 「암흑기 최후의 별」, 권영민 편, 앞의 책, 149면.
27) 김남조, 앞의 글, 30면.

숙도를 더해가는 것이다.

　이상에서 간단하게나마 윤동주의 시적 편력을 살펴보았거니와, 그렇게 한 것은 이 글에서 분석하고자 하는 작품인 <길>(1941. 9. 31)을 제대로 이해하기 위해서이다. 즉 <길>에 대한 상세한 분석으로 들어가기에 앞서, 이 작품은 이 시인이 종교적 실존으로 성숙해 나아가는 도정에 위치한 작품이라는 사실을 염두에 두어야 한다는 것이다.[28] 그러면 먼저, 시 <길>을 읽어보자.

　　잃어 버렸습니다.
　　무얼 어디다 잃었는지 몰라
　　두손이 주머니를 더듬어
　　길에 나아갑니다.

　　돌과 돌과 돌이 끝없이 연달어
　　길은 돌담을 끼고 갑니다.

　　담은 쇠문을 굳게 닫어
　　길우에 긴 그림자를 드리우고

　　길은 아츰에서 저녁으로
　　저녁에서 아츰으로 통했습니다.

　　돌담을 더듬어 눈물 짓다
　　처다보면 하늘은 부끄럽게 프릅니다.

　　풀 한포기 없는 이길을 것는것은
　　담저쪽에 내가 남어 있는 까닭이고,

---

28) 그러니까 이 글에서는 횡적으로는 산문 <종시>와의 관련 속에서, 종적으로는 시인의 시적 발전과정 속에서 시 <길>을 분석한 것이다. 그 횡축과 종축이 만나는 지점에 <길>을 놓을 때, 이 시에 대한 바른 이해가 가능하다고 생각했기 때문이다.

　내가 사는것은, 다만,
　잃은 것을 찾는 까닭입니다.[29]

　<길> 全文이다. 이 시는 그 제목에서부터 산문 <終始>와의 관련
성을 짐작하게 한다. '길'이란 말은 '종시'란 말의 변형이다. '마치고
시작한다'는 것이 바로 '길'을 떠난다는 것이기 때문이다. 그러니까 이
둘을 연결시켜 보면, 지난 일을 끝맺고 새로운 출발을 하기 위해 길을
찾아 나선다는 뜻이 된다.
　산문 <종시>와 시 <길>의 관련성은 <종시>의 문장과 <길>의
시행을 서로 비교해 보면 좀더 구체적으로 드러난다. <종시>의 다음
대목을 <길>의 3, 4, 5연과 비교해 보자.

　나는 내 눈을 疑心하기로 하고 斷念하자!
　차라리 城壁우에 펼친 하늘을 처다보는 편이 더 痛快하다. 눈은 하늘
과 城壁境界線을 따라 작구 달리는 것인데 이 城壁이란 現代로써 캄푸
라지한 넷 禁城이다. 이안에서 어떤일이 일우어저스며 어떤일이 行하여
지고 있는지 城박에서 살아왓고 살고있는 우리들에게는 알바가 없다
이제 다만 한가닥 希望은 이 城壁이 끈어지는 곳이다.[30]

　여기서 보는 바와 같이, 산문 <종시>와 시 <길>은 그 소재와 발
상에서 서로 공통점을 보여주고 있다. 공통된 소재란 성벽과 돌담, 그
안과 밖, 성벽 또는 돌담 위에 펼쳐진 하늘 등이며, 공통된 발상이란
성벽 또는 돌담으로 성 안과 성 밖이 굳게 차단되어 있다는 것, 그래서
그 위로 높이 펼쳐져 있는 하늘을 쳐다본다는 것 등이다. 이러한 소재
와 발상의 유사성은 시 <길>을 쓰게 된 최초의 착상이 산문 <종시>
에서 유래하였음을 말해 준다. 그러면 이제, 이 최초의 시상이 시에서
어떻게 발전하여 산문을 넘어서는 더욱 깊은 차원의 의미를 획득하게

---

29) 『사진판 전집』, 162면.
30) 『사진판 전집』, 129~130면.

되는지 살펴보기로 한다.

'길'이란 무엇인가? 사실 이 '길'이라는 단어처럼 다양한 의미층위를 지니는 말도 달리 찾기 어려울 것이다. 길은 어떤 목적지를 향해 갈 수 있도록 만든 일정한 너비의 공간을 뜻하는 것이면서, 또한 그 길을 가는 행위 자체인 노정이나 여정을 뜻하기도 한다. 그런가 하면 길은 세월(시간)의 흐름에 따라 우여곡절과 시련을 겪는 인생행로를 뜻하면서, 동시에 그런 인생을 살아가는 지혜로운 방법을 뜻하기도 한다. 뿐만 아니라 길은 진리를 찾아 나선 사람의 구도적 행각을 뜻하기도 하고, 그가 찾고 있는 진리 자체를 뜻하기도 한다.

그러니까 길이라는 말은, 땅 위에 난 일정한 너비의 공간이라는 길 최초의 의미를 제외하면, 모두가 상징이다. 요컨대 '길'이란 상징적 언어이며, 따라서 그 의미는 시시각각 변하면서 무한히 확장될 수 있다. 그 자유자재하고 무궁무진한 의미변용으로 인해, '길'이라는 어휘는 그 자체로 시적 함의를 갖는다. 그런 까닭에 '길'은 시인들이 즐겨 사용하는 상징적 시어가 되는 것이다. 윤동주의 시 <길>에 나타난 '길' 역시 이러한 상징적 언어로서, 그 의미의 폭이 상당히 큰 경우에 속한다. 여기서는 이러한 '길'의 의미변용에 유의하면서 이 시를 1~2연, 3~4연, 5연, 6~7연의 4부분으로 나누어 읽어 보기로 한다.31)

    잃어 버렸습니다.
    무얼 어디다 잃었는지 몰라
    두손이 주머니를 더듬어
    길에 나아갑니다.

    돌과 돌과 돌이 끝없이 연달어
    길은 돌담을 끼고 갑니다.

---

31) '길'의 의미변용과 관련시켜 생각할 때, 이 시는 起承轉結의 4단 구성으로 이루어져 있다고 볼 수 있다.

■ 1연

"잃어버렸습니다." 하고 시작되는 이 시의 첫 행은 상실감을 다소 급박하게 토로하는 단정적 서술로 되어 있다. 이 급박하고도 단정적인 서술은 결코 잃어버려서는 안 될, 가장 중요한 무엇을 잃어버렸다는 함의를 지닌다. 그게 대체 무엇인지 어디다 잃었는지 알 수 없고, 따라서 쉽게 되찾을 수 있는 성질의 것도 아니지만, 잃어버렸다는 느낌만은 확실하다. 그렇기 때문에 "두 손이 주머니를 더듬어 길에 나아"간다. 여기에는 가장 본질적인 무엇이 결여되어 있는 현재의 삶은 진정한 삶이 아니라는 느낌,32) 어떤 의미에서는 이승의 삶 자체가 잃어버린 데서 시작하여 그것을 찾아가는 행위로 이루어진다는 생각이 숨어 있다. 그러기에 길에 나아가 걸음을 옮기면서도 두 손은 주머니를 더듬는다.33) 주머니를 더듬는다는 것은 시인이 뭔가 깊은 생각에 골똘히 빠져 있다는 것을 말해 준다. 더듬는 두 손은 자신의 내면세계를 향해 뻗어 있는 촉수이다. 따라서 시인이 밖으로 나간 것 자체는 무목적의 산책길에 불과하다. 이 산책길의 발걸음은 두 손이 주머니 속을 더듬는 것을, 즉 자신의 내면에 대한 성찰을 돕기 위한 행위일 뿐이다.

■ 2연

무목적의 산책길은 끝없이 이어지는 돌담길이다. "길은 돌담을 끼고" 간다. "돌과 돌과 돌이" 끝없이 이어진 돌담길이기에 길은 돌담에 따라 생겨났고 돌담을 의지해 계속된다. 본래적인 어떤 영원한 세상을 차단해 가리우고 있는 돌담, 그 돌담을 끼고 길이 나 있다. 담 너머 고

---

32) 김남조, 앞의 글에서는 이 1연에 "표백된 것은 바로 신앙의 지표를 잃은 때의 그 막막함이다."라고 하였다.(46~47면)

33) 김현자, 앞의 글에서는 여기서의 "주머니는 길에 비하여 작고 내밀한 공간으로 화자의 내면과 동일화될 수 있다. 두 손으로 주머니를 더듬는 행위는 곧 잃어버린 대상이 화자의 내면에 존재해 있던 상임을 추정케 한다."고 하였다.(266~267면)

궁 안은 바로 가까이 곁에 있지만, 그 안을 볼 수도 없고 그 안으로 들어갈 수도 없다. 하지만 그 담 너머 고궁이 있기에 돌담이 있고, 돌담이 있기에 길도 있다. 이런 까닭에 돌담길은 잃어버린 그 무엇을 찾을 수 없으나 어쩔 수 없이 그것을 찾아가야 하는 마음의 길이 된다. 1~2연에 나타난 '길'은 실제 밖으로 나선 길이자 자신의 마음을 따라가는 길이기도 하다.

> 담은 쇠문을 굳게 닫어
> 길우에 긴 그림자를 드리우고
>
> 길은 아츰에서 저녁으로
> 저녁에서 아츰으로 통했습니다.

■ 3연

끝없이 이어진 돌담길을 걷다가 마침내 고궁으로 들어가는 문 앞에 이르렀다. 그러나 문이 닫혀 있어 안으로 들어갈 수 없다. "담은 쇠문을 굳게 닫어 / 길 위에 긴 그림자를 드리우고" 있을 뿐이다. 잃어버린 무엇이 고궁 안에 있는데, 굳게 닫힌 쇠문에 막혀 들어가 찾을 수 없다. 게다가 담의 긴 그림자 또는 남이 던진 쇠문의 긴 그림지가 길 위를 덮고 있다. 이 긴 그림자는 어둠의 느낌과 힘께 시간의 감각을 자극한다. 이제 해질녘이 가까워진 것이다. 이렇게 해서 지금까지의 공간감각을 다음 연에서 시간 감각으로 바꾸기 위한 준비가 이루어지면서, 동시에 고궁의 안과 밖을 차단하고 있는 담과 쇠문은 시간의 벽이라는 의미를 띠게 된다. 인간은 이 시간의 벽을 뛰어넘을 수 없다. 여기서 또한, 다음 연과 관련하여 시간을 따라 걸을 수밖에 없는 인간의 한계가 암시되기도 한다.

■ 4연

"길은 아침에서 저녁으로 / 저녁에서 아침으로 통"해 있다. 이것은 무슨 말인가? 아침에서 저녁까지 걸었는데, 이제 다시 저녁에서 아침까지 걸어야 한다는 뜻이다. 말하자면 공간 감각에 의지했던 길이 여기 와서 완전히 시간 감각으로 바뀌는 것이다. 그러니까 이 시에서의 공간(길)의 이동은 시간의 흐름이 그렇게 표현된 것일 따름이다. 아침이 저녁이 되고 저녁이 아침이 되는 시간의 흐름에 따라 길은 이어진다. 길은 시간을 통해서만 자신을 드러낸다. 아침에서 저녁으로, 저녁에서 아침으로 통해 있는 길, 시점이 종점이 되고 다시 종점이 시점이 되는 길이다.[34] 인간은 이 길을 단축시켜 살아갈 수 없기에, 담 저쪽(고궁 안)을 걸어 볼 수 없다. 시간의 흐름을 따라서만 걸을 수 있는 길, 끝없이 걸어도 끝나지 않는 길, 죽음에 이르러서야 끝나는 길, 이것이 바로 인생행로이다. 이처럼 3연에 나타난 공간의 길은 4연에 와서 시간의 길, 인생행로로 바뀌었다.

> 돌담을 더듬어 눈물 짓다
> 처다보면 하늘은 부끄럽게 프릅니다.

■ 5연

'길'이라는 단어가 나타나지 않는다. 걸음이 멈추어졌기 때문이다. 내면세계를 더듬던 촉수가 그 바닥에 닿았기 때문이다. 이 전환점에

---

34) 산문 <종시>와 시 <길>에 나타난 소재와 발상의 유사성은 <종시>의 첫 문장("종점이 시점이 된다. 다시 시점이 종점이 된다.")과 <길>의 제4연을 비교해 볼 때도 잘 드러난다고 하겠다. 뿐만 아니라 여기서 볼 수 있는 유사성이야말로 더욱 본질적인 것이라 할 수 있다. 그리고 여기까지 와서야, 산문 <종시>의 첫 문장의 2차적 의미를 알 수 있다. 즉 이것은 저녁이 아침이 되고 아침이 다시 저녁이 된다는 것, 말하자면 인생 행로란 시간의 흐름을 따라서만 걸을 수 있는 길이라는 뜻이다. 이처럼 산문과 시의 관계를 살피면 산문의 의미도 깊어진다.

서[35] 시인은 자신의 내면을 고스란히 드러냄으로써, 6~7연에서 볼 수 있는 영적인 길로의 의미변용을 준비하고 있다. 그렇다면 시인의 내면은 어떤 것인가? 담 이쪽의 삶임에도 담 저쪽을 향하는 그런 내면이다. 시인은 갈 수 없는 담 저쪽을 그리워하면서 주머니를 더듬던 손으로 돌담을 더듬는다. 여기서의 돌담은 내면세계의 맨 밑바닥에서 비본래적 자아(세속적 자아)와 본래적 자아(종교적 자아)가 만나는 지점이기도 하다. 시인은 돌담을 더듬으며 눈물짓는다. 이 눈물은 물론 담 이쪽, 즉 현실세계에서의 삶에서 오는 슬픔의 표현이다. 그러니까 본래적 자아를 떠나 비본래적 자아로 추락한 데서 오는 지극한 슬픔 때문에 눈물을 흘리는 것이다. 그러나 이 눈물은 또한 본래적 자아를 만나는 지점에까지 이르러 시인의 마음이 깨끗이 정화되는 데서 흘러 나오는 눈물이기도 하다.

그러다가 문득 하늘을 쳐다본다. 그리고는 한없는 부끄러움을 느낀다. "쳐다보면 하늘은 부끄럽게 푸릅니다."[36] 쾌청한 하늘의 푸른 빛은 시인을 부끄럽게 하는데, 왜냐하면 시인의 내면이 거기 비추어 투명하게 드러나기 때문이다. 그런 만큼 이 부끄러움 속에는 시인의 여리디여린 마음이 들어 있고, 그런 시인이 스스로에게 부과하는 엄정한 자기성찰이 깔려 있으며, 시인만이 지닌 깨끗하고 명징한 윤리적 김직이 녹아 있다.[37] 가슴을 열어 보여주는 투명한 슬픔과 따뜻한 사랑, 이런 것들로 시인은 6~7연에서 볼 수 있는 영적 여로를 준비한다. 앞에서 내면을 더듬던 촉수가 그 바닥에 닿았다고 했거니와, 이렇게 깊이 내려

---

35) 이 전환점(5연)은 이 시의 구조상 종시(終始)를 바꾸는 지점, 즉 종점이 시점이 되는 지점이다.

36) 이 시행은 "푸른 하늘을 쳐다보니 부끄러워집니다."라고 바꾸어 읽을 수 있다. 이 시행은 후에 <서시>에서 "하늘을 우러러 / 한 점 부끄럼이 없기를"로 변형된다.

37) 최동호, 앞 글에서는 이 시에서의 "부끄러움은 자아와 세계가 상호 이해의 한계에 부딪힐 때 자아의 내면성을 보장해 주는 감정이며, 현실에서의 자아의 비합리성을 표현하는 도덕적 가치로서 윤동주에게 의식된 것"이라고 하였다.(492면)

간 것은 그만큼 높이 올라간 것이기도 하다. 우주적 높이를 지닌 푸른 하늘은 시인의 영혼을 비추는 거울이다. 하늘은 담 위에 높이 펼쳐져 담 이쪽과 담 저쪽을 두루 비추어 준다. 그리하여 이 세상에 추락한 비본래적 자아는 하늘에 계신 님을 통해서만 본래적 자아와 연결된다.

풀 한포기 없는 이길을 것는것은
담저쪽에 내가 남어 있는 까닭이고,

내가 사는것은, 다만,
잃은 것을 찾는 까닭입니다.

■ 6연

여기까지 와서, 신앙적 결단을 내릴 시간에 이르렀고, 시인은 조용히 마음을 정리하고 결단을 내리려 한다. 이제 시인이 내리려 하는 결단은 자신의 삶의 이유와 근거를 찾았기에 가능한 그런 결단이다. 그러기에 여기서부터 '~(하)는 것은'→'~까닭이고' 하는 담담한 설명적 어조가 나타난다. 시인은 "풀 한포기 없는 이 길"이지만, 그 길을 걷기로 하는 것이다. 이런 다짐이 가능한 것은 내면세계의 맨 밑바닥에서 본래의 자기 자신을 만나고 올라왔기 때문이다. 그리고 하늘의 푸른 빛으로 비본래적 자아의 부끄러움을 맑게 씻어냈기 때문이다. 푸른 하늘에 자신을 맑게 비추어, 담 저쪽에 남아 있는 본래적 자아, 즉 자신의 영혼을 보았기 때문이다. 풀 한포기 없는 길이란 말할것도없이 척박하기 짝이 없는 현실세계를 가리킨다.[38] 인간다운 본래적 삶을 영위할 수 없는 불모의 현실임에도 그 현실을 살아내겠다는 것은 본래적

---

[38] 여기서 "풀 한 포기 없는 이 길"은 산문 <종시>에서 보았던 윤동주의 등굣길을 연상시킨다. 등굣길에서 차창으로 내다본 창백한 얼굴들, 그런 풍경을 보고 느끼는 절망에 가까운 무력감 등은 어떤 방식의 합리적 해결도 불가능한 일제 말기 현실세계의 삶의 불모성 그 자체이다.

자아, 즉 자신의 영혼을 찾아야만 하기 때문이다. 여기에 와서, ‘길’은 두 번째의 의미변용을 일으킨다. 본래적 자아로 돌아가는 길, 그것은 이 세상의 길을 넘어선 신앙의 길이다. 본래적 자아가 남아 있는 담 저쪽은 내가 떠나온 곳이자 돌아가야 할 곳이다. 그리하여 ‘길’은 이제 영적 여로가 된다. 세상을 바라보는 나는 본래의 내가 아니다. 하늘에 비추어 그 푸른 빛에 씻기운 나만이 본래적 자아이다.

■ 7연

이 마지막 연에서 조용한 신앙적 결단이 드러난다. “내가 사는 것”은 6연에서 “풀 한포기 없는 이 길을 걷는 것”과 같은 의미의 다른 표현이다. 시인이 불모의 현실세계에서 살아가는 것은 오직 “잃은 것은 찾는 까닭”이다.[39) 1연 첫 행에서 “잃어버렸습니다.” 하고 말했을 때의 그 ‘잃은 것’이란 지금까지 논의한 대로 본래적 자아이다. 이제부터 시인이 살아가는 것은 다만 본래적 자아를 다시 찾기 위해서, 님과의 관계를 회복하기 위해서, 그리하여 존재론적 갈망을 이루기 위해서일 뿐이다. 시인은 ‘다만’이라는 단어의 앞뒤에 쉼표를 두어, 오직 신앙으로만 가능성으로서의 인간 실존을 회복할 수 있음을 표나게 지적하였다. 오직 님을 향한 매순간의 결단을 통해서만, 나는 본래의 내가 된다. 이렇게 해서, 6~7연의 ‘길’은 인생행로이자 신앙의 길, 다시 말해 척박한 현실에서의 영적 여로가 된다. 이것은 “내가 사는 것은, 다만, / 잃은 것을 찾는 까닭입니다.” 하는, 한 치의 빈틈도 없는 명확한 서술로 뒷받침되어 있다.[40)

---

39) 시인이 ‘잃은 것’은 담 저쪽에 남아 있는 ‘나’이다. 그런데 이 담은 고궁의 돌담이라 할 수 있으므로, 당시의 시대상황에 비추어 이 잃어버린 ‘나’를 민족적 정체성으로 생각해 볼 수도 있다. 특히 이것을 <종시>에서 살핀 일제 말기의 삶의 불모성과 관련시켜 보면, 이 시에 그러한 민족적, 시대적 의미가 포함되어 있다고 보는 것도 무리는 아니다. 그러나 그러한 의미가 이 시의 전체적 구도를 지배한다고 볼 수는 없다.

　지금까지 '길'의 의미변용에 유의하면서 시 <길>을 꼼꼼히 읽어보
았다. 그리하여 이 시에 나타난 '길'은 땅 위에 난 돌담길에서부터 끝
없이 이어지는 인생행로를 거쳐 영혼을 구원하기 위한 영적 여로까지
멀리멀리 이어져 있음을 알게 되었다. 이 시에서 이처럼 '길'의 의미변
용에 성공한 것은 시인이 자신의 내면 깊은 곳까지 내려갔다가 다시
솟아올랐기 때문이다. 그리하여 이제, 이 시에 함축된 '길'이란 푸른 하
늘에 비추어 자신을 가다듬는 그런 길, 길 걸으며 님 그리고 님 그리며
길 걷는 그런 길이다. 시인은 이제 세상에 휩쓸려 가는 삶을 마치고,
오직 님을 향한 새로운 영적 여로를 시작하는 것이다. 시인에게는 오
직 이 영적 여로만이 일제 말기 현실세계에서 삶의 불모성을 극복해
나아갈 수 있는 유일한 길이었던 것이다.

　끝으로 다시 한 번, 이 시에 최초의 시상을 제공한 산문 <종시>와
의 관계를 생각해 보자. 이미 앞에서, 시 <길>은 그 제목부터가 산문
<종시>의 변형이라고 하였다. 그렇다면 어떻게 달라졌는가? <종시>
의 '길'은 등굣길이자 생각의 길이었다. <길>의 '길'은 돌담길이자 마
음의 길이다. <종시>의 '길'은 학교 졸업을 앞두고 진로 선택 등의 현
실세계에서의 방향을 찾아 고민하는 길이었다. <길>의 '길'은 잃어버
린 자아, 잃어버린 영혼을 찾아 나선 존재론적 갈망에 따른 길이다. 이
처럼 시 <길>은 그 최초의 착상을 산문 <종시>에서 가져왔으나, 그
것을 발전시켜 <종시>를 훨씬 뛰어넘는 시적 성과를 거두었다. 거듭
말하거니와, 이렇게 된 것은 시 <길>이 여러 상징시어들을 적절히 사

---

40) 김남조, 앞의 글에서는, "<길>은 삶의 지표를 잃어버린 신앙의 회의기에 씌어
　　진 작품으로 <십자가>의 서원이 그 향방을 잃게 되는 자아 상실의 위기를 보
　　여준다."고(53면) 하였다. 그러나 윤동주의 시적 편력에 따르면, <길>은 오히
　　려 신앙의 성숙기에 씌어진 작품이라 할 수 있다. 이 시의 마지막 행에서 "잃은
　　것을 찾는 까닭"이라 할 때, 잃었다는 그 자체에 의미가 부여된 것이 아니라, 오
　　직 그 '잃은 것'을 찾기 위해서만 살아간다고 하는 다짐이 중요한 것이다. 윤동
　　주는 <무서운 시간> 이후, <십자가> <또 다른 고향> <길> <서시> 등에
　　서 이러한 신앙적 다짐을 거듭하고 있다.

용하여 '길'의 의미를 효과적으로 변용시키는 데 성공했기 때문이다.

그렇기는 하지만, 산문 <종시>가 시 <길>의 수준에 미치지 못하는 글이라고 쉽게 말할 수는 없다. 시인은 <종시>의 마지막 부분에서, "眞正한 내故鄕이 있다면 故鄕行을 달겟다."고 써 놓지 않았던가? 여기서 '진정한 내 고향'이란 시 <길>에서 담 저쪽에 남아 있는 나, 즉 본래적 자아에 상응하는 의미를 지니는 것이다.[41] 이렇게 말할 수 있는 것은 물론, 시 <길>에 대한 지금까지의 분석이 다시금 산문 <종시>를 비추어 이 산문의 의미를 증폭시키는 까닭이다.[42]

4. 맺음말

연희전문학교 시절에 씌어진 윤동주의 산문들은 그의 학창시절을 고스란히 담고 있는 소중한 자료이면서, 동시에 그의 시작품을 이해하는데 귀중한 실마리를 제공해 준다. 그의 시와 산문 모두가 자신의 내면을 응시하는 데서 우러나오는 진솔한 고백을 담고 있어, 그 소재와 발상에서 상당한 유사성을 보여주기 때문이다.

이 글에서는 윤동주의 문학이 지니는 이러한 특성에 착안하여, 거의 같은 시기에 씌어진 산문 <終始>와 시 <길>의 관련양상을 논의해보고자 하였다. 그리하여 먼저 산문 <종시>에 대한 꼼꼼한 이해를 통

---

41) <길>과 같은 시기에 씌어진 <또 다른 고향>(1941. 9) 역시 산문 <종시>와 밀접한 관계에 있다. 그러나 이 글에서는 <또 다른 고향>을 미처 다루지 못하였다. 미리 말해 두지면, <길>에서의 잃어버린 '나'는 <또 다른 고향>에서의 '아름다운 혼'에 해당한다.

42) 여기까지 오면 '終始'(마치고 시작한다)라는 말의 숨은 의미가 새롭게 발견된다. 그것은 현세적 삶(세상의 일)을 마치고(終), 영적인 삶(하늘의 일)을 시작한다(始)는 의미이다.

해, 시 <길>이 창작된 그 최초의 시상이 어디서 비롯되었는지를 찾아
내려고 하였다. 또한 여기서 더 나아가 산문의 한계를 넘어서는 시만
이 지닌 깊은 차원의 의미까지 밝혀보고자 하였다.

산문 <終始>가 씌어진 시기는 윤동주가 연희전문학교 4학년 때인
1941년 5월경에서 9월경 사이로 추정된다. 이때 윤동주는 누상동에서
하숙을 하고 있었는데, 산문 <종시>는 그가 전차와 기차를 타고 누상
동에서 신촌까지 등교하는 길에서 본 여러 광경을 기록하고 그에 대해
생각하고 느낀 것을 적은 것이다.

<終始>는 제목의 뜻 그대로 '마치고 시작한다'는 내용으로 되어 있
다. 따라서 이 글에는 윤동주가 연전을 졸업하고 나면 어디로 가서 무
엇을 할 것인지에 대한 고민이 나타나 있다. 뿐만 아니라 이 시인이 자
신의 삶의 노정에서 어떤 질적인 변화와 새로운 도약의 필요성을 직감
하고 있다는 사실도 읽어낼 수 있다. 그가 이 산문의 말미에서, '진정
한 내 고향' 또는 '시대의 정거장'으로 가고 싶다고 말한 것이 이를 암
시한다.

시 <길>은 그 제목에서부터 산문 <종시>를 이어받고 있다. '마치
고 시작한다'는 것은 곧 새로운 길에 접어든다는 것을 의미하기 때문
이다. 또한 <종시>와 <길>은 성벽과 돌담, 그 안과 밖, 그리고 그
위에 펼쳐진 하늘 등의 공통된 소재를 보여준다. 또 그 발상에 있어서
도, 성벽 또는 돌담으로 그 안과 밖이 굳게 차단되어 있다는 것, 그래
서 그 위로 펼쳐진 하늘을 쳐다본다는 것 등의 공통성을 지니고 있다.
이러한 공통된 소재와 발상은 <길>을 쓰게 된 최초의 시상이 <종시>
에서 유래하였음을 말해준다.

하지만 <길>은 <종시>의 내용을 이어받으면서 그것을 넘어서고
있으니, <길>의 '길'이 지닌 다층적 의미가 이를 말해 준다. 1연에서
7연에 이르기까지, 이 시에서 표현된 길의 의미는 '실제로 걸어가는 돌
담길' → '자신의 마음을 따라가는 길' → '시간의 흐름을 통한 인생행

로’ → ‘자신의 새로운 영적 여로’의 순서로 발전해 나아갔다. 시인은 여러 상징시어들을 적절히 사용함으로써, ‘길’의 의미를 종교적(기독교적) 차원으로까지 확장시키고 있는 것이다. <길>에 함축된 그런 의미로서의 ‘길’이야말로 시인 윤동주가 일제 말기라는 현실에서 삶의 불모성을 극복해 나아간 길이다.

(『한국현대문학연구』 16, 한국현대문학회, 2004. 12), 改稿

제 **3** 부

1. 머리말

최인훈의 〈광장〉은 처음 발표(『새벽』 1960. 11)되면서 남북한의 이데올로기를 정면으로 다룬 문제작으로 떠오른 이래 지금까지 꾸준히 연구자들의 관심을 끌고 있다. 어떤 문학 작품이건, 발표 당시 화제를 불러 일으켰다고 해서 반드시 지속적인 연구의 대상이 되는 것은 아닐진대, 〈광장〉이 이처럼 세월의 흐름을 견디고 있다는 것은 이 소설이 그에 걸맞은 고유한 문학적 가치를 지니고 있음을 시사해 준다고 하겠나. 물론 아직도 민족의 분단상황이 계속되고 있음을 감안할 수도 있으나, 그러한 시대적 조건만으로는 설명되지 않는 그 무엇이 〈광장〉에 숨겨져 있으리라고 판단되는 것이다.

그런데 〈광장〉이 이처럼 시대를 넘어 새로운 빛을 뿌릴 수 있도록 결정적인 작용을 한 것이 다름 아닌 작가의 꾸준한 개작이다. 작가는 무려 여섯 번이나 이 소설을 고쳐 썼다. 그러니까 장편소설 〈광장〉은 모두 일곱 개의 판본이 있는 셈이다.[1] 이는 보기 드문 일로, 이 소설에

____

[1] 그 일곱 개의 판본은 다음과 같다.

대해 작가가 각별한 애정을 지니고 있음을 웅변적으로 말해 주는 것이다. 하다면 작가의 이러한 연이은 개작은 어떤 방향성을 지니고 있는 것일까? 이 물음은 곧 이 소설의 주인공 이명준의 행로에 관한 물음과 같다. 즉 현실세계에서 작가가 자신의 작품에 대해 개작을 거듭하는 것은 소설세계에서 주인공이 자신의 궁극적인 뿌리를 찾아가는 과정에 상응한다는 말이다. 이 둘은 모두 '광상'을 찾아가는 길에 해당되는 바, 이에 대해 논의하려는 것이 이 글의 목적이다.

<광장>을 처음 발표할 즈음, 최인훈은 "빛나는 4월이 가져온 새 공화국에 사는 작가의 보람을 느낍니다" 하고[2] 다소 감격어린 서문을 썼다. 이처럼 이 소설은 4·19혁명 직후의 시대적 분위기에 결박되어 있었고, 그런 만큼 첫 발표 당시부터 논란을 불러 일으켰다. 시대적 상황에 민감하게 반응한 이 소설에 대해 그 시대가 다시 민감하게 반응한 것인데, 그러한 반응의 대표적인 예가 백철과 신동한의 논쟁이다. 백철이 "<광장>은 특별히 남북통일론을 의식하고 쓴 것은 아니지만, 그 중요한 문제에 대하여 커다란 암시와 실험의 사실을 제시해 주었다"고[3] 한데 대해, 신동한은 그렇기는커녕 "행동정신이 결여된 자의식의 과잉 속에서 자신을 지탱하지 못하는 창백한 지식청년"인 주인공 이명준의 행동은 "하나의 성격파탄자의 몸부림에 지나지 않는다"고[4] 하였다.

---

(1) <광장>, 『새벽』, 1960. 11.
(2) 『광장』, 정향사, 1961.
(3) 『광장』, 신구문화사, 1968.
(4) 『광장』, 민음사, 1973.
(5) 『광장/구운몽』, 문학과 지성사, 초판, 1976.
(6) 『광장/구운몽』, 문학과 지성사, 2판, 1989.
(7) 『광장/구운몽』, 문학과 지성사, 3판, 1994.
이후, 1996년에 문학과 지성사에서 4판이 나왔으나, 이것은 (7)의 3판과 같은 것이다.
2) 최인훈, 『광장』, 정향사, 1961, 2면.
3) 백철, 「하나의 돌이 던져지다」, 『서울신문』 1960. 11. 27.
   김병익·김현 편, 『최인훈』, 은애, 1979, 185면.

백철과 신동한의 이러한 언급은 신문지상의 단평 속에서 이루어진 소박한 것이기는 하나, 이후 <광장>에 대한 상반된 두 가지 평가의 원형을 이루게 된다. 즉 <광장>이 강렬히 내보이는 정치적 성격과 이에 꼭 들어맞는다고 볼 수 없는 반리얼리즘적 성격을 에워싸고, 많은 연구자들이 자신들이 지니고 있는 문학관에 의거하여 이 소설에 대해 긍정적인 혹은 부정적인 평가를 내려왔던 것이다. 그러다가 최근에 들어 미적 근대성의 문제, 상호 텍스트성의 문제, 관념성의 문제 등을 중심으로,[5] 다시금 <광장>에 대한 논의가 활발해지고 있음을 보게 된다.

이 글은 이러한 연구 성과들에 기대면서도, 좀더 색다른 독법으로 <광장>을 읽어내려는 시도라 할 수 있다. 그 색다른 독법이란 일종의 거꾸로 읽기에 해당되는 것으로, 말하자면 현실 너머로부터의 소설 읽기라고 하겠는데, 이것이 구체적으로 어떤 독법을 의미하는 것인지는 논의가 진행됨에 따라 차차 밝혀질 것이다. 다만 이 글에서 이러한 독법을 시도하는 것은 작가의 개작 방향과 주인공 이명준의 행로를, 다시 말해 위에 언급한 바 작가와 주인공이 ‘광장’을 찾아가는 길을,[6] 좀

---

4) 신동한, 「확대해석에의 이의」, 『서울신문』 1960. 12. 14, 위 책, 187면.

5) 장수익, 「한국 관념소설의 계보」, 문학사와 비평 연구회 편, 『1960년대 문학연구』, 예하, 1993, 황순재, 『한국관념소설의 세계』, 태학사, 1996, 서은주, 「환멸에 대한 관념적 글쓰기─최인훈론」, 민족문학사연구소 편, 『1960년대 문학연구』, 깊은샘, 1998, 김민수, 『환멸의 세계, 매혹의 서사』, 거름, 2002, 김정관, 『존재의식과 위기의 문학』, 푸른사상, 2002 등이 있다.

6) 그러나 이 글에서의 논의의 중심은 <광장>의 주인공 이명준이 ‘광장’을 찾아가는 길을 탐색하는 데 있으므로, 이 소설의 개작 방향에 대한 논의는 주석란을 이용하여 부수적으로 진행될 것이다. 즉 개작의 방향에 대한 논의는 주인공의 행로에 대한 탐색을 더욱 확실히 하기 위한 보조적인 것으로 진행된다. 그리고 이 글에서 사용되는 개작 텍스트는 현재로서 <광장>의 최종판인 『광장/구운몽』(문학과 지성사, 4판, 2000)이다. 그리고 개작방향에 대한 논의와 관련하여 이 최종판과 비교될 구작 텍스트는 정향사판 『광장』이다. 첫 판본인 <광장>(『새벽』 1960. 11)을 제쳐놓고 두 번째 판본인 『광장』(정향사, 1961)을 구작 텍스트로 삼는 이유는 이 두 번째 판본에서 작가가 다음과 같이 말하고 있기 때문이다. “이 이야기가 <새벽>誌에 실렸을 때 雜誌의 사정 때문에 그 중 일부를 할 수 없이 떼어버리지 않을 수 없어 나로서도 못마땅하였었다. 이번에 그 부분을 완전히 살릴

더 선명하게 부각시키기 위해서임을 미리 밝혀 둔다.

2. 갈매기의 유혹

<광장>의 주인공은 누구인가? 이 물음은 일견 어리석어 보인다. <광장>은 석방 포로 이명준이 남북한의 정치 현실에 각각 환멸을 느낀 나머지, 중립국행을 선택하여 인도로 향하는 배에 올랐으나, 마카오 근처에 이르러 결국 바다에 투신하여 자살하고 만다는 이야기이고, 따라서 이 소설의 주인공은 위에 적었듯 이명준이기 때문이다. 그러나 이 소설을 좀더 면밀히 읽어보면, 이명준이 남북한의 정치현실을 체험하고 환멸을 느껴 인도행 배 타고르호에 오르는 데까지는 이명준 자신의 회상으로만 처리되어 있으며,[7] 이 회상은 마침내 그가 바다에 투신하지 않을 수 없게 되는 어떤 필연적인 내면적 이유를 알려주는 기능을 하고 있음을 알 수 있다. 뿐만 아니라 이명준은 그 자신의 의지로써가 아니라, 무엇인가에 자꾸 이끌려서 자신의 그러한 과거를 회상하게 되는 것이다.

이렇게 보면, 이 소설은 타고르호를 타고 인도를 향하던 이명준이 그 자신도 알 수 없는, 그리하여 바다에 투신하기 직전에야 알게 되는 그 무엇 때문에 자살하게 된다는 이야기로 다시 읽힐 수 있다. 그렇다

수 있는 기회를 얻어 200餘枚를 보충하여 얘기를 完成할 수 있었음을 기꺼이 여긴다."(5면)

7) 뿐만 아니라, 그러한 회상 속에서조차 남북한의 정치현실은 이명준 자신이 지니고 있는 관념적 기준에 따라 인식된다. 이 점에서, "<광장>은 '밀실과 광장의 변증법'을 보여준다기보다는 애초부터 '밀실'을 입지로 삼아 '광장'을 사유해보려는 밀실적 서사 형식"이라(김민수, 앞 책, 111면) 할 수 있다. 즉 이 소설은 '밀실'에서 미리 상정해 둔 유토피아('광장')를 찾아 헤매다가 결국 죽음을 통해 그곳에 이르렀다는 이야기인 것이다.

면 그 무엇이란 대체 무엇인가? 그것은 현실세계 너머에 존재하는 그 무엇이기에 현실세계의 언어로 지시할 수 없는 어떤 존재이다. 다만 여기서 분명히 말할 수 있는 것은 알 수 없는 그 무엇은 이명준이 그 토록 찾아 헤매던 '광장'의 의미와 관련된다는 사실이며, 그 무엇에 대한 그의 깨달음은 이 소설의 처음부터 마지막까지 줄곧 등장하는 갈매기들을 매개로 하여 이루어진다는 사실이다. 여기까지 와서, 앞서 던진 질문을 다시 한 번 되풀이해 본다. <광장>의 주인공은 과연 누구인가? 먼저 이 소설의 초두 부분을 보자.

> 그때다. 또 그 눈이다. 배가 떠나고부터 가끔 나타나는 허깨비다. 누군가 엿보고 있다가는, 명준이 휙 돌아보면, 쏙, 숨어버린다. 헛것인 줄 알게 되고서도 줄곧 멈추지 않는 허깨비이다. 이번에는 그 눈은, 뱃간으로 들어가는 문 안쪽에서 이쪽을 지켜보다가, 명준이 고개를 들자 쏙 숨어버린다. 얼굴이 없는 눈이다. 그때마다 그래온 것처럼, 이번에도 잊어서는 안 될 무언가를 잊어버리고 있다가, 문득 무언가를 잊었다는 것을 깨달은 느낌이 든다. 무엇인가는 언제나처럼 생각나지 않는다. 실은 아무것도 잊은 것은 없다. 그런 줄을 알면서도 이 느낌은 틀림없이 일어난다. 아주 언짢다.[8]

이명준으로 하여금, "문득 무언가를 잊었다는 것을 깨달은 느낌"을 갖게 하는 '얼굴이 없는 눈' 즉 '허깨비'는 그가 타고르호를 탔을 때부터 줄곧 그의 주위를 배회한다. 그 '얼굴이 없는 눈'의 정체는 이 소설의 결말 부분에 가서 이명준이 바다에 뛰어들기 직전에야 밝혀진다. 물을 것도 없이 그것은 갈매기들의 눈이다.[9] 그리고 그 갈매기들이란 이명준의 애인이었던 은혜와 그녀의 자궁에 뿌리를 내렸던 그의 딸이

---

8) 최인훈, 『광장/구운몽』, 문학과 지성사, 2000, 21면.
   앞으로 이 책에서의 작품 인용은 본문 중에 면수만 표기한다.
9) 좀더 정확히 말하면 작은 갈매기(이명준의 딸 또는 이명준 자신)의 눈이다. 이 점에 대해서는 나중에 다시 논의될 것이다.

다. 하지만 갈매기들은 자신들의 정체를 좀처럼 드러내지 않으면서 이명준을 엿보고, 그렇게 함으로써 잊어서는 안 될 무언가를 잊어버리고 있음을 그에게 깨우쳐 준다. 그러니까 이 소설은 이명준이 갈매기들에 이끌려 '잊어서는 안 될 무언가'를 다시 기억해 내는 과정으로, 말을 바꾸면 갈매기들이 이명준에게 그 무언가를 상기하도록 일깨우는 과정으로 이해할 수도 있다.

그렇다면 이명준이 잊고 있는 그 무엇은 대체 무엇인가? 이야기가 진행됨에 따라 그것은 그가 잊으려고 애쓰는 여인들에 대한 기억, 저 원시 공간에 놓인 머나먼 자연에의 기억, 오랜 순환으로 겹겹이 둘러싸인 전생에의 기억들임이 암시된다.[10] 이렇게 보면, 이 소설의 주인공

---

10) 바로 이 점, 이명준이 '광장'을 찾아가는 길이 어디를 향해 놓여 있는지를 말해 준다. 이는 또한 개작의 방향과 긴밀히 관련되기에, 여기 인용된 부분을 구작(『광장』, 정향사, 1961)과 비교해볼 필요가 있다. 구작의 초두 부분에서 갈매기들과 관련된 서술은 다음과 같다. "힘껏 팽개치고 온 <과거(過去)>가 그 부드러운 영상(影像)을 방패삼아 살며시 다가오는 듯한 기척에 그는 퍼뜩 정신을 가다듬으며 힘있게 고개를 저었다.(……) 그러나 그 희고 빛나는 바닷새의 모습은 끈질기게 그의 가슴으로 파고 들어와 염오(厭惡)라는 이름의 용접제(熔接劑)로 녹여붙인 과거에 이르는 문을 주둥이로 열심히 쪼아대서 끝내 비죽이 틈새를 열어놓고 말았다."(8면) "눈처럼 희고 구름마냥 둥실한 의상을 입은 발레리나의 모습이 금방 휠휠 날아내릴 것 같았다. 또 한 사람 그보다 더 현란한 희디흰 이브닝 드레스에 싸인 아름다운 여자가 손짓해 부르고 있었다. 두 여인은 어느 새 두 마리의 갈매기가 되어, 마스트에 사뿐히 걸터앉아 내려다 보면서 그의 이름을 불렀다."(18면) 이들 인용에서 보듯, 구작은 그 초두에서부터 갈매기가 상징하는 것이 과거의 두 여인이라는 점을 표나게 드러내 보였다. 이명준은 두 여인을, 다시 말해 그의 과거를 잊으려고 애쓴다. 그리고는 인도에 가서 새로운 삶을 시작하려는 것이다. 그러나 갈매기들은 그를 따라오면서 자꾸만 과거를 회상시킨다. 이처럼 구작에서는 단지 여인들에 대한 기억만이 나타날 뿐, 자연이니 전생이니 하는 것들은 끼어들 틈이 없으니, 이 차이가 결정적으로 중요한 것이다. 이렇게 보면, 구작과 개작 사이의 중요한 차이는 구작에서 갈매기들이 상징하던 은혜와 윤애가 개작에서 은혜와 딸로 바뀐 것만이 아니라는 사실을 알 수 있다. 더욱 중요한 것은 구작 초두에 보이던 갈매기들이 개작 초두에서는 그 정체를 숨기고 '얼굴 없는 눈'으로만 보인다는 점이다. 그것이 갈매기(특히 작은 갈매기 즉 자기 자신)의 눈이라는 것은 결말 부분에 가서야 밝혀진다. 이렇게 해서 이명준은 어머니인 바다(우주의 자궁)에 뛰어들어 본래의 자기 자신으로 되돌아갈 수 있었던 것이다. 작가는 이처럼 작품 초두부터 치밀하게 고쳐 써서

은 이명준이라기보다 갈매기들, 또는 갈매기들로 표상되는 현실세계 너머의 어떤 존재라 할 수 있다. 그러기에 이명준이 잊어서는 안 될 그 무엇을 다시 기억해 낸다는 것은 곧 죽음과 마주서는 것을 의미한다. 갈매기들의 유혹이란 곧 죽음에의 유혹인 것이다. 이명준도 처음부터 이 점을 암암리에 알고 있다. 그래서 무언가를 잊었다는 느낌이 들 때면 기분이 “아주 언짢다.” 그는 의식적으로 “아무것도 잊은 것은 없다”고 생각한다. 그럴 때에 그 얼굴이 없는 눈은 ‘허깨비’가 되는 것이다. 하지만 이명준이 그것을 애써 허깨비로 생각한다 해도, 그 허깨비는 끊임없이 그의 주위를 맴돌며 그를 괴롭힌다. 마침내 그 허깨비는 환청을 통해 이명준을 현실세계 바깥으로 불러낸다.

무엇을 할 것인가?
그는 흠칫 놀랐다. 그것은 그를 뒤따르고 있는 그 알 수 없는 그림자의 목소리라는 환각이 드는 것이다. 무엇을 할 것인가라구? 마주서야 할 일을 이 참까지 이리저리 비켜오다가, 더 물러설 수 없는 막다른 골목으로 몰린 느낌이다. 그 느낌은 아주 가까웠다. 그런 탓으로 풀이할 틈이 없다. 두통도 그 증세였다. 눈에 보이지 않는 그림자가, 여전히 숨은 채, 이번에는 목소리만 들려온 것이다. 어디선가 들어본 목소리 같기도 하다.(105면)

홍콩에 상륙하게 헤 달리고 조르던 김과의 몸싸움을 겪은 후, 이명준에게는 ‘무엇을 할 것인가’ 하는 환청이 들려온다. 이제 그의 앞에 죽음의 그림자가 성큼 다가선 것이다. 김과 몸싸움을 벌이던 도중, 그는 예의 ‘얼굴 없는 눈’을 느끼고 김의 목을 조르던 팔에서 맥이 풀린다.[11] “그 인물이 보고 있다. 저쪽, 둘러선 사람들의 머리 너머, 브리지

‘광장’에 이르는 길이 결국에는 죽음에 이르는 길임을 암시해 놓았다.

11) 구작에서는 이명준이 김의 목을 조르던 도중 김의 목에 붙어 있는 커다란 사마귀를 보고 ‘말할 수 없는 해학(諧謔)’을 느껴 팔에서 긴장이 풀리는 것(108면)으로 되어 있는 바, 이것은 그 자체로도 자연스럽지 못할 뿐더러 이명준이 느끼는 죽음의 그림자를 제대로 드러내주지 못한다.

쪽으로 난 문간에, 휙 모습이 나타났다가 사라지는 것이었다.”(100면) 이명준은 아직도 그것이 갈매기라는 것을 알지 못하고, 어떤 알 수 없는 ‘인물’이라고 느낀다. 하지만 그의 내면 깊은 곳에서는 이 느낌이 오히려 정확한 것이라 할 수 있다. 그것은 이미 현실세계 너머의 세계에 가 있는 그의 딸 또는 그 자신이기 때문이다.

그런 까닭에 이명준은 환청을 듣고 공포를 느낀다. 무엇을 할 것인가? 이제 그가 해야 할 일은 다름 아닌 죽음과 마주서는 일이라는 것을 ‘아주 가까이’ 느끼는 것이다. 이렇게 ‘막다른 골목’에 몰린 그는 나중에 그 숨은 그림자의 정체가 갈매기들임을 알고 그들로부터 벗어나고자 마지막 몸부림을 친다. 그는 “섬뜩한 짓을 한 이 불길한 새들”(182면)을 향해 양주병을 집어던지고,[12] 그것으로 모자라 총을 쏘아 갈매기들을 떨어뜨리려고까지 하는 것이다. 삶과 죽음, 또는 이승과 저승의 대결이라고나 할 이 몸부림에서, 그러나 그는 여지없이 패배한다. 총구멍에 얹혀진 작은 새가 자신의 딸임을 알아보는 순간 그는 ‘제정신’이 들어, “자기가 무엇에 홀려 있음을 깨닫는다.”(188면) 여기서 당초 허깨비로 인식되었던 그 얼굴 없는 눈, 그 눈에 어리는 어떤 알 수 없는 존재가 전면에 떠오르면서,[13] 삶과 죽음, 현실과 그 바깥, 그리고 이승과 저승이 뒤바뀌는 급격한 전도가 일어나게 되는 것이다.

> 그는 두 마리 새들을 방금까지 알아보지 못한 것이었다. 무덤 속에서 몸을 푼 한 여자의 용기를, 방금 태어난 아기를 한 팔로 보듬고 다른 팔로 무덤을 깨뜨리고 하늘 높이 치솟는 여자를, 그리고 마침내 그를 찾아내고야 만 그들의 사랑을.
> 돌아서서 마스트를 올려다본다. 그들은 보이지 않는다. 바다를 본다. 큰 새와 꼬마 새는 바다를 향하여 미끄러지듯 내려오고 있다. 바다, 그

---

12) 구작에서는 김의 뒤통수를 향해 양주병을 던지는 것으로(205면) 되어 있는데, 이것은 이명준이 죽음에의 유혹을 거부하고 있다는 점을 드러내지 못한다.

13) 이명준은 이미 철학과 3학년 때, “신, 이 일을 풀지 않고는 모두 쓸데없다”고 생각하고, 이것은 “사치가 아니라 나한텐 사무치는 허전함이다”라고 하였다.(39면)

녀들이 마음껏 날아다니는 광장을 명준은 처음 알아본다. 부채꼴 사북
까지 뒷걸음질친 그는 지금 핑그르 뒤로 돌아선다. 제정신이 든 눈에
비친 푸른 광장이 거기 있다.(187~188면)

이렇게 되면, 갈매기와의 대결에서 이명준이 패배한 것은 오히려 구
원의 의미를 띠게 된다. "무덤을 깨뜨리고 하늘 높이 치솟는 여자"와
함께 하는 것, 그것은 재생이요 부활이기 때문이다. 그래서 그는 부채
꼴의 사북까지 뒷걸음질치면서 이 세상에서 지나온 삶을 회상한 다
음,14) 죽음을 향해 "핑그르 뒤로 돌아선다." 그리고는 이제야 제정신이
들어, 바다야말로 그가 돌아가야 할 '푸른 광장'임을 인식하는 것이다.
즉 이 소설은 이명준이 타고르호에 승선했을 때부터 그를 따라다닌 갈
매기들(은혜와 딸)이 마침내 그를 그녀들의 세계로 유혹해낸 이야기인
것이다.

3. 자궁 속으로

바다는, 크레파스보다 진한, 푸르고 육중한 비늘을 무겁게 뒤채면서,
숨을 쉰나.(21면)

이것은 <광장>의 첫 문장이다. 먼저, 이 첫 문장이 바다를 육중한
비늘을 뒤채면서 숨을 쉬는 거대한 물고기에 비유하고 있음에 주목하

---

14) 이명준은 "바다가 있고, 갈매기가 있는 그림이 그려져 있"는(186면) 부채를 접
　　었다 폈다 하다가, 지나온 과거의 자신의 삶 전체를, 즉 철학과 학생시절로부터
　　동굴 속에서 은혜와 안고 뒹굴던 때까지를 마음 속에 펼쳐진 부채꼴 위에 그려
　　본다. 여기서 이명준의 이 세상에서의 삶은 부채에 그려진 그림과 같은 것, 즉
　　실재하지 않는 환상이 된다. 대신 그 부채꼴의 바깥, 즉 그의 죽음 이후에 펼쳐
　　지는 세상이 진정으로 실재하는 것이 된다. 그래서 그는 핑그르 돌아 부채꼴을
　　등지게 되는 것이다.

자. 이 소설의 결말에 가면 이명준은 이 바다 속으로 뛰어든다. 이것은 사흘 밤낮을 고래 뱃속에 들었다가 살아나온 요나를 연상시키기에 족하다. 이명준의 죽음은 재생을 기약하는 죽음이었던 것이다.

이명준이 "밀실만 푸짐하고 광장은 죽은 곳"(57면)인 남한을 탈출하여 도착한 북한의 "광장에는 꼭두각시뿐 사람은 없었다."(123면) 그래서 그는 은혜를 안을 때 자신의 두 팔이 만든 둥근 공간을 마침내 그가 이른 마지막 광장인 듯하다고 생각한다. 또 그는 낙동강 전투 중 은혜와 비밀히 만나던 동굴을 "접은 지름 3미터의 반달꼴 광장"이라고 (164면) 생각하기도 한다. 그리고는 이미 살핀 대로, 그가 마침내 배에서 뛰어내리기 직전, 자신을 받아줄 바다를 '푸른 광장'으로 인식한다. 이렇게 해서 그는 결국 죽음을 통해 그가 찾아 나선 '광장'에 도달한 것이다.

이렇게 보면, 이 소설에서 '광장'의 의미는 이야기가 진행됨에 따라 엄청나게 달라지고 있음을 알 수 있다. 이 소설에서 "「광장」이란 말은 모호성을 드러내고 있거나, 필요치 않은데도 쓰였거나, 지나치게 다양한 문맥적 의미를 보여주고 있다"는[15] 지적도 무리는 아니다. 위에서 든 예만 보더라도, 그것은 정치의 광장에서 시작하여 연인의 광장을 거쳐 자연의 광장에까지 이르고 있는 것이다. 그러면 '광장'의 의미가 이처럼 극심한 변형과 굴절을 겪는 것은 무엇 때문일까? 그것은 이명준이 끝까지 '광장'의 본래적 의미를 포기하지 않았기 때문이라고 생각된다. '광장'을 주체와 타자가 아무런 억압이나 가식 없이 본래의 모습

---

15) 조남현, 『한국현대소설의 해부』(문예출판사, 1993), 246면. 이 지적은 특히 구작의 경우에 타당하다. 조남현은 <광장>의 최초의 모습인 『새벽』(1960.11)에 실린 작품을 분석했으므로 당연히 이러한 결론에 이르게 된 것이다. 그러나 최인훈은 연이은 개작을 통해 이 문제를 거의 완벽하게 해소시켰다. 그는 '광장'이라는 기표를 통해 현실세계 너머를 엿보기 위해, 한편으로는 그 기의를 사뭇 바꾸어 가면서도 다른 한편으로는 더 깊은 층위에서 그 기의가 일관성을 지닐 수 있도록 했다. 이 또한 개작의 놀라운 효과이다.

그대로 조화롭게 어울리는 공간을 뜻하는 것으로 본다면, 이 소설에서 ‘광장’의 본래적 의미는 거의 달라진 것이 없지 않은가? 이 소설에서 작가가 정치의 광장에서 연인의 광장으로 거기서 다시 자연의 광장으로 옮겨간 것은 ‘광장’의 본래적 의미를 그렇게밖에는 지켜낼 수 없었기 때문이라 할 수 있다.[16]

이명준은 광장이 죽은 남한의 현실에 좌절하고 정치의 광장을 찾아 월북하였으나 북한에서도 역시 좌절을 맛본다. 그리하여 그는 은혜와 사랑을 나누면서 연인의 광장을 수호하려 하지만, 이 ‘광장’마저도 은혜가 전사함으로써 빼앗기고 만다. 그러니 남은 것은 자연의 광장 이외에 무엇이 있겠는가? 자연의 광장에 참여하는 길이란 스스로 자연이 되는 길, 즉 죽음밖에 없는 것이 아닌가? 이명준의 자살이 남북한의 정치 현실에 대한 통렬한 비판이자 격렬한 항의인 것은 바로 이런 까닭에서이다. 그렇긴 하지만, 이러한 독법은 이 글의 주된 관심사가 아니다. 여기서 잠깐, 이명준이 전투 중에 은혜와 정사를 나누던 동굴로 돌아가 보자.

> 이 동굴의 입구는, 그 틀처럼 모서리가 반듯하지는 않았다. 모서리가 부서진 네모꼴처럼 엉성한 데다가, 가장자리에 길쭉길쭉한 잡초가 무성하게 뻗어 있다. (……) 왼쪽으로도 믹히고, 오른쪽으로도 믹히고, 아래 위도 가려진 엉성한 구멍을 통하여, 명준은 딴 세계를 내다보고 있었다. (……) 훈훈한 땅김이 자기 체온처럼 느껴지는 동굴 속에서, 이명준은 땅굴 파고 살던 사람들의 자유를 부러워했다.(160면)

> 누워서 보면, 일부러 가리기나 한 듯, 동굴 아가리를 덮고 있는 여름 풀이, 푸른 하늘을 바탕삼아 바닷풀처럼 너울너울 떠 있다. 접은 지름

---

16) 김정관은 “이명준에게 강요되는 외부적 상황의 부조리한 억압력이 강화될수록 최초의 욕망을 대체하고 있던 ‘광장’이라는 언어기호는 이에 비례하여 현실적 맥락에서 떨어져서 초월적, 이상향적 의미를 향하게 된다”고 하였다. 김정관, 『존재의식과 위기의 문학』, 푸른사상, 2002, 384면.

> 3미터의 반달꼴 광장. 이명준과 은혜가 서로 가슴과 다리를 더듬고 있
> 으면서, 살아 있음을 다짐하는 마지막 광장.(164면)

위 인용문 중 앞의 것은 이명준이 은혜와 만나던 동굴을 여인의 자궁을 연상시키게끔 묘사하고 있다. 그런가 하면, 뒤의 것은 역시 같은 동굴을 깊은 해저를 연상시키게끔 묘사하고 있지 않은가? 여인의 자궁과 바다는 이 동굴을 매개로 서로 연결되어 있는 것이다. 그러고 보면, 이 동굴을 가리켜 두 사람이 "살아 있음을 다짐하는 마지막 광장"이라고 한 것은 참으로 의미심장하다. 왜냐하면 동굴을 매개로 연결된 은혜의 자궁과 바다 역시 '광장'의 의미를 띠게 되기 때문이다. 다만 은혜의 자궁은 이명준이 살아서 도달한 '광장'임에 비해, 바다는 그가 죽어서야 도달할 수 있는 '광장'이라는 점이 다를 뿐이다.

여기까지 오면, 이명준이 죽음 직전에 그가 뛰어들려는 바다를 '푸른 광장'으로 인식한 것도 무리는 아니다. 그가 바다에 투신하는 것은 그 동굴 속으로 들어가는 것과도 같다. 뿐만이 아니다. 그는 이미 "가슴과 머리카락을 더듬어 오는" 은혜의 손길에서 "어머니를 보았다."(131면) 그들의 행위는 "어머니와 아들, 아득한 옛적부터의 사람끼리의 몸짓"이었던(131면) 것이다. 이렇게 보면, 예의 동굴이란 생명의 원천인 어머니의 자궁이기도 하다. 지금 대체 무엇 때문에 이런 말을 하고 있는 건가? 요컨대, 바다는 단순히 자연의 광장이라기보다 뭇 생명의 원천인 '우주의 자궁'으로서의 '광장'이라는 점을 표나게 드러내기 위함이다. 다음 대목은 이러한 상관관계를 은밀히 암시하고 있다.

> 사랑의 일이 끝나고, 그들은 나란히 누워 있었다. "저—" 깊은 우물
> 속에 내려가서 부르는 사람의 목소리처럼, 누구의 목소리 같지도 않은
> 깊은 울림이 있는 소리로 그녀가 불렀다. "응?" "저—" 명준은 그 목소
> 리의 깊이에 몸이 굳어졌다. "뭔데, 응?" "저—" 그녀는 돌아누우면서
> 남자의 목을 끌어당겨 그 목소리처럼 깊숙이 남자의 입을 맞췄다. 그러

고는, 남자의 귀에 대고 그 말을 속삭였다. "정말?" "아마." 명준은 일어나 앉아 여자의 배를 내려다봤다. 깊이 패인 배꼽 가득 땀이 괴어 있었다. 입술을 가져간다. 짭사한 바닷물 맛이다. "나 딸을 낳아요." 은혜는 징그럽게 기름진 배를 가진 여자였다. 날씬하고 탄탄하게 죄어진 무대 위의 모습을 보는 눈에는, 그녀의 벗은 몸은 늘 숨이 막혔다. 그 기름진 두께 밑에 이 짭사한 물의 바다가 있고, 거기서, 그들의 딸이라고 불릴 물고기 한 마리가 뿌리를 내렸다고 한다. 여자는, 남자의 어깨를 붙들어 자기 가슴으로 넘어뜨리면서, 남자의 뿌리를 잡아 자기의 하얀 기름진 기둥 사이의 배게 우거진 수풀 밑에 숨겨진, 깊은, 바다로 통하는 굴속으로 밀어넣었다. "딸을 낳을 거예요. 어머니가 나는 딸이 첫애기래요." 총구멍에 똑바로 겨눠져 얹혀진 새가 다른 한 마리의 반쯤한 작은 새인 것을 알아보자 이명준은 그 새가 누구라는 것을 알아보았다. 그러자 작은 새하고 눈이 마주쳤다. 새는 빤히 내려다보고 있었다. 이 눈이었다. 뱃길 내내 숨바꼭질해온 그 얼굴 없던 눈은.(182~183면)

이 세상의 마지막 광장에서 있었던 은혜와의 마지막 만남을 서술한 이 부분은 표면적으로는 이명준을 따라온 큰 갈매기와 작은 갈매기가 은혜와 딸의 상징임을 드러내는 구실을 한다.[17] 그러나 그 이면에서는 이명준이 바다에 투신하는 것이 우주의 자궁으로 들어가는 행위임을, 그러니까 이명준의 죽음이 재생의 의미를 머금고 있음을 시사하는 것이다. 은혜의 기름진 배 밑에 자리잡은 그녀의 자궁, 즉 '짭사한 물의 바다'에 "그들의 딸이라고 불릴 물고기 한 마리가 뿌리를 내렸다"는 것은 곧 바다가 뭇생명의 고향인 우주의 자궁이라고 말하는 것과 같다. "바닷물은 흔히 '생명의 어머니'로 일컬어질 만큼 탄생과 죽음 그리고

---

17) 권봉영은 "구작 <광장>의 주제는 주인공이 살던 시대에 대한 절망과 허무, 개작 <광장>의 주제는 극복 의지가 담긴 시대에의 긍정"이라고 (권봉영, 「개작된 작품의 주제변동 문제」, 김병익·김현 편, 『최인훈』, 은애, 1979, 177~178면) 하면서, 그 중요한 근거로 구작에 없던 대아(작은 갈매기)를 개작에 등장시킨 데서 찾고 있다. 그러나 태아의 등장은 시대를 긍정하느냐 부정하느냐 하는 문제와는 아무런 관련이 없다. 왜냐하면 태아는 이미 저 세상의 존재이기 때문이다. 구태여 시대와 관련시켜 말한다면, 작은 갈매기의 등장은 오히려 '광장'이 부재하는 시대에 대한 도저한 부정이라고 볼 수밖에 없다.

부활을 상징한다."[18] 기실 태아 시절의 인간이란 양수에 에워싸여 보호받는 한 마리의 물고기가 아니던가? 인간이 그 생명의 출발을 물고기로부터 시작한다는 것은 인간 생명의 시원의 고향이 바로 바다임을 말해 준다.

그리하여 이명준도 마침내 그 바다에 뛰어들어 새로운 생명으로 재탄생하는 것이다. 그리고 이미 살핀 대로, 이명준의 이러한 결단은 갈매기의 유혹에 의한 인식의 전환에 따라 이루어진다. 그것은 삶과 죽음, 이승과 저승이 뒤바뀌는 전환이다. 물론 현실세계의 관점에서 보면 이것은 일종의 환각 상태라고밖에 할 수 없다. 하지만 적어도 이 소설의 바탕에는 그것이 꼭 환각만은 아니라는 것, 그렇기는커녕 현실세계 너머에 있는 존재가 참존재라는 것, 뿐만 아니라 인간 세계의 모든 사상, 제도, 관습 따위는 우주적 관점에서 볼 때 형편없이 뒤틀리고 망가진 것들이어서 그런 것들이 오히려 환각에 불과한 것들이라는 생각이 짙게 깔려 있다.

사정이 이럴진대, 현실세계 너머의 참존재가 이명준을 그리로 불러내는 것도 당연한 일이다. 이명준을 유혹하는 갈매기는 어쩌면 그 참존재의 밀사인지도 모른다. 작가는 위에 인용된 부분에서 이를 은밀히 말해 놓았으니, 은혜가 "남자의 뿌리를 잡아 자기의 하얀 기름진 기둥 사이의 배게 우거진 수풀 밑에 숨겨진, 깊은, 바다로 통하는 굴속으로 밀어넣었다"고 쓴 부분이 그러하다. 이것은 여인을 표상하는 갈매기가 이명준을 유혹하여 우주의 자궁인 바다로 밀어 넣은 것과 완전히 동일한 것이다. 따라서 이명준을 저 세상으로 불러낸 것은 이명준에 대한 은혜의 사랑 또는 은혜에 대한 이명준의 사랑이라고 말할 수도 있다.[19]

---

18) 김욱동, 『광장을 읽는 일곱 가지 방법』, 문학과 지성사, 1998, 293면.

19) 김현은 작가가 개작을 통해 이데올로기 대신 사랑을 택했다고 하면서, 이명준의 죽음을 "정말로 사랑이라는 것이 무엇인가를 투철하게 깨달은 자의 자기가 사랑한 여자와의 슴一, 작자의 표현을 빌면 <무덤 속에서 몸을 푼 여자의 용기>에 해당하는 행위"라고 하였다.(김현, 「사랑의 재확인」, 최인훈, 『광장/구운몽』

　　그러나 위의 인용문에는 더욱 깊은 의미가 숨어 있다. 이명준은 총구멍을 통해 '작은 새'하고 눈이 마주친다. 그의 눈과 마주친 눈이 큰 갈매기의 눈이 아니라 '작은 새'의 눈이라는 점에 특히 주목할 필요가 있다. 그 작은 새의 눈은 바로 "뱃길 내내 숨바꼭질해온 그 얼굴 없던 눈"이다. 이 눈은 누구의 눈인가? 은혜의(따라서 이명준의) 첫애기가 딸이라고 했으니, 그것은 딸의 눈이라 할 수 있다. 물론 이것이 틀린 것은 아니나, 그렇게 간단히 생각하고 넘어갈 일은 더욱 아니다. 앞에 적었듯, 이 눈은 이명준이 인도행 배 타고르호에 승선했을 때부터 그의 주위를 배회하며 집요하게 그를 유혹한다. 이 눈은 그가 잊어서는 안 될 그 무엇을 잊었다고 생각하게 하며, 끝내는 소설의 결말에 이르러 그 잊은 것을 깨우침으로써 결정적으로 그를 죽음으로 이끈다. 이 눈은 누구의 눈인가?

　　여기서 다시 이명준이 은혜와 정사를 벌이던 동굴로 돌아가 보자. 거기서 이명준은 은혜의 자궁에 뿌리를 내리고 한 마리의 물고기가 되었다. 그는 이미 은혜의 자궁 속에서 죽었고, 거기서 다시 살아난 것이다. 그가 부채를 보며 은혜와 만나던 동굴을 마지막으로 회상할 때, "사람이 안고 뒹구는 목숨의 꿈이 다르지 않느니" 하는 이상화의 시구가 들려오는 것은 결코 우연이 아니다. 은혜의 자궁은 '부활의 농굴'이었던 짓이다. 이제 그 눈이 누구의 눈인지 대답할 계제에 이르렀다. 그 눈은 바로 이명준 자신의 눈이다. 이미 죽어서 저 세상에 다시 살아난 이명준이 껍질만 남은 이 세상의 이명준을 불러낸 것이다. 타고르호를

해설, 문학과 지성사, 1987, 351면) 물론 '사랑'을 강조한 이 해석을 틀렸다고 할 수는 없지만, 이러한 해석에 그친다면 개작의 방향에서 비껴나가 이 소설이 지니는 중요한 의미를 놓치게 된다 이명준의 죽음이 지니는 더욱 깊은 의미는 본래의 그 자신으로 되돌아감에 있다. 구작에서 이명준은 바다에 투신하기 직전, "초라한 내 청춘에 <신>도 <사상>도 주지 않던 <기쁨>을 준 그녀들에게 정직해야지"라고 독백하고 있는데, 이로 미루어 보면 구작이야말로 이데올로기 대신 사랑을 택한 것이라 할 수 있다.

타고부터 내내 푸른 광장 앞에서 서성거리던, 다시 말해 우주의 자궁 입구에서 머뭇거리던 그는 이렇게 해서 결국 본래의 그 자신으로 되돌아간 것이다.

4. 신내림, 그 절정의 순간

철학과 학생인 이명준은 "누리와 삶에 대한 그 어떤 그럴싸한 맺음말"을(33면), "그것만 잡히면 삶 같은 건 아주 시시해지는 그런 무엇"을(33면) 얻어보려 한다. 그러나 이 '관념철학자의 달걀'은 3학년 가을이 되도록 아무런 '맺음말'도 가진 것이 없다. "말의 둔갑으로 재주놀이하는(……) 철학이란 그렇게 가난한 옷"이었기(79면) 때문이다. 하지만 그에게 늘 중요하게 기억되는 일 한 가지가 있으니, 그것은 대학 초년생 때 친구들과 소풍을 나갔다가 어느 낮은 비탈에 올라서서 느낀 일이다. 그는 스스로 그 일을 "신이 내렸던 것이라 생각해 온다."(35면)

아찔한 느낌에 불시에 온몸이 휩싸이면서 그 자리에 우뚝 서버린다. 먼저 머리에 온 것은 그 전에, 언젠가 바로 이 자리에 똑같은 때, 이런 몸짓대로, 지금 겪고 있는 느낌에 사로잡혀서, 멍하니 서 있던 적이 있다는 헛느낌이었다. 그러나 분명히 그건 헛느낌인 것이 그 자리는 그때가 처음이다. 그러자 온 누리가 덜그럭 소리를 내면서 움직임을 멈춘다.(35면)

이 신내림이야말로 이명준에게 있어서 원체험에 해당된다.[20] 모든

---

20) 이 원체험과 더불어 논의되어야 할 것은 개작의 방향과 관련된 작가의 언어의식이다. 먼저 구작의 해당 부분을 보면 다음과 같다. "그는 아찔한 도취감이 불시에 온 몸을 휩싸는 것을 느끼며 그 자리에 우뚝 서 버렸다. 우선 머리에 온 것은 그 전에 언젠가 기억할 수는 없지만, 이와 똑같은 장소, 똑같은 시각에, 이

움직임의 정지 상태, 그것은 시간이 멈추어 버린 상태 또는 순환하는 시간 속에서 모든 것을 한꺼번에 보아 버린 상태이다. 달리 말해 시공간을 초월해 버린 상태이다. 그러기에 이명준은 "만일 이런 깜빡 사이가 아주 끝까지 가면, 누리의 처음과 마지막, 디디고 선 발밑에서 누리의 끝까지가 한 장의 마음의 거울에 한꺼번에 어릴 수 있다고 그려본다."(36면) 그러기에 그가 정선생을 찾아 미이라를 구경하는 것도 우연이 아니다. 수천년 전 고귀한 신분의 이집트 여인의 미이라를 보는 순간, 그는 "햇빛에 바랜 낙타 똥 냄새가, 어렴풋이 풍기는 장엄한 시간이, 몸 속으로 소리쳐 흘러오는 듯한 떨림"을(53면) 경험한다.

그런데 이 지점에서 주목해야 할 사실은 이 신내림을 체험한 직후 이명준에게 문득 여자 생각이 난다는 것이다. 이는 무엇을 뜻하는가? 여자란 자연 자체인 것, 그러기에 여자와의 관계란 신내림에 버금가는 것, 즉 존재론적 의미를 지니는 어떤 것임을 말해주고 있는 것이 아니겠는가? 아닌게 아니라 이명준은 '물 자체'인 윤애를, "부드러운 살결

런 자세대로 지금 겪고 있는 감정에 사로잡혀서 멍하니 서 있던 적이 있다는 환각(幻覺)이었다. 그러나 분명히 그건 환각인 것이, 명준은 그 장소에 그 때 처음와 본 것이었다. 그 순간 그는 전 세계가 덜그럭 소리를 내면서 운행을 그치는 것을 느꼈다."(27면) 이것을 위에 인용한 개작과 비교해 보면, '도취감'이 '느낌'으로, '우선'이 '먼저'로, '장소'가 '자리'로, '시각'이 '때'로, '자세'가 '몸짓'으로, '감정'이 '느낌'으로, '환각'이 '헛느낌'으로, '전 세계'가 '온 누리'로, '운행'이 '움직임'으로 바뀐 것을 알 수 있다. 최인훈은 이 짧은 대목에서 무려 아홉 개의 한자어를 고유어로 고쳐 쓴 것이다. 이에 대해서는 작가 자신이 "한글 오로지 쓰기의 바로 그 원칙을 뿌리까지 따라가는 것, 한글 표기만이 아니라, 한자 어원의 말을 우리 고유의－또는 그렇다고 마음이 받아들이는－말로 바꾸는 일"이라고(최인훈, 「소설 <광장>을 고쳐쓴 까닭」, 『문학과 이데올로기』, 문학과 지성사, 1994, 365~366면) 말하고 있다. 작가가 이처럼 한자어를 고유어로 바꾼 것은 무엇보다 개작의 방향과 관련되어 있는 것으로 판단된다. 문명 이전의 본래적 인간으로 되돌아가기 위해 현실세계 너머를 엿보는 일, 그것은 우리네 삶의 뿌리에 닿아 있는 고유어를 통해서만 가능하다고 할 수 있기 때문이다. 저 아득한 전생에의 기억을 암시하는 이명준의 원체험을 서술하는 부분에서 특히 한자어를 고유어로 많이 고쳐 쓴 것은 우연이 아니다. 작가의 이러한 언어의식은 <광장>의 개작을 성공시킨 중요한 요인이라 할 수 있다.

이 벽처럼 둘러싼 이 물건을 차지해보자는 북받침이"(79면) '불쑥' 일어나면서, "언젠가 여름날 벌판에서 겪은 신선놀음의 가락"(79면), 즉 예의 신내림이 "전깃발처럼 흘러온다"고(80면) 느낀다. 또 "언덕진 땅 생김이 분지를 이룬, 움푹한 자리"에서(82면) 윤애와 첫키스를 나누기 직전, "새로운 지평선에 올라선 사람의, 새로워진 힘이 밀려온다"고 생각하기도 한다. 여자는 원초적 생명력을 일깨우는 존재인 것이다.

그러나 윤애는 "무슨 힘으로써도 꺾을 수 없는 단단한 미신, 몇만 년 내려 쌓여온 그녀의 세포 속, 터부의 비곗살"을(111면) 가진, '순결 콤플렉스'를 지니고 있는 여자였다. 그녀는 이미 자연이 아니라 문명이었던 것이다. 하지만 두 번째 애인인 은혜는 그렇지 않았다. 그녀는 "자기 영혼과 아무 탯줄이 닿지 않는, 시대의 꿈에서 떨어져 있을 수 있는"(138면) 여자였고, "순순히 저를 비우고 명준을 끌어들여 고스란히 탈 줄 알았다."(131면) 그녀는 자연 자체였던 것이다.[21] 그래서 이명준은 은혜의 드러난 가슴에 얼굴을 묻고, 그 가슴 속에서 "한바퀴 더 아득히 들리는 소리. 솔밭을 지나는 바람 소리. 둑을 때리고 부서지는 물결, 먼 바다 소리"(162면)를 듣는다. 여자가 자연이라는 것은 이처럼 여자를 통해 머나먼 자연에의 기억을 불러올 수 있다는 뜻이기도 하다.

또 하나, 이명준이 여자에 탐닉하기 시작하는 것은 그가 남북한의 정치 현실에 각각 절망했을 때였다는 사실을 짚고 넘어갈 필요가 있다. 이것은 현실로부터의 도피이기도 하지만, 달리 보면 구원에의 요청이기도 하다. 앞서 지적했듯, 여자와의 관계란 신내림에 버금가는 것, 신내림이란 현실세계와 그 너머 세계의 소통이 가능해지는 그런 사건이 아닌가? 그러기에 그것은 절정의 순간이기도 하다. 여기서 절정의 순간

---

21) 이명준이 윤애보다 은혜를 진정한 애인으로 생각하는 것도 이런 이유에서이다. 이렇게 볼 때, 구작에서 이명준을 따라오는 갈매기 두 마리를 각각 윤애와 은혜를 상징하는 것으로 설정한 것은 자연스럽지 못하다. 따라서 개작에서 이 부분을 고쳐 쓴 것은 당연한 일이라고 하겠다.

이란 두 가지 의미를 포함한다. 하나는 그 자체로 황홀경의 순간이라는 뜻이며, 다른 하나는 이쪽에서 저쪽으로 넘어가는 순간, 그러니까 현실세계와 그 바깥의 경계에 놓이는 순간이라는 뜻이다.

> 깜빡할 사이에 오는 그런 복받은 짬은 하기는 어떤 마이너스의 마당 자리에서 일어나는 꿈일 것이리라. 비록 플러스의 자리래도 좋았다. 쉴 새없이 움직이고, 쫓아가고 하더라도, 그와 같은 비치는 단단함 속에 젖어가면서 살 수 있는 삶. 명준이 찾는 삶이다. 아무 일에도 흥이 안 난다. 마음을 쏟을 만한 일을 찾아낼 수가 없다. 가슴이 뿌듯하면서 머릿속이 환해질, 그런 일이 없을까?(36~37면)

그러나 신내림으로 기억되는 그 절정의 순간(복받은 짬)은 '마이너스의 마당 자리' 즉 현실세계 바깥으로 나갔을 때만 일어나는 '꿈'일 뿐이다. 하지만 이명준은 딱하게도 현실세계(플러스의 지리)에서 그에 버금가는 삶을 원했던 것이다. 그는 "가슴이 뿌듯하면서 머릿속이 환해질, 그런 일"을 찾았다. 하다면 이명준에게 '광장'이란 그 신내림에 버금가는 삶을 영위할 수 있는 곳이다. 그래서 그는 '광장'을 찾아 월북했고, '광장'을 찾아 여자에 탐닉했고, '광장'을 찾아 바다에 투신한 것이다. 서울에서 인천으로, 인천에서 평양으로, 다시 만주로 서울로 낙동강으로, 그리고 마지막으로 동지나 바다로 이어지는 그의 행로는 플러스의 세계에서 '광장'을 찾다가 실패하고 결국 마이너스의 세계로 넘어가서야 '광장'을 찾은 그의 운명을 보여주고 있다. 그의 자살은 이미 그의 원체험(신내림)에서부터 예고되어 있었던 것이다.

> 부채꼴 사북까지 뒷걸음질친 그는 지금 핑그르 뒤로 돌아선다. 제정신이 든 눈에 비친 푸른 광장이 거기 있다.
> 자기가 무엇에 홀려 있음을 깨닫는다. 그 넉넉한 뱃길에 여태껏 알아보지 못하고, 숨바꼭질을 하고, 피하려 하고 총으로 쏘려고까지 한 일을 생각하면, 무엇에 씌웠던 게 틀림없다. 큰일날 뻔했다. 큰 새 작은

새는 좋아서 미칠 듯이, 물 속에 가라앉을 듯, 탁 스치고 지나가는가 하면, 되돌아오면서, 그렇다고 한다. 무덤을 이기고 온, 못 잊을 고운 각시들이, 손짓해 부른다. 내 딸아. 비로소 마음이 놓인다. 옛날, 어느 벌판에서 겪은 신내림이, 문득 떠오른다. 그러자, 언젠가 전에, 이렇게 이 배를 타고 가다가, 그 벌판을 지금처럼 떠올린 일이, 그리고 딸을 부르던 일이, 이렇게 마음 놓이던 일이 떠올랐다. 거울 속에 비친 남자는 활짝 웃고 있다.(188면)

여기서 보듯, 이명준은 바다에 뛰어들기 직전, 다시 한 번 예의 신내림을 경험한다. 두 번에 걸친 이 '광장'(신내림)의 체험! <광장>은 이 두 '광장'으로 이루어진 소설이라고 해도 과언이 아니다. 지금 있는 곳과 똑같은 곳에 있었던 아득한 옛날의 기억, 지금 하는 행동과 똑같은 행동을 하던 머나먼 전생의 기억이 이 절정의 순간에 되살아난다. 대학 초년생 때의 신내림이 이 소설의 시작이라면, 죽음 직전의 신내림은 이 소설의 끝이다.[22]

---

22) 구작의 결말에는 이명준이 바다에 투신하기 직전에 찾아온 이러한 신내림이 없다. 작가는 개작에서 이 신내림을 서술함으로써 수미쌍관하는 소설구조를 만들어냈다. 하지만 이 신내림의 있고 없음의 차이는 단지 소설구조의 단단함 여부에 그치는 것이 아니다. 먼저 구작에서 이 대목이 어떻게 서술되어 있는지 읽어보자. "부채꼴 요(要)점까지 뒷걸음질 친 그는 지금 핑그르 뒤로 돌아섰다. 거기 또 하나 미지의 푸른 광장이 있었다. 그는 자신이 엄청난 배반을 하고 있었다는 생각이 들었다. 제三국으로? 그녀들을 버리고 새로운 성격을 선택하기 위하여? 그 더렵혀진 땅에 그녀들을 묻어 놓고, 나 혼자? 실패한 광구를 버리고 새 굴을 뚫는다? 인간은 불굴의 생활욕을 가져야 한다? 아니다, 아니다, 아니지. 인간에게 중요한 건 한 가지 뿐. 인간은 정직해야지. 초라한 내 청춘에 <신>도 <사상>도 주지 않던 <기쁨>을 준 그녀들에게 정직해야지. 거울 속에 비친 그는 활짝 웃고 있었다."(214면) 여기서 보듯, 구작에서 이명준이 자살을 택하는 것은 윤애와 은혜를 버리고 혼자만 중립국에 가서 살 수는 없다는 것, 다시 말해 그녀들을 배반해서는 안 되며 그녀들에게 정직해야 한다는 것 때문이다. 이명준이 활짝 웃은 것은 죽음으로써 그녀들에게 진 빚을 갚게 되었기 때문이다. 구작에서의 이명준의 자살은 이 세상의 윤리에 지배된 자살이며, 따라서 그녀들에 대한 사랑의 재확인은 될지언정 재생의 의미를 갖지는 못한다. 요컨대 이명준은 윤애, 은혜와 더불어 철저히 패배한 것이다. 그러나 개작에서 이명준의 죽음 직전에 찾아온 신내림은 이러한 패배를 승리로 바꾸어 놓았다. 앞서 언급했듯, 신내림의 순간이란 현실세계와 그 바깥의 경계에 놓이는 황홀경의 순간인 것이며,

하지만 이 소설의 시작과 끝은 같으면서도 다르다. 시작의 신내림은 '헛느낌'으로 표현된 다. 이명준은 잠시 현실세계 밖을 엿보았으나, 아직 현실세계 안에 머물러 있는 것이다. 이에 비해 끝의 신내림에 오면 '헛느낌'은 사라진다. 그렇기는커녕, 현실세계 바깥의 존재를 거부하려 했던 자신의 행동을 가리켜 '무엇에 씌웠던 게 틀림없다'고 하지 않는가? 그의 몸은 아직 바다에 떨어지지 않았으나, 그는 이미 현실세계 밖으로 나가 있는 것이다. 이렇게 해서 이명준은 이승에서 저승으로 건너갔다. 돌이켜 보면 그는 원래부터 이 세상 사람이 아니었던 것이다. 갈매기들이 그러했듯이.[23]

5. 맺음말

바다는, 크레파스보다 진한, 푸르고 육중한 비늘을 무겁게 뒤채면서, 숨을 쉰다.

중립국으로 가는 석방 포로를 실은 인도 배 타고르호는, 흰 페인트로 말쑥하게 칠한 삼천 톤의 몸을 떨면서, 물건처럼 빼곡이 들어찬 동지나

따라서 이 순간 현실세계로부터 그 너머의 세계로 건너갈 수 있기 때문이다. 개작에서 이명준이 활짝 웃은 것은 그가 진정한 의미의 '광장'에 도달한 것을 알았기 때문이다.

23) 작가는 이 소설에서 현실세계 너머의 세계를 엿보기 위해, 인류가 오랫동안 쌓아온 신화적 상상력을 동원하였다. 특히 이 소설의 결말 부분은 거의 새로 쓴 것이나 다름없이 대폭적으로 고쳐졌는데, 이것은 바로 이 신화적 상상력에 따라 이루어진 것이어서 개작의 방향이 무엇인지를 분명히 말해준다. 작가 스스로도 이 소설의 개작과 관련하여, "신화는 그것을 만든 사람들이 그들의 키에 맞춰서 만든 옷이다. 그 사람들의 피와 땀을 먹고 살이 찐 우리들에게는 너무 삭다. 거기다 붙이는 증폭장치의 고안—그것이 현대문학의 내용이다"라고(최인훈, 「소설 <광장>을 고쳐쓴 까닭」, 앞 책, 363면) 말하고 있지 않은가? 이러한 작가의 발언은 이 글에서 지금까지 논의해온 색다른 독법의 타당성을 뒷받침해 주는 것이다.

바다의 훈김을 헤치며 미끄러져 간다.
   석방 포로 이명준(李明俊)은, 오른편에 곧장 갑판으로 통한 사닥다리를 타고 내려가, 배 뒤쪽 난간에 가서, 거기 기대어 선다. 담배를 꺼내 물고 라이터를 켜댔으나 바람에 이내 꺼지고 하여, 몇 번이나 그르친 끝에, 그 자리에 쭈그리고 앉아서 오른팔로 얼굴을 가리고 간신히 당긴다. 그때다. 또 그 눈이다. 배가 떠나고부터 가끔 나타나는 허깨비다. 누군가 엿보고 있다가는, 명준이 휙 돌아보면, 쑥, 숨어버린다.(21면)

   이튿날.
   타고르호는, 흰 페인트로 말쑥하게 칠한 삼천 톤의 몸을 떨면서, 한 사람의 손님을 잃어버린 채 물체처럼 빼곡이 들어찬 남지나 바다의 훈김을 헤치며 미끄러져 간다.
   흰 바다새들의 그림자는 보이지 않는다. 마스트에도, 그 언저리 바다에도.
   아마, 마카오에서, 다른 데로 가버린 모양이다.(189면)

논의를 마무리하기 전에 <광장>의 처음과 끝을 다시 읽어보는 것은 이 글에서 제시한 색다른 독법의 타당성을 보이기 위해서이다. 위에 인용된 이 소설의 초두 부분과 말미 부분을 비교해 보자. 무엇이 달라졌는가? 인도행 배 타고르호를 타고 가던 이명준과 그를 끈질기게 따라오던 갈매기들이 사라졌다는 것이다. 이명준과 갈매기들은 이 소설의 처음부터 끝까지 서로 밀고 당기며 항해를 계속했다. 갈매기들은 이명준을 그들의 세계로 끌어가려 했고, 이명준은 끌려가지 않으려고 했다. 갈매기들을 총으로 쏘아 떨어뜨리려고까지 했으니, 피차 목숨을 건 줄다리기였다. 이 줄다리기를 통해 이명준은 어떤 깨달음을 얻고 갈매기들을 따라 저 세상으로 건너갔다. 그러기에 타고르호 쪽에서 보면 이명준과 갈매기들이 사라진 것이지만, 이명준과 갈매기들 쪽에서 보면 원래의 자리로 되돌아간 것이다.
   따라서 이러한 결말은 이명준의 패배이면서 또한 승리이기도 하다. 이것은 그의 죽음인 동시에 재생이기 때문이다. 이런 사정이므로, <광

장>을 읽는 데는 두 가지 방식이 가능하다. 현실세계로부터의 읽기와 그 너머로부터의 읽기가 그것이다. 이쪽(현실세계)에서 읽으면, <광장>은 남북한의 정치 현실에 좌절한 한 젊은 지식인이 먼저 죽은 애인과 딸을 따라 이 세상의 삶을 마감했다는 이야기가 된다. 갈매기의 유혹은 죽음에의 유혹이었던 바, 이러한 결말은 이명준이 현실에 절망하여 여인들에 탐닉하기 시작했을 때부터 이미 예정된 것이다. 여인의 자궁이란 무덤과 같은 안식의 공간이 아닌가? 여인을 향한 욕망은 저 깊은 곳에서 죽음에의 욕망과 은밀히 맺어져 있는 것이다.

<광장>을 저쪽(현실세계 너머의 세계)에서 읽으면, 이 소설은 이미 저 세상에 속한 갈매기들이 이명준을 유혹하여 그리로 데려갔다는 이야기가 된다. 작가는 이명준의 죽음 직전에 찾아온 신내림, 그 절정의 순간에 이르러 그의 패배를 구원으로 반전시켰다. 현실세계와 그 너머의 세계를 바꾸어 버린 것이다. 너머의 세계로부터 본다면, 현실세계야말로 너머의 세계가 아니겠는가? 현실세계에서 보면 너머의 세계가 환각이지만, 너머의 세계에서 보면 현실세계가 환각일 것이다. 이 뒤집기를 통해 이명준은 바다(우주의 자궁)로 뛰어 들어 재생을 기약하게 된 것이다. 이러한 결말 역시 그가 현실에 절망하여 여인들에 탐닉하기 시작했을 때부터 예정된 것이다. 그는 이미 은혜의 자궁에 뿌리를 내리지 않았는가? 여인의 자궁이란 무엇보다 생명의 고향인 것이다.

다시 이쪽으로 돌아와 보자. 리얼리즘 쪽에서 <광장>을 읽는다면, 이 소설은 자의식 과잉 내지 관념 과잉이라는 비판으로부터 자유롭지 못할 것이다. 이에 반해, 모더니즘 쪽에서 <광장>을 읽는다면, 이 소설은 당시의 황폐한 현실에 맞서는 미적 구조물이라는 의미부여가 가능할 것이다. 하지만 이 두 가지 평가는 <광장>에 서로 다른 논리적 틀을 씌운 결과, 같은 내용을 달리 말하게 된 것에 불과하다. 이 둘은 현실세계 쪽에서 읽는 방식이라는 점에서 동일한 것이다. 이명준이 죽음으로써 거부한 것이 바로 이런 것들이 아닌가? 이 글에서 현실세계

너머의 세계로부터의 <광장> 읽기를 시도한 것은 바로 이런 이유에서이다.

이명준은 이쪽에 '광장'이 없음을 확인하고 '광장'을 찾아 저쪽으로 건너갔다. 아니, 그는 당초 이 세상 사람이 아니었다. 이제 그는 갈매기들과, 특히 작은 갈매기와 구별되지 않는다. 작은 갈매기는 이미 저 세상으로 건너간, 아니 어쩌면 원래부터 저 세상에 존재하던 그 자신이었던 것이다. 그는 저 너머에 있는 참존재의 사자로서 잠시 이쪽에 왔었던 것이다. 이쪽이란 무엇인가? 그것은 당시의 남북한이라 해도 좋고, 한국의 파행적 근대라 해도 좋다. 아니, 좀더 범위를 넓히면, 문명 이후의 인류 역사라 불러도 되고, 그냥 이 세상이라 불러도 된다.

이명준이 저쪽으로 돌아간 이후 어떻게 되었는지는 아무도 모른다. 하지만 분명한 것은 그가 저쪽으로 돌아간 것은 이쪽에는 '광장'이 없었기 때문이다. 그는 지금도 이쪽에 남아 있는 사람들에게 모든 사상과 제도와 관습을 깨뜨리라고, 그리하여 그런 것들로 덧씌워지기 이전의 본래의 인간으로 돌아가라고 요구한다. 하지만 작가의 개작이 없었다면, <광장>은 세월의 흐름을 견디면서 이런 요구를 계속할 수 없었을 것이다. 작가는 연이은 개작을 통해, 이명준이 진정한 의미의 '광장'을 찾아가는 길에 끝까지 동행했던 것이다.

<광장>은 저 세상에서 이 세상에 던져진 '광장'의 메시지이다. 달리 말해 이 소설은 '광장'으로 표현된 참존재가 작가의 입을 빌어 울리는 저 세상의 목소리이다. 하지만 그 목소리의 울림이 이 세상의 언어로 되어 있기에, <광장>은 저 세상을 간신히 엿볼 수 있게 하는 작은 틈이 되었다. <광장>이 세월의 흐름을 견디며 읽히는 것은 그 자체가 그런 틈이기 때문이다. 그 틈으로 현실세계 저 너머의 빛이 조금씩 흘러 들어온다. 그렇다고는 해도, 작가를 포함해 그 누구도 저 세상에 대해 온전히 알 수는 없으므로, <광장>에 대한 가치 평가는 끝까지 유보될 수밖에 없다. 다만 이 글에서는 이 소설에 대한 색다른 독법을 제

시함으로써, 이 세상의 언어로 저 세상의 풍경을 엿보고자 했을 따름
이다. 최인훈이 그랬듯이.

(『성심어문론집』 26, 성심어문학회, 2004. 2)

시함으로써, 이 세상의 언어로 저 세상의 풍경을 엿보고자 했을 따름
이다. 최인훈이 그랬듯이.

'서울, 1964년 겨울'에 유폐된 영혼

— 김승옥의 소설세계

1. 머리말

1941년 일본 오사카에서 출생. 1945년 귀국. 1946년 순천에 정착. 순천 중고등학교 졸업. 1960년 서울대 불문과 입학. 1962년 단편 <생명연습>으로 한국일보 신춘문예에 당선. 이후 <건(乾)> <환상수첩> <역사(力士)> <무진기행> 등을 발표. 1965년 서울대 졸업. <서울, 1964년 겨울>로 제10회 동인문학상 수상 계속하여 <다산성> <빛의 무덤 속> <1960년대식> 등을 발표하다가 1970년대 이후 사실상 소설쓰기를 중단. 1977년 <서울의 달빛 0장>으로 이상문학상을 수상하기도 하나, 그의 문학적 성과는 1960년대에 종료된 것으로 평가됨. 이상이 '전(前)소설가' 김승옥의 간단한 이력이다. 특히 1962년부터 1965년까지의 4년간이 그의 전성기였으며, 이 짧은 기간의 작품활동으로 그는 4·19세대를 대변하는 1960년대의 대표적 작가로, 또는 한국문학의 신화적 존재로까지 알려지게 되었다. 이후 그는 이렇게 되었는가? 1981년 하느님을 만나는 신비체험을 하게 되는데, 작가는 이 체험이 직업 이상의 신성한 것이었던 소설쓰기를 중단하게 된 가장 큰 이유라고 설명한다. "오직 성경과 그 주석서를 읽고 기도생활에 몰두하며 나의 세계관과 인생관을 교정하는 일밖에 다른 겨를이 없이 지내왔다"는[1] 것이다.

굳이 김승옥의 이력을 들추는 것은 무슨 호사취미에서가 아니라, 그의 이력을 염두에 두고 이 글을 시작하는 것이 좋겠다는 판단 때문이다. 우선 그가 대학에 입학하던 해인 1960년에 4·19를 직접 체험했다는 것, 대학 재학 중에 1950년대 문학의 성과를 훌쩍 뛰어넘는 작품들을 발표했다는 것, 그리고 대학을 졸업하던 해인 1965년을 고비로 작가정신의 현저한 후퇴를 보였다는 것이 지적될 수 있다. 그 탁월한 재능은 어찌하여 단숨에 솟아올랐다가 갑자기 사라졌는가? 이 질문은 김승옥이 어떤 점에서 '4·19세대'이며 또한 '60년대 작가'인가 하는 질문과 맞물리는 동시에, 나아가 60년대 문학이란 무엇이며 그것은 4·19와 어떤 관계에 놓이는가 하는 질문을 제기한다. 여기서는 일단 김승옥을 논의의 중심에 놓고, 이 문제들을 대강이나마 짚어 보기로 하겠다.

먼저 60년대 문학과 4·19의 관계를 어떻게 볼 것인가 하는 문제이다. 어느 시대의 문학이건 그것이 혁명이나 전쟁과 같은 커다란 정치적 사건 또는 사회적 격변에 영향받는 것은 필연적이다. 그러나 이 경우 양자의 관계는 중층적으로 이해될 필요가 있다. 가령, 전쟁의 상황을 리얼하게 그려냈다거나 혁명의 이념을 그대로 수용한 문학이 있다고 할 때, 문학과 전쟁 또는 문학과 혁명의 관계는 뚜렷하게 드러나는 외적인 것이라 할 수 있다. 그러나 적어도 문학의 관점에서는 이 같은 외적인 관계를 본질적 관계로 볼 수는 없다. 진정한 관계는 오히려 쉽게 발견되지 않는 내적인 것이다. 여기에는 인간과 사회를 보는 시각의 미묘한 조정을 수반하는 인식론적 전환, 급격하거나 완만한 정서상의 상승 또는 하강, 그리고 그런 것들로 인해 일상생활에서 느껴지는

---

1) 김승옥, <나와 소설쓰기>, 『김승옥 소설전집』 1, 문학동네, 1995, 6면. 이하, 『전집』이라고만 한다.

삶의 질의 미세하면서도 다양한 굴절 등이 두루 포함된다. 한 사회 또는 집단의 구성원들이 그러한 변화를 의식하든 못하든, 그것은 이미 그 사회 또는 집단의 것이며, 구성원들은 그들의 구체적 삶을 통해 변화를 이끌거나 변화에 적응하거나 변화에 저항한다. 그리고 이 같은 집단의 의식구조 또는 정서구조가 작가에 의해 매개됨으로써 문학작품으로 표현되는 것이다.

4·19와 60년대 문학과의 관계 역시 이 같은 관점에서 고찰될 필요가 있다. 더군다나 4·19는 미완의 혁명이었다고 흔히 말해지지 않는가? 겨우 1년 뒤 5·16으로 인해 좌절된 4·19의 이념이 미래형의 것이었다면 그것은 언제부터 형성되었는가? 1948년 남한 단독정부 수립 이후 자유당 독재정권과 5·16 군사정변을 통해 쌓여온 민족모순, 사회모순이 어느정도 논리적으로 인식되고 그것을 해결하기 위한 실천방향이 모색되는 것은 아무래도 1960년대 후반 이후부터일 것이다. 그리고 이 시기가 우리 현대문학사에서 진정으로 50년대 문학을 극복하고 질적으로 한 단계 비약하는 시기, 또는 비약을 준비하는 시기였던 것이다. 물론 이 경우, 극복과 비약이란 역사와 사회에 대한 문학의 적극적 응전과 실천의지를 염두에 두고 말함이다.

그렇다면 1960년대 전반기의 문학은 어떠한가? 4·19의 이념이 미래형으로만 존재하는 시기, 비록 5·16에 의해 무참히 꺾였지만 아직도 막연한 흥분과 열기가 가라앉지 않은 시기, 바로 이 시기에 '감수성의 혁명'으로[2] 일컬어지는 김승옥의 소설이 화려하게 또는 고통스럽게 놓이는 것이다. 이 시기를 감수성이 아니면 달리 무엇으로 잡아낼 수 있었겠는가? 김승옥의 소설이 4·19의 이념과는 무관하므로 4·19와 연관지어 논하는 것은 타당하지 않다는 견해도 있지만, 지금까지의 논의에 비추면 이것은 김승옥의 문학과 4·19를 외적인 관계로만 파악하려는

---

2) 유종호, <감수성의 혁명>, 『비순수의 선언』, 민음사, 1995, 424면 이하 참고.

데서 오는 오해이다. 내적인 관계에서 보면, 대학생들이 성공시킨 4·19라는 혁명과 대학생이었던 김승옥이 성취한 감수성이라는 혁명은 어김없이 동렬에 놓이는 것이다. 4·19는 비록 미완의 혁명이었지만, 아니 미완의 혁명이었던 까닭에, 감수성으로 포착된 자아의 내면풍경을 작가에게 제공할 수 있었던 것이다. 아니, 감수성으로 포착된 자아의 내면풍경 이상의 것을 작가에게 제공할 수 없었던 것이다.

이상에서 4·19와 1960년대 문학과의 관계, 그리고 김승옥의 소설이 60년대 문학에서 차지하는 위상을 거칠게나마 논의해 보았다.[3] 이로써 위에 적은 바, 탁월한 재능(김승옥의 소설)이 어떻게 단숨에 솟아오를 수 있었는지를 밝힌 셈이다. 하지만 이에 못지 않게 중요한 남은 문제가 있으니, 그것은 위에 적은 질문의 뒷부분 즉 이 탁월한 재능은 어찌하여 갑자기 사라졌는가 하는 점이다. 여기가지 와서야 비로소 4·19가 작가에게 제공한 '감수성으로 포착된 자아의 내면풍경'의 정체는 과연 무엇인가 하는 문제가 심각하게 제기된다. 미리 말해 두자면, 그것은 사회적 의미와 존재론적 의미를 동시에 지니고 있다. 시시한 장난과도 같은 이 세상의 모든 것에 환멸을 느끼고, 끊임없이 현실일탈을 감행

---

3) 1960년대 문학에서 김승옥의 소설이 차지하는 위상을 살피기 위해서는 1960년대의 다른 작가 또는 시인들의 문학세계를 함께 검토하여 그 경향에 따라 계열화해 보는 방법이 필요할 것이다. 이 같은 방법으로 1960년대 문학과 김승옥의 소설을 다룬 연구로는 정현기, 「1960년대 소설」, 『한국근현대문학연구입문』(한길사, 1990), 서경석, 「60년대 소설 개관」, 문학사와 비평연구회, 『1960년대 문학연구』(예하, 1993), 하정일, 「주체성의 복원과 성찰의 서사」, 민족문학사연구소 현대문학분과, 『1960년대 문학연구』(깊은샘, 1998), 정희모, 「1950년대 소설의 극복과 60년대 소설의 서사적 전개」, 『1950년대 한국문학과 서사성』(깊은샘, 1998) 등이 있다. 이 밖에 김승옥에 대한 작가론으로는 김현, 「구원의 문학과 개인주의」, 『김현문학전집』 2(문학과 지성사, 1991), 정현기, 「김승옥과 1960년대적 불안」, 『한국문학의 해석과 평가』(문학과 지성사, 1994), 류보선, 「개인과 사회의 대립적 인식과 그 의미」, 『문학사상』(1990. 5), 한형구, 「김승옥 문학의 문학사적 성격」, 이주형 외, 『한국현대작가연구』(민음사, 1989), 한상규, 「환멸의 낭만주의」, 문학사와 비평연구회, 『1960년대 문학연구』(예하, 1993) 등이 있다. 이 글은 이들 선행연구에 힘입은 바 크다.

하면서 본래적 자아를 찾기 위해 몸부림치는 김승옥의 작중인물들, 그
들의 내면은 한결같이 어떤 근원적이고 절대적인 존대에 대한 무한한
그리움으로 가득하다. 본래적 자아 또는 근원적 존재에 허기지고 목말
라하는 사람들, 이 극심한 기갈증에 걸린 김승옥의 작중인물들이란 도
대체가 이 세상 사람들이 아닌 것이다.

2. '자기세계' 확보를 위한 자기파괴 : 상처받는 영혼

1950년대의 전후소설들이 세계에 의해 부정되는 자아와 자아에 의해
부정되는 세계의 대립만을 보였을 뿐, 자아 쪽의 내면풍경도 세계 쪽
의 현실구도도 드러내지 못했다는 한계를 지닌다면, 김승옥의 소설은
적어도 자아 쪽의 내면풍경을 과감히 열어 보였다는 변별점을 갖는다.
그렇다면 그 내면풍경의 정체는 무엇인가? 김승옥의 소설을 읽는 일이
란 바로 이 물음에 대한 대답을 찾아가는 일에 해당된다. 이를 위해 먼
저, 작가의 첫 작품이면서 작가 스스로 소설 속에서 '자기세계(自己世
界)'와 '극기(克己)'를 힘주어 이야기하고 있는 <생명연습(生命演習)>
을 읽어보기로 하자.

이 작품에서 '자기세계'는 "분명히 남의 세계와는 다른 것으로서 마
치 함락시킬 수 없는 성곽과도 같은 것"으로[4] 제시된다. '나'는 "그 성
곽에서 대기는 연초록빛에 함뿍 물들어 아른대고 그 사이로 장미꽃이
만발한 정원이 있으리라고" 상상한다. 그러나 '내'가 알고 있는 사람들
은 ㄱ 성곽에서도 특히 "곰팡이와 거미줄이 쉴새없이 자라나고 있는"
지하실을 귀한 재산처럼 차지하고 사는 것으로 생각된다. 이 같은 진

---

4) 김승옥, <생명연습>, 『전집』 1, 26면.
　이하, 이 작품에서의 인용은 따로 각주를 달지 않고 인용부호로만 표시한다.

술은 '내'가 '자기세계'에 대해 이야기하고 있으면서도 정작 자신의 '자기세계'는 감추어 두고 싶어하는 심리를 드러낸다. '내'가 상상하는 '자기세계'와 '내'가 아는 사람들의 '자기세계'를 구분해서 이야기하는 것이 그 점을 시사한다. 이 같은 '나'의 태도는 드러내기 싫은 '나'의 지하실을 결국에는 드러내되, 그것을 짐짓 남의 것처럼 드러내고자 하는 것이다. 따라서 여기에는 '나'의 지하실을 드러내지 않고서는 못견디는 '나'의 노출욕망이 은밀히 숨어 있다. 노출시키지 않는 듯이 노출시키려는 이 숨은 욕망은 곧 이 작품의 작위적 형식과 관련된다. 표면적으로 '나'는 '내'가 아는 사람들의 지하실에 대해 이야기하지만, 그것은 결국 '나'의 지하실과 별로 다르지 않은 것이다.

극단적인 이기심에서 정순을 범한 한교수, 수많은 여자를 정복하면서 '연민'을 외치는 '나'의 친구 영수, 자를 갖다대고 그린 직선 때문에 '윤리의 위기'를 느끼는 만화가 오선생, 그리고 십년 전 남편을 잃고 불륜을 저지르는 어머니, 그 어머니를 죽이려는 생각을 품고 '지옥을 지키는 마귀'처럼 다락방에 박혀있는 형, 이 모두가 실은 '나'와 별로 다른 사람들이 아니며, 설령 조금 다르다 쳐도 '나' 역시 그들을 닮으려는 욕망을 마음 깊이 지니고 있는 것이다. '나'는 누나와 함께 "등대가 있는 낭떠러지에서 밤 파도가 으르렁대는 해변으로" 형을 떠밀어 버리지 않았는가? 살아난 형이 사흘 뒤 자살해 버리자, '나'와 누나는 '감사의 눈물'을 흘리지 않았는가?

이제 '자기세계'는 그 실체를 드러낼 때가 되었다. <생명연습>에서 지하실로 표현된 '자기세계'란 죄의식의 다른 이름이다.[5] 이 죄의식은

---

5) 김승옥의 소설들에 깊이 잠복되어 있는 이 죄의식은 인간이 지닌 성적 욕망에 기인하는 듯하다. <생명연습>에서 한교수, 영수, 어머니의 '자기세계'는 모두 성욕과 관련되어 있다. 특히 스스로 생식기를 잘라버린 전도사와 밤중에 측백나무 아래 벤치에서 수음을 하는 애란인 선교사의 등장은 작가가 암암리에 인간의 성적 욕망을 기독교적 원죄의 개념으로 이해하고 있음을 드러내는 것으로 보인다. 김승옥은 거의 모든 작품에서 성욕의 문제를 중요한 주제로 다루고 있다.

자신의 이익을 위해 남에게 해를 끼치는 행위로부터, 더 근원적으로는 자신이 살아남기 위해 남을 죽이는 행위로부터 온다. 이 같은 행위들은 이 세상을 살아가는 한 도저히 피할 수 없는 것이다. 그러니까 이것은 모든 인간에게 주어진 존재조건이다. 살기 위해서는 이 존재조건을 수락하고 죄의식을 버려야만 하는데, 그렇게 하는 것이 바로 ‘극기’이다. 어머니와 형의 생사를 건 대결을 보다 못해, “어머니의 ‘남자관계’는 곧 내가 사랑하는 그리고 어머니가 사랑하는 아버지를 찾아 헤매는 일”이라고 거짓 작문을 지어 형을 설득하려 한 누나에게, 형은 발광하듯 웃고 나서 “너는 그렇게 해석해도 무방하다. 그러나 실은 그것에서 그치는 것은 아니다. 그것은 일종의 극기일 뿐이다. 극기일 뿐이다. 극기일 뿐이다.”라고 외친다. 죄악의 행위를 합리화하면서 죄의식에서 벗어나는 것, 그것이 ‘극기’인 것이다. 이 ‘극기’에 실패한 사람에겐 오직 죽음이 있을 뿐이다. 그러기에 ‘생명연습’인 것이다. ‘극기’를 부정하고 ‘극기’에 실패한 형은 낭떠러지에서 스스로 몸을 던지는 자살을 선택할 수밖에 없었던 것이다.[6]

그렇다면 ‘나’는 어떠한가? 일견 ‘나’는 ‘극기’에 성공했기에 살아남은 것으로 보인다. 그러나 ‘나’의 성공은 완전한 것이 아니다. 교회에서 대부흥회가 있었던 어느 봄날, 하느님이 시켜서 손수 자신의 생식기를 잘라버렸다는 전도사를 보며, “내게도 성령이 찾아오는 어느 순간이 있어 나 스스로의 목이라도 잘라버려야 할 경우가 있을는지도 모를 일이라는” 생각이 들면서 소름이 돋는 것은 저 무의식 깊이 감추어진 죄의식의 표현이 아니겠는가? ‘나’는 남들처럼 ‘자기세계’를 확보하기 위해 몸부림치면서도 좀처럼 ‘극기’에 성공하지 못하는 인물로 보인다.

---

6) 김승옥의 소설에서 흔히 볼 수 있는 사살 또는 자살에의 유혹은 대부분 ‘극기’의 실패에 원인이 있다. <환상수첩>에서 정우가 자살하는 것이나 <60년대식>에서 도인이 유서를 써 놓는 것, 그리고 <누이를 이해하기 위하여>에서 ‘내’가 자살에의 유혹을 받는 것이나 <무진기행>에서 윤희중이 어머니의 묘 속으로 들어가고 싶어하는 것이 모두 그런 경우이다.

　　이 소설의 작중화자인 '나'는 왜 남들처럼 쉽사리 '자기세계'를 확보하지 못하는 것일까? '극기'를 통해 '자기세계'를 구축하는 일은 '장미꽃이 만발한 정원'으로 표상되는 또 하나의 '자기세계'를 파괴하는 일이기 때문이다. '정원'으로 표상되는 또 하나의 '자기세계', 그것은 훼손되지 않은 본래적 자아 즉 순결한 영혼이 깃든 공간이다. 이 또 하나의 '자기세계'는 '정원'처럼 상상 속에 존재하기도 하지만, '나지막이 들려오는 파도의 찰싹거리는 소리'처럼 유년기의 기억 속에도 존재한다. 이 또 하나의 '자기세계'는 '어린 가슴에 찾아오는 평안'과도 같은 어떤 것을 주는 공간, 다시 말해 영혼의 쉼터이다. '나'는 이 세상에 살아남기 위해 '극기'를 성공시키려고 의식적으로 노력하지만, 다른 한편으로 때묻지 않은 영혼의 쉼터를 못 견디게 그리워한다. 이 그리움은 결국 순수한 본래적 자아 내지는 어떤 근원적 존재에 대한 막연하지만 절실한 그리움이다.[7] '지하실'과 '정원'은 '나'의 내부에서 첨예한 갈등관계에 놓여 있는 것이다. 적어도 '나'에게 있어서 '극기'란 본래적 자아를 잠식하여 순결한 영혼에 상처를 주는 행위이다. 이로써 '자기세계'의 확보는 자기파괴를 통해서만 가능하다는 사실이 밝혀졌거니와, 이 점을 명백히 보여주는 작품이 <건(乾)>이다.

　　<건(乾)>은 <생명연습>과 표리의 관계를 이루는 작품이다. <생명연습>이 '자기세계' 또는 '극기'가 무엇인지를 설명하는 작품이라고 한다면, <건>은 실제로 '극기'를 통해 '자기세계'를 확보해 나가는 모습을 보여주는 작품이기 때문이다. 이 작품은 빨치산의 습격으로 엉망진창이 된 시(市)에서 일어난 일을 어린 소년('나')의 시선으로 그려낸 작품이다. 소년의 시선이라고 했지만, 동화가 아닌 이상 그것이 꼭 소년의 시선일 수는 없는 것이니, 여기에는 '자기세계'를 확보하고야 말겠다는 작가의 위악적인 시선이 겹쳐 있다. 작가는 빨치산의 시체를

---

7) <누이를 이해하기 위하여>에서 '나'(소설가)는 "우리는 그리워하기 위해서 태어난 게 아닐까요?"라고 말한다. 『전집』 1, 92면.

구경한 소년으로 하여금 어른들을 따라 땅바닥에 침을 뱉게 하고, 구덩이 속에 놓인 빨치산의 관을 향해 돌멩이를 세차게 던지도록 한다. 죄의식이 느껴지는 행위를 서슴없이 감행함으로써 도리어 죄의식을 없애 버리는 것, 그것이 살아남은 자들이 해야 할 일인 것이다.

하지만 작가는 이 위악적인 소년의 영혼이 깃든 공간을 두 군데 마련해 놓고 있으니, 그 하나는 6·25 때 인민군 군사본부로 사용되다가 지금은 방위대 본부로 사용되는 옛날 어느 굉장한 부호가 살던 저택의 지하실, 정확히는 소년이 크레용으로 그림을 그리던 하얀색의 벽(白灰壁) 또는 그 벽에 그려진 벽화들이다. 소년은 그 방위대 본부의 지하실에서 같은 또래 아이들과 하던 '가슴뛰는 놀이'(그림 그리기)를 잊을 수 없고, 또 우연히 둘만 남게 되었을 때 꽉 껴안았던 미영이라는 계집애를 잊을 수 없다. 그러나 빨치산의 습격으로 방위대 본부는 불타버렸고, 이 사건은 소년에게 큰 충격으로 다가온다. "어느 날엔가 방위대도 물러가면 그때는 기어코 다시 그 지하실의 벽화들 앞에 마주 서보리라 마음먹고 있었는데 그날 아침 나(소년)는 절망같은 걸 느끼지 않을 수 없었던 것이다."[8] 소년의 영혼이 깃들어 있는 또 하나의 공간은 재작년 6·25 때 아주 멀찌감치 일본으로 피난을 가버린 미영이네가 살던 빈집이다. 지금은 '매가(賣家)'라고 쓰인 더러운 종이조각이 붙어 있는 대문 앞을 지나칠 때마다 소년은 "그 집이 빈집이라는 생각을 해본 적이 한번도 없었다." 미영이의 빈집은 미영아, 하고 부르면 미영이가 곧 뛰어나올 것 같았던, 온갖 화려한 공상을 끄집어낼 수 있는 용궁처럼 신비스러운 곳이었다. 그러나 놀랍게도 소년은 자신의 영혼이 깃든 이 공간을 파괴하려는 '무서운 음모'에 간단히 가담하고 만다.

형과 형의 친구들이 '어둠과 음란의 냄새'를 내뿜으며 윤희 누나를 강간하려는 계획을 세우고, 윤희누나를 미영이가 살던 빈집으로 유인

---

8) 김승옥, <건(乾)>, 『전집』 1, 48면.
　이하, 이 작품에서의 인용은 따로 각주를 달지 않고 인용부호로만 표시한다.

하는 심부름을 소년에게 시켰을 때, 소년은 아무 망설임도 없이 그 심부름을 완벽하게 수행해 낸다. 윤희누나는 누구인가? 소년에게 심이 굵은 도화연필을 주었던 윤희누나, 소년이 "어딘가 조용한 곳으로 날 데리고 가서 나의 뜨거운 이마에 손을 얹어 주었으면" 하고 바라는 윤희누나는 소년이 지친 영혼을 기댈 수 있는 유일하게 살아 있는 존재이다.[9] 그 윤희누나가 다른 곳도 아닌 미영이가 살던 빈집에서 강간을 당할 것이고 그 음모에 소년이 가담한다는 것은 무엇을 뜻하는가? 그것은 소년이 스스로 자기자신을 파괴함으로써 '자기세계'를 구축하려는 것이다. 자기의 영혼이 기댈 수 있는 대상(윤희누나)과 쉴 수 있는 공간(미영이가 살던 빈집)을 세상의 죄악에 던져 줌으로써 스스로의 영혼에 상처를 주고 세상과 손잡으려는 것이다. 대체 소년은 왜 이 같은 자기파괴를 서슴없이 감행하는가? 이 위악적인 소년은 그렇게 해야만 자기가 이 세상에 살아남을 수 있다는 것을 이미 알아버렸기 때문이다. 그렇게 하는 것이 바로 '극기'가 아닌가? 이 자기파괴가 몇 푼의 돈을 위해 빨치산의 시체를 파묻은 아버지의 행위에 비유되는 것은 이 점에서 의미심장하다. "하기야 그것이 '자라난다'는 것인지도 모른다." 소년이 "미영아, 내게 응원을 보내라. … 뭐 난 잘 해낼 것이다"라고 말하는 것은 따라서 스스로의 영혼을 달래는 독백이다. 나의 영혼아, 네가 상처를 견디고 죄의식을 버리고 얌전히만 있어 준다면, 나는 이 세상에서 낙오되지 않고 곧 어른이 될 것이다. 라고.[10]

---

9) 김승옥의 소설에 등장하는 여성들은 소설 주인공이 '자기세계'를 확보하기 이전의 파괴되지 않은 본래적 자아를 상징하는 경우가 많다. 따라서 여성들이 처녀성을 잃는 것은 소설 주인공 자신이 파괴되는 것을 의미한다. 가령, <누이를 이해하기 위하여>의 누이, <환상수첩>의 진영이, <염소는 힘이 세다>의 누나가 그런 경우이다.

10) 이 점에서 <건>은 일종의 성장소설이라고 할 수 있다. 이 작품 외에도 1960년대 전반기에 쓰여진 김승옥의 소설들은 대체로 성장소설의 성격을 띤다. 이 경우 '자기세계'의 확보란 곧 어른이 되는 것을 의미한다고 볼 수 있다.

3. 속물적 현실에 대한 최후의 저항 : 갇혀버린 영혼

지금까지 논의한 <생명연습>과 <건>은 김승옥의 초기작이니만큼 작가의 유년기의 체험에 많이 의존하고 있다. 전란에 시달리던 순천에서 보낸 유년기는 아마도 작가에게 이 세상과 거기에 살고있는 인간들에 대한 부정적인 인상을 각인시켜 놓았으리라 생각되거니와, 어쨌든 작가의 유년기에 닿아 있는 <생명연습>과 <건>은 김승옥 소설세계의 원형을 보여준다는 점에 그 중요성이 있다. 따라서 이 두 작품을 논의하면서 보인 분석틀은 이후 김승옥의 다른 작품들을 읽는 데에도 유효하다. 그러나 유년기에 겪은 체험만으로 한 작가의 소설세계가 완결될 수는 것이니, 이제 대학생이 된 작가의 날카로운 감수성은 서울에서의 일상적 삶과 조우하지 않을 수 없게 되는 것이다.

서울에서의 일상적 삶이란 무엇인가? 그것은 5·16 이후 군사정권에 의해 진행된 개발독재의 권위적 담론이 지배하는 세계와의 만남이며, 물신주의와 출세주의가 점차 그 위세를 더해가는 속물적 현실과의 부대낌이다. 이 속물적 현실이 대학과 그 주변에도 침투했음은 불문가지인 것이며, 작가는 이 같은 현실을 만나 <환상수첩> <역사(力士)> <누이를 이해하기 위하여> <확인해본 열 나섯 개의 고정관념>을 쓰게 된다. 하지만 아직 학생신분인 작가에게 서울에서의 삶이란 그 징후만이 포착될 뿐이어서, 서울과 고향을 오가는 시행착오를 반복하거나 서울 안에서의 풍요와 빈곤 사이에서 고민하는 수준에서 맴돌았으니, 위의 네 작품이 그러하다. 작가가 정녕 서울에서의 속물적 삶에 부대끼기 시작한 것은 서울에 온 지 4, 5년이 지나 대학을 벗어나면서 사회에 첫 발을 내딛을 때였으리라. 그리하여 1964, 65년에 이르러 <무진기행> <차나 한 잔> <서울, 1964년 겨울> <들놀이> 등이 쓰여지게 된다. 이들 작품 중에서도 <무진기행>과 <서울, 1964년 겨울>

은 김승옥 자신의 문학세계의 정점이자 60년대 전반기 문학의 정점을 이루는 것이다.

<무진기행>의 배경은 안개의 도시 무진(霧津)이지만, 따라서 이 작품의 내용도 무진에서 일어난 일로 채워져 있지만, 무진은 서울의 연장이자 대립항으로 놓인 것이기에, 엄밀히 말해 이 작품은 서울에서의 삶을 다룬 것이라 할 수 있다. 무진은 작가의 고향 순천을 잠시 빌어온 상상의 공간인 것이며, 따라서 주인공 윤희중은 서울에서의 생활 한복판에 있으면서 잠시 자신의 내면 속으로 여행을 떠났던 것이다. 그러니까 윤희중의 무진기행이란 "단순한 고향방문이 아니라 크게 흔들리는 자신의 삶을 근본적으로 돌이켜보기 위한 자기 내면의식의 방문"인[11] 것이다. 그러나 서울이라는 물화된 외적 현실은 엄청난 중력으로 그를 끌어당기고 있었고, 그는 결국 무진을 떠나 서울로 돌아올 수밖에 없게 되는 것이다. 즉 이 작품은 속물적 현실에 마지막으로 저항하는 영혼의 순례였던 것이다.

그렇다면 무진은 <생명연습>의 '장미꽃 정원' 또는 <건>의 '미영이네 집'과 같은 영혼의 쉼터인가? 그렇기도 하고 그렇지 않기도 하다.[12] 그렇다는 것은 윤희중의 영혼이 본래적 자아 또는 근원적 존재에 대한 무한한 그리움을 달래기 위해 찾아갈 곳은 무진 말고는 달리 없다는 점 때문이며, 그렇지 않다는 것은 그러나 무진 역시 서울과 크게 다르지 않은 물화된 세계라는 점 때문이다. 결국 이 작품은 영혼의 쉼터는 이 세상 어디에도 존재하지 않는다는 현실, 이제 영혼을 달래

---

11) 이남호, <'무진기행'의 의미분석>, 『문예중앙』, 1987 겨울, 310면.
12) 주인공 윤희중의 무진에 대한 연상은 이중적이다. 그 하나는 "골방 안에서의 공상과 불면을 쫓아보려고 행하던 수음과 곧잘 편도선을 붓게 하던 담배꽁초"로 기억되는 어둡던 청년시절이며, 다른 하나는 "물이 가득한 강물이 흐르고 잔디로 덮인 방죽이 시오리 밖의 바닷가까지 뻗어나가 있고 작은 숲이 있는" 한적한 자연 풍경이다. 김승옥, <무진기행>, 『전집』 1, 128~129면.
이하, 이 작품에서의 인용은 따로 각주를 달지 않고 인용부호로만 표시한다.

줄 만한 내면적인 상상의 공간조차 허용되지 않는다는 절망적인 현실을 아프게 확인한 것이라 할 수 있다.

<무진기행>은 뭔가 아득하고 몽환적이며 동시에 답답하고 불투명한 분위기를 지닌 작품이다. 이러한 분위기는 주인공 윤희중이 느끼는 막연한 해방감과 정체모를 초조감에 정확히 대응된다. 그리고 그러한 모든 것을 한꺼번에 수렴하는 것이 무진의 안개, 손으로 잡을 수 없으면서도 뚜렷이 존재하는 안개이다. "무진의 아침에 사람들이 만나는 안개, 사람들로 하여금 해를, 바람을 간절히 부르게 하는 무진의 안개"야말로 주인공의 내면풍경 그 자체인 것이다. 실상 윤희중은 무진으로 가는 버스 안에서, "햇빛의 신선한 밝음과 살갗에 탄력을 주는 정도의 공기의 저온, 그리고 해풍에 섞여 있는 정도의 소금기" 이 세 가지를 수면제 삼아, 이미 '반수면상태'에 빠져 있는 것이다.[13]

깨어 있는 상태도 아니고 완전히 잠든 상태도 아닌 반수면상태란 대체 어떤 상태인가? 그것은 잠든 상태처럼 아무것도 할 수 없는 상태이면서도, 깨어 있을 때는 할 수 없는 어떤 근본적인 일을 할 수 있는 상태이다. 이 반수면상태에서만이 그의 영혼은 숨을 쉴 수 있기 때문이다. 윤희중이 무진에 머물고 있었던 시간은 따라서 "별이 무수히 반짝이는 밤하늘을 보면서 분해서 못 견디어하던" 그의 영혼이 활동한 시간이다. 즉 그의 영혼이 물신주의와 출세주의에 저항하여 격렬한 싸움을 벌인 시간인 것이다. 안개에 가려 잘 보이지 않는 이 격렬한 전투야말로 이 작품이 지닌 아름다움의 근원이다. 이 전투는 그가 무진에 머무는 한, 즉 그가 자신의 내면세계를 탐색하는 한, 언제까지나 계속될

---

13) 김승옥의 많은 작품들이 논리의 모순을 보여주고 있거니와, 특히 <무진기행>에서 볼 수 있는 논리의 파탄은 이 '반수면상태'에 기인한다. 주인공 윤희중은 의식과 무의식이 분열되어 있을 뿐만 아니라, 의식과 의식이 분열되고 무의식과 무의식이 분열되는 심각한 자기분열을 보이고 있는 것이다. 이 같은 자기분열은 이 작품이 성취한 빼어난 감수성과 관련되는 것이며, 또한 이 작품이 지닌 의미와 한계를 동시에 시사하는 것이다.

성질의 것이다. 그러나 그는 아내의 전보를 받고 문득 반수면상태에서 깨어나 무진을 떠나고 만다. 격렬했던 전투가 끝나고 그의 영혼이 처절하게 패배하는 순간이다.[14) 그는 '심한 부끄러움'을 느낀다.

<무진기행>의 주인공이 무진을 떠나면서 느끼는 '부끄러움'은 그러나 단순히 그가 자기의 영혼을 배신했다는 점에서만 오는 것은 아니다. 그 부끄러움은 격렬했던 싸움이 전보 한 장에 의해 간단히 끝났다는 것, 그러니까 그 싸움이란 실상 한갓 포우즈에 불과했다는 것을 그 자신이 알게 모르게 알고 있었다는 점에서 오는 것이다. 말하자면 그는 자신의 영혼을 잠시 달래주는 척하다가 할 수 없다는 듯이 너무도 간단하게 내버린 것이다. <무진기행>이란 그의 영혼의 순례이자 영혼의 전투이기도 했지만, 어찌보면 그가 지신의 영혼을 떼어놓기 위한 하나의 방편으로 택한 여행이기도 했던 것이다. 그러나 한 인간의 영혼이 그 주인으로부터 그렇게 쉽게 분리될 수는 없다. 그의 영혼은 결코 무진(상상의 공간)에 버려지지 않고 서울(현실공간)까지 주인을 따라온다. 그가 무진을 떠나면서 느끼는 '부끄러움'이 그 증거이다. 이제 작가는 이 끈질기고 성가신 영혼의 존재(부끄러움의 근원)를 어떻게 처리할 것인가? 이 물음에 대한 대답이 <서울, 1964년 겨울>이다.

앞에서 <무진기행>의 주인공 윤희중이 심각한 자기분열 증세를 보이고 있으며, 그로 인하여 이 작품은 긴장감을 유지할 수 있었던 것이라고 썼거니와, 이처럼 주인공이 자기분열을 일으킨다는 사실은 그가 범상치 않은 복합적인 성격의 소유자임을 말해준다. 즉 그의 영혼이 그와 함께 인식주체의 역할을 수행함으로써 그가 마주치는 상황마다 그의 내부에서 갈등을 유발시키곤 했던 것이다. 말을 바꾸면 관찰하는 자아와 관찰되는 자아가 한 덩어리로 되어 있는 복합체로서의 인물이

---

14) 이 순간이야말로 <생명연습>으로부터 준비해온 '극기'을 통한 '자기세계'를 확
   보하여 완전한 의미에서 어른이 되는 순간이라 할 수 있다. <무진기행>은 고
   통스런 성년식이었던 것이다.

<무진기행>의 작중화자이자 주인공인 윤희중이었던 것이다. 그러나 무진에서 최후의 패배를 당한 그의 영혼은 이제 서울에 와서 그로부터 떨어져 나갈 수밖에 없게 된다. 자기분열로부터 자기분리로의 이행이다. <서울, 1964년 겨울>에서 작중화자('나' : 구청 병사계 직원)와 주인공('안(安)' : 부잣집 장남인 대학원생)이 별개의 인물로 설정되어 있음은 이로 볼 때 우연이 아니다.15) 이처럼 영혼이 분리되자, 불투명하고 축축한 분위기와 거기서 야기되는 갈등과 긴장은 사라지고, 대신 작중인물들간의 메마른 대화와 서울 거리의 음산한 풍경만이 남게 된다. 분리된 영혼은 적어도 표면적으로는 관찰하는 자아로서의 자격을 잃고 하나의 관찰대상으로 전락하는 것이다.

그러나 <서울, 1964년 겨울>에 숨어 있는 실질적인 인식주체는 '나'에 의해 관찰되는 '안'이다. 등장인물들간의 대화를 '안'이 주도하고 있을 뿐만 아니라, 물화된 서울 거리의 풍경도 실은 '안'의 눈에 비친 것을 '나'를 통해 그려낸 것이라 할 수 있기 때문이다. 그렇다면 '안'이 본 서울은 어떤 세계인가? "서울은 모든 욕망의 집결지"이다.16) 욕망은 꿈틀거림으로 표현되며, 꿈틀거림 속에는 여자의 아랫배가 조용히 오르내리는 것으로부터 대학생들의 데모까지 포함된다. 그러니까 아랫배의 꿈틀거림과 데모대의 꿈틀거림은 욕망의 표현이라는 점에서 완전히 등가이다. 이 모든 욕망이 모여 있는 서울의 거리는 "영화광고에서 본 식민지의 거리처럼 춥고 한산하다." 소주광고의 네온사인과 약광고의 네온사인이 명멸하고 있으며, "완전히 얼어붙은 길 위에는

---

15) 이와 관련하여 '나'와 '안'이 스물 다섯 살짜리 동갑내기라는 사실은 흥미롭다. 이 두 사람 중 보다 중요한 인물이 '안'임은 말할 것도 없다. '나'는 다만 '안'을 느러내는 또는 '안'을 은폐하는 장치로 기능할 뿐이다. 이 작품에 등장하는 또 한 사람, 아내의 시체를 병원에 팔고 뒤에 자살하는 30대 중반의 사내는 물화된 세계를 드러내기 위한 장치로 보인다. 실상 이 소설에서 인물다운 인물은 단자화된 개인이자 분리된 영혼인 '안'이 있을 따름이다.

16) 김승옥, <서울, 1964년 겨울>, 『전집』 1, 206면. 이하, 이 작품에서의 인용은 각주를 생략하고 인용부호로만 표시한다.

거지가 돌덩이처럼 여기저기 엎드려 있고, 그 돌덩이 앞을 사람들은 힘껏 웅크리고 빠르게 지나간다.”

그러나 이 같은 서울거리의 풍경은 그저 풍경일 뿐, ‘안’에게 아무런 의미도 느낌도 전해주지 못한다. ‘안’은 불구경을 하면서도 화재는 오로지 화재 자신의 것이며, 그러기 때문에 화재에 대하여 흥미가 없다고 말한다. 아내의 시체를 팔아서 얻은 돈을 다 쓰고 여관에 같이 투숙했던 30대 사내의 자살에 대해서도 무감각하기는 마찬가지이다. 이렇게 되면 이 소설에서 숨은 인식주체로 설정된 ‘안’도 더 이상 인식주체라 할 수 없다. 화재건 사내의 자살이건 약광고 네온사인이건 돌덩이 같은 거지건 여자의 아랫배건 학생들의 데모건 무엇이건 또는 누구건, 인식주체가 사라짐에 따라 순식간에 구심력을 잃고 사방으로 뿔뿔이 달아나 버리는 것이다. 현실세계는 파편처럼 부서져 흩어지고 단지 ‘안’만이, 고립된 개인이자 분리된 영혼만이 유일한 현실로 남게 된다. 이제 이 지점에서, 위기에 처한 작가의 모습을 볼 수 있지 않겠는가? 분리된 영혼만이 진정한 현실이 되는 순간, 소설은 더이상 씌어질 수 없는 것이다.

아닌게 아니라 작가는 <서울, 1964년 겨울>의 마지막 대목을 참으로 절묘하게 처리하고 있다. ‘안’은 ‘나’에게, “우리는 분명히 스물 다섯 살짜리죠?”라고 묻고는 “우리가 너무 늙어버린 것 같지 않습니까?”라고 ‘한숨같은 음성’으로 말한다.[17] 그리고 뭔가가 두려워진다고 말한다. 대체 이 두려움의 정체는 무엇인가? 그것은 이미 암시되었듯, 이 세상으로부터 영원히 소외될지도 모른다는 절박한 위기감에서 오는 두

---

17) 이 ‘늙음’을 깨달음 또는 성숙으로 이해하기는 어렵다. 그보다는 소외 또는 죽음에 가까운 의미를 포함하는 것으로 생각된다. 그러니까 김승옥의 일련의 소설을 성장소설로 이해할 때, 그 주인공들은 유년(<건>)에서 성년(<무진기행>)이 되자마자 바로 노년(<서울, 1964년 겨울>)에 이른 것이라 할 수 있다. 이렇게 된 것은 앞서 보았듯, 이른 바 ‘자기세계’가 자아와 세계의 상호지양을 통해 형성되지 못하고, 일방적인 자기파괴를 통해 확보되었기 때문이다.

려움이다. 물화된 세계로부터의 영원한 소외, 고쳐 말해 육신으로부터 분리된 영혼이란 곧 죽음을 뜻하는 것이기 때문이다. '서울, 1964년 겨울'에, 가로수 밑에서 이상하다는 얼굴로 '나'에게 질문하던 '안'은, 고개를 갸웃거리며 두려움을 토로하던 '안'은, 그리고 "앙상한 나뭇가지 사이로 내리는 눈을 맞으며 무언지 곰곰이 생각하고 서 있던" '안'은 지금도, 그 때 그 곳에서 같은 질문을 하고는 뭔가를 두려워하며 골똘한 생각에 잠겨 있는 것이다. 분리된 영혼, 그것은 '서울, 1964년 겨울'에 유폐된 것이다.

4. 맺음말

  1950년대 소설은 상호부정되는 자아와 세계의 대립을 보여주지만, 실상은 그 자아와 세계의 실체가 무엇인지는 드러내지 못하고 있다. 전쟁 및 전후의 현실상황이 너무도 막강한 압력으로 작용한 까닭에, 그것이 거의 절대적인 존재조건으로 인식된 것이다. 여기에 실존주의의 유입이 겹침에 따라 50년대 소설은 어떤 한계상황 속에 놓인 인간의 반응을 자조적으로 다루는 경우가 많았다. 그러니까 50년대 소설에서 자아와 세계는 서로간에 딱딱한 껍질만을 맞부딪침으로써, 자아 쪽의 내면풍경도 세계 쪽의 현실구도도 모두 증발시켜 버렸던 것이다. 50년대 소설이 전쟁 및 전후상황에 즉자적 대응을 보이거나, 그러한 상황에 대한 알레고리로 씌어졌다는 점이 이 같은 이해를 뒷받침한다.

  이에 비해 4·19에 의해 그 근원적 추동력을 얻은 60년대 소설은 김승옥의 작품을 필두로 자아의 내면을 과감하면서도 섬세하게 열어 보이기 시작했으니, 바로 이 점이 50년대 소설과의 변별점을 이루는 것이다. 하지만 김승옥의 소설에서도 세계 쪽은 여전히 그 구체적 질감이 잡히지 않는다. 즉 전쟁 및 전후의 상황이나 본격적인 자본주의 체제로의 돌입에 따른 물화된 현실은 통일적인 구도를 상실하고 그 편린만이 보일 뿐이다. 이 세상은 여전히, 신문사의 건물이 회색빛 괴물로 보이듯이,[18] 순치되지 않은 자연과도 같은 공포의 대상이다. 이러한 사실은 거꾸로 김승옥이 열어 보인 자아 쪽의 내면풍경도 세계와의 실질적인 교섭에 의해 형성된 것이 아님을 말해준다. 소설의 주인공들은 한결같이 자기존재의 확립을 위해 몸부림치지만, 끝내는 자기존재의 사회적 근거를 마련하는 데 실패한다. 이 같은 개인적 미성숙은 동시에 4·19 직후의 시대적 미성숙과 동일한 것이며, 이른 바 4·19세대의 좌절과 방황의 궤적을 새삼스레 보여주는 것이다. 김승옥 소설의 주인공들은 자신이 자리잡을 곳을 이 세상에서 발견하지 못한다. 그들이 열어 보인 내면풍경이란 이 세상의 바깥에서 형성된 것이다. 그것은 세상에서 소외된 자아의 모습이요, 상처받고 유폐된 영혼의 모습이다.

공포의 대상 또는 존재의 절대조건으로서의 세계는 아마도 작가가 겪은 두 번의 충격으로 인해 각인된 것이었으리라. 그 하나는 유년기에 겪은 순천이며, 다른 하나는 청년기에 겪은 서울이다.[19] 작가는 유년기에 민족모순의 폭발인 전쟁을 체험했고, 청년기에는 남한 자본주의의 유년을 체험하였다. 1962, 63년에 씌어진 작품들은 대체로 유년기의 기억을, 1964, 65년에 씌어진 작품들은 청년기의 체험을 다루고 있다. 앞에서 김승옥 소설 주인공들의 '자기세계'란 죄의식의 다른 이름이라고 썼거니와, 김승옥의 소설세계란 다름 아닌 죄의식에 시달리는 영혼들의 고투과정인 것이며, 그 죄의식이란 순결한 본래적 자아에게 무참히 가해진 두 번의 충격과 관련되는 것이라 할 수 있다. 여기서 전쟁과 초기 자본주의라는 시대적 사회적 조건은 시간과 장소를 초월하

---

18) 김승옥, <차나 한 잔>, 『전집』 1. 186면.
19) 작가가 서울 생활에서 받은 충격에 대해서는, 김승옥, <산문시대 이야기>, 김승옥 에세이집, 『싫을 때는 싫다고 하라』(자유문학사, 1986) 참고.

는 추상적 존재조건으로 환원된다. 작가는 세계와의 싸움이 아닌 자기와의 처절한 싸움을 벌였던 것이다. 이렇게 볼 때, '혁명'으로 일컬어지는 감수성이란 충격에 의해 강요된, 세계인식의 불가능성에서 비롯된 감수성이었던 것이며, 여기에 김승옥의 소설이 지니는 특유의 낭만주의적 미학의 근원이 숨겨져 있는 것이다. 그것은 고투로부터 패배를 거쳐 유폐에까지 이르는 소멸의 미학이다. 이후 작가는 최소한의 정열조차 버린 철저한 무관심, 즉 허무의 심연(<60년대식>)에까지 나아간다.

이상의 논의로 미루어 보면, 작가의 기독교 세계에의 몰입은 필연적인 것이라 할 수 있다. '서울, 1964년 겨울'에 유폐된 영혼이 갈 수 있는 곳이 어디이겠는가? 여기서 다시 한 번, 김승옥 소설 주인공들의 '자기세계'에 대해 생각해 보자. <생명연습>과 <무진기행>의 경우, '자기세계'는 한편으로 '지하실'과 '어둡던 청년시절'로, 다른 한편으로 '장미꽃 정원'과 '한적한 자연풍경'으로 나타난다. 앞의 것들이 죄의식의 다른 이름이라면, 뒤의 것들은 영혼의 쉼터라고 이미 앞에서 쓴 바 있거니와, 이 같은 대립항은 초월주의적 사고의 일단이 그렇게 표현된 것이 아니겠는가? 즉 이것은 현실세계란 어둠과 육신의 세계이며, 빛과 영혼은 현실을 초월한 세계에 있다는 이원적 세계관이다. 작가는 종교적 신비체험을 한 뒤, 인간이란 겉사람 곧 육체와 속사람 곧 영혼으로 구성된 존재라는 것, 이 물질세계 안쪽에 영혼세계가 있다는 것, 인간이란 즉 '나'란 '속사람(영혼)'을 가리킨다는 것이라고 말한다.[20] 이렇게 해서 작가는 '이승 바깥의 세계'를 경험하고 허무의 심연에서 빠져나와 영원한 질서 속으로 들어간 것이다.

그러면 소설쓰기는 어찌되는 것인가? 김승옥은 "신의 세계를 알고 난 뒤에는 이 세상에 도대체 펜을 들어서 소설로 써야 할 문제란 없다

---

20) 김승옥, <이제 나는 허무주의가 아니다>, 위의 김승옥 에세이집, 35면.

는 것을 확신하게 되었다"고 말하면서도, 또 "예수님이 꿈 속에 나타나 원고지를 펼쳐 보이며 소설을 쓰라는 몸짓을 나에게 해 보이시곤 한다"라고도 말한다.[21] 다시 소설을 쓸 수도 있고 그렇지 않을 수도 있다는 말이지만, 아마도 김승옥은 여전히 '전(前)소설가'로 남게 될 것 같다. 하지만 만일 그가 다시 소설을 쓰려 한다면, 그의 영혼은 육신의 옷을 입어야만 할 것이다. 아직도 '서울, 1964년 겨울'에 유폐되어 있는 그의 소설 속의 영혼은 육신을 거쳐서만 1990년대로 또는 21세기로 걸어나올 수 있는 것이다. 개인의 폐쇄성을 극복하고 현실과 적극적으로 교섭함으로써 자아와 세계가 서로 지양되는 '자기세계'를 구축할 때에, 작가가 원하는 진정한 기독교 소설의 탄생도 가능할 터이기 때문이다.

(『작가연구』 6, 도서출판 새미, 1998)

---

21) 김훈·박래부, 『문학기행』, 한국문원, 1997, 29면.

낙원에의 꿈과 관념의 정치학
— 이청준의 〈당신들의 천국〉

1. 머리말

이청준의 장편소설 〈당신들의 天國〉은 지금까지 여러 가지 관점에서 다양한 분석과 평가의 대상이 되어왔다.[1] 이처럼 〈당신들의 천국〉이 많은 연구자들에 의해 지속적인 주목을 받아온 것은 물론 이 소설이 그에 상응하는 의미와 가치를 지니고 있기 때문이겠다. 그러나 다른 한편, 〈당신들의 천국〉이 자주 거론되어온 무시할 수 없는 이유 중의 하나는 이 작품이 매우 특이한 모습을 갖추고 있기 때문이기도

---

[1] 〈당신들의 天國〉에 대한 중요한 작품론으로는 다음과 같은 것들이 있다.
  김윤식, 「당신들의 천국, 나의 천국」, 『김윤식 선집 4』, 솔, 1996.
  김주연, 「사회와 인간」, 『문학과 지성』, 1976 가을.
  김천혜, 「治者와 被治者의 윤리」, 김병익, 김현 편, 『이청준』, 은애, 1979.
  김치수, 「변화와 탐구의 공간」, 『박경리와 이청준』, 민음사, 1982.
  김 현, 「자유와 사랑의 실천적 화해」, 『당신들의 천국』, 문학과 지성사, 1984.
  이상섭, 「너와 나의 천국은 가능한가」, 『신동아』, 1976. 8.
  장수익, 「한국 관념소설의 계보」, 『1960년대 문학연구』, 예하, 1993.
  정과리, 「모범적 통치에서 상호인정으로, 상호인정에서 하나됨으로」, 『당신들의 천국』, 문학과 지성사, 1984.
  정명환, 「소설의 세 가지 차원」, 『한국작가와 지성』, 1978.

하다. 이 말은 두 가지 의미를 포함한다. 하나는 <당신들의 천국>이 다른 작가들의 작품과 구별되는 이청준 소설 특유의 모습을 유지하고 있다는 것이며, 다른 하나는 그러면서도 <당신들의 천국>은 같은 작가의 다른 소설들과 구별되는 이 작품만의 특징적인 면모를 보이고 있다는 것이다.

우선 이 소설은 실제 인물과 사건에서 취재한 것으로 르뽀르따쥬의 성격을 지니고 있는 작품이다. 이 소설의 무대는 나환자 수용소인 소록도(小鹿島)이며, 주인공이라 할 수 있는 조백헌(趙白憲) 원장은 실제 소록도 국립병원의 원장을 모델로 하여 설정된 인물이다. 또 이 소설에서 조백헌 원장이 축구팀을 창설하고 바다를 끊어 막는 간척사업을 벌이는 것 역시 1960년대 초에 실제로 있었던 소록도 축구팀의 활약과 오마도(五馬島) 간척공사를 소재로 한 것이다. 뿐만 아니라, 이 간척사업 도중에 일어난 크고 작은 여러 사건들 역시 실제로 소록도에서 일어났던 사건들을 거의 그대로 서술한 것이다. 이러한 사정은 이 소설에서 조백헌 원장과 비교되어 제시되는 과거 주정수(周正秀) 원장 시절(일제시대)의 경우도 마찬가지이다.[2]

그렇기는 하지만 이 소설은 르뽀르따쥬는 아니다. 이 소설 속에는 그 자체의 질서, 다시 말해 이청준이라는 작가 특유의 현실인식 과정이 치밀한 논리에 따라 완강하게 버티고 있기 때문이다. 그러니까 이 소설은 모델이 된 실제인물과 작가의 대결, 또는 소록도에서 실제로 일어난 사건들의 진행추이와 작가의 현실인식방법간의 대결로 이루어진 작품인 것이다. 따라서 이청준의 다른 작품들에서 볼 수 있는 작가

---

2) 조백헌 원장의 모델은 제14대 조창원(趙昌源) 원장이며, 주정수 원장의 모델은 제4대 슈호(周防正秀) 원장이다. 그리고 이 소설에 나타난 조백헌 원장 시절의 축구팀 창설 및 간척사업과 주정수 원장 시절의 강제노역 및 그로 인한 주원장의 피살은 실제 소록도의 역사적 사실과 그대로 일치한다. 이에 대해서는 『소록도 80년사』(국립소록도 병원, 1996) 및 이규태, <소록도의 반란>(『사상계』, 1966. 10) 참고.

특유의 소설 구성원리가 여전히 이 작품을 지배하게 된다. 그것은 사방을 헤매다가 목적지에 이르는, 마치 미로찾기와도 같은, 두겹 세겹의 관념으로 이루어진 복합구조로 나타난다.

요컨대 이청준의 <당신들의 천국>은 소록도에 대해 말하고 있는 소설이지만, 소록도에 대해서만 말하고 있는 소설은 아니다. 이 점, 이 소설이 르뽀르따쥬의 성격과 함께 알레고리의 성격을 지니고 있음을 시사한다. 그러니까 이 소설은 1960, 70년대 우리 사회의 현실을 소록도의 현실에 빗대어 이야기한 정치 알레고리로 읽히기도 하는 것이다. 아닌게 아니라 작가는 이 소설의 제목 <당신들의 천국>이 "당시 우리의 묵시적 현실상황과 인간의 기본적 존재조건들에 상도한 역설적 우의성(寓意性)에 근거한 말"이었음을 밝히고 있다.[3] 그러고 보면 이 소설은 우리 모두가 지니고 있는 유토피아에의 열망을 드러내면서, 그것을 실현하기 위한 작가 자신의 정치학을 펼쳐나간 작품이라고 할 수 있다.

이 글은 이 같은 작가의 정치학이 이 소설에서 구체적으로 어떤 방식으로 구축되어 있으며, 그것이 궁극적으로 의미하는 바는 무엇인가 하는 질문에서 출발한다. 다시 말해 이 소설 특유의 구조와 메시지를 읽어내려는 것이 이 글의 복적이다.[4] 미리 말해 두자면, 이 소설에서 작가의 정치학은 주요 사중인물들간의 대결에 따라 전개된다. 아니 그보다는 그들에게 부여된 몇 가지 관념들간의 대결에 따라 전개된다고 하는 편이 정확하다. 즉 이 소설에 펼쳐진 정치학은 관념의 정치학이다.

---

3) 『당신들의 천국』 개판본 서문, 문학과 지성사, 1984, 4면.
4) 이를 위해서는 이 소설과 관련된 이청준의 다른 작품들도 살필 필요가 있다. 특히 그의 연작소설집 『잃어버린 말을 찾아서』(문학과 지성사, 1981)에 수록된 일련의 작품들과 전작 장편소설 『제3의 현장』(동화출판공사, 1983)이 이와 관련하여 주목의 대상이 된다.

2. 숨은 인식주체들과 다성적 관념

이청준의 소설 속에는 편지가 있고 연설이 있고 체험담이 있고 무엇
보다 또 다른 소설이 있다. 이 같은 소설 속의 이야기들은 물론 따로
고립되어 있는 것이 아니라, 소설 전체의 기본 줄거리와 유기적으로
결합되어 있다. 그러기에 이청준의 소설을 읽는 것은 여러 편의 이야
기를 듣는 것이면서 궁극적으로는 한 편의 이야기를 듣는 것이다.[5] 말
하자면 이청준의 소설은 격자소설의 양식과 추리소설의 기법을 원용하
고 있다고 하겠는데, 이것은 작가 자신의 현실인식방법으로서의 양식
이요 기법인 것이다.[6] 현실은 단선적이고 평면적으로 존재하는 것이
아니라, 복합적이고 입체적으로 존재하는 것이라는 생각이 소설의 바
탕에 깔려 있는 것이다. 말하자면 이청준에게 있어서 소설의 양식과
기법에 대한 탐구는 현실에 대한 탐구와 짝을 이루는 것이다.

이처럼 이청준의 소설은 현실인식방법 또는 현실탐구과정 자체인 까
닭에, 그의 소설은 결코 편안하게 읽히지 않으며 끊임없는 긴장을 요
구한다. 그의 소설을 읽는 일은 따라서 주인공 또는 작중화자와 함께
떠나는 의식의 여행이다.[7] 이 여행은 마치 미로찾기와 같아서 전진과

---

5) 이청준의 소설 전체에 대해서도 같은 말을 할 수 있다고 생각된다. 그의 소설 전
체가 하나의 커다란 이야기이고, 개개의 소설들은 그 하나의 이야기 속에 들어
있는 이야기들로 볼 수 있는 것이다. 즉 그의 소설 전체가 일련의 연작소설의 형
태를 지니고 있다고 하겠는데, 이를 해명하는 작업이 곧 이청준에 대한 작가론에
해당될 것이다.

6) 권오룡은 이청준의 소설양식에 대한 탐색을 작가 자신의 생각과 판단의 의미가
전달될 수 있도록 하기 위한 고심을 반영하는 것으로 보고, "이청준의 소설양식
은 그의 사회인식, 현실인식의 구조적 동형체"라고 하였다. 권오룡, 「잃어버린
'나'를 찾아서」, 『키 작은 자유인』, 문학과 지성사, 1990, 362면.

7) 김치수는 "이청준의 화자는 주인공이 모르는 정보를 독자에게 제공하지 않고 독
자로 하여금 항상 주인공과 함께 움직이게 하고 정보를 함께 제공받게 한다"면
서, 독자와 주인공의 이러한 관계를 드러내주는 서술을 '동반자적 기법'이라 하

후퇴 그리고 방황과 우회를 거듭하게 한다. 미로의 끝에는 무엇이 있는가? 거기에는 작가가 꼭꼭 숨겨놓았다가 마침내 드러내 보이는, 인간의 삶과 그것을 에워싼 세계에 대한 어떤 관념이 음흉스레 웅크리고 앉아 있다. 그리고 그 관념이란 작가가 소설 속에 설정한 인식주체의 최종적인 인식내용에 다름 아니다. 결국 이청준의 소설을 읽는 일은 작가에 의해 내세워진(또는 숨겨진) 인식주체를 따라가는(또는 찾아가는) 일이며, 그 인식주체의 궁극적인 인식내용(관념)에 이르는 복잡한 과정인 것이다.[8] <당신들의 천국>을 읽는 일 역시 이 같은 복잡한 과정을 거치는 긴장된 의식의 여행이다.

<당신들의 천국>은 모두 3부로 구성되어 있는데, 제1부는 다시 '死者의 섬', '樂園과 銅像'의 두 부분으로 나누어져 있고, 제2부는 '出小鹿記', '背叛 1', '背叛 2'의 세 부분으로 나누어져 있으며, 제3부는 '天國의 울타리'라는 한 부분으로 되어 있다. 이 소설의 기본 줄거리는 5·16 직후 현역 군의관 대령으로서 원생(나환자)들에게 낙원을 건설해 주겠다는 신념을 가지고 소록도 국립병원 원장으로 부임한 조백헌이, 뜻하지 않은 섬의 현실에 부딪쳐 낙원 건설에 실패하고 섬을 떠났다가, 낙원은 어떻게 실현될 수 있는가 하는 점을 뒤늦게 깨닫고 다시 개인

였다. 김치수, 앞의 글, 118면.

8) 이청준의 소설에서 인식주체가 도달한 현실인식의 내용은 즉시 관념화된다. 아니, 어떻게 보면 이청준의 소설은 작가가 이미 지니고 있었던 관념을 확인하기 위해 현실세계를 탐색하는 과정이라고 할 수 있다. 때문에 그의 소설에서 인식주체가 최종적으로 지니게 되는 인식내용은 곧 그 소설을 쓸 당시 작가가 품고 있었던 관념으로 보아도 좋을 것이다. 이와 관련하여 작가의 다음과 같은 발언은 매우 시사적이다. "사실은 어렸을 때 죽은 맏형이 소설 읽는 것을 좋아해서 주변에 책이 꽤 많았어요. 그 형이 죽은 뒤로 그 책을 많이 읽었지요. 그러다 보니까 사르트르의 경우도 그런 비슷한 얘기가 있었는데 책 속에 그려져 있는 것이 진짜 세상이고 현상의 세계는 마치 책 속의 세계의 어떤 그림자 같은 것, 늘 변하는 가짜의 세계 같은 것으로 느껴져서 변하지 않는 진짜 세계를 책 속의 추상에서 찾는 버릇이 생겼어요." 이청준 산문집, 『말없음표의 속말들』, 나남, 1986, 249면.

자격으로 섬을 찾아와 낙원에의 꿈을 조금씩 가꾸어 나간다는 이야기
이다. 이것을 각 부분별로 보면, 제1부는 절대권력을 가지고 원장으로
부임한 조백헌이 낙원 건설의 열망과 신념을 불태우는 부분이고, 제2
부는 드디어 낙원 건설에 나서 대규모 간척사업을 일으켰다가 실패하
는 부분이며, 제3부는 민간인으로 섬에 돌아와 한 음성 병력자인 남자
(윤해원)와 건강인인 여자(서미연 : 실은 미감아 출신)의 결혼을 성사시
키는 부분이다.

　그러나 이러한 기본 줄거리를 알게 되는 것으로 이 소설을 제대로
읽었다고 할 수 없음은 물론이다. 중요한 것은 주인공 조백헌의 섬의
현실에 대한 이해의 진전에 따라 그가 품고 있는 낙원의 진실이 어떻
게 달라지는가에 주의를 기울이는 일이다. 다시 말해 인식주체의 인식
내용의 변화를 살피는 일이다. 그러나 이것으로도 이 소설을 제대로
읽었다고 할 수는 없다. 이 소설에는 주인공 말고도 다른 인식주체들
이 등장하기 때문이다. 더욱 중요한 것은 각 부분별로 숨은 인식주체
들을 가려내고, 그 인식주체들이 주인공과 어떻게 갈등하고 화해하면
서 마침내 최종적인 하나의 인식내용(관념)에 도달하는가 하는, 이 소
설 전체를 통해 전개되는 인식과정(인식내용 즉 관념의 변화과정) 자체
를 이해하는 데에 있는 것이다. 먼저 주목을 끄는 것은 이 소설의 시점
이 각 부분별로 변화한다는 사실이다. 제1부는 보건과장 이상욱의 시
점으로, 제2부는 원장 조백헌의 시점으로, 그리고 제3부는 기자 이정태
의 시점으로 각각 서술되어 있다. 하지만 누구의 시점으로 서술되었는
가 하는 점이 곧 인식주체가 누구인가 하는 점을 말해주는 것은 아니
다. 논의의 편의상 뒷부분부터 살펴보면, 이 소설의 제3부는 이정태의
시점으로 서술되어 있지만 그는 인식주체라고 볼 수 없다. 이정태가
기자로서 나름대로의 취재목적을 가지고는 있지만, 그는 주인공 조백
헌과 갈등관계에 있지 않기 때문이다. 이것은 이정태가 조백헌으로부
터 '자유와 사랑' 및 '믿음과 공동운명'이라는 인식내용(관념)에 대한

설명을 듣는 것으로 일관하고 있음을 보아 쉽게 알 수 있다. 물론 조백헌은 처음부터 이 같은 인식내용(관념)을 지니고 있었던 것은 아니다. 이 소설의 제3부에 이르러 조백헌이 도달한 예의 인식내용(관념)은 1, 2부를 거치면서 다른 인식주체들과의 갈등과 화해를 통해 얻어진 것이다. 다음, 이 소설의 제2부는 주인공인 조백헌의 시점으로 서술되어 있지만, 인식주체는 조백헌만이 아니다. 원생(환자)들의 대표로서 그들에게 실질적으로 큰 영향력을 지닌 중앙리 장로 황희백 노인이 원장인 조백헌과 갈등관계에 놓여 있기 때문이다. 즉 조백헌과 함께 황희백도 중요한 인식주체인 것이다. 이것은 뒤에 두 사람의 갈등관계가 해소되어 높은 차원의 화해를 이루면서, 무엇 때문에 스스로 섬을 떠나야 하는지를 납득하지 못하는 조백헌에게 황희백이 '사랑과 용서'라는 인식내용(관념)을 설명하는 것으로 보아 명백하다. 끝으로 이상욱의 시점으로 서술되어 있는 이 소설의 제1부는 이상욱 자신이 조백헌과 더불어 중요한 인식주체로 등장하고 있다. 원생들의 탈출을 이해하지 못하는 조백헌에게 이상욱이 '자유와 배반'이라는 인식내용(관념)을 설명하고 있기 때문이다. 그런데 이상욱이라는 인물은 두 얼굴로 나누어져 있다. 하나는 건강인 이상욱이며, 다른 하나는 나병환자 부모에게서 태어난 미감아 출신인 이상욱이다. 이 경우, 소설 시점의 당사자는 건강인 이상욱이지만 인식주체는 미감아 출신의 이상욱이다. '자유와 배반'이라는 관념은 그가 미감아 출신으로서 지니게 된 인식내용이기 때문이다.[9]

이제 이 소설에서 이상욱과 황희백이 어떻게 주인공 조백헌과 맞서는 인식주체가 될 수 있었는지 자연스레 밝혀진 셈이다. 그들은 미감

---

9) 여기서는 논의의 편의상 1, 2, 3부로 나누어 인식주체들을 살펴보았지만, 실제로는 각 인식주체들의 역힐이 이처럼 소설의 각 부분별로 명확히 구분되는 것은 아니다. 조백헌, 이상욱, 황희백이라는 인식주체 또는 인식내용(관념)은 이 소설 전체를 통해 서로 영향을 주고받는다. 가령, 제3부에 이르러 이상욱과 황희백은 소설의 표면에서는 사라져 있으나, 조백헌에게 보낸 편지(이상욱의 경우) 또는 조백헌의 회상(황희백의 경우)을 통해 여전히 조백헌의 관념에 개입한다.

아로서 또는 환자로서의 삶을 살아왔기 때문이다. 고쳐 말해 그들은 섬의 역사를 껴안고 섬에 뿌리내린 삶을 통해 섬의 현실을 인식해 왔고, 그 인식내용을 '자유' 또는 '사랑'으로 관념화시켜왔기 때문이다. 그러나 그들은 왜 숨은 인식주체가 될 수밖에 없었는가? 그들은 육지 사람들 곧 건강인들에 의해 섬에 격리된, 그리하여 세상에서 잊혀진 존재들이었기 때문이다. 그리하여 그들은 환자들과 건강인들 사이에 있었던 숱한 배반의 경험을 쌓아왔기 때문에, 조백헌 원장이 지닌 낙원에의 신념 속에 숨겨진 그의 야심(동상)을 용납할 수 없었던 것이다. 그러나 조백헌의 입장이 그들과 전혀 다름은 말할 것도 없다. 낙원에의 꿈을 신념화한 조백헌은 그가 건설해 주려는 낙원을 그들의 것으로 받아들이지 않는 섬 사람들을 이해할 수 없다. 여기서 필연적으로 각 인식주체가 지닌 인식내용 즉 관념간의 대립과 갈등이 발생한다. <당신들의 천국>은 조백헌, 이상욱, 황희백이라는 세 관념이 대립과 갈등을 거듭하면서 소설의 궁극적 진행방향을 이끌어 나가는 다성적 관념의 소설인 것이다.[10] 여기까지 와서야 비로소 그 세 관념들이 서로 맞부딪치는 다음과 같은 장면이 함축하고 있는 의미에 성큼 다가설 수 있는 것이다.

> 원장은 다시 그 수수께끼처럼 영문을 알 수 없는 미소를 머금으며 장난스럽게 상욱을 건너다보고 있었다.
> 상욱은 그 원장이 새삼스럽게 두려워지고 있었다.
> "도대체 원장님께선 제게 뭘 원하십니까?"
> "그저 나 하는 일을 구경꾼처럼 바라보고 있지만 말고 관심을 가지고 좀 도와달라는 것뿐이오."
> "병신들에게 공을 차게 하는 일 말씀입니까. 그 병신들에게 기어코 공을 차게 하실 작정입니까."

---

10) 장수익은 장용학, 최인훈, 이청준으로 이어지는 한국 관념소설의 계보를 논하면서 이청준의 소설에 와서 '관념간의 대화'가 나타남을 지적하였다. 장수익, 앞의 글, 154면 이하 참고.

　"그렇지요. 당분간은 그저 그렇게 공이나 차게 하는 거요……"
　"두려운 건 바로 그 원장님의 신념인 것 같습니다."11)

　"그래, 별일이야 없겠지. 자넨 한번도 내게 자기 말을 털어놓은 일이
없었으니까……"
　고개를 끄덕이면서도 상욱을 건너다보는 눈시울에 알 듯 모를 듯 희
미한 미소가 스치고 있었다.
　"드릴 말씀이 따로 있어야죠."
　상욱이 송구스러운 듯 변명을 보탰으나 노인은 그가 뭐라고 하든 이
젠 모든 것을 다 훤히 알고 있는 사람처럼 한 번 더 같은 다짐을 되풀
이하고 있었다.
　"그렇겠지. 나도 굳이 임자 이야길 듣고 싶은 건 아니니까. 하지만
어쨌거나 우린 서로 처지들을 아껴줘야지. 무슨 일이 있어도 이제 다시
이 섬에 치욕스런 배반이 일어나선 안 되니까 말이야……"(167면)

　"말씀을 하시오."
　원장이 노인을 재촉했다.
　그러나 노인은 말을 하지 않았다. 말 대신 노인의 입술 가엔 이상하
게 살기가 어린 비웃음기 같은 것이 번지고 있었다. 그런 눈길로 잠시
원장을 찬찬히 건너다보고 있던 노인이 이윽고 그 원장으로부터 조용
히 몸을 돌이켰다. 그리고는 원장의 재촉 소리도 들은 척 만 척 혼자
출입구 쪽을 향해 흐느적흐느적 발길을 옮겨버리고 있었다. 지금까지
가만히 입을 다물고 앉아 있던 다른 장로들도 일제히 자리를 일어섰다.
자리를 일어선 다음 그들도 똑같이 그 살기가 깃들인 웃음을 띤 얼굴
로 유령처럼 소리없이 노인을 뒤따랐다.
　"말을 해라, 말을. 왜 말을 않는 거냐!"
　흥분한 원장이 어느 틈에 허리께의 권총을 뽑아들고 소리치고 있었
으나 장로들은 뒤도 한번 돌아보지 않은 채 휭하니 공회당을 나가버렸
다.(174면)

---

11) 『당신들의 천국』, 문학과 지성사, 1984, 132면.
　앞으로 이 소설에서의 인용은 따로 각주를 달지 않고 본문 중에 면수만 표기
　한다.

위에 인용한 장면들은 이 소설에서 각 관념들간의 대립과 갈등이 고조되기 시작하는 제1부의 뒷부분과 제2부의 앞부분에서 인용한 것들이다. 이 중 첫번째 인용은 이상욱과 조백헌의 관계를, 두번째 인용은 이상욱과 황희백의 관계를,[12] 그리고 세번째 인용은 황희백과 조백헌의 관계를 상징적으로, 그러나 의미심장하게 보여주는 것이다.

3. 자유, 사랑, 믿음의 정치학

앞에서 <당신들의 천국>을 1960, 70년대의 사회 현실을 우의적으로 드러낸 정치 알레고리로 읽을 수 있다고 썼거니와, 사실 이 소설은 당시 우리 사회에서 볼 수 있었던 정치적 역학관계를 소록도라는 특수한 공간을 빌어 이야기한 것이라 할 수 있다. 아니, 좀더 일반화시켜 말한다면, 이 소설에 나타난 "치자와 피치자의 관계는 어떤 형태의 국가에서도 항용 일어날 수 있는 관계이며, 국가 형태가 아닌 어느 집단 사회에서도 또한 있을 수 있는 관계"인[13] 것이다. 섬의 통치자인 원장은 피치자인 원생들에게 미래에의 꿈을 불어넣으면서 때로는 자발적으로 때로는 강제적으로 낙원의 건설에 나서게 하였고, 피치자인 원생들은 때로는 통치자인 원장을 찬양하기도 하고 때로는 그에게 저항하기도 하였던 것이다.

---

12) 이상욱과 황희백의 관계는 이상욱과 조백헌 또는 황희백과 조백헌의 관계와는 다르다. 이상욱과 황희백은 각각 '자유'와 '사랑'이라는 다른 관념을 지니고 있으나, 그 둘의 대립은 표면에 부각되지 않고 있다가, 나중에 황희백에 의해 '자유'와 '사랑'의 상호깃듦의 방식으로 화해를 이룬다. 이렇게 된 것은 두 사람이 기본적으로 섬 사람들이라는 같은 처지에 놓여 있는 데다가, 황희백의 연륜(달관 또는 지혜)이 이상욱의 젊음을 포용하고 있기 때문이라고 하겠다.

13) 김천혜, 앞의 글, 246면.

그러나 <당신들의 천국>은 이 같은 정치적 역학관계를 인간의 기본적 존재조건 또는 인간이라는 운명적 조건에 대한 성찰과 함께 다루었다는 특징을 지닌다. 그러니까 이 소설은 '우리가 지닌 낙원에의 꿈은 실현이 가능한가' 다시 말해 '인간은 지상낙원을 건설할 수 있는가'라는 근본적인 질문을 제기하고, 그에 대한 답변을 인간이 인간일 수밖에 없는 운명적 조건에 비추어 풀어나간 작품인 것이다. 이를 위해 작가는 자유, 사랑, 믿음이라는 관념을 동원하였다. 즉 작가는 이 소설에서 자유, 사랑, 믿음의 정치학을 펼쳐 보이고 있는 것이다. 이 정치학은 이상욱(자유)이라는 인식주체에서 문제가 제기되어 황희백(사랑)이라는 인식주체를 거치면서 심화, 발전되고 조백헌이라는 인식주체(자유, 사랑, 믿음)에 이르러 종합, 완성되는 그러한 정치학이다.

보건과장 이상욱은 이 소설의 숨은 주인공이라 할 수 있을 정도로 중요한 인식주체이다. 그는 새로 부임한 조백헌 원장에게 원생들의 탈출 거점인 돌뿌리 해안, 5천여 원생들의 원혼이 서려 있는 만령당(萬靈堂), 일제시대 주정수 원장의 동상이 섰던 자리에 해방 뒤 건립된 구라탑(救癩塔), 역시 일제시대 원생들의 노역으로 만들어진 중앙리 공원과 화강암 반석, 그리고 원생들을 구류형에 처하고 단종수술(斷種手術)을 행하던 유치장 등을 안내하면서 새 원장에게 섬의 현실을 바르게 인식시키고자 한다. 이상욱은 또한 조백헌에게 일제시대 주정수 원장 시절의 배반과 비극을 이야기한다. 이상욱의 이 같은 노력은 이 섬에 원생들의 낙원을 건설해 주고야 말겠다는 조백헌의 야심(동상)을 견제하려는 것이다. 이런 점에서 이상욱은 권력자를 감시하고 비판하는 지식인의 역할을 수행한다고 볼 수 있다.

그러나 조백헌은 더욱 맹렬한 투지를 불태우며 낙원 건설에의 구상을 실천해 나간다. 그는 소록도에 축구팀을 조직하여 훈련시키고 원정경기를 승리로 이끌면서 섬 사람들의 마음을 하나로 묶는 데 성공한다. 마침내 축구팀이 도선수권을 장악하고 개선하자, 섬 사람들은 한덩어리가 되어 '소록도의 노래'를 합창하면서 뜨거운 눈물을 흘린다. 그리하여 "5천 명이 한 사람처럼 똑같이 생각하고 똑같이 흥분하고 있는" 가운데(150면), 차 위에 높다랗게 서서 혼자 웃고 있는 원장을 발견한 이상욱은 "갑자기 전기라도 맞은 듯 깜짝 소스라쳐 놀라고 있었다."(149면) 이상욱은 그같은 원장의 모습에서 '거인증'의 발로, 즉 원장의 마음 깊이 숨겨진 동상을 보고, 그로 인해 미구에 섬 전체에 몰아닥칠 배반의 회오리를 예감했기 때문이다.

이런 조백헌이기에 그가 새로 부임해온 날 밤에 있었던 원생 두 사람의 탈출사고를 이해할 수 없는 것은 당연하다. 그 탈출사고가 어떤 의미에서 새 원장에 대한 '부임선물'이 되는지를 납득할 수가 없는 것이다. 그러나 이상욱은 원생들의 탈출사고가 그들이 '환자'이면서 '인간'이기 때문이라고 설명한다. "말하자면 이 섬에 삶을 의지하고 있는 사람들은 누구나 환자로서의 남다른 처지와 인간으로서의 보편적인 존재 조건들을 두 겹으로 동시에 살아 나가고 있는 셈"이다.(36면) 섬을 나가래도 나가지 못하는 사람들은 환자들이고, 목숨을 걸고 섬을 나가려는 사람들은 환자이기 이전에 인간인 것이다. 그리고 그 둘은 늘 같은 사람인 것이다. 여기서 이상욱이 말하는 '인간으로서의 보편적 존재 조건'이란 무엇인가? 그것은 '자유'이다. 이 자유야말로 인간이 인간임을, 인간으로 살아 있음을 말해주는 것이다. 달리 말하면 원생들의 탈출사고가 끊이지 않는 한에 있어서, 이 섬은 환자들의 섬이 아닌 인간들의 섬 즉 살아 있는 섬이 된다. 원생들의 땅을 얻기 위한 간척사업이 어느 정도 성공적으로 진행되면서 탈출사고가 자취를 감추자, 이상욱은 "이 섬이 하나같이 자신의 삶의 얼굴을 잃어버린 유령의 집단이 아닌 살아 있는 개개 인간들의 섬으로 살아남아 있음을 증거하는 마지막 방법"으로(406면) 스스로 목숨을 건 탈출을 감행하는 것이다.

그렇다면 '자유'의 궁극적 의미는 무엇인가? 그것은 어떤 종류의 울타리이건, 그것이 제아무리 '천국의 울타리'라 할지라도, 그 울타리를 부정하고 그것을 뛰어넘는 정신이다.[14] 이상욱이 생각하기에 조백헌의 천국건설은 육지의 나환자들을 모두 섬에 수용하여 섬을 떠나지 않게 하려는 것, 즉 나환자들을 영원히 격리시키려는 것이었다. 이것은 바로 육지 사람들이 원하는 것이며, 따라서 '문둥이들만을 위한 천국'은 "섬 바깥에서 이 섬을 저들의 천국이라고 말하게 될 바로 그 사람들의 천국일 뿐인 것"이다.(391면) 그러기에 우리들의 천국이 아니라 <당신들의 천국>인 것이다. 섬 사람들이 마음대로 그들의 천국을 나갈 수 없는 한, 그것은 이미 그들에게 천국이 아닌 것이다. 진정한 천국이라면 "적어도 어느 땐가는 보다 더 나은 자기 생의 실현을 위해 그 천국을 버릴 수도 있어야 하는 것"이다.(390면)

그러나 이 소설의 정치학은 이 같은 이상욱의 '자유의 정치학'에서 멈추는 것이 아니다. 이 '자유의 정치학'이 지닌 문제점을 극복하기 위해 작가는 중앙리 장로인 황희백을 통해 '사랑'이라는 관념을 동원하였다. 이상욱과 더불어 숨은 주인공이라 할 수 있는 황희백은 이상욱보다도 더욱 철저히 원생들 편에서 생각하는 원생들의 대표이다. 그래서 그는 간척사업을 일으키려는 조백헌 원장에게 목숨을 걸겠다는 서약을 요구하며, 간척사업 도중의 사고로 수심에 잠긴 조백헌에게 "도대체 원장이 우리 문둥이 위해 일한다는 생각을 지니고 있다면 그것부터가 웃음거리"라고 충고한다.(241면) 그리고 마침내 간척사업 도중 방둑의 침하와 원생들의 죽음이 잇따르고 원장이 강압적인 지시문을 발표하자, 수많은 원생들을 이끌고 관사로 들이닥쳐 원장에게 서약의 약속(자살)

---

14) 이 소설에서 이상욱이 생각하는 이 같은 자유의 의미는 이청준의 단편소설 <지배와 해방>(言語社會學序說 3)에서 소설가 이정훈이 말하는 자유의 의미와 닮이 있다. 이정훈은 자신의 소설쓰기는 우리의 삶을 온전한 삶으로 돌아가 있게 하는 자유의 질서를 문열어 보이는 행위라고 규정하면서, 그러나 소설가는 "그가 힘을 다해 새로운 세계로의 출구를 열어젖힌 순간에 그것을 그의 독자들에게 내맡기고 그 자신은 또 다른 세계를 꿈꾸기 시작하는 것"이라고 말한다. 앞의 연작소설집 『잃어버린 말을 찾아서』, 127면.

을 이행해 보이라고 협박하기도 한다.

그러나 한편, 황희백은 소년시절부터 차마 인간으로서 감당해내지 못할 엄청난 비극을 견뎌온 삶의 무게와 주정수 원장 시절(일제시대) 이 섬에 있었던 온갖 배반극을 경험한 역사의 무게를 함께 지니고 있는 인물이다. 다시 말해 오랜 삶의 연륜을 쌓은 노인으로서 달관한 모습과 섬을 대표하는 어른으로서 지혜로운 마음을 지니고 있는 사람인 것이다. 그리하여 황희백은 조백헌이 일으킨 간척사업을 종교적인 의미의 '시련'으로 받아들인다. 그리고 이 시련을 통해 '사랑의 정치학'을 터득함으로써 예의 '자유의 정치학'이 지닌 문제점을 극복하게 되는 것이다. 그러면 '자유의 정치학'이 지닌 문제점이란 무엇인가? 그것은 '자유'의 이면에 숨겨져 있는 '배반'이다. "사람을 용서하지 못하는 것, 믿지 못하고 의심하는 것, 미워하고 질투하는 것 모두가 그 자유라는 것 한 가지로만 행하려 해온 허물"이었던(341면) 것이다. 그러나 "사랑은 자유처럼 투쟁과 미움과 원망을 낳는 대신 용서를 가르치는" 것이다.(409면) 이처럼 '배반'을 '용서'로 바꿀 수 있는 것이 '사랑의 정치학'인 바, 그 사랑의 정치학은 다음처럼 명쾌한 논리를 가지고 있다.

> 그야 물론 사랑이어야겠지. 이제 이 섬은 자유로는 안 된다는 걸 알았으니 다시 또 그런 자유로만 행해나갈 수는 없을 게야. 자유라는 건 싸워 빼앗는 길이 되어 이긴 자와 진 자가 생기게 마련이지만 사랑은 빼앗음이 아니라 베푸는 길이라서 이긴 자와 진 자가 없이 모두 함께 이기는 길이거든. 하지만 이건 물론 자유로 행해나갈 것도 지레 단념을 한다는 소리는 아니야. 아까도 잠깐 말했지만 이제 이 섬에선 자유보다도 더 소중스런 사랑으로 행해나갈 수 있어야 한다는 소리일 뿐이지. 자유가 사랑으로 행해지고 사랑이 자유로 행해져서, 서로가 서로 속으로 깃들이면서 행해질 수만 있다면야 사랑이고 자유고 굳이 나눠 따질 일이 없겠지만, 이 섬에서 일어난 일들로 해서는 자유라는 것 속에 사랑이 깃들기는 어려웠어도, 사랑으로 행하는 길에 자유는 함께 행해질 수도 있다는 조짐은 보였거든. 그리고 아마 이 섬이 다시 사랑으로 충

만해지고 그 사랑 속에서 진실로 자유가 행해지는 날이 오게 되면, 그
때 가선 이 섬의 모습도 많이 사정이 달라질 게야.(342면)

그러나 이 '사랑의 정치학'은 명쾌한 만큼 단순하다. 무엇보다 황희
백은 자유를 "싸워 빼앗는 길"로 이해함으로써 앞서 살핀 이상욱의 자
유의 의미를 현저히 축소시켰다. 자유가 싸워 빼앗는 길이라면 그것은
사랑 속에 깃들 수도 없지 않겠는가? 이렇게 보면 자유와 사랑의 상호
깃듦이란 그 둘의 어설픈 화해에 지나지 않는다. 따라서 황희백의 '사
랑'은 이상욱의 '자유'를 극복한 것이 되지 못한다. 아니, 황희백의 '사
랑'은 이상욱의 '자유'와는 전혀 다른 차원의 것이다. 그것은 '사랑의
정치학'이라기보다 '사랑의 인간학' 또는 '사랑의 종교학'이라 불리울
성질의 것이다. 황희백은 자신이 너무 늙었으며 원장의 동상이 무서워
지지 않는다고 말하는데, 이것은 그의 연륜이 건강인에 대한 복수심을
용서하는 마음으로 바꾸어 놓았다는 의미이다.[15] 즉 황희백의 '사랑'은
'용서'와 짝을 이루는 것으로서, "본 모습을 찾아볼 수 없도록 병으로
일그러지고 나이로 쪼그라든 두 뺨을, 지난날 그가 겪은 고난과 원한
의 세월을 아프게 되쏟아놓고 있는 듯 서서히 그리고 끊임없이"(337면)
흐르고 있는 그의 눈물에 정확히 대응하는 것이다. 그는 간척사업이라
는 그의 생애 마지막 시련을 통해 사랑과 용서에 도달함으로써, 평생

---

15) 여기서 황희백이 도달한 '용서'는 이청준의 단편소설 <다시 태어나는 말>(言語
社會學序說 5)에서 작중화자인 지욱이 초의(草衣) 스님의 음다법(飮茶法)을 통해
말의 숨은 규범을 탐색하던 중 마침내 찾아낸 '복수를 택하지 않은 말들'과 닮
아 있다. 그 말들은 "차라리 삶 자체라고 할 수 있을 만큼 그것과 같은 화해를
이룩하고 있었다." 앞의 연작소설집 『잃어버린 말을 찾아서』, 277면. 그런데 이
처럼 삶 자체로 '다시 태어나는 말'을 "자신의 삶에 대한 깊은 화해와 용서의
마음"을(같은 책, 170면) 지닌 초로(初老)의 사내에게서 찾아냈다는 사실은 의미
심장하다. 또 이와 관련해, 작가 스스로 '장년기 문학'에 관해 언급하고 있음에
도 유의할 필요가 있다. "<당신들의 천국>에서 나는 우리의 삶의 본질과 그
조건들을 종합적으로 정리해 보고 싶어졌던 거지요. 나이 마흔이 되니까 차츰
그런 생각이 들어와요. …… 그리고 차츰 늙은이들에 대한 애정이 생기는 것 같
아요." 앞의 산문집, 『말없음표의 속말들』, 226면.

그를 억누르고 있던 '환자'를 극복하고 비로소 '인간'으로 서게 된 것이다.

이상욱의 '자유의 정치학'과 황희백의 '사랑의 정치학'은 조백헌에 와서 '자유, 사랑, 믿음의 정치학'으로 완성된다. 이 소설의 제3부에 이르러 조백헌이 얻게 되는 자유와 사랑의 관념은 물론 이상욱과 황희백의 영향에 의한 것이거니와, 믿음이라는 관념 역시 이상욱과 황희백으로부터 암시받아 조백헌이 논리화한 것에 지나지 않는다. 그러니까 이 소설에서 펼쳐진 관념의 정치학은 이상욱과 황희백에 의해 주도되다가, 조백헌에 이르러 최종적으로 정리되는 것이라 할 수 있다. 하지만 조백헌이 그러한 최종관념에 도달했을 때는 그가 섬을 떠났다가 개인자격으로 섬에 돌아온 후이니, 그는 이미 원장이 아니었고 따라서 그가 모처럼 터득한 정치학을 실천하는 데 필요한 '힘'을 상실한 뒤였던 것이다.

조백헌이 처음 원장으로 부임했을 당시, 그는 자유니 사랑이니 믿음이니 하는 관념과는 별 관계가 없는 사람이었다. 그는 병원 직원들에게 무조건적인 신뢰와 승복을 요구하고 원생들에게는 불신과 배반의 습성을 버리고 '인간개조'를 이룩하라면서 천국의 건설을 선포한다. 그리고 "여러분의 새로운 낙토를 위해 이 사람은 신명껏 그것을 돕겠습니다. 아니 강제라도 하겠습니다."라고(66면) 외치는데, 이것은 그가 섬사람들에게 낙원을 건설해 주겠다는 강한 신념을 가지고 있으며[16] 그

---

16) 조백헌의 이 같은 신념은 이청준의 단편소설 <自敍傳들 쓰십시다>(言語社會學序說 2)에 등장하는 최상윤 선생의 신념과 닮아 있다. 작중화자인 지욱은 "털끝만큼한 자기 회의마저 용납을 하지 않고 있는" 최상윤의 신념이 두려워지면서, 그의 자서전 대필을 포기한다. 앞의 연작소설집 『잃어버린 말을 찾아서』, 86면. 지금까지 <당신들의 천국>에 등장하는 인물들을 '言語社會學序說' 시리즈에 등장하는 인물들에 비추어 살펴보았거니와, 조백헌은 <자서전들 쓰십시다>의 최상윤에, 이상욱은 <지배와 해방>의 이정훈에, 황희백은 <다시 태어나는 말>의 초로의 사내에 닮아 있음을 알 수 있다. 그리고 그들은 각각 신념의 인간, 자유의 인간, 사랑(또는 용서)의 인간으로 분류된다. 이렇게

신념 뒤에 자신의 동상(야심)을 숨겨 갖고 있다는 것을 시사한다. 하지만 그는 간척사업의 어려움을 겪으면서 앞서 살편 대로 이상욱과 황희백의 영향을 받고 섬을 떠나게 되는 것이다. 그렇다면 그가 다시 섬으로 돌아오면서 갖게 된 '믿음의 정치학'이란 무엇인가? 그것은 '공동운명'을 짝으로 하는 정치학이다. 조백헌이 원장이었던 당시 그와 원생들과의 사이에 대립과 갈등이 끊이지 않았던 것은 믿음이 없었기 때문인데, 둘 사이에 믿음이 생길 수 없었던 것은 결국 건강인이 걸어갈 운명의 길과 나환자의 그것이 서로 다르기 때문이다. 조백헌은 섬을 떠난 뒤에야 그것을 깨닫고 섬 사람들과 운명을 함께 할 각오로 다시 섬을 찾아오는 것이다. 이렇게 해서 조백헌은 마침내 '자유, 사랑, 믿음의 정치학'에 도달하는 것이다. 그러나 이것을 현실에서 실천하기 위해서는 무엇보다 '힘'이라는 것이 전제되어야만 한다.

> 내 말은 결국 같은 운명을 삶으로 하여 서로의 믿음을 구하고, 그 믿음 속에서 자유나 사랑으로 어떤 일을 행해나가고 있다 해도 그 믿음이나 공동운명 의식은, 그리고 그 자유나 사랑은 어떤 실천적인 힘의 질서 속에 자리를 잡고 설 때라야 비로소 제 값을 찾아 지니고, 그 값을 실현해나갈 수 있다는 이야깁니다.(415면)

그렇다면 정치행위의 필수적인 요소인 힘(권력)은 어떻게 형성되어야 하는가? 그것은 섬 사람들의 선택과 상관없이 일방적으로 군림하는 식이어서는 안 된다. 그것은 자생적 운명의 일부분으로서, 다시 말해 섬 사람들 자신의 의사에 의해 그들 가운데서 선택되어져야 한다. "그렇지 못한 힘은 언제나 그 힘 자체의 욕망을 충족시킬 지극히도 이기적인 명분을 지어내게 마련이기" 때문이다.(417면) 그리고 그 명분은 항

보면, <당신들의 천국>에 펼쳐진 '이청준의 정치학'은 '이청준의 인간학'의 변형임을 알아차릴 수 있다. 결국 <당신들의 천국>에서 '정치학'으로 남는 것은 제3부에서 설명된 '믿음과 공동운명', 그리고 '자생적 운명의 일부분으로서의 힘'이다.

상 권력에 대한 봉사만을 일삼게 되는 것이니, 바로 이것이 이 섬에서 실패가 되풀이되고 있는 근본 이유인 것이다.

그러나 원장이 아닌 조백헌에겐 이미 아무런 힘(권력)도 없었고, 따라서 그는 작고 보잘것없는 일부터 시작하여 믿음의 씨앗을 뿌리고자 한다. "그 눈에 뜨이지 않는 작은 일이란 이를테면 우선 한 건강인 여자와 병력자 사내의 결합 같은 것"이다.(418면) 윤해원과 서미연의 결합은 건강인들과 원생들 사이를 이어주는 첫 출발이 되는 까닭에 조백헌은 두 사람의 결혼을 성사시키기 위해 발벗고 나서는 것이다. 마침내 4월 1일 결혼식날은 다가왔고, 그날은 "기대했던 대로 남해안 특유의 따스하고 화창한 봄날씨를 보이고 있었다."(419면) 그리고 결혼식을 준비하는 섬의 모습은 그 화창한 봄날씨만큼이나 밝은 분위기가 감돌고 있다.[17] 결국 이 소설은 조백헌이 건강 지대와 병사 지대의 결합을

---

17) 그러나 표면상의 밝은 분위기와는 달리, 낙원에의 꿈과 관련된 이 소설의 전망은 그리 밝지 않은 것으로 읽힌다. 즉 이 소설의 결말은 낙관주의 속에 비관주의를 감추고 있는 것이다. 낙원에의 꿈이 비관적이라는 것은 조백헌이 이정태를 안내해 간 특별병사의 모습을 상기하는 것만으로도 충분하다. 게다가 윤해원과 서미연의 결혼에도 적지않은 문제가 도사리고 있다. 두 사람의 결혼이 병력자 사내와 건강인 여자의 결합이라고 하지만, 서미연이 실은 미감아 출신이기 때문이다. 이 사실을 섬 사람들은 물론 결혼 당사자인 윤해원마저 모르고 있고 단지 조백헌만이 알고 있다는 사실은 이 결혼의 의미를 무화시키기에 충분한 것이다. 이 소설의 끝부분에 홀연히 나타나서 조백헌의 축사연습을 엿듣는 숨은 주인공 이상욱이 그의 얼굴에 떠올리는 '희미한 미소'는 따라서 의미심장한 미소이다. 이 "뜻을 알 수 없는 미소"의(428면) 뜻은 무엇인가? "그것은 어찌 보면 조원장의 그 너무도 직선적이고 순정적인 생각에 다소의 감동을 받고 있는 듯싶기도 했고, 어찌 보면 그 조원장에게 오히려 어떤 연민어린 그의 비웃음을 보내고 있는 것 같기도 한"(426면) 그런 미소이다. 이와 관련하여 이청준의 전작 장편소설 <제3의 현장>을 읽어볼 필요가 있다. 이 소설에도 <당신들의 천국>에서와 같이 바다를 끊어 막는 간척사업이 중요한 소재가 되어 있으며, 간척사업의 진행과정 또한 <당신들의 천국>의 경우와 흡사하다. 그런데 <제3의 현장>에서 주어진 운명을 타개하기 위해 전도사의 주도하에 시작된 간척사업은 결국 실패로 끝나고, 주인공격이라 할 수 있는 구종태는 끝내 자살하고 만다. <당신들의 천국>이 근본적으로 '지상낙원의 건설은 가능한가'라는 질문을 제기하고 있다면, 그것은 <제3의 현장>에서 '인간은 그에게 주어진 운명을 타개할 수 있는가'라는 질문으로 바뀐 것이라 할 수 있다. 그럴 경우, 구종태의 자살은 낙

소망한다는 요지의 결혼식 축사를 연습하는 것으로 끝난다. "이제 두 사람으로 해서 그 오랜 둑길이 이어지고 길이 뚫렸습니다. 그리고 당신들의 이웃은 힘을 합해 그 길을 지키고 넓혀나갈 것입니다……"(429면)

4. 맺음말

주지하다시피 이청준의 소설은 소설로 쓴 소설론인 경우가 많다. 그의 소설이 소설이란 무엇인가 하는 문제를 탐구하기 위해 씌어졌다는 사실은 그가 자기 자신을 소재로 하여 소설을 썼다는 것을 의미한다. 그의 소설쓰기는 따라서 작가로서의 자신의 삶의 의미에 대해 스스로 묻고 대답하는 것이며, 이 점에서 그의 소설은 그의 삶 자체와 일치하는 것이다. 그런데 이것을 뒤집어 생각해 보면, 어떤 질서를 내재하고 있는 역동적 실체로서의 삶과 세계가 그의 소설을 통해 드러나는 것이 아니라, 그 삶과 세계가 그의 소설 속으로 들어옴으로써 비로소 어떤 고유한 질서를 부여받게 된다는 것을 알 수 있다. 이렇게 볼 때 그의 소설은 인간의 삶과 세계에 대한 주관적 질서화 과정 그 자체이다. 즉 그의 소설에서 인간과 세계는 작가의 주관 속에 통합된다고 하겠는데, 이러한 사정은 경우에 따라 그의 소설에 상당한 문제점을 초래할 수도 있다. 작가 자신의 삶을 다룬 작품일 경우 작가의 주관은 곧 삶의 진실에 육박할 수 있겠으나, 가령 어떤 시기의 정치적 상황을 다룬 작품의 경우 객관적 현실의 포착이 반드시 가능하다고 볼 수는 없겠기 때문이다.

원의 건설에 대한 작가의 전망과 관련하여 시사하는 바 크다고 하겠다. 앞의 전작 장편소설 『제3의 현장』 참고.

  <당신들의 천국>을 읽으면서 이런 생각을 떠올릴 수는 없겠는가? 1960, 70년대의 정치상황을 다루었다는 이 소설에서 독자들은 당시의 역동적 현실을 만나볼 수 없다. 이것은 물론 이 소설이 알레고리의 성격을 지니고 있기 때문이겠으나, 작가가 구태여 알레고리를 택했다는 것 자체가 당시의 정치현실을 바라보는 일정한 관점의 소산인 것이다. 그 관점이란 무엇인가? 녹자들은 이 소설의 표층에서는 '이청준의 정치학'을 만나지만, 그 심층에서는 '이청준의 인간학'을 만난다. 즉 이 소설은 인간학의 관점에서 씌어진 정치학인 것이다. 이 점, 이 소설의 의의이자 한계이다. 정치학 쪽에서 본다면, 피치자의 의사와 관계없이 그들 위에 군림하는 정치권력을 반대하고 피치자의 의사에 따라 그들 가운데서 선택되는 정치권력을 주장한 것에 불과하니, 그 뼈대는 너무나 앙상하다. 작가의 정치학이 본격적으로 개진되는 제3부에 이르러 이야기의 긴장감이 갑자기 사라지고 소설의 육체가 소멸해 버리는 것은 따라서 이상한 일이 아니다. 현실의 정치학이 아닌 관념의 정치학인 까닭이다.

  사정이 그렇다면 <당신들의 천국>을 인간학 쪽에서 읽을 수는 없겠는가? 이 소설에는 신념의 인간 조백헌과 자유의 인간 이상욱과 사랑의 인간 황희백이 등장한다. 이 중 이상욱과 황희백은 그들이 자유 또는 사랑의 인간이 될 수밖에 없었던 원체험을 지니고 있기에, 인간으로서 역동성을 지니는 살아 있는 존재들이다. 이상욱은 미감아 출신이며, 황희백은 환자 출신이었던 것이다. 그러나 조백헌의 경우는 그가 신념의 인간이 될 수밖에 없었던 원체험이 제시되어 있지 않다. 그래서 그는 우람한 체구와 직선적인 성격에도 불구하고 살아 움직이는 인간이 아니다. 고쳐 말해 작가의 의해 만들어진 인물인 것이다. 작가는 자유와 사랑이라는 자신의 관념을 살아 있는 인간인 이상욱과 황희백에게 불어넣고, 그들로 하여금 신념의 인간인 조백헌을 비판하게끔 했던 것이다. 아마도 작가는 어떤 신념에 따라 일생을 바치는 유형의 인

간에게서는 삶의 진실을 발견할 수 없다고 판단하는 듯하다. 그러기에 조백헌은 정치학 쪽에서는 이 소설의 주인공이지만, 인간학 쪽에서는 주인공이라 할 수 없다.

　독자의 입장에서는 신념의 인간, 자유의 인간, 사랑의 인간을 놓고 이 중 어느 유형의 인간이 삶의 진실에 육박할 수 있는지 판단할 이유가 없다. 다만 작가가 어느 유형의 인간을 선호하는지를 따져볼 필요는 있으리라. 이를 위해 앞에서 틈틈이 '言語社會學序說' 시리즈를 검토했거니와, <자서전들 쓰십시다>의 최상윤을 작중화자인 지욱에 의해 비판되는 신념의 인간이라 한다면, <지배와 해방>의 이정훈은 지욱이 상당한 호감을 갖는 자유의 인간이라 하겠으며, <다시 태어나는 말>의 배면에 등장하는 초로의 사내는 지욱이 마침내 도달하고자 하는 사랑의 인간이라 할 수 있을 것이다. 아마도 <당신들의 천국>(1976)이나 '언어사회학서설' 시리즈(1973~1981)가 씌어질 무렵, 작가의 관심은 자유의 인간학에서 사랑의 인간학으로 바뀌어가고 있었던 듯하다. 이렇게 본다면, <당신들의 천국>의 진정한 주인공은 황희백이라 할 수 있으며, 이 경우 이 소설의 메시지는 사랑과 용서가 된다. 그러나 황희백이 사랑과 용서의 마음에 쉽게 도달한 것은 아니다. 그는 오랜 세월 나환자로서의 삶을 견딘 끝에 그 나환자로서의 운명을, 그 기본적 존재조건을 받아들임으로써 비로소 그러한 경지에 도달하였다. 그리하여 거기에 도달하는 순간 그는 회한의 눈물을 흘렸던 것이다. 이것을 다시 알레고리로 읽는다면, 인간은 인간으로서 지닌 보편적 존재조건(원죄, 고통, 죽음 등)과 함께 사람마다 특수하게 주어진 자신의 운명적 조건을 껴안을 때에 비로소 사랑과 용서의 마음에 도달하는 것이라 할 수 있다.

　그러나 이 같은 인간학 쪽의 독법도 자연스럽지 않기는 마찬가지이다. 왜냐하면 <당신들의 천국>에는 이러한 인간학이 정치학과 섞여 있기 때문이다. 말하자면 이 소설은 인간학과 정치학의 어설픈 결합으로 이루어져 있는 것이다. 이것은 물론 하나의 작품에서 그 둘을 한꺼번에 다루어서는 안 된다는 말은 아니다. 오히려 인간학과 정치학(인간과 사회)은 소설의 공통된 주제이며, 그 둘은 분리해서 다룰 성질의 것이 아니다. 다만 그 둘이 결합이 작가의 주관 속에 몰아넣어지는 식으로 결합되어서는 안 된다는 것이다. 앞에서 이 소설을 읽는 일은 미로찾기와 같은 것이라고 썼거니와, 그 미로는 자연 속에 형성되어 있는 미로가 아니라 인위적으로 만들어진 미로였던 것이다. 그리고 그 미로 끝에 숨어 있는 인식주체란 다름 아닌 작가의 관념이었던 것이다. 소설로써 삶과 세계의 역동적 진실에 다가서려 할 때, 이러한 미로만들기의 방식으로는 아무래도 한계가 있는 것이다. 미로가 아무리 복잡하고 중층적으로 만들어졌다 하더라도 그것이 만들어진 미로인 한, 소설의 구조는 미리 정해진 인식주체(관념) 속에 정지되어 있기 때문이다.

(『성심어문론집』 20 · 21, 가톨릭대학교 국어국문학과, 1999)

액자소설형식과 '뫼비우스의 띠'

— 조세희의 ≪난장이가 쏘아올린 작은 공≫

1. 머리말

조세희의 소설집 ≪난장이가 쏘아 올린 작은 공≫(이하, ≪난장이…≫라고만 한다)은 처음 출판된 당시(1978년 6월)부터—정확히는 연작 중의 하나인 <칼날>(『문학사상』, 1975. 12)이 발표된 이후—오늘날까지 지속적으로 연구자들의 관심을 끌어 왔다. 1970년대 후반으로 접어들면서 서서히 그 모습을 드러낸 ≪난장이…≫는 특이한 형식과 간결한 문체 그리고 시적인 분위기를 지니고 있으면서도, 급격히 산업화되어 가는 우리 사회의 도시 빈민문제와 노동문제를 다루고 있다는 점에서 문단의 주목을 받기 시작했던 것이다.

그런데 ≪난장이…≫에 대한 당시 문단의 평가는 크게 두 가지 견해로 나누어졌다. 그 하나는 ≪난장이…≫가 이른 바 순수문학과 참여문학의 대립을 극복하여 새로운 미학을 성취했다는 것이고,1) 다른 하

---

1) 김병익은 "≪난장이…≫의 그 주제와 방법, 정신과 태도의 대립은 창작품이 지닌 현실성과 문학성, 시대성과 영원성의 대립을 드러냄으로써 그것을 지양시켜 주는 효과를 얻게 될 것이다. 우리는 이것을 순수와 참여의 대립된 견해를 극복시키는 하나의 범례로 보아도 좋을 것이다"라고 하였다. 김병익, 「대립적 세계관

나는 ≪난장이…≫가 당시 첨예하게 대두된 노동문제의 실상을 리얼하게 포착하지 못했다는 것이다.[2] ≪난장이…≫에 대한 이 같은 평가의 낙차는 물론 당시 문단의 지형과 무관하지 않다. 즉 문학의 자율성과 문학의 사회성을 각각 내세우던 『문학과 지성』그룹과 『창작과 비평』그룹의 대립이 그것이다.[3]

≪난장이…≫는 이후에도 많은 연구자들에 의해 논의되었는데, 그 논의의 내용은 ≪난장이…≫의 시대적·사회적 의미에 관한 것만이 아니라, ≪난장이…≫가 지닌 미학적 원리와 문학사적 의미에 관한 것으로 서서히 확대되어 갔다. 그리하여 이 소설집에 대한 연구성과는 이미 적잖이 집적되어 있다. 이제 ≪난장이…≫는 단지 ≪난장이…≫만이 아닌, 많은 관련 담론들로 에워싸여진 ≪난장이…≫의 집합이 된 느낌이다. 이 글 역시 ≪난장이…≫의 관련 담론으로 ≪난장이…≫의 집합 속에 던져질 것이다. 이런 과정을 통해 원래의 ≪난장이…≫가 끊임없는 의미의 변화를 겪게 됨은 말할 것도 없다. 그만큼 이 소설집은 손쉬운 해석을 좀처럼 허락하지 않는다. ≪난장이…≫는 그 기의가 최종적 도달점 없이 움직이는, 항상 살아 있는 기표인 것이다. ≪난장이…≫의 세계는 마치 이 소설집에 나오는 '클라인의 병'처럼, 내부와 외부의 구별이 없는 공간이기 때문이다.

과 미학」, 『난장이 마을의 유리병정』, 동서문화사, 1979, 342면.

2) 백낙청은 ≪난장이…≫에 대해, "현장과 작가의 관계에서 어떤 거리가 있지 않은가, 현장을 세밀히 알고 거기 대해 작가 나름으로 분노하고 공감하고 열심히 생각하고는 있지만 그 바닥 자체의 뜨거움 속에서 울려나오는 것은 아니지 않는가 라는 느낌을 준다"고 하였다. 좌담회, 「내가 생각하는 민족문학」, 『창작과 비평』, 1978 가을, 37면.

3) 문학의 자율성과 사회성의 대립은 순수와 참여의 대립, 또는 예술로서의 문학과 운동으로서의 문학의 대립으로 볼 수 있다. 이 글은 이러한 대립적 견해들과 관련하여, 문학이 현실과 어떤 방식으로 교섭하는가 하는 문제를 ≪난장이…≫를 통해 검토해 보려는 것이기도 하다.

2. ≪난장이…≫의 형식 : 연작형 액자소설

뛰어난 문학작품들이 모두 그렇듯이 ≪난장이…≫는 어떤 하나의 이론틀로 설명되지 않는다. 지금까지 ≪난장이…≫에 관심을 보인 연구자들의 곤혹스러움은 ≪난장이…≫가 자꾸만 논리의 그물을 빠져 나간다는 점에 있었다고 할 수 있다. 이런 사정은 ≪난장이…≫에 접근하는 논리에 문제가 있었다기보다, 당초 ≪난장이…≫가 논리의 틀 바깥에 존재하고 있기 때문이었던 것으로 이해된다. 그렇다면 이제 ≪난장이…≫에 관한 논의는 ≪난장이…≫를 어떤 논리의 틀 안으로 끌어들이지 않는 방법으로부터 다시 시작해야 할 것이다. 대체 이런 방법이 가능할 것인가? 이 같은 질문은 문학연구 또는 문학비평이란 무엇인가 하는 근본적인 질문으로 이어진다.[4] 그러나 여기서는 일단 ≪난장이…≫를 논리의 틀 바깥에 두고 ≪난장이…≫에 논리적으로 접근할 수 있는가 하는 질문에서 멈추기로 하자.

그런데 이 질문에 대한 답변은 이미 ≪난장이…≫에 스스로 마련되어 있다. 안과 겉이 따로 없는 곡면인 '뫼비우스의 띠'가 그것이며, 이 '뫼비우스의 띠'와 같은 ≪난장이…≫의 소설형식이 그것이다. 이 모두가 알레고리인 바, 알레고리란 무엇인가? 그것은 언어가 지닌 논리적 상관관계를 넘어서는, 그리하여 의미체계·상징체계의 틈새로 빠져 달아나는 이름붙일 수 없는 그 무엇(진리)를 힘겹게라도 따라잡으려는 언

---

4) 벤야민에 의하면, 예술작품의 진리는 작품이나 비평가의 역사성과는 무관한, 역사를 넘어서는 어떤 절대적인 것이다. 예술작품의 진리는 깊이 숨겨져 있는데, 비평의 과제는 이 숨겨진 진리를 찾아내어 이를 드러내는 데 있다. 작품의 진리에 나아갈 수 있는 공정한 비평가의 태도가 있다면, 그것은 진리 속으로 들어가서 진리 속으로 사라져 버리는 일이다. 반성완, 「발터 벤야민의 비평개념과 예술개념」, 발터 벤야민, 반성완 역, 『발터 벤야민의 문예이론』(민음사, 1983), 372~373면.

316   제3부

어가 아니겠는가? ≪난장이…≫가 늘 논리의 그물 바깥에서 손짓하는
것은 이 소설이 온통 알레고리로 이루어져 있기 때문인 것이다.5)

　하지만 알레고리가 함축하고 있는 의미는 손에 잡힐 듯하면서도 결
코 잡히지 않는다. 진리는 언제나 손에 잡히는 듯한 순간에 저만치 빠
져 달아나 버린다. 바로 그때 섬광처럼 눈부시게 다가오는 것, 그 빛줄
기와 더불어 극히 짧은 순간에 만나는 이름없는 그 무엇, 그것이 혹시
진리일는지도 모른다. 그러나 다음 순간 그것은 환상처럼 사라지고, 다
시 ≪난장이…≫라는 기표만이 거인처럼 덩그렇게 남는다. 그럼에도
이 폐허의 자리에서 또다시 ≪난장이…≫를 껴안고 씨름을 시작해야
하는 것이다. ≪난장이…≫에 대한 논의란 다름 아닌 이런 과정을 끝
없이 되풀이하는 일일 것이다. 이 글에서는 ≪난장이…≫에 함축된 진
리에 다가서고자 하는 이 헛된 논리의 과정을 ≪난장이…≫의 형식에
대한 탐색으로부터 시작해 보기로 한다.

　지금까지 ≪난장이…≫에 관심을 보인 연구자들은 ≪난장이…≫가
연작소설의 형식을 지니고 있음에 주목하였다.6) 윤흥길의 『아홉 켤레
의 구두로 남은 사내』 연작, 이문구의 『우리동네』 연작과 더불어 조세

---

5) ≪난장이…≫가 온통 알레고리로 이루어져 있다는 말은 다음과 같은 몇 가지 사
　항을 포함한다. 첫째 이 소설 전체가 현실의 알레고리이며 현실 또한 이 소설의
　알레고리라는 것, 둘째 이 소설의 외화와 내화는 서로를 비추는 알레고리라는 것,
　셋째 이 소설에는 '난장이', '뫼비우스의 띠', '클라인의 병'이라는 세 가지의 중
　요한 알레고리적 장치가 있다는 것, 넷째 이 밖에도 이 소설에는 팬지꽃, 줄 끊어
　진 기타, 도도새, 쏙독새, 반딧불, 우주인, 달나라, 난쟁이가 쏘아올린 작은 쇠공
　등의 많은 알레고리가 숨어 있다는 것 등이다.
6) 김윤식은 연작소설을 동일한 주인공이 다른 사건이나 대상을 이동해 가며 그리
　는 순환형 연작과 한 가지 주제를 다루되 주인공을 바꾸어 가며 그려나가는 계열
　형 연작으로 나누고, ≪난장이…≫를 계열형 연작으로 보았다. 김윤식, <문학사
　적 개입과 논리적 개입>, 『문학과 사회』(1991. 가을), 1516면. 또 권영민은 이문
　구의 『우리 동네』 연작이 외형적인 틀에 의거한 병치의 방법을 활용하고 있음에
　비해, 조세희의 ≪난장이…≫ 연작은 계기적인 결합의 원칙을 따르고 있다면서,
　따라서 ≪난장이…≫ 연작은 인물의 행위의 연결을 근거로 하는 플롯의 개념에
　따라 단편소설들의 결합이 가능해진다고 하였다. 권영민, 「연작의 기법과 연작소
　설의 장르적 가능성」, 『소설과 운명의 언어』, 현대소설사, 1992, 310~312면.

희의 ≪난장이…≫ 연작이 출현한 것은 당시 우리 사회의 급격한 변화
에 대한 문학적 대응으로 이해된다. 권위주의적 근대화 담론의 지배
아래 강제적으로 재편되는 1970년대의 시대적 상황과 관련하여, 그 변
화의 모습을 담아내기 위해 작가들은 단편소설의 모음으로 장편소설의
효과를 노리는 연작소설을 쓰게 된 것이다.[7] 말하자면 사회적 총체성
과 역사적 전망을 획득해야 한다는 당위와 그같은 본격적 리얼리즘을
성취하기 어렵다는 현실 사이에 연작이라는 소설형식이 놓이는 것이다.
이 점에서 연작소설의 형식은 문학의 사회성이라는 측면과 관련되며,
≪난장이…≫ 연작 또한 여기서 예외가 아니다.

그러나 ≪난장이…≫는 연작소설인 동시에 액자소설이기도 하다. 지
금까지의 연구는 ≪난장이…≫가 액자소설의 형식을 취하고 있음에 주
의하지 않았지만, 액자형식에 대한 관심은 ≪난장이…≫를 이해하는
데 결정적으로 중요하다. 왜냐하면 그것은 이미 비쳤듯 ≪난장이…≫
가 온통 알레고리로 이루어져 있다는 사실과 연결되기 때문이다. 이는
또한 ≪난장이…≫가 동시대의 다른 연작소설들처럼 리얼리즘의 성격
을 지니기도 하지만, 그럼에도 오히려 다른 연작들과는 달리 모더니즘
을 근간으로 하는 소설이라는 점을 시사한다.[8] 요컨대 ≪난장이…≫의

---

7) 김우창은 ≪난장이…≫가 연작 소설집이라는 분류 제목을 달고 있지만, 본질적
   으로 하나의 장편소설이라고 보아 마땅하다고 하였다. 즉 ≪난장이…≫는 난쟁
   이 일가 2대의 체험을 통해서 도시 주변의 뜨내기 노동자가 공장 근로자로 변모
   해 가는 모습을 중심으로 우리 사회의 역사적인 변모를 차근차근 추적해 보여 준
   다는 것이다. 김우창, <산업시대의 문학>, 『지상의 척도』, 민음사, 1981, 56면.
   이 같은 견해는 ≪난장이…≫가 지니고 있는 리얼리즘적 측면을 지적한 것이다.
   또 작가 자신도 다음과 같이 말하고 있다. "비록 하나하나의 독립된 단편이지만
   독자들이 장편으로 맞출 수도 있을 거예요. 또한 그것을 의도적으로 시도해 보기
   도 했어요. 독자들이 가진 역량에 따라 『난장이가 쏘아올린 작은 공』이라는 한
   권의 상편을 들고 나닐 수도 있을 거예요. 그런 욕심을 가지고 있었고 그런 의도
   하에 쓰기도 했었고……" 김승희와의 대담, 「조세희 문학의 인간적 탐구」, 『난장
   이 마을의 유리병정』, 동서문화사, 1979, 395면.
8) 나병철은 ≪난장이…≫를 리얼리즘과 모더니즘의 결합으로(나병철, 『한국문학의
   근대성과 탈근대성』, 문예출판사, 1996, 229면 이하), 또는 모더니즘 기법을 사용

기본형식은 액자형식이며, 연작형식이란 부수적인 것에 불과하다는 것
이다. 즉 ≪난장이…≫는 연작형 액자소설인 바, 이제 이 점을 살펴보
기로 하자.

　≪난장이…≫는 모두 12편의 단편으로 이루어져 있다. 이 중 <칼날>
에서 <내 그물로 오는 가시고기>까지 연작으로 이어진 10편의 단편
이 ≪난장이…≫의 내화에 해당되는 바, 이것을 편의상 「'난장이' 연작」
이라 부를 수 있다. 그리고 맨 앞과 맨 뒤에 놓인 <뫼비우스의 띠>와
<에필로그>가 ≪난장이…≫의 외화에 해당된다. 그런데 이 두 작품은
각각 교사와 학생들이 등장하는 외화와 꼽추와 앉은뱅이가 등장하는
내화로 이루어진 액자소설들이면서, 「'난장이' 연작」을 건너뛰어 이어
지는 또 하나의 연작을 이루는 바, 이것을 편의상 「'교실' 연작」이라
부르기로 한다. 그러니까 ≪난장이…≫는 액자소설들인 2편의 「'교실'
연작」(<뫼비우스의 띠>와 <에필로그>)을 외화로 하고, <칼날>에서
<내 그물로 오는 가시고시>까지의 10편의 「'난장이' 연작」을 내화로
하는 액자소설인 것이다.9)

　그런데 주의할 것은, 위에서 설명한 내화와 외화의 구분은 그야말로
형식적인 것이라는 점이다. ≪난장이…≫는 위와 반대로 「'난장이' 연
작」을 외화로, 「'교실' 연작」을 내화로 읽을 수도 있다. 이것은 <뫼비
우스의 띠>와 <에필로그>의 경우도 마찬가지이다. 즉 이 두 작품 역

한 리얼리즘으로(나병철, 『소설의 이해』, 문예출판사, 1998, 352면) 설명하였다.
그러나 ≪난장이…≫에서 모더니즘은 단순히 기법적 측면에만 놓이는 것이 아니
다. 이 소설은 독자들로 하여금 사회의 전체성과 관련된 어떤 전망을 보게 하는
것이 아니라, 알레고리의 충격성·시적 초월성·이미지들의 부조화 등을 통해 현
실세계를 부정적으로 인식하게 한다.
9) 그런데 외화(「'교실' 연작」)의 내화인 꼽추와 앉은뱅이가 등장하는 이야기는「'난
장이' 연작」과 느슨하게 연결되어 있다. 따라서 꼽추와 앉은뱅이의 이야기 2편은
「'난장이' 연작」에 속하는 10편의 단편소설들과 연작을 이룬다고 할 수도 있다.
이 경우 ≪난장이…≫는 교사와 학생들이 등장하는 이야기를 외화로 하고, 「'난
장이' 연작」과 꼽추와 앉은뱅이의 이야기 2편을 내화로 하는 액자소설이 된다.

시 꼽추와 앉은뱅이의 이야기를 외화로, 교사와 학생들의 이야기를 내화로 읽을 수 있는 것이다. 다시 말해 ≪난장이…≫는 내화와 외화를 구별할 수 없는 액자소설이라 할 수 있다. ≪난장이…≫의 서두에서 교사가 학생들에게 화두처럼 제시한 '뫼비우스의 띠'란 무엇인가? 그것은 안과 겉을 구별할 수 없는 하나의 곡면이 아니던가?

≪난장이…≫의 내화와 외화가 구별되지 않는다는 점은, 이 소설의 내화가 외화의 알레고리로 씌어졌을 뿐만 아니라 외화 또한 내화의 알레고리로 씌어졌음을 말해 준다. ≪난장이…≫의 내화와 외화는 서로를 비추는 거울인 것이다. 이 거울들은 비쳐진 영상들을 끊임없이 되비추며 ≪난장이…≫의 의미를 한없이 증폭시킨다. 그리고 이렇게 증폭된 의미는 소설 바깥의 현실세계에 대한 성찰을 유도한다. 즉 이 소설은 ≪난장이…≫의 세계 바깥에 있는 현실세계의 알레고리로 씌어진 것이다. 뿐만이 아니다. ≪난장이…≫의 세계가 현실세계의 알레고리인 것은 물론, 현실세계 또한 ≪난장이…≫ 세계의 알레고리인 것이다. 이 지점에서, 내부와 외부가 따로 없는 '클라인의 병'을 떠올릴 수 있지 않겠는가?[10] 소설세계(허구)와 소설 바깥의 세계(현실)가 그리 명확히 구별되는 것은 아니다. '현실'이라고 불리는 소설 바깥의 세계는 소설보다 더 소설같은 세계가 아닌가? ≪난장이…≫는 흔히 '현실'로 인식되는 소설 바깥의 세계(상징계)가 얼마든지 허구일 수 있음을 말해 준다.

---

10) 이 소설에서 '클라인의 병'은 인간사회(지상의 세계)와 우주(천상의 세계)가 서로 통해 있음을 말해 주는 알레고리이거니와, 이것을 유추하여 소설세계와 현실세계의 관계를 시사하는 것으로 이해할 수 있다.

3. 뫼비우스의 띠 : 지배담론의 해체

안과 겉을 구별할 수 없는 곡면, 즉 '뫼비우스의 띠'가[11] 의미하는 것 중의 하나는 이항대립적 세계관에 대한 부정이다. 인류가 수천년 동안 쌓아올린 문명이란 내부와 외부, 주체와 객체, 중심과 주변 등 이항대립적 사고방식의 결과물이다. 역사의 진행 과정에서 내부·주체·중심의 개념이 바뀌어 왔고, 그에 따라 외부·객체·주변의 개념도 변화해 왔지만, 이항대립적 세계관 자체는 변함이 없었다. 근대 이후, 과학의 발전은 인간(의 이성)을 주체로 자연을 객체로 하는 세계관을 형성시켰고, 자본주의의 발달은 자본(가)을 중심으로 노동(자)을 주변으로 하는 경제질서를 가져오게 되었다. 그러나 저 계몽주의 시대의 낙관적 기대와는 달리, 근대적 세계관과 경제질서는 인간의 소외와 경제적 불평등을 초래하였을 뿐이다.

어느 시대나 그 시대의 지배담론이 있었듯이, 근대 역시 이성중심주의 담론과 자본중심주의 담론으로 세계의 질서를 구조화한다. 그 자체로 자족적인 것처럼 보이는 근대적 담론체계가 인간의 무의식을 지배하여 근대적 질서에 순응하도록 만드는 것이다. 이렇게 보면, 어느 시

---

11) 독일의 수학자인 뫼비우스에 의해 1885년 발견된 '뫼비우스의 띠'에 대해 작가는 과학자의 말을 빌어 다음과 같이 설명하고 있다. "위상기하학에서는, 보통 종이조각은 안과 밖의 2면을 갖는 데 반해 <안팎이 없는 1면의 종이>라든가 <내부가 없이 닫힌 공간> 등 상식적으로 생각할 수 없는 이상야릇한 것들도 연구하게 된다. 중요한 것은 이렇게 어처구니없는 일을 하는 과정에서 불가능하다고 생각되었던 일이 부산물로 나온다는 것이다. 한 예를 들면, 당신이 잘 아는 <뫼비우스의 띠>처럼 한 곳에서 연필로 점선을 그어 가면 마지막에 가서는 처음 시작한 곳에 도달하게 됨을 알 수 있다. 물론 긋는 도중에 종이 테두리를 한 번도 뛰어넘지 말아야 한다. 이러한 사실 때문에 이 띠를 <밖이 없는 1면의 띠>라고도 한다. 점선을 그은 자리를 가위로 자르고 가 보면 이 종이는 괴이하게 두 조각으로 떨어지지 않고 그대로 한 덩어리로 있다." <과학자>, 『시간여행』, 문학과 지성사, 1983, 152면.

대든 당대의 지배담론을 전복시키거나 해체하는 것은 곧 그 시대의 지배질서를 위협하는 혁명적인 의미를 지니게 된다. ≪난장이…≫에 제시된 안과 겉을 구별할 수 없는 곡면인 '뫼비우스의 띠'는 1970년대 우리 사회를 지배하던 정치적(파시즘적)·경제적(독점자본주의적) 담론을 전복시키고 해체하는, 당시의 지배담론에 저항하는 의미를 내포한 알레고리이다.

≪난장이…≫는 당시의 지배담론이 결코 자족적인 것이 될 수 없음을 다양한 방식으로 보여준다. 가령 난쟁이의 큰아들이자 은강방직 노동자인 영수가 작중화자로 등장하는 <잘못은 신에게도 있다>는 당시의 지배담론을 명시적으로 뒤집는 작품이라고 할 수 있다. 그러나 영수의 시점으로 씌어진 노동자의 담론은 메아리 없는 외침과 같아서 당시의 지배담론이 해체되는 모습을 확인할 길이 없다. 이에 비해, 은강그룹 총수의 셋째 아들로 미래의 은강그룹 경영을 꿈꾸는 경훈이 작중화자로 등장하는 <내 그물로 오는 가시고기>는 표면적으로는 당시의 지배담론을 보여주고 있으나, 그 이면에서는 오히려 그것을 해체하는 작품이라고 할 수 있다. 이제 이 점을 상세히 검토해 보기로 한다.

「'난장이' 연작」의 맨 끝에 놓인 <내 그물로 오는 가시고기>의 작중화자인 경훈은 자본가의 세계관을 완강하게 고수하면서, 기존 질서를 흔들려고 하는 노동자들에게 적대감을 드러낸다. 자본가들이 공장을 지어 일을 주고 월급을 주었으니 자본가들의 노력으로 제일 많은 혜택을 입은 게 바로 노동자들이라는 것이[12] 그의 생각이다. 더욱이 노동자들은 "저희 자유 의사에 따라 은강 공장에 들어가 일할 기회를 잡았던 것과 마찬가지로 언제나 마음대로 공장 일을 놓고 떠날 수 있다."(290면) 그럼에도 노사분규를 일으키는 노동자들을 경훈은 이해할

---

12) 『난장이가 쏘아 올린 작은·공』, 이성과 힘, 2000, 282면.
　　이하, 이 소설집에서의 인용은 <내 그물로 오는 가시고기>의 경우는 본문 중에 면수만 표기하고, 다른 작품들로부터의 인용은 작품명과 면수를 표기한다.

수 없는 것이다. 경훈의 생각에, 그의 아버지를 죽이려다가 착각으로
인해 그의 숙부를 살해한 영수는 용서할 수 없는 '작은 악당'일 뿐이
다. 경훈은 그의 아버지가 인간을 생각하지 않았다고 주장하는 영수에
게 극도의 증오감을 표시한다.

> "개새끼!"
> 나는 외쳤다. …… 아버지가 왜 그 따월 생각해야 된단 말인가. 아버
> 지가 바쁜 사람이라는 것, 그리고 아버지에게는 그런 것 말고도 계획하
> 고, 결정하고, 지시하고, 확인할 게 수도 없이 많다는 것을 작은 악당은
> 몰랐다. 발육이 좋지 못해 우리보다 작고 약하지만 그 작은 몸 속에 모
> 진 생각들만 처넣고 사는, 이런 부류들을 나는 잘 알고 있었다.(289면)

> 나는 지섭을 용서할 수 없었다. 일부러 초라한 옷을 입고 나타난 그
> 는 심한 편견과 오만에 악의까지 갖고, 진실은 덮어버린 채 우리를 죄
> 인으로 몰아붙였다.(279면)

그러나 경훈이 이처럼 극도의 적대감과 증오감을 표출한다는 것은
역으로 그가 노동자들의 세계관을 송두리째 거부하지는 못하고 있음을
암시한다. 이 점에서, <내 그물로 오는 가시고기>는 분열되는 주체의
모습을 잘 보여 준다. 그가 영수를 '작은 악당'으로 노동운동가인 지섭
을 '조금 큰 악당'으로 보고 그들을 증오하는 것은, 어쩌면 그들이 악
당이 아닐는지도 모른다는 타자의 목소리를 그가 이미 받아들이고 있
다는 점을 시사한다. 그들이 '악당'이기는커녕 이 세상 최고의 '악당'은
오히려 자신을 포함한 자본가들일지도 모른다는 생각이, 살인을 저지
른 영수가 죄인이 아니라 지섭의 말대로 오히려 자신들이 죄인일지도
모른다는 생각이 그를 괴롭히고 있는 것이다.[13] 이로써 상징계에 구멍

---

13) 여기에 이르러, 《난장이…》의 외화인 <뫼비우스의 띠>에서 굴뚝 청소를 둘
    러싼 교사와 학생들의 문답을 상기할 필요가 있다. 이 문답의 결론은 두 아이가
    함께 굴뚝 청소를 했는데 한 아이의 얼굴은 깨끗하고 다른 한 아이의 얼굴은 더
    럽다는 일은 있을 수 없다는 것이다. <뫼비우스의 띠>, 15면.

이 뚫린 것이며, 자본가(지배자, 주인)의 담론체계에 균열이 일어난 것이다.

그러나 그럴수록 경훈은 어떻게든 지배자(주인)의 자리를 지켜내야 한다고 생각한다. 은강그룹 총수인 그의 아버지의 말대로, 기회만 있으면 때려부수려고 드는 노동자들을 설득하든가 안 되면 밀어붙일 힘을 가져야만 하는(274면) 것이다. 하지만 남쪽에 있는 기계공장 쪽에서 심상치 않은 일이 일어나는 등 문제는 그리 간단하지 않다. 결국 그는 지배자(주인)의 자리를 지키기 위한 방법으로, 노동자들이 행복한 마음으로 일만 하게 하는 약을 만들어 그들이 공장에서 먹는 밥이나 음료수에 그 약을 넣어야겠다고(299면) 말한다.[14] 그러나 이것은 정당성을 결여하고 있을 뿐만 아니라 어리석은 생각이기도 하다. 왜냐하면 타자에게 인정을 받으려는 것이 인간의 피할 수 없는 욕망이라고 할 때, 그 욕망의 실현 즉 인정은 살아 있는 존재에 의해서만 부여될 수 있기 때문이다.

그러면 경훈은 무엇 때문에 주인의 자리를 고수하려 하는가? 그가 완강하게 내세우는, 그러나 이미 구멍뚫린 자본가의 담론은 단지 자신에게 정당성이 있다고 주장하기 위해 그가 의지하는 억지 명분에 불과할 뿐이다. 실상 그는 노동자들의 노동으로부터 나오는 생산물의 잉여부분을 소유하고 싶은 것이다. 이 잉여부분이 자본가들에게 오면 잉여향락이 된다.[15] 경훈은 그의 침실에서 포르노 비디오를 보면서 집에서

---

14) 경훈의 이러한 생각은 놀랍게도 "그들은 책상 앞에 앉아 싼 임금으로 기계를 돌릴 방법만 생각했다. 필요하다면 우리의 밥에 서슴없이 모래를 섞을 사람들이었다"고(<잘못은 신에게도 있다>, 220면) 하는 영수의 생각과 일치한다.

15) 라캉이 말하는 네 가지 담론들 중 '주인의 담론'은 주인과 노예의 변증법의 구조를 명확히 설명한다. 주인은 노예가 일하게 하는 행위자이다. 이 일의 결과는 주인이 전유하려 하는 잉여이다. 딜런 에반스, 김종주 외 역, 『라깡 정신분석 사전』, 인간사랑, 1998, 99~100면. 뫼비우스의 띠는 라캉이 위상학을 사용하면서 연구한 형태들 중의 하나이다. 두 면을 가지고 있는 듯이 보이지만 사실은 단 하나의 면을 가지고 있기 때문에, 공간을 나타내는 우리의 정상적인 (유클리드

일하는 여자아이를 희롱하고, 영수의 재판정에서 지섭과 변호인의 말을 듣지 않기 위해 눈을 감고는 "호수의 물빛, 뜨거운 태양, 나무와 들풀, 거기 부는 바람, 호수를 가르는 모터 보트, 잔디 위에서의 스키, 이상한 버릇이 있는 여자아이, 그리고 아주 단 낮잠들"을(290면) 떠올린다. 그가 그의 사촌과 대화를 나누는 다음 대목을 보자.

> 나는 사촌과 함께 식당으로 가 아침 식사를 했다. 사촌이 너는 날마다 이른 아침에 수영을 하느냐고 물었다. 나는 아버지에게 요트를 한 대 건조해 달라고 조르고 있으며, 그것이 실현되면 모험 항해를 떠나보고 싶다는 것과 먼 바다로의 단독 항해에 대비해 지구력 훈련을 쌓는다고 말해 주었다. 사촌은 놀랍다는 표정을 지었다. …… 그는 정말 아무것도 모르겠다는 투였다. 그래서 집안에 해결해야 될 일이 있을 때 모험을 생각할 사람은 없다고 나는 말했다. 자연적인 성의 차별에 대해서도 말했다.
> "나는 내 또래의 다른 아이들보다 욕정을 자주 느껴. 그리고 계집애들과의 그 해결 횟수도 몇 배나 많은 편야."
> 사촌이 나를 쳐다보았다.
> "넌 참 이상하구나. 말의 갈피를 못 잡아."
> "이상한 건 그렇게 느끼는 형야."(275～276면)

여기에 이르러 지배자(주인)의 담론이란 사실상 자신들이 즐기는 잉여향락을 유지시키기 위한 수단에 지나지 않음이 드러난다. 정의를 표방하는 수많은 정치구호와 법은 사실상 권력자의 병적 쾌락을 유지시켜 주는 가면에 지나지 않는 것이다. 그것은 타자(노동자)의 쾌락을 억누르고 인간다운 삶을 희생시켜 자신들만의 쾌락을 극대화시키려는 공격적(사디즘적) 충동의 다른 표현이다.[16] 그러나 앞서 언급했듯 경훈에

기하학) 방법을 전복시키는 도형이 된다. 뫼비우스의 띠는 정신분석이 다양한 이분법적 대립관계를 문제화하는 방식을 보여 준다. 대립되는 항목들은 분리되어 있는 것이 아니라 서로간에 연속된 것처럼 보인다. 그와 같이 주인의 담론은 분석가의 담론과 연속되어 있다. 위 책, 123면.

16) 홍준기, 「'가족소설'로서의 정신분석학」, 필리프 쥘리앵, 홍준기 역, 『노아의 외

게 있어서 상징계는 어느새 균열을 일으키기 시작했으니, 영수와 지섭 그리고 그의 사촌 등 타자들의 담론이 알게 모르게 그의 내부에 스며 들고 있음이다. 그 어떤 담론도 자족적인 체계로 멈춰있을 수는 없는 것이니, 하나의 담론은 다른 담론 없이 존재할 수 없는 까닭이다. 또 그 어떤 담론도 다른 담론들을 완전히 밖으로 몰아내기란 불가능한 것 이니, 담론들은 모두 안과 겉이 구별되지 않는 ‘뫼비우스의 띠’ 위에 놓여 있기 때문이다.[17) 그러기에 그 어떤 담론도 전체화의 시도에 성 공할 수는 없다. 형들과의 경쟁 속에[18) 아버지의 인정을 받아 미래의 은강그룹 경영을 꿈꾸던 경훈은 마침내 겉잡을 수 없는 주체의 분열을 겪게 된다. 이 작품의 마지막 대목에서 그가 꾼 꿈은 분열하는 주체를 그대로 보여 주는 것이다.

> 나는 물안경을 쓰고 물 속으로 들어가 내 그물로 오는 살찐 고기들
> 이 그물코에 걸리는 것을 보려고 했다. 한 떼의 고기들이 내 그물을 향
> 해 왔다. 그러나 그것은 살찐 고기들이 아니었다. 앙상한 뼈와 가시에
> 두 눈과 가슴 지느러미만 단 큰가시고시들이었다. 수백 수천 마리의 큰

투』, 한길사, 2000, 37면.

17) ‘뫼비우스의 띠’ 위에 놓인 이 담론들을, 각 담론들을 주장하는 계층 또는 집단 에 유추시켜 보면 모든 사회 계층과 인간 집단들은 안팎이 없는 하나의 곡면 위 에 놓인 공동운명체라고 할 수 있나. 작가는 임임리에 이 점을 말하려 했던 것 으로 보인다. 난쟁이의 큰아들인 영수는 은강그룹의 총수를 살해하기로 결심할 즈음, 다음과 같은 생각을 한다. “회사 사람들이 숨을 막아오기 시작했다. 나는 회사의 높은 사람들이 우리 모두가 한 배에 타고 있다는 것을 깨달아 주기를 바 랐다. 그들은 안 그랬다. 그들은 그들만의 다른 배를 탔다고 고집했고, 일방적으 로 원하기만 했다.”, <클라인씨의 병>, 262면.

18) 경훈이 늘 형들을 의식하는 것은 어렸을 때 그들에게 입은 정신적 외상 때문인 것으로 보인다. 경훈은 그의 어린 시절을 다음과 같이 회상한다. “친형 둘을 나 는 어렸을 때부터 무서워했다. 둘 다 머리도 좋고 힘도 세었다. …… 나는 증기 기관차·탱크·장갑차·비행기·대포·기관총·권총에 꼬마병징들까지 빼앗기 고 계집애 동생과 함께 인형의 집 인형의 침대에 인형들을 재우면서 놀았다. …… 그러자 형들은 나더러 오줌을 앉아서 누라고 말했고, 어머니의 친구들이 어쩌다 오면 경훈이는 예쁘기도 하구나, 계집애보다도 예뻐, 참 예뻐, 나의 몸을 안고 수없이 입을 맞추었다.”(277면)

가시고시들이 뼈와 가시 소리를 내며 와 내 그물에 걸렸다. 나는 무서 웠다. 밖으로 나와 그물을 걷어올렸다. 큰가시고시들이 수없이 걸려 올 라왔다. 그것들이 그물코에서 빠져나와 수천 수만 줄기의 인광을 뿜어 내며 나에게 뛰어올랐다. 가시가 몸에 닿을 때마다 나의 살갗은 찢어졌 다. 그렇게 가리가리 찢어지는 아픔 속에서 살려 달라고 외치다 깼 다.(302~303면)

꿈에서 깨어난 경훈은 난쟁이의 큰아들과 난쟁이의 부인 그리고 공 원들과 지섭을 생각하며, "사람들의 사랑이 나를 슬프게 했다"고(303 면) 토로한다. 그리고는 아무도 모르게 정신과 의사를 찾아가 보겠다고 생각한다.[19] 왜냐하면 그가 이처럼 약하다는 것을 알면, 그의 아버지가 제일 먼저 그를 제쳐놓을까봐 두렵기 때문이다. 그래서 그는 이내 "사 랑으로 얻을 것은 하나도 없다"고(303면) 마음을 고쳐 다잡고, 일부러 "밝고 큰 목소리로 떠들 말들을 떠올리며"(303면) 방문을 열고 나간다. 하지만 그가 제아무리 사랑을 부정하고 애써 밝고 큰 소리로 떠들어댄 다 할지라도, 자본가의 담론(지배자의 담론, 주인의 담론)은 이미 해체 된 것이다. 그리고 이로써 현실세계의 허구성이 드러난 것이다.

---

19) 여기에 이르러 경훈의 무의식은 이미 자본가의 담론에서 일탈하고 있는 것이다. 이렇게 보면, <내 그물로 오는 가시고기>는 경훈에 대한 정신분석으로 읽을 수도 있다. 문학 텍스트는 정신분석의 방법을 다양화시킬 가능성을 지닌다. 솔 레는 프로이트가 응용 정신분석학으로 길을 빗나갔다고 주장했다. 프로이트는 문학작품을 꿈, 혀의 미끄러짐, 실수행동, 그리고 징후들과 같이 해석될 수 있는 모든 것들과 동등한 수준에 둔다는 것이다. 솔레의 주장에 의하면 라캉은 프로 이트의 입장을 역전시킨다. 쓰여진 텍스트가 "정신분석을 받아야 하는 게" 아니 라, "정신분석학자가 제대로 읽혀져야 하는 것이다." Colette Soler, <Literature as Symptom>. 마단 사럽, 김해수 역, 『알기 쉬운 자끄 라깡』, 백의, 1994, 237 면에서 재인용.

4. 맺음말

≪난장이…≫는 연작형 액자소설이다. ‘연작형’이라는 말에는 이 소설의 리얼리즘적 성격이 내포되어 있고, ‘액자소설’이라는 말에는 이 소설의 모더니즘적 성격이 숨어 있다. 이 글에서는 이 소설이 지닌 모더니즘적 성격에 중심을 두고, 액자소설의 형식을 알레고리와 연결시켜 설명하였다. 그리고 알레고리적 장치의 하나인 ‘뫼비우스의 띠’에 함축된 의미를 <내 그물로 오는 가시고기>를 통해 검토하였다.

「‘난장이’ 연작」의 맨 끝에 놓인 <내 그물로 오는 가시고기>는 자본가(지배자, 주인)의 담론이 타자(노동자)의 담론의 침투로 인해 해체되는 모습을 드러내 보인 작품이다. 안과 겉을 구별할 수 없는 하나의 곡면인 ‘뫼비우스의 띠’는 이 같은 침투와 해체가 가능할 뿐만 아니라 필연적이라는 사실을 암시한다. 지배자의 담론은 피지배자의 담론 없이 존재할 수 없다는 것, 그 두 담론은 안팎이 구별되지 않는 하나의 곡면 위에 놓인다는 것, 그래서 하나의 담론을 따라가다 보면 다른 담론에 이르지 않을 수 없다는 것, 그러니까 지배자(주인)의 담론이 시도하는 자족적인 전체화는 실패로 끝날 수밖에 없다는 것, 결국 한 사회를 구성하는 모든 계층과 집단들은 한 배를 탄 공동운명체라는 것 등이 ‘뫼비우스의 띠’에 함축된 의미인 것이다.

앞서 언급했듯, 「‘난장이’ 연작」은 모두 10편으로 이루어져 있다. 이 중 이 글에서 분석한 <내 그물로 오는 가시고기>가 경훈을 작중화자로 하여 자본가의 담론을 드러낸 작품이라고 한다면, <난장이가 쏘아 올린 작은 공>, <은강 노동 가족의 생계비>, <잘못은 신에게도 있다>, <클라인씨의 병>은 영수를 작중화자로 하는―이 중 <난장이가 쏘아 올린 작은 공>은 영수뿐만 아니라 그의 동생들인 영호와 영희도 작중화자로 등장한다―노동자의 담론을 보인 작품들이다. 그러나 ≪난장이…≫가 자본가의 담론과 노동자의 담론만을 담고 있는 작품이 아님은 말할 것도 없다. 이 소설에는 1970년대 우리 사회의 많은 담론들이 가득히 들어차 있는 것이다. 작중화자로 나타나는 중산층 주부 신애의 담론(<칼날>, <육교 위에서>)과 부유층 청소년 윤호의 담론(<우주 여행>, <궤도 회전>, <기계 도시>)이 있고, 작중화자는 아니지만 학생운동을 거쳐 노동운동에 투신한 지섭의 담론과 뒤에서 노동운동을 지원하는 목사와 과학자의 담론도 있다.

이 모든 담론들 역시 '뫼비우스의 띠'라는 하나의 곡면 위에 놓인 채 서로 침투하며 움직이고 있음은 물론이다. 곡면에 놓이기에 서로 보이지 않을 수도 있지만 엄연히 뒤섞여 존재하는 수많은 담론들, 이것은 곧 어떤 주체이든 분열하는 주체이며 따라서 변화의 가능성을 지닌 주체라는 사실을 말해 준다. 또는 어떤 주체이든 분열과 통합을 거듭하는 주체이며 따라서 변화의 도중에 있는 주체라는 사실을 말해 준다. 그리고 이러한 사실은 곧 문학이 어떤 방식으로 현실과 교섭하는가 하는 질문에 대한 답변을 암시하는 바, 소설세계와 현실세계 또한 안과 겉을 구별할 수 없는 하나의 곡면인 '뫼비우스의 띠' 위에 같이 놓이는 까닭이다.

이상에서 연작형 액자소설이라는 ≪난장이…≫의 형식과 관련하여, 이 소설의 중요한 알레고리 중의 하나인 '뫼비우스의 띠'가 지니는 의미를 검토해 본 셈이다. 그런데 ≪난장이…≫에는 '뫼비우스의 띠' 말고도 그 앞뒤에 역시 중요한 알레고리 둘이 놓여 있다. 그 하나는 '난장이' 자체이며, 다른 하나는 '클라인의 병'이다. 그러나 이 글에서는 이 두 가지 알레고리에 대해 논의하지 못하였다. 글을 마무리짓기에 앞서 간단히 그 의미를 짚어 본다면, '난장이'는 소외된 계층과 왜소화된 개인의 알레고리이고, '클라인의 병'은 사회·역사적 울타리를 넘어서는 초월적 우주의 알레고리이다.

그러니까 ≪난장이…≫를 제대로 이해하기 위해서는 이 글 말고도 두 편의 글이 더 필요함을 알 수 있다. 그리하여 이 글을 포함한 3편의 글이 서로서로를 비출 때, ≪난장이…≫가 숨겨 지니고 있는 그 무엇이 희미하게 모습을 드러낼 것이다. 아울러 난장이가 달나라를 향해 쏘아올린 작은 공의 의미도 좀더 선명해질 것이다. 여기까지 나아갔을 때에야 비로소, 손에 잡힐 듯 말 듯한 진리에 극히 순간적으로나마 다가설 수 있으리라. 하지만 '난장이'와 '클라인의 병'에 대한 상세한 논의는 후일로 미룰 수밖에 없다.

(『한국현대문학연구』 9, 한국현대문학회, 2001. 6)

이광수

이기영

이 상

저자 **류양선**

- 1951 경기도 파주 출생
- 1977 서울대학교 인문대학 국어국문학과 졸업, 동 대학원 문학박사
- 1982~1997 덕성여자대학교 인문대학 국어국문학과 교수
- 1998~현재 가톨릭대학교 인문학부 국어국문학 전공 교수

- 저서『한국농민문학연구』,『한국근현대문학과 시대정신』
- 장편소설『이 사람은 누구인가』

한국현대문학의 탐색 ■ ■ ■

인 쇄 2005년 2월 21일
발 행 2005년 2월 28일
저 자 류 양 선
펴낸이 이 대 현
편 집 권 분 옥
펴낸곳 도서출판 역락
　　　　서울 성동구 성수2가 3동 301-80 (주)지시코 별관 3층
　　　　전화 • 3409-2058, 3409-2060 / FAX • 3409-2059
　　　　이메일 • youkrack@hanmail.net
　　　　홈페이지 • http://www.youkrack.com
　　　　등록 • 1999년 4월 19일 제2-2803호

정 가 17,000원
ISBN   89-5556-358-2-93810

■ 잘못된 책은 교환해 드립니다.